新潮文庫

スカラムーシュ・ムーン

海堂　尊著

JN242900

新潮社版

10872

スカラムーシュ・ムーン／目次

第二部　三都物語　浪速・桜宮・極北　207

第三部　スカラムーシュ・ギャロップ　297

第四部　たまごが見た夢　403

第五部　スクランブル・エッグ　471

スカラムーシュ・ムーン

序章　旅人の寓話《ぐうわ》

00　旅人と裁き人

みなさん、こんにちは。アフリカ南端のノルガ王国は紙と文字を持たず、語り部が口伝で歴史や寓話《ぐうわ》を伝えてきました。今日はそんな物語をお伝えします。

——風の音、人々のざわめき——


高い城壁で囲まれた砂漠の街。一人の旅人が酒場の前に立った。

「お腹《なか》がすいて倒れてしまいそうです。パドレ（パンの一種）を一切れください」

「もちろんですよ、旅のひと。アンズのジャムを載せた焼き上がったばかりの厚切りパドレを召し上がれ。一切れたったの一ノアル（ノルガ王国の通貨単位）です」

「実は昨晩追い剝《は》ぎに遭いまして、一文無しなのです」

「一文無しのくせに食べ物を手に入れようだなんて、図々《ずうずう》しい」

肥《ふと》った女店主の顔が、鬼の形相に変わる。旅人は、酒場を離れた。

――手を打って客を呼び込む声――

人々が往来する街道に面した宿屋の主人は、行灯《あんどん》に火を入れたところだった。

「歩き通しでくたくたです。一晩休ませてください」

「あんたはついてる。王族がお泊まりになる特上の部屋が空いているよ。ふだんなら三千ノアルだが、この時間なら大サービスで朝食つきで千ノアル。いかがかな？」

「実は昨晩追い剝ぎに遭いまして、一文無しなのです」

旅人が悲しげに答えると、宿屋の主は金歯を光らせながら、冷たく言った。

「文無しで宿に泊まれるはずがないだろう。とっとと失《う》せろ」

旅人は宿を立ち去った。

病院では、老いた医師が看板をしまおうとしていた。

「頭が痛くて死にそうです。診ていただけませんか？」

「あなたは運がいい。昨日薬売りがきたばかりだから、今ならどんな薬も手に入る」

「実は昨晩追い剝ぎに遭いまして、一文無しなのです」

医師は眉間《みけん》に皺《しわ》を寄せた。

「すまないが診てあげられん。支払いをしてもらえなければ病院は潰《つぶ》れてしまうよ」

旅人は吐息をついた。

「宿も食事も医者に診てもらうのも、金がなければできないなんて、子どもでも知っている。追い剝ぎに身ぐるみはがれたあの時に、私の命は尽きていたのでしょう」

旅人は病院を離れた。


――水が流れる音――

旅人は広場の泉の水を両手ですくい、ひと口飲んだ。砂漠では水は貴重だが、オアシスでは無尽蔵に湧《わ》き出していたので無料だった。旅人は泉の側《そば》に身体《からだ》を横たえる。瞬《また》き始めた星宿が、旅人の呼吸が浅くなっていくのを見守っていた。

翌朝。旅人の死が裁き人に伝えられた。裁き人は酒場に行った。

「昨晩、この店に旅人がこなかったか？」

「無一文のクセに、パドレを食べたいだなんて言うもんだから叩《たた》き出しました」

「金も無いのに食事をしたいだなんて、甘えた旅人だな」

裁き人は宿屋に寄った。宿屋の主人は仏頂面《ぶっちょうづら》で答えた。

「確かにうちに泊まりたいと言いましたが、持ち合わせがないと言われたんでさ」

「貴人もお泊まりになる部屋にただで泊まろうだなんて、とんでもない旅人だな」

裁き人は、街外れの病院で老医師に会った。

「具合が悪そうでしたがお引き取り願いました。このところ薬屋も滅多にこなくなり、薬を分けてあげられなかったのです」

老医師の話を聞いた裁き人は声を荒らげた。

「この者を獄に繋《つな》げ。病気で苦しむ旅人が死んだのはお前のせいだ」

「それは私の罪です。でも無料で薬を分けたら病院は潰れてしまいます」

裁き人は耳を貸さず、老医師を縛り首にし、オアシスに医師はいなくなった。

冬。黒い災いが天から降ってきた。民は薬を求め病院に殺到したが、医師はおらず、人々は斃《たお》れていった。街から逃げ出そうとした住人は、高い城壁に阻《はば》まれた。

住人の最後のひとりが怒りに燃えた目で、聳《そび》え立つ城壁に向かって一発の銃弾を撃ち込んだ。その住人の行方は誰も知らない。

――吹き荒《すさ》ぶ風の音・エンディング――

第一部　ナナミエッグのヒロイン

01　名波《ななみ》まどか

加賀・ナナミエッグ　２００９年5月26日（火曜）

世の中は大きな幸運と小さな不運がペアでやってくる。あるいは逆かもしれない。人は大きな幸運にはすぐに慣れ、喉《のど》に刺さった小骨のような不運を気に掛ける。

あたしは昨春、大学を卒業した。二十四歳、恋人なし。当然独身。

加賀大を選ぶ時に正門がお城の城門というお洒落《しやれ》なキャンパスに惹《ひ》かれた志望者は、少なくなかったはずだ。でもあたしが受験した時には校舎の移転が決まっていて、結局お城の正門はくぐれなかった。

大学合格は大きな幸運、キャンパス移転は小さな不運。

あたしは四年間、キャンパス移転を愚痴り続けた。それが祟《たた》ったのか、就職戦線では全敗の憂《う》き目にあった。……小さな不運。あ、小さくもないか。

でも、就職が決まらなかったおかげで大学院に進学できた。

パパは進学に猛反対したけれど、言い争ってあたしは勝った。自分の将来がかかっていたから必死だった。……大きな幸運。

大学院生という肩書きと引き替えに養鶏場の広報活動と出店のバイト週一回を引き受けさせられた。……小さな不運。

でもパパは律儀《りちぎ》に広報活動と『たまごのお城』での売り子にバイト料を出してくれるので助かる。……大きな幸運。

そんなあたしはうす曇りの初夏の日の午前中、ひとりぽつんと店番をしている。

これは小さな不運。

ほらね、幸運と不運ってペアでやってくるでしょう？

『たまごのお城』は、加賀の養鶏ファーム、ナナミエッグのアンテナショップだ。

壁の隅にはあたしが幼稚園の頃に描いたヒヨコの絵。他にも古い絵本や毛糸で編んだ壁掛けとか、ママとの思い出だらけだ。

それにしてもこのバイトは退屈すぎる。花の乙女が貴重な時間を費す価値なんてない。そんな風に愚痴れば、お前の一体どこが花の乙女なんだ、と小学校からの腐れ縁の男子ふたりがすかさずツッコミを入れてくる。小、中と一緒で、高校は離れたけれど加賀大で再会し、大学院も一緒の研究室に入っている。

工学部を卒業した拓也《たくや》は真砂《まさご》運送のドラ息子で、大学入学のお祝いに買ってもらったスポーツカーで事故ってF1ドライバーの夢を諦めた。潔《いさぎよ》いと言うよりは、ただの根性なしだ。趣味は車関連での未練を引きずりまくる自動車改造だ。

誠一《せいいち》が獣医学部に入学したのは、父親の鳩村《はとむら》獣医院を継ぐためだ。成績優秀で大学の授業に飽きたらず学生の分際で研究室に入り浸っている。獣医学部の六年生で、来春に獣医の国家試験を受ける予定。

そしてあたし、名波まどかは養鶏場ナナミエッグのひとり娘。こんな田舎とおさらばして都会でOLをするのが夢。

ニワトリは好きだけど、養鶏場を継ぐのはイヤ。

小学校の頃からつかずはなれずの三人が、何の因果か同じ大学院の研究室で過ごすことになったのは、「まさに天のお導き」とは拓也の弁だ。

一年と少し前。就職面接に全敗し絶望していたあたしの目の前に、一筋の蜘蛛《くも》の糸が降りてきた。加賀大に『地域振興総合研究室』という大学院の研究室が新設されるという話があるのは聞いていた。でも中身については誰も知らなかった。目端の利《き》く教授連は尻込《しりご》みし、定年間際《まぎわ》の野坂《のさか》教授に白羽の矢が立った。失敗したら責任を押しつけ、成功したら後釜《あとがま》に座ろう、などと小狡《こずる》い教授連中は考えたわけだ。

でも、そんな学内政治の力学の結果、就職試験に全部落ちて意気消沈していたあたしに救いの手が差し伸べられたのだから、世の中、何が幸いするかわからない。それが今のあたしの指導教官なのだから。

新しい研究室に来ないかという野坂教授の誘いは渡りに船だった。似た境遇の拓也も話を聞きつけ、院生が二名になった。文学部のあたしと工学部の拓也が同じ研究室に進むのは、考えてみればおかしな話だけど『地域振興総合研究室』という看板ならアリかも。

しばらくして実験や実習で忙しい誠一も研究室に顔出しするようになった。そんな誠一をあたしが勝手に名誉大学院生に任命して総勢三名（うち一名は仮面院生）という陣容で野坂研は立ち上がって、はや一年。

気がつくとあたしは、気心の知れた仲間と気儘《きまま》に研究室で時間を潰《つぶ》す、自堕落な院生になっていた。

『たまごのお城』では、あたしがバイトしている火曜の午前以外は、庶務係の前田《まえだ》さんが五十メートル離れた事務所から駆けつけている。でも、そもそも国道から外れた農道の果てにあるたまご専門店に、そうそう客が来るはずもない。

店には自慢の商品が並んでいる。温泉タマゴもとろけるプリンも、ほっぺたが落ちるくらい美味《おい》しい。

もちろんタマゴも売っているけど近くのスーパーより割高だ。お得意さまの売り上げを奪う真似《まね》はできないというのがパパの言い分だ。パパがこの店を作ろうと思ったのは新規の顧客開拓のためだけど、たまたま通りかかった観光客がたまたまこの建物に目を留めて、たまたま時間があって、たまたまタマゴを食べてみようか、なんて気分になってたまたまお買い上げ下さり、そのあまりの美味しさにたまたまリピーターになってくれるなんていう出来すぎた話が成立する確率なんて、小惑星が地球に衝突するより低いだろう。

ブランド地場米の『蜃気楼《しんきろう》』を使ったタマゴかけご飯をメニューに加えたいと提案した時は、レストラン紛《まが》いのことをするのは邪道だと一蹴《いっしゅう》された。以来、もともと低かったあたしのモチベーションは一層低下してもはや墜落寸前だ。

実はあたしは内緒で、ナナミエッグのホームページで『たまごのひとりごと』という雑文を書いている。パパはパソコンとかネットはからきしダメで、すべてあたしや事務の前田さんに丸投げだからできたんだけど、それだってパパにバレたら大目玉だ。こんなエピソードからもおわかりの通り、パパは昔ながらの一刻者だ。

上質のタマゴを生産しても経営が苦しいのは世の中が間違っているせいだ、と愚痴るけど、今までと違うことを試さなければジリ貧だろう。

何があっても絶対に変わるものか、という意固地な頑《かたく》なさが今、ナナミエッグが苦境に陥っている最大の原因なんだと思うんだけど。

こんな退屈なバイトの暇つぶしは、ラジオを聞くことだ。

「寓話《ぐうわ》の時間」という番組は、バイトの終わる時刻と重なるので、いつも何となく聞いている。紹介される寓話の当たり外れが大きすぎる。特に今日の寓話は辛気臭くて面白くなかった。

番組を聞き終え、伸びをする。これでバイトはお終《しま》い。午後から大学に行こう。

そう思って顔を上げると、一台のタクシーが土埃《つちぼこり》を上げながら近づいてきた。店の前の農道をタクシーが通り掛かることは珍しい。ひょっとしたら……。

タクシーは店の前で速度を落とし、ぱたりと停まった。やっぱり、とため息をつく。

バイトの終了間際に、滅多にこないお客さんがやってくるなんてツイてない。

小さな不運の積み重ね。でもこれも、大きな幸運がやってくる前触れの小さな不運、と考えればいいのだろうか。

「辛気臭い話ですねえ。物語ってのは、もっと胸がスカッとしなくちゃね」

朗読劇に耳を傾けていた運転手は、番組が終わるとチューナーを回した。六〇年代のアメリカンポップス。チャンネルを変えた。ハードロックのシャウト。運転手は顔をしかめてつまみを捻《ひね》る。こぶしを利かせ嫋々《じょうじょう》と恋情を歌う演歌が流れ出す。

「日本人ならやっぱり演歌ですよね」と言う運転手に「ハードロックもいいと思うけど……」と後部座席の乗客はぼそりと呟《つぶや》く。乗客は眼鏡を外し曇りをぬぐう。ジャケットにノーネクタイ。銀のヘッドフォンから気ぜわしい音楽が漏れ聞こえてくる。

「それにしてもお客さんは変わってますねえ。このあたりは観光地じゃないのに」

音量を下げると、客はルームミラー越しに微笑する。

「何もないということは、すべてがあるということさ」

運転手は前方に目を凝《こ》らし、肩をすくめる。

「あたしにゃ小難しいことはわかりませんや。ところでお客さん、この先は高速を使いますか、それとも下で行きますか？」

「どっちが早いの？」

「この時間だと道はすいているので、どちらもあまり変わりません。ですから下で充分でしょう。地元の隠れ名所、砂浜国道の波乗りハイウエイを通りますし」

「そりゃあいい。ウワサには聞いていたから、一度行ってみたかったんだ」

運転手がハンドルを切ると防砂林の向こうに鈍色《にびいろ》の海が広がった。

「太平洋とは海の色が違うね。防砂林の丈も違う。地にへばりついているみたいだ」

「どの松も内陸に傾いているでしょ。冬場の雪と海風が強くて陸側に倒れるんです」

「なるほどねえ。姿をねじ曲げて風雪に耐え、生き抜くわけか」

客は防砂林をしみじみ見遣《みや》る。やがて眼前の道路は三叉路《さんさろ》に分かれた。右が宝善《ほうぜん》町、左が波乗りハイウエイとある案内標識が風に揺れる。ハンドルを切ると防砂林が両側に分かれ、道の果てに陰鬱《いんうつ》な曇り空と白い波頭が躍る海原が見えた。

タクシーは波打ち際を疾走する。締まった砂はアスファルトのように、タイヤの駆動力を受け止める。客は眼を細め、海上をぼんやり眺めた。

まひるの月が、大海原の上に、赤ん坊の爪《つめ》のように、ほの白く光っている。

波乗りハイウエイを過ぎると青々とした水田が続き、路傍の廃屋が後方に流れ去る。

遠目にクリーム色の丸い建物が見えてきた。カマクラみたいな建物は単調な風景の中で異彩を放っている。塗装は多少褪《あ》せているが手入れは行き届いているようだ。

「あれが『たまごのお城』です。あそこで採れたてタマゴが食べられるんですよ」

「僕はナナミエッグへ、とお願いしたんだけど」

「ナナミエッグは『お城』と同じ敷地内にあるんです」

メーターの請求額を確認しながら運転手が言う。

「ところで帰りの足のアテはあるんですか？　なんならお待ちしましょうか」

「ありがたいけど、どのくらい時間がかかるか、見当がつかないんだよ」

すると運転手はお釣りと名刺を手渡した。

「市内を流してお客を拾うより、確実にお戻りになるお客さんを待っていた方が利口でしょう？　電話をもらったら三分で駆けつけますよ」

「東京の救急車より早いね。じゃあお言葉に甘えよう。後で電話するよ」

男性はタクシーから降り立つと、曇り空を見上げた。

タクシーから降りた男性は、ぼんやり空を見上げている。

あたしは店の中から男性を眺めた。その視線に気がついたのか、こちらを向いた。銀縁眼鏡のレンズに光が反射して男性の目が見えないのが、ちょっと不気味だ。

からん、とドアベルを鳴らし、男性は店に入ってきた。

「ここで養鶏場のタマゴを食べられると、運転手さんから聞いたんだけど」

ヘッドフォンを外さずに話すなんて失礼な人ね、と思いながらも、愛想良くうなずいてしまうあたしはしがないバイトの売り子根性丸出しだ。

「採れたてタマゴを生のまま召し上がっていただけますし、ゆでタマゴもあります。おすすめは温泉タマゴです。どれもひとつ百円とお買い得になっています」

近くのスーパーではゆでタマゴは一個五十円だから全然お買い得ではないんだけど。

「それじゃあ温泉タマゴをひとついただこうかな」

あたしは小皿に温泉タマゴを割って、出汁《だし》醤油《じょうゆ》を添えて手渡した。

男性がヘッドフォンを外し机の上に置くと、メロディのかけらが零《こぼ》れ落ちた。

——あ、まひるの月。

あたしが今ハマっている、昔のグループサウンズだ。何という偶然だろう。男性はタマゴをもごもごと味わい、ごくんと飲み干す。

お盆を受け取りながら、「バタフライ・シャドウですね」と言ってみた。

「お嬢さんの年頃でこのグループを知っているとは、なかなか通ですね」

「あの、ウチに御用ですか？」

男性が差し出した名刺には『浪速《なにわ》大学医学部社会防衛特設講座　特任教授　彦根《ひこね》新《しん》吾《ご》』とあった。うわあ、この人って医学部の教授なの？

「十三時からの約束ですが早く着いてしまったので、鶏舎を見学してきます」

「少々お待ちください」

あたしは三角巾《さんかくきん》をはずしショップを飛び出す。そのまま事務所に駆け込むと、庶務係の前田さんに尋ねた。

「社長はどこ？」

「火曜は蕎麦善《そばぜん》さんですね。一時にお約束があるのですぐお戻りになります」

「そのお客さんが来ちゃったの。取りあえず鶏舎を案内してくるから、パパが戻ったら携帯に電話して」

前田さんの返事も待たずに、あたしは外に飛び出した。

曇天の下、彦根先生は所在なげに佇《たたず》んでいた。今にも消え入りそうに見えた。

「社長はすぐ戻ります。よろしければ、それまであたしが養鶏場をご案内します」

「ありがたいですが、バイトの人にお手間をかけさせるのは気が引けますね」

あたしは名刺を差し出す。

「ご挨拶《あいさつ》が遅れました。ナナミエッグの広報担当、名波まどかです」

彦根先生は、しげしげと名刺を眺めると言った。

「そういうことでしたか。あなたが『たまごのひとりごと』を書いた方ですね。それならお言葉に甘えましょう」

あたしはびっくりした。あの文章について、人から何か言われたのは初めてだった。

ファームは五カ所に点在していて第一ファームは事務所から徒歩五分だ。ここはウチが最初に立ち上げた鶏舎で一番近い。小学校の体育館みたいな鶏舎が七棟並ぶ。駐車場には無精卵出荷担当の当番の人たちの自家用車が数台止まっている。幼い頃、あたしはその人たちをタマゴ整理の人と呼んでいた。

「日本はタマゴ大国なんです。二〇〇八年のタマゴ消費量世界一はメキシコで年間ひとり当たり三百四十五個ですが、それに次ぐ第二位が日本で、何と年間三百三十四個のタマゴを食べているんですよ」

「さすが広報さんだけあって、タマゴの基礎情報はお手の物ですね」

褒め上手な人だな、と何となく好感を持った。でもその後が少々いただけなかった。

「一日ひとり一個弱食べているんですね。それより月に一個余計に食べれば世界トップの座が狙《ねら》えるのに、なんでアピールしないんですか？　実にもったいない」

少し、話の方向がズレている気がする。世界一にならなくても、日本人はタマゴを愛しているのだからいいではないか。

あたしは自慢のデータを開陳する。

「日本のタマゴの自給率は九五パーセントなんですよ。すごいと思いませんか？」

「確かにすごいですけど、残り五パーセントはどこから輸入されるのかな。生もので割れやすい品をわざわざ海外から輸入して、どんなメリットがあるんですかね」

変なひと。どうしてわざわざ残りの五パーセントに注目するのかな。

あたしは少しむっとする。どうもこの人とは波長が合わなそうだ。せっかく抱いていた淡い好意がみるみるうちに色褪せていく。

「輸入すると言えば、日本のタマゴの起源って一体どこなんですか？」

「一説では二千五百年ほど前に、中国から朝鮮半島経由で入ってきたらしいです」

「その頃からタマゴは輸入されていたわけか。いや、きっとニワトリが輸入されたんだな。すると縄文時代から日本ではタマゴが食べられていたんですか?」

「タマゴが一般的に食卓に上るようになったのは江戸時代からで、当時は卵売りという商売もあったそうです」

「ふうん。納豆売りとか金魚売りみたいなものか。ところでここには放し飼いのニワトリがいるようですね」

彦根先生は唐突に話題を変える。何だかついていけない。

でも聞かれたことには誠実に答える。それがナナミエッグの社是だ。

「ここは〝放し飼い〟ではなく〝平《ひら》飼い〟の鶏舎です。〝放し飼い〟は日中を屋根のない場所で過ごす場合で、〝平飼い〟とは屋根のある場所で自由に過ごすのです」

ふうん、と気のない返事をして彦根先生は「あれは?」と別の建物を指さす。

「年代別自由鶏舎です。鶏舎では毎日、大量に鶏糞《けいふん》が出るので、昔は家族総出で鶏舎を掃除しました。そこで社長が、鶏糞を金網張りの床下に落として回収し自動洗浄するタイプのケージを開発したんです。おかげで労力は激減しニワトリの病気も減りました。回収した鶏糞はいい肥料になるので一石三鳥です」

彦根先生はペンを片手に、あたしの話を熱心にメモしながら質問をする。

「どうしてあんなにたくさん、似たような建物が並んでいるんですか?」

「年を取るにつれて、七棟の鶏舎の左から右へ移っていくんです。一番左の小さなヒヨコ舎は生後一日からのヒヨコのお家《うち》です。生まれたてのヒヨコって綿毛みたいにふわふわしてとっても可愛《かわい》いんですよ」

「ふうん、面白そうですね。そのあたり、もう少し詳しく教えてくれませんか」

あたしはうなずく。まさにこれこそが広報の仕事で、あたしの得意分野だ。

「生まれたてのヒヨコを業者から購入し、第一鶏舎のヒヨコ舎と呼ぶ育雛舎《いくすうしゃ》に入れ、そこで生後四十五日まで育てます。第二鶏舎は育成舎で、ヒナ鳥舎と呼んでいます。ここでは生後九十日まで過ごし体重は五〇〇グラムになります。この二カ所は幼稚園みたいな所で、その後は第三鶏舎には九十日から百五十日、第四鶏舎には二百十日、第五鶏舎には二百七十日、第六鶏舎が三百三十日、第七鶏舎が三百九十日までと二カ月毎《ごと》に鶏舎を移動します。そのあたりは特別な名前はなく第三、第四と番号で呼んでいます。小学校なら二年、三年というようなものですね。その鶏舎にいる生後半年から二年くらいまでがタマゴの産み盛りです。生後二年を過ぎると養老院と呼ぶ、別の場所の施設で余生を過ごします。ニワトリの寿命は十年以上で、そこでもタマゴは産み続けるんです」

花の命は短くて、か、と彦根先生が呟く。そしてペン先で一番手前を指して言った。

「手前のあの建物は少し様子が違いますね」

「あれはグレーディング・アンド・パッキングセンター、通称GPセンターといって、タマゴを出荷用に整える施設です。ここに各鶏舎で産まれたタマゴを集めるんです」

「そこで荷詰めされて出荷されるんですね」

「そうなんですけど、途中でやらなければならないことがたくさんあるんです」

彦根先生があまりにも簡単に言うので、少しむっとしてあたしは補足する。

「まずは洗卵です。ブラシで擦《こす》り、お湯で洗います。それから検卵です。自動検卵装置で血卵《けつらん》やヒビの入ったタマゴを除外します。それからサイズ分けしてお馴染《なじ》みのプラスチック製のパックに詰めます。さらにそのパックを箱詰めにしてようやく出荷されるんです。その過程はすべてオートメーション化されているんですけどね」

彦根先生の質問が、また、ころりと変わる。

「鶏舎一棟に何匹くらいのヒヨコがいるんですか」

「三万羽、です」と、ぶっきらぼうにあたしが答えると、メモを取る彦根先生の手からぽろりとペンが落ちた。

あわてて拾い上げると、質問を続ける。

「そりゃあすごい。三万羽のニワトリが一斉に鶏舎を移動するのは壮観でしょうね」

「移動のたびにワクチンを打ったり目薬を差したりと、大変なんですよ」

「ニワトリにもワクチンを打つんですか？」

「もちろんです。感染症になったらタマゴが売り物にならなくなりますので」

「時期がきたら一斉に移動したり予防注射を打ったりなんて、確かに小学校みたいですね。三万羽のうち雄鳥は何羽いるんですか？」

「食卵は無精卵なので雄鳥はいないんです」

「有精卵は食べられないんですか？」

「食用のニーズはウチにはないです。ヒヨコに育っちゃうと不良品扱いになってしまいますので」

「じゃあこのファームには無精卵しかないわけか」

がっかりしたような声で呟いた彦根先生は、すぐに気を取り直して尋ねる。

「ここでタマゴは一日何個、採れるんですか」

やっと普通の質問がきた。あたしは暗記しているデータをすらすらと口にする。

「ナナミエッグ全体ではニワトリは百万羽いて、タマゴは一日八十万個採れます」

その時、あたしの携帯が鳴った。

「あ、パパ？　今、第一ファームに案内してる。わかった。そっちに戻ります」

携帯を切り、彦根先生に言う。

「社長が戻ったようですので、ご案内します」

「ありがとう。とても勉強になりました」

にこりと笑った彦根先生の銀色のヘッドフォンが、うす曇りの中、陽光を反射してぼんやり光った。

02　頑固な男たち

加賀・ナナミエッグ　5月26日（火曜）

事務所に戻ると、パパのワゴンが停まっていた。

彦根先生に、細菌やウイルスを減らす消毒薬入りのトレーで靴底を洗うよう指示して階段を駆け上がる。二階では経理や庶務の人たちが仕事をしている。彦根先生の名刺を見ながら、肩書きと名前を来客簿に記載して応接室に案内する。

扉を開けるとナナミエッグの創業者のパパが待ち構えていた。彦根先生の顔を見るなり立ち上がり、名刺を差し出す。

「初めまして。私がナナミエッグ社長の名波龍造《りゅうぞう》です」

彦根先生にソファを勧め、正面に腰を下ろす。小柄で日焼けした顔は、浪速大の教授と向き合っても位負けしていない。

「ほほう、お医者さまでしかも教授先生ですか。そんなご立派な方が、この養鶏場にどんな御用ですか」

彦根先生はヘッドフォンを外すと、「お時間を頂戴《ちょうだい》し、ありがとうございます」と丁寧に挨拶する。大切な話をする時はヘッドフォンを外すんだ、とむかついた。

「まどか、早くお茶を出しなさい。いくつになっても気が利かない娘だな」

あわてて部屋を出ていこうとすると、パパは彦根先生に向かって言う。

「ウチのお転婆《てんば》が失礼しませんでしたか」

部屋を出て扉を閉めたあたしは、扉にぴたりと耳をつけ、盗み聞き態勢にはいる。

「社長が開発された自由鶏舎について、わかりやすく説明していただきました」

調子いいヤツ。あたしの中で、彦根先生への反感が、ほんのりと湧《わ》き上がる。

「親が勧めた農学部には行かずに文学部に行くわ、就職に失敗したら大学院に行くと言い出し学生生活を二年延長するわ、手の掛かる娘でして」とはパパのだみ声だ。

まずい。早く戻らないとパパの暴露話が続くぞ、これは。そこにタイミングよく、前田さんがお茶を持ってきた。お盆を受け取ると前田さんは未練ありげに言う。

「今日のお客さんは、ちょっとかっこいいですね」

はあ？　自分は平凡な女ですが、男を見る目だけはありますので、なんて言っているけど、その自己評価はかなり甘そうだ。扉を開けるとパパは会社のパンフレットを前に身振り手振りを交えての、いつものナナミエッグ創設秘話の佳境だった。

「昭和三十年代、先代が稲作の傍ら名波養鶏場を立ち上げた当初は家族経営でしたが、その頃、養鶏業では平飼いからケージ飼いになる大変革期で、我が名波養鶏場もその時流に乗ったわけですな。その後、昭和五十五年に私が若くして生産から販売まで手がけるナナミエッグとして会社を設立、事業拡大をはかって今日に至るわけです」

あたしは彦根先生とパパの前にお茶を置き、三つめの茶碗《ちゃわん》をテーブルの端に置くと、パイプ椅子《いす》を引っ張ってきて腰を下ろした。

「早く用件を切り出した方がいいですよ。社長の独演会は半日は続きますから」

パパは顔をしかめて、苦労話を止めた。そして改めて渡された名刺を眺めた。

「それにしても、教授先生にこんな辺鄙《へんぴ》な場所にご足労いただき、恐縮ですな」

パパは額を叩《たた》いて、何しろ学がないもので教授と聞いてビビってまして、と言う。

パパは学がないのではなく、学歴がないだけだ。でも中卒という経歴はコンプレックスらしく、あたしが大学院進学を希望した時に認めてくれたのは、自分に欠けているものに対する憧《あこが》れもあったように思う。パパの社交辞令に、彦根先生は微笑する。

「特任教授は学外の者に大学の講義を依頼する際に進呈する肩書きで昔の非常勤講師です。独法化した大学では教授という肩書きのバーゲン中で、外部から一定額を寄付すれば大学に講座を作ることもできる。今の僕は昔風に言えば寄付講座の非常勤講師で、昔の教授と違い、宝くじに当たったラッキーボーイみたいなものです」

「でも、宝くじに当たれば大したものです。ウチも厳しいですからあやかりたいですな。しかし大学に寄付をしてご自分の研究講座を作るなんて、お金持ちなんですね」

「自分が寄付したのではなく、奇特な方が僕の考えに賛同し、大学に寄付講座を作ってくれたので、教授の肩書きを手に入れることができたんです」

「漢帝国の末期は役職をカネで売買していたそうですが、それと同じですな」

「その通りです。社長は中国史に造詣《ぞうけい》が深いんですね」

顔を赤らめるパパの隣で、あたしは笑いを堪《こら》える。知識の出所がマンガ版三国志だなんて口が裂けても言えない。機嫌が良くなったパパが乗り出してきた。

「お話がわかりにくいのですが、この『社会防衛特設講座』というところで、先生は一体どんな研究をなさっているのですかな」

「その名刺を出すと、どなたもたいてい同じ質問をしますね。昔は第一外科は腹部外科、第二外科は心臓外科と看板が一緒についていたので中身がすぐにわかったんですが、今は聞いただけでは何をやっているのかさっぱりわからない名称にするのが流行なんです。例えば『臓器統御学教室』なんてそもそも内科か外科かもわからないし、学内の人間はわざわざ昔の呼び方を使い始める始末です」

彦根先生の話はあちこち寄り道する。あたしは話を本道に戻すため、質問し直した。

「彦根先生の教室では、何を研究しているんですか？」

ようやく彦根先生からあっさりした答えが返ってくる。

「ウイルス感染予防の研究です」

「それでは今回のウチに対するご用件はどういったことでしょうか」

「最初に確認させてください。ナナミエッグでは有精卵は作れないのですか？」

「ニワトリ関連でナナミエッグに不可能はない」

出た、パパの決め台詞《ぜりふ》。何百回この言葉を聞いただろう。その言葉を言うためにパパがどれほど努力してきたか、あたしは知っている。

「有精卵を作るのは簡単だ。鶏舎に雄鳥を交ぜればいいだけですからな」

「今回の依頼とは、十月から一日十万個の有精卵を用立てていただきたいのです」

パパは、くわえかけた煙草《たばこ》をぽろりと床に落とす。あわてて拾い上げながら言う。

「先生は、ご自分が何を言っているのか、おわかりですかな？ウチには先生が見学した第一ファームと同規模のファームが五カ所ありますが、十万個といえば、その一カ所分です。そこで食用にもならん有精卵を作れというのですか」

「そうです。ニーズがあれば商売としては成立するでしょう？」

パパは気を落ち着けるように、点《つ》けたばかりの煙草をすぱすぱと吸い始める。

「そんなニーズ、ありませんよ。一日十万個もの有精卵を扱う市場なんて、三十年以上養鶏業に携わってきた私でも聞いたことがありませんな」

「これは閉ざされたエリアで完結していた従来のビジネスと関係ない、新しいものです。僕は市場拡大の可能性を予見し、先行投資をしようとしています。その観点で見ると、ここナナミエッグの先進性はこのニュービジネスにぴったりなんです」

彦根先生は両手を広げ、大きな身振りで滔々《とうとう》と言う。その言葉にパパの自尊心がくすぐられている。あたしには、口がうまい男には注意しろ、と口うるさく注意するクセに、自分はそんな男に丸め込まれちゃうワケね、と言いたくなる。

急に彦根先生が胡散《うさん》臭く見えてきた。まあ、最初からいけすかないヤツだったけど。あたしが不信の視線で見つめていることに気がつくと、パパは咳払《せきばら》いをする。

「有精卵の引き取り価格はどれくらいですかな」

彦根先生の答えを聞いて、パパは驚いて目を瞠《みは》る。提示額はナナミエッグが卸に納める価格の二倍以上だった。しかもコンスタントに高値買い取りが維持されるという。

タマゴの買い取り相場の変動は激しく、半分以下に暴落することも日常茶飯事なので、業者にとってはとてもありがたい話だ。

何よりナナミエッグの生産高の八分の一が高値での取引を保証されるのは魅力的だ。

「一年中、この価格と取引数量が保証されるのですか」

勢い込んで尋ねたパパの声が、少し震えている。

「一年中ではなく、二月から八月までと十月から十二月の二クールです」

「断続的でも時期がわかれば問題ありませんな。それ以外の時期は雄鳥を外せば通常の無精卵に切り替えられますから。しかし有精卵を食べるなんて、日本の食生活も変わってきたものですなあ」

「食用ではなく、有精卵を培地にしてインフルエンザ・ワクチンを作るんです」

その答えを耳にしたとたん、パパは耳まで真っ赤になって立ち上がる。

「ワクチンの培地だ？　ふざけるな。さっさと帰れ」

うわ。久しぶりの大噴火。でもこれはしょうがない。ナナミエッグの理念を知っていたら絶対に依頼できないことだもの。でも彦根先生は顔色ひとつ変えずに言う。

「社長、少し落ち着いて。依頼を断るのはもちろんご自由なんですが、せめて理由くらい教えてもらえませんか？」

立ち上がったパパは、ふうふう、と息を荒らげ、どすんとソファに腰を下ろす。

「ウチは代々稲作農家でタマゴは貴重品だったから一個を一家で分けて食べた。滋養強壮の塊のタマゴを、幼くして病で亡《な》くなった弟にたらふく食べさせてやりたかった、というのが両親の嘆きだった。だから親父《おやじ》は養鶏業を始めたし、それを継いだ私はタマゴの量産に努めた。そのタマゴを食用以外に使うなど、絶対に許せん」

パパの言葉に耳を傾けていた彦根先生は、話を聞き終えると言う。

「そんな事情があったとは知らず、失礼しました。では今回の依頼は撤回します」

彦根先生はスマートフォンを取り出し、タクシーを呼び出した。その様子を見ながら、あたしは、目の前で開いた窓が閉まっていくような感覚に囚《とら》われた。

次の瞬間、あたしは思わず声を上げていた。

「待ってください。依頼を受けるかどうか、少し考えさせてくれませんか」

自分の声を聞いて、自分で驚いている。パパは目を見開いて、あたしを見た。

「社長が出した結論に口出しするな」

ナナミエッグの経営責任者の顔になったパパは、越権行為をしたあたしをにらむ。

「パパはいつも言ってるじゃない。このままだとジリ貧でナナミエッグは潰れるぞって。たぶん、これはチャンスなのよ。何か新しいことにチャレンジしないと」

「だからと言って、食用でないタマゴを作るなんて……」

そこに彦根先生が割り込んできた。

「乗り気でない人にお願いするのは、気が引けます。この依頼は単に有精卵を作っていただくだけでは済みません。高度に品質管理された、厳選された有精卵が必要で、難しい新技術を導入するのは普通の養鶏場にはハードルが高い。高度な依頼になりますからお断りになった社長のご判断は経営者として真っ当です」

「難しい新技術に高度な品質管理だと？　そんなのはどうってことない。養鶏関連の業務でウチがやれないことなんてひとつもないからな」とパパの怒声が響いた。

彦根先生はきょとんとする。パパの判断を尊重してあたしをたしなめようとしたのに、弁護した当の本人から罵声《ばせい》を浴びせられたのだから。

「ええと、それじゃあ社長は一体どうされたいんですか」

「どうされたいかってそりゃあ、あんたね……」

パパは自分がドジを踏んだと悟ると、苦虫を噛《か》みつぶしたような顔で目を伏せた。

「身内を納得させてから最終的に判断したいので、検討する時間をいただきたい」

彦根先生は、あたしとパパを交互に見つめて言う。

「もちろん結構です。ただ、お引き受けいただけなければ他を当たらなければなりませんので、来月いっぱいに諾否の回答を頂戴したいです」

彦根先生は立ち上がると、付け加える。

「そういえばまだ肝心の依頼元をお伝えしていませんでしたね。納入先は浪速大ワクチンセンターです。社長が反対する理由はわかりましたが、これは日本の未来が掛かっているプロジェクトなので、僕も簡単には引き下がれないんです」

銀縁眼鏡が光り、迷彩服を着て機関銃を抱えたゲリラ兵士の姿と二重写しになる。ごしごしと目を擦ると、その姿は元の優男に戻っていた。

——何なの、今のは？

彦根先生は武装解除したような穏やかな微笑を浮かべ、部屋を出ていった。あたしは階段を駆け下り、タクシーに乗り込もうとした彦根先生に走り寄る。

「待ってください。父は頑固ですが道理はわかる人です。あたしが説得してみます」

彦根先生は振り返り、微笑した。

「まどかさんとは、きちんとお話しした方がよさそうですね。よければ明日の夕方、ディナーでもご一緒しませんか。ご都合がつけば携帯に電話してください」

唾《つば》を飲む。こんな風に誘われるとは思わなかった。

第一印象、いけすかないヤツ。

セカンド・インプレッション、社長のパパを激怒させたとんでもないヤツ。

でも気がついたら、あたしはその申し出にうなずいていた。

彦根先生を乗せたタクシーを見送って応接室に戻ると、パパが腕組みをして待っていて、「まどか、ちょっとそこに座りなさい」と言った。

「あ、大学に遅れちゃう」

再び階段を駆け下りる。パパにはああ言ったけど、大学へ行く気分ではなくなり、ドライブがてら海辺の喫茶店にランチに行くことにした。愛車に乗り込みアクセルを踏み込むと、『たまごのお城』がバックミラーの中で小さくなっていく。

ママを早くに亡くし、あたしはニワトリとパパの面倒を見てきた。それがママの最後の願いだった。大学院を出たら、ナナミエッグの広報担当に就職するかもしれない。そうしたら広報とは名ばかりで、ありとあらゆる雑用を引き受ける羽目になるだろう。真っ黒に塗り潰された未来が見えた。ファームは嫌いではない。けれども単調な毎日が繰り返され、逃げ場がないのはイヤだ。そんなことを考えながら、ふと思う。なぜあたしは「まどか」なのだろう。そんな名前をつけられたのに、あたしは窓のない世界に閉じ込められようとしている。

でも今、彦根先生の言葉が灰色の壁に窓を開けた。

だからあたしは誘いを断れなかったのだ。

アクセルを目一杯踏み込んで、あたしは海岸沿いのバイパスを走り抜けた。

翌朝、五月二十七日、水曜朝八時半。

なぜあたしがモーニングコールをしなければならないのか、いつも疑問に思いながらコールし続けて、はや一年。十回呼び出し音が鳴るのも、電話がつながっても返事がないのもいつものことだ。あたしは一方的に通話口に吹き込む。

「今から出るわよ。遅れたら置いていくからね」

これも決まり文句。ようやく相手が声を出す。

「つれないことを言うなよな。俺とまどかの仲だろ」

すうっと息を吸い込むと、携帯に怒鳴りつける。

「紛らわしい言い方はやめて。十分で着くから支度をして待ってること。以上」

電話を切り鏡に向かう。手櫛《てぐし》で髪を梳《す》きルージュを引く。洗いざらしのTシャツに細身のジーンズ。初夏の身支度は簡単だ。オシャレをすれば可愛いのに、という同級生の評を無視していたら何も言われなくなった。

小型車のエンジンは一発オン、今朝も愛車のピンクのローバーミニは絶好調だ。

地方では車は一人一台の必需品だから大学入学のお祝いに買ってもらった。大学院に登校するのは週四日。午前中はブレストという名の雑談で、午後は自由行動だ。

パパはあたしが婿《むこ》取りして養鶏場を継ぐことを望んでいるけど、こんな田舎に入り婿してくれる奇特な相手を探すなんてハードルが高すぎる。

フロントガラスに広がる青空を見上げ、BGMの〝波乗りトロピカル〟をシャウトする。『バタフライ・シャドウ』は生ける化石みたいなグループだ。あ、もう音楽界にはいないから単なる化石か。〝まひるの月〟を聞いていた彦根先生をふと思い出す。

——明日の夕方、ディナーでも。

一晩寝たら明日は今日になっていた。

車を走らせ五分。遠目に目立つ黄色い看板に黒々と書かれた『真砂運送』という骨太の文字を見ると、デコトラの荷台に書かれた『追越御免・無法松』といった文句を思い出す。その下に佇む無骨な男性の姿を見て舌打ちする。

おのれ、またやりやがったな、拓也め。

ブレーキを踏み、男性の側《そば》に停車すると、ウィンドウを下げにこやかに挨拶をする。

「おはようございます、おじさん」

「まどかちゃん、今日も綺麗《きれい》だね。どうだ、そろそろウチに嫁に来ないか？」

これも決まり文句。愛想笑いで返事は保留。

真砂運送を一代で築き上げた真砂耕司《こうじ》社長はパパの同級生だ。その昔、酔った勢いであたしを拓也のお嫁さんにほしいと言ってきて、パパは拓也を婿にほしいと言い返し、呑《の》み比べで決着をつけた。小学五年にして許婚《いいなずけ》を持つ身になりそうになったあたしはすぐ断固拒否の姿勢を示し、拓也もあたしのクレームを受け入れてくれたので事なきを得た。でも拓也のお父さんは未練がましく文句を言い続けて今日に至る。考えてみればひどい話だ。どっちが勝ってもあたしが拓也と一緒になるという結果は変わらないのだから。でもにこにこ笑いかける拓也のお父さんを見ていると怒る気は失《う》せてしまう。得な御仁だ。

拓也のお父さんは頭を掻《か》いて、言う。

「すまん、拓也はシャワーを浴びてる。迎えに来てくれたまどかちゃんを待たせるなんてとんでもないけど、あれでも真砂運送の跡取りなんで堪忍《かんにん》な。お詫《わ》びにウチのヤツにお茶を準備させてるんでな」

母屋《おもや》の前で拓也のお母さんが手を振っていた。こんな風に懐柔されたら折れるしかない。また今朝も、なれ合いのぬるま湯の中、あたしはふやけてしまう。

ため息をついて、エンジンを切った。

真砂運送では毎朝、拓也のお母さんが社員の運転手さんたちのため、簡単な朝食を用意する。あたしもたまに立ち寄りデザートをご馳走《ちそう》になる。素人《しろうと》とは思えぬ腕前で、珈琲《コーヒー》やお茶をつければ喫茶店として開業できるレベルだ。

家に入ると、顔なじみの運転手さんが声を掛けてきた。

「まどかちゃん。とうとう若社長の嫁になるのかな」

「やめてよ、平野《ひらの》さん。おばさんが本気にしちゃうでしょ」

平野さんは五十代半ば、二十歳で免許を取った時から真砂運送に勤める古株で、運転手のまとめ役だ。シフォンケーキを持ってきた拓也のお母さんが言う。

「あら、私は大歓迎よ。拓也があんなだから渋りたくなるのもわかるけど。まどかちゃんは素敵なお嬢さまだから、おばさん、ちょっと心配」

そう言いながら珈琲を置くと、ペンキの有機溶剤とガソリンの匂《にお》いが漂ってきた。

あくびまじりの声が言う。

「自分の息子をけなした挙げ句、よその娘の心配をするなんて、それでも母親かよ」

「ほんとのことでしょ。毎晩、使いものにならない車をいじるのは止《や》めて、さっさとウチを継いでちょうだい」

「まどかが嫁に来てくれたら、いつでも継ぐよ」

「というわけでまどかちゃん、そろそろ拓也のこと、本気で考えてくれないかしら」

親子二人がかりの攻勢に引き気味のあたしは、ツナギ姿の拓也に小声で言う。

「いい加減にして。置いていくわよ」

「そんなこと言うなよ、まどか。ここはお袋のシフォンケーキに免じて、なんとか」

今どきリーゼントという前世紀の遺物の髪型を整えながら、両手を揉《も》み合わせるようにしてあたしを拝む。その顔を見ているうちに、思わず噴き出してしまう。何だかバカバカしくなってシフォンケーキにかぶりつく。

これがあたしの幼なじみ、小学校から大学院までほぼ一緒の腐れ縁にして真砂運送の御曹司、真砂拓也だ。

拓也は大学の授業よりも自動車の改造に夢中で、一日おきにガレージに籠《こ》もっていた。『バック・トゥ・ザ・フューチャー』のデロリアン顔負けに装飾された非実用車は、改造しすぎて公道を走れなくなった上に、更に改造を重ねている。そんな拓也を、趣味は大学院までという暗黙の了解でご両親はあきらめ顔で見守っている。

拓也が師匠と呼んでいる平野さんに図面を見せた。

「排気系の形状を少しいじってみたんだけど」

「これでは空気抵抗が増して、まずくないですか」

「その辺りは工学部の仲間にシミュレーションしてもらったから、たぶん大丈夫」

「それならいいでしょうけど、何だかしっくりきませんや」

拓也はむっとした顔をしたが、平野さんは車の構造を手取り足取り教えてもらった師匠なので言い返さない。すると隣で黙々と食事をしていた男性が口を開いた。

「その配置だと空気抵抗は軽減しますが、放熱が問題になりませんか？」

拓也は図面を見ていたが、そうか、と呟く。

「確かに遮熱板を取りつける場所がないな。図面をちらりと見ただけでよくわかったね、柴田《しばた》さん」と拓也が感心して言うと、中年男性は首を振る。

「カラダに置き換えると、消化管にあたる排気系が詰まっているように見えたので」

平野さんは納得したような、しないような声で言う。

「若社長のミスを見つけるのも大事だけど、できるだけ早く荷物を届けてくれよな。柴田さんは仕事は丁寧だけどいつも時間ギリギリだからね」

すみません、気をつけます、と男性は頭を下げた。

拓也は助手席に乗り込むとシートベルトをする。走り屋を自称するだけはあって、さすがにＦ１ドライバーは無理そうだけど、拓也の運転はかなりの腕だ。

「よう、まどか。今日も綺麗だね」

アクセルを踏んだあたしは、呆《あき》れ顔で言葉を返す。

「そりゃああたしも、最初は少しはときめいたけど、毎日繰り返されるとさすがに飽きるわ。もうちょっと工夫したらどうなの」

「そんなこと言ったって綺麗なもんは綺麗なんだから他に言いようがないだろ。それよりいつになったら嫁に来るんだよ」

「何遍言えばわかるの。拓也は真砂運送の跡取り息子であたしはナナミエッグのひとり娘。お互い嫁取り婿取りをしなくちゃいけないんだからムリに決まってるでしょ」

「あーあ、俺たちってロミオとジュリエットだな」

「ロミオとジュリエットは相思相愛で、両家の折り合いが悪くて悲劇になったけど、あたしと拓也とは相思相愛じゃないから、そもそも前提条件が全然違うわよ」

あたしは苛立《いらだ》ってクラクションをぱっぱっと鳴らす。文学的素養に乏しい拓也に、こんなことを言ったところで空《むな》しい。拓也は、グローブボックスの中の包みを開ける。

「あ、またあたしのおやつを勝手に食べて」

「ケチなこと言うなよ、美味《おい》しいんだからいいだろ」

ゆでタマゴに頬ずりするようなヤツに、ロミオを名乗る資格はないだろう。

丁寧に殻を剝《む》くと、つるんとしたゆでタマゴにキスをする。

あたしのおやつを許可なく勝手に食べようとしている拓也に尋ねる。

「ところで拓也の車はいつ社会復帰するわけ？」

拓也は、黄身にむせながら言い返す。

「社会復帰？　何を言ってるんだよ。俺の一世一代のチューンナップ・カーを、今さら凡庸なシティカーに戻せるかよ。アイツは今も日々進化し続けているんだぞ」

「もちろんよーくわかってるわ。でもその言葉を翻訳すると、チューンナップをやめるどころか一層進めて社会復帰が不可能な方向に推し進めた挙げ句、卒業まであたしの車に便乗し続けるつもりでいる、ということね」

拓也は、ち、と舌打ちをする。そしてまた両手を合わせてあたしを拝む。

「なあ、まどか、今さらあの車を娑婆《しゃば》に戻せないのはわかるだろ？　ガソリン代だって折半してるし」

「払ってくれるのは拓也のお父さんよ」

そう言ったものの、生真面目《きまじめ》な表情で頼み込む拓也をこれ以上責める気になれない。

「それならせめて、あたしの車に乗る時は作業着はやめて」

「バカ言うな。コイツは俺の正装だぜ」

どうやら拓也は何一つ譲歩するつもりはないらしい。

赤信号で車を停めると、あたしは不毛な会話を打ち切り、話題を変える。

「新しくドライバーさんを雇うなんて、真砂運送は景気がいいのね」

「柴田さんのことか。加賀フェアのために雇った人なんだけどフェアが途中で打ち切りになっちゃって、今や人間不良債権さ。でも設計図の問題点をズバリ指摘したのは驚いたなあ。ドライバーとしては優秀らしいけどトロくて、いつも時間ギリギリのお届けなんだ。入社半月でドン亀《がめ》なんてあだ名をつけられちゃってるんだぜ」

遅配でないならいいでしょ、と言いかけてやめた。あたしには関係のない話だ。

信号が青に変わる。拓也の同伴通学は、拓也のお父さんがあたしに頼んできた。

なあ、まどかちゃん、頼むよ、と言う時のおじさんの口調は拓也にそっくりだ。

——血は争えないわねえ。

あたしはくすくす笑ってしまう。得な性分は父親譲りのようだ。

03 野坂研の流儀

加賀・加賀大学　5月27日（水曜）

小一時間のドライブで加賀大キャンパスに到着する。かつては市街地のど真ん中にあり、お城の大学と呼ばれた総合大学は、今では辺鄙な市街地の外れに移転し、小《こ》洒落《じゃれ》た雰囲気は消え失せてしまった。

校門を通り抜けると、舗装道路の両脇《わき》に灰色の集合住宅のような建物が並ぶ。アルファベット名の素っ気ない建物のF棟二階に研究室がある。

車を停めると拓也は、あたしを置き去りにして研究室に向かう。散々人を待たせたくせに大学に着いた途端、自分だけ先に行く身勝手さにいらいらしながら、拓也の後ろを追いかける。研究室へは玄関に回りエレベーターを経由する正式ルートより、駐車場脇の非常階段を上った方が早い。

ドアの前に立つと、拓也が扉を開けてくれる。お姫様気分だけど扉の建て付けが悪く、スムースに開かないので折角の心配りは台無しだ。扉が開くと午前の陽射《ひざ》しが眩《まぶ》しく差し込む部屋。ここがあたしたちの根城、野坂研究室だ。

壁際《かべぎわ》に三つ机が並ぶ。窓側からあたし、拓也、誠一の机だ。その後ろに丈が低いガラステーブル、一人掛けのソファが三つ、三人掛けの長椅子がひとつ。あたしの机の背には洗い場とガスコンロがあって、お湯を沸かしてお茶や珈琲が飲める。

背中合わせの本棚が中央で部屋を二つに区切っている。本棚のない部分が通路になっていて、奥の両袖《そで》机で読書に励んでいるのが野坂美代治《みよじ》教授だ。

文学部教授にして加賀歌壇の大立て者の野坂教授が立ち上げた研究室の名称は、なぜか文学と無縁そうな『地域振興総合研究室』で、あたしと拓也は一期生の院生だ。工学部の拓也と文学部のあたしが同じ大学院の研究室に籍を置くという謎《なぞ》は深いようでいて実は浅い。「学問の垣根を越えた地域振興」が研究室の謳《うた》い文句で面白そうな惹句《じゃっく》だけど、文系の院生はその後のポストがありそうな研究室に集まる。その結果、この研究室に入ったのは三名だけだ。ただし獣医学部六年生の誠一は院生ではなく、あたしと拓也の幼なじみという理由で、勝手に研究室に出入りしている。

三人は小学校からの腐れ縁で、地元でくすぶる地域密着型の地場産業に従事する家に育ったという共通点がある。そんなあたしたちを指導するのは加賀歌壇の大御所・野坂教授だから素晴らしい研究室になるだろう、なんて考えは浅はかだった。

野坂研は野放しで、最初の年は三人一緒に、時に二人、そして一人で遊び回った。野坂教授は「遊ぶことも院生の仕事です」なんて火に油を注ぐアドバイスをしたので、本当に何もしない大学院生に成り果てた。そんなぐうたらなあたしでさえ、院生二年目のゴールデンウイーク後の今、相当な危機感を持ち始めていた。

研究室の長椅子に、長身の男性が寝そべってマンガを読みふけっていた。

「また泊まったの、誠一？」

「ああ、実験が朝四時まで掛かったからね」と誠一は、マンガから目を離さず答えた。

一人っ子の誠一は父上の鳩村獣医院を継ぐべく獣医学部に入り、興味半分で顔出しした実験メインの研究室に嵌《は》まっている。学部生なのにあと少しで論文を一本仕上げられそうだなどと、あたしみたいなスチャラカ院生が聞いたら卒倒しそうなことをさらりと口にする。卒業して患者（患獣？）を診る臨床獣医師になるのは四割程度で、残りは畜産業に従事したり、動物園や水族館に就職する。大学の研究室に残る学生も例年数人はいるそうで、誠一のお父さんは密《ひそ》かに気を揉んでいるらしい。

「こんなところでごろごろしていないで、たまには綺麗どころと飲みに行けば？　この前、原口《はらぐち》さんに嫌味を言われて、やになっちゃったわよ」

文学修士で才色兼備の原口さんは誠一がお気に入りだけど、誠一は無関心だ。

長身で甘いマスクの誠一は、取り巻きの女子大生軍団に見向きもしない。すると困ったことに、側にいるあたしに非難の目が集まる。とばっちりもいいところだわ、と誠一を詰《なじ》ると、面倒臭いといわんばかりの顔で答える。

「しょうがないだろ、発情期のメス猫に取り合っていたら身が持たないよ」

発情期のメス猫という言葉に特段の悪意がないことは、付き合いが長いあたしならわかる。獣医の息子だからそのまんまの意味だ。でもそんな風に言われては取り巻き女性たちのプライドはずたずただ。こんなデリカシーのないヤツがモテるのかと不思議だ。誠一を取り巻く、〝発情期メス猫軍団〟にとってはデリカシーなんかよりも、ハンサムであることの方が重要な要素なんだろう。

誠一が入り浸っているせいで、野坂研をまどか王国なんて呼ぶ人もいるらしい。でも気まぐれボヘミアンと車バカのお調子者の王国なんてお笑い種《ぐさ》だ。

「だいたい誠一は学部生のクセに、どうしてこんな研究室に入り浸っているのよ」

すると誠一が答える前に、部屋の奥から男性の声がした。

「いつも言っていますが、〝こんな研究室〟というのはやめませんか、名波さん」

部屋の奥から黒縁眼鏡の初老の男性が顔を出す。

「野坂教授、いらしたんですね。以後気をつけます。でもみてください。この計画用紙を。ここには『地域振興総合研究・野坂研』というご大層な看板と『加賀の地場産業振興の新展開』というお題目があるだけで、あとはまったくの白紙です。それで一年以上放置ですよ。その結果、今年は新入院生がいなくて、野坂教授は来年で定年ですから今後新メンバーが入る可能性はゼロ。そう考えれば、こんな研究室、と言ったとしても仕方ないと思うんですけど」

あたしは壁に貼《は》られた一枚の模造紙を、掌《てのひら》でばんばんと叩きながら言う。

「名波さんのお言葉はごもっともですが、言葉は言霊《ことだま》とも言いまして、口にすると本当にそうなってしまいます。言うにしても、別の言い方を心がけた方がよろしいかと思います。たとえば、〝こんな研究室〟ではなく、〝こんな素敵な研究室〟とひとつ形容詞を添えるだけで、雰囲気はずいぶん変わるものですよ」

さすが文学部教授にして天下の歌人だけあって、言うことが深い。

野坂教授の発言には一理ある。ここは白紙の模造紙が一枚あるだけの空っぽの部屋だけど、それはこれから何でもできる可能性が詰まっているということでもある。

定年が近い野坂教授には野望も気概もない。昔はライオン丸と呼ばれ指導が厳しかったらしいけど、今は、〝みそひと美代治〟なんていう、よくわからないあだ名がついている。加賀風狂子《ふうきょうし》の雅号を持つ歌人として名高く、歌人にして文学部教授という文学の申し子。加賀の暮らしを歌った歌集が数冊ある。

あたしは卒論は消去法で選んだ。万葉集にしたのは和歌なら短く、歌の数を調節すれば簡単にまとめられると思ったからだ。おかげで卒論は苦もなくまとまり、指導教授も歌人の誉れ高い野坂教授だったので指導は適切で楽勝だった。恩返しに一冊くらいは歌集を読破しようと思い、養鶏場のひとり娘だから、第二歌集『鶏鳴』を読み通そうとトライしてみたけれど、まだ読了できていない。

加賀歌壇の権威である野坂教授が立ち上げることになった研究室が『地域振興総合研究室』なのもおかしな話だが、大学という組織はおかしな磁場が入り乱れる魔境だから当然かもしれない。

野坂教授はあたしたち院生に干渉することもなく、お互い場違いな空間で自由な時間を謳歌《おうか》した。でもさすがに大学院生活も残り一年を切った今、研究課題すらあやふやな現状には危機感を覚え、あたしは宣言した。

「さてみなさん。修士二年目です。そろそろ研究課題を決めましょう」

壁に貼られた真っ白な模造紙を掌で叩くと、ソファに座った拓也が言う。

「俺がチューンナップした雷神号の製作過程にしようって言ったじゃん」

「その提案は却下したわ。拓也の企画には地域に密着し新しい地場産業の可能性を提示するという部分が抜け落ちている。地場産業の振興策として、公道を走れない車の量産という主張が通用すると思っているワケ？」

拓也は肩を落とすけど、見かけほどめげていないことはよくわかっている。

「誠一には何かいい考えはないの？」

誠一は積極性に欠けるけど、頼りになる。遠慮がちに尋ねたのは、あたしが勝手に任命した名誉院生だからだ。誠一はマンガから目を離さずに答える。

「まどかのやりたいことをやればいいんじゃないか。僕がここにいるのは、実験や実習の空き時間を過ごす場所として便利なだけだから」

頭は切れるけど積極性が足りない誠一。チャレンジ精神は旺盛《おうせい》だけど論理性に欠ける拓也。足して二で割ればちょうどいいのに、と思う。すると野坂教授が言った。

「焦《あせ》る必要はありません。みなさんは修士号がなくても立派にやっていけますから」

野坂教授は鼻を人差し指でこする。出るぞ、と思ったら案の定、迷言が飛び出す。

「修士号は足の裏の米粒。取らないと気になるが取っても食えない。みなさんは贅沢《ぜいたく》に時を浪費すればいいんです。修士号よりも豊かなものを手に入れられますよ」

「修士号より豊かなものって、何ですか？」

「名波さんはとっくにご存じですが、答えは、徹底的に遊ぶことです。学校で優秀だった学生が、社会に出るとくすんでしまうのは本気で遊ばなくなるからです。仕事には二種類あり、英語ではきっちり分けられています。ビジネスとジョブ、です」

誠一がマンガをテーブルに置いて、身を起こして質問した。

「どちらも直訳すれば〝仕事〟だと思うんですが、どこが違うんですか？」

「ジョブは単純作業の繰り返しで、ビジネスは創意工夫が必要です。ビジネスは精度の高いジョブに支えられますが、ジョブを上位に置くと物事は単純化され腐ります。人はたいてい、ジョブをこなすことが大切だと思い違いをするのです」

そうするとナナミエッグはビジネスではなくジョブになっているのかもしれない。

「私は間もなく定年ですから、成果は上がらなくてもいい。名波さんはナナミエッグの広報、真砂君は真砂運送の若専務、鳩村君は鳩村獣医院の副院長と、将来の進路が決まっている方たちばかり。みなさん、加賀に密着して生きていくわけです。ですから後はみなさんの可能性にかけて、ゆっくり待ちますよ」

それでも切羽詰まったあたしの気持ちが伝わったのか、野坂教授は口調を変えた。

「現状では新しい展開を見つけるのは難しそうですのでヒントを差し上げましょう。切実に願い続けていれば機会は必ず訪れます。チャンスは外部から訪れますから、決して見逃さないようにしてください」

結局、いつもの禅問答かと思いつつも、手帳にはさんだ名刺が思い出された。気になって仕方ないので、思い切って拓也に言う。

「今夜は用があるから帰りは送れないわ。一人で帰って」

「いきなりどうしたんだよ。さては昨日の浪速大のイケメン教授とデートだろ」

「な、なんで拓也がそんなことを知ってるのよ」

そう言ったあたしはあわてて口を押さえたけれど遅かった。拓也は鼻先で笑う。

「ゆうべ親父さんがこぼしてた。まどかはすぐ都会モンによろめくから困るってさ」

おのれ、おしゃべりパパめ。真砂家でそんなことを話したらどうなるか、ちょっと考えればわかるだろうに。今朝の意味ありげな拓也のお母さんの言葉を思い出す。

——まどかちゃんは素敵なお嬢さまだから、おばさん、ちょっと心配。

なるほど、それか。腑《ふ》に落ちると同時に頬が熱くなる。

——パパのヤツ、殺す。

「俺はまどか一筋なのに、そりゃないぜ。なんで俺じゃあダメなんだよ」

そもそも邪推なんだけど、百パーセント否定できなかったりする。いけすかないヤツだと思っていたのに、こんな風に言われたら、逆に意識してしまう。

「それなら拓也が名波家に婿入りする？　そうしたら真面目に検討してもいいわよ」

「それは関係ない。問題なのは、まどかのイケメン教授との浮気疑惑なんだから」

「はあ？　浮気？　確かに彦根先生と会おうと思ってるけど、ビジネスの話よ」

「でも親父さんはソイツの話を断ったんだろ？　なのになぜまどかが会うんだよ。本当にビジネスの話なら、俺が一緒に行っても問題はないよな？」

「もちろんよ。気が向いたら、という話だから、まだアポも取っていないわ」

あたしがしどろもどろになったのを見て疑念を強めた拓也は、話の切り口を変えた。

「そもそも、その浪速大のイケメン教授の依頼って、どんなことなんだ？」

パパは肝心のところは喋《しゃべ》らなかったらしい。まったくどんな伝え方をしたんだろう。

「有精卵を毎日十万個、納入してほしいという依頼よ。引き取り価格は通常の倍よ」

「有精卵は食用じゃないけど、倍額提示は悩ましいな。経営は火の車だって親父さんはいつもぼやいているし、渡りに船だと思っているかも」

娘よりもパパの本音を知っているってどういうこと、と拓也にちょっと嫉妬《しっと》した。

「おいしいタマゴを食べてもらいたいというパパの信念は尊重するけど、ナナミエッグが潰《つぶ》れたら元も子もないから、少し柔軟に考えてほしいと思っているだけよ」

するとと寝そべっていた誠一がむくりと起き上がる。

「その話、面白そうだ。僕もその教授に会ってみたいな。おじさんが仕事を受けたら十万羽の有精卵を産むニワトリについてウチに相談があるだろう。事前に企画を理解しておくことは鳩村獣医院にとってムダじゃないからね」

「誠一が一緒に行ってくれるなら心強いわ。でもこの依頼の目的は知ってるの？」

「有精卵を大量に必要とするなら、インフルエンザ・ワクチンの製造だろ」

まじまじと誠一を見た。これだけの会話でそこまで見抜くなんてすごすぎる。

名刺の番号に電話すると呼び出し音三回で出た。

「今夜の件ですけど、興味を持った院の同級生も一緒にお話を伺いたいと申しておりまして。あ、ダメならもちろん結構ですけど」

一気に言うと、押し当てた耳に屈託のない声が響いた。

——でしたらみなさんと夕食をご一緒しましょう。六時にホテルに迎えに来てください。お店はそちらで予約していただけると助かります。もちろん、ご馳走しますよ。

「高級料亭でもいいんですか？」と意地悪な気持ちになって尋ねる。加賀百万石の時代から続く老舗《しにせ》料亭のイメージが浮かぶ。憎らしいことに相手はまったく動じない。

――いいですよ。そういう店は滅多に行かないので楽しみです。

接待費で落とすのかな、などと考えてしまうあたし。いけすかないヤツと話をしているとこっちまでイヤなヤツになってしまう。気を取り直し事務的に告げる。

「あ、いえ、今のは冗談です。六時にロビーにお迎えに上がります」

あたしは電話を切った。拓也の視線が頬に痛い。


誠一推薦の居酒屋は地元産の食材揃《ぞろ》いで、今の加賀で一番らしい。マスターと顔見知りなので料金は二割引という気《き》っ風《ぷ》のよさだ。駅までは拓也に運転を頼んだ。拓也は下戸で、ひと口で蕁麻疹《じんましん》が出る。走り屋の血がアルコールを拒否するんだ、なんてかっこつけているけれど。あたしは振り返り、後部座席の誠一に話しかける。

「誠一はなぜ有精卵の発注がインフルエンザ・ワクチン製造だとわかったの？」

「実は今、細胞株を使って牛用ワクチンを作る研究をしててね。細胞株とは自分勝手に育ち続ける人工細胞で癌《がん》細胞由来が多い。自在に増やせる細胞株でインフルエンザ・ワクチンを作る研究もあるけど、今のところニワトリの有精卵が一番なんだ」

「誠一って何でもよく知ってるわね」と褒めたら隣の運転席で拓也がむっとした。

あちら立てればこちらが立たず。ああ、もうめんどくさい。

そうこうしているうちにホテルに着き、あたしが先生を迎えに行くことになった。一緒について行くと言い張る拓也を誠一がたしなめた。

「これから一緒に食事するんだから、どんと構えてろよ」

誠一の言葉に、拓也はおとなしくなる。付き合いが長いだけあって、誠一は拓也の御し方をよく知っている。ホテルに入ると、ロビーのソファに座っていた彦根先生は、あたしに気づいて立ち上がり、頭を下げた。銀のヘッドフォンが光る。

「緊急事態で東へ向かわなくてはなりません。今夜はパスさせてください」

拍子抜けしたが、仕方がないのでうなずいて、「今から東京ですか？」と訊《たず》ねる。

「いえ、桜宮《さくらのみや》です」

初めて耳にした都市の名。どこにあるんだろう。

彦根先生の側に寄り添う小柄な女性があたしに会釈《えしやく》した。亜麻色の髪がさらさら揺れ、アルペジオを奏《かな》でるトライアングルのような音が響く。

「許してくださいね。この人はいつもこんな調子で、周りから〈スカラムーシュ〉なんて呼ばれる、いい加減な人なんです」と高く澄んだ声で言う。

「シオン、余計なことを言うな」

女性は微笑して彦根先生に従う。あたしは、なんかむかつく、と小さく吐き捨てた。

薄暮の道を走る車中、拓也が助手席でぶつくさ言う。今夜はまどかが俺をソイツに会わせたくなかったんだとか、俺たちが一緒に来たから逃げ出したんだなどと勘繰った挙げ句、彦根先生結婚詐欺師《さぎし》説に落ち着いた。ドタキャンは結婚詐欺師の常套《じょうとう》手段なのだそうだ。

そんな拓也の御託を黙って聞いたのは、多少後ろめたい気持ちがあったからだけど、とうとう我慢しきれなくなって言い返す。

「あんまりしつこいと、ここで降ろすわよ」

拓也は黙った。すると今度は誠一が口を挟む。

「彦根先生は綺麗な女性と一緒だったんだって？　僕にはそっちの方が興味深いな」

「それなら御尊顔を拝みに行く？　今すぐ引き返せば間に合うかもよ」

刺々《とげとげ》しい言葉に誠一も黙り込む。あたしがご機嫌斜めなのを感じ取ったようだ。

車中は重苦しい沈黙に包まれる。これなら拓也のたわごとを聞き流していた方がよかったかな、と後悔しながら、ふと思いついて尋ねる。

「ねえ誠一、〈スカラムーシュ〉ってどういう意味？」

誠一が眠そうな声で即答した。

「フランス語で〝道化師〟という意味かな。確か黒装束でホラを吹きまくる臆病者《おくびょう》で、クイーンの名曲『ボヘミアン・ラプソディ』の歌詞に使われていたと思ったけど」

スカラムーシュ、ボヘミアン、ラプソディという言葉があたしの中で核融合を起こし始めた。

レオタード姿の曲芸団の娘が儚《はかな》げな微笑を浮かべて振り返る。その隣に佇《たたず》むピエロが機関銃を構えあたしに照準を合わせている。そんな支離滅裂なイメージが脳裏に浮かんで、消えた。

◯

その頃、いさかいの火種となった彦根は、東へと向かう特急列車に乗っていた。

「シオンが迎えに来てくれて助かった。東城大は大騒ぎだ。シオンの力が必要だ」

「私は明日、帝華大のシンポジウムで講演するのですが、キャンセルしますか？」

「シンポジウムは何時から？」

「午後一時です」

「その会は重要だから、講演した方がいい。明日中に桜宮に着けばいいから、とりあえず明日、僕が東城大で情報収集をして判断する。連絡は早くて夕方頃だな」

「わかりました」

そう答え、シオンは車窓の外を流れる灯りを見つめる。

「さっきの女性って……」

言いかけてやめると、シオンはうつむいた。トライアングルのような音が響く。

「少し眠れ。明日はタフな一日になる」と彦根はシオンの目を見ずに言う。

シオンは彦根の肩にもたれる。しばらくして規則正しい寝息が聞こえてきた。

彦根は、暗い窓に鋭い視線を投げかけ、一心に何事か考え込んでいた。

04　パパの壁

加賀・ナナミエッグ　6月9日（火曜）

二週間後。

事務所には穏やかな午後の陽射しが差し込んでいる。『たまごのお城』でのバイトを終えたあたしは庶務の前田さんとお喋りをしていた。パパはファームの見回り中で、経理の人たちが眉間《みけん》に皺《しわ》を寄せ、小声でぼそぼそと話しているのが漏れ聞こえてくる。

どうもウチの経営状況は芳《かんば》しくないらしい。

窓の外で車の音がした。二階から見ると中庭にタクシーが停まっている。車から降りた男性の銀縁眼鏡が光る。あたしは階段を駆け下りた。

玄関のドアを開けると、ヘッドフォン姿の彦根先生は気がついて向きを変え、社屋に歩み寄ってきた。陽射しの下、銀縁眼鏡とヘッドフォンがきらりと光る。

「先日はドタキャンしてすみませんでした。騒動にケリがついたので、改めてナナミエッグとの業務提携の可能性について、まどかさんにご相談しようと思いまして」

「社長はあいにく、外出していますけど」

「構いません。今日はまどかさんのアドバイスを頂戴《ちょうだい》しようと思ったので」

「では、こちらへどうぞ。社長もまもなく戻ると思いますので」

なぜか頬が熱くなる。応接室に案内し、前田さんにお茶を頼んで応接室に舞い戻る。

窓辺から『たまごのお城』を眺めていた彦根先生に、あたしは深々と頭を下げた。

「先日は、父が失礼しました。せっかくのお話に、あんな風に言うなんて」

「僕は気にしていません。いろいろなところで、もっとひどいことを言われますからね。それより名波社長は、翻意していただけないんでしょうか」

「社長の気持ちは変わらないと思います。三十年近く養鶏場を支えてきた信念ですから。でも新プロジェクトで新たなマーケットが得られれば利益になるという点がポイントです。ウチも経営は厳しそうですので」

「引き取り額の増額が必要だということですか？」

「額は充分です。あとは社長が納得さえしてくれれば……」

「結局は堂々巡りですね」と彦根先生にあっさり言われ、唇を噛む。

あたしって何て非力なんだろう。すると、背中をぽん、と叩《たた》かれた。

振り返ると外回りから戻ったパパがいた。

彦根先生は悪びれずしゃあしゃあと、「実は今日はお嬢さんに、社長を説得するためのお知恵を拝借しに来たもので」と白状する。まったく、そつがなさすぎる。

「ひとつお手柔らかに頼みますよ。相談を持ちかける前に、娘にビジネスの厳しさを叩き込んでやってください」とソファに腰を下ろしながらパパはうなずく。

「いいんですか？　僕は手加減しませんけど」

「結構です。感情と別次元で動くのがビジネスの要諦《ようてい》ですからな。あれから考えましたが、やはりこの依頼を受けるのは難しいです。お話をお断りするのは私の流儀でないというだけではありません。近いうちにここを畳もうと考えているのです」

「お宅の経営状態は、そんなに悪かったのですか？」

彦根先生が驚いて尋ねると、パパは遠い目をして一瞬、黙り込む。そして言う。

「タマゴは食品の優等生で栄養学的にタンパク質の他ビタミンA、D、E等のビタミン類やミネラルも豊富でカルシウムは牛乳の一・五倍。脳の機能維持にかかわるコリンや殺菌効果のあるリゾチーム、疲労回復に必要な必須《ひっす》アミノ酸も大量に含んでいて価格は廉価《れんか》だ。こんな素晴らしい食品は他にない。だから昔は養鶏業者も羽振りがよかったんですわ。ところが価格面で食品の優等生だったことが裏目に出て、昭和三十年代に平飼いからケージ飼いに移行し、経費は節減されましたが養鶏業者はバカ正直に価格を下げて消費者に還元したんです。結果タマゴは三十年前から一個二十円という価格を維持している。補助金も出ていないのにそんな廉価で安定している食品なんて、タマゴ以外に見当たりません」

「素晴らしいことですね」

「ですが、飼料など関連商品の価格が上昇する中、タマゴは低価格を維持し続けることが困難になった。でも今さら値上げもできない、というジレンマに陥っている。養鶏業は今や構造不況業種なんです」

「今すぐ会社を畳まないといけないくらい危ないの？」と尋ねると、パパは首を振る。

「業績はそこまで悪くないから頑張れば二、三年は保《も》つ。でもまどかが一人前になるまでと思っていた。お前も大学院を卒業するから頑張る必要がなくなったんだ」

「従業員の人たちはどうするの？」

「このままだといずれ従業員を半分、切らねばならん。でもみんな家族みたいな人たちだから、それはできない。だからいっそみんなで一緒に辞めようと思うんだ」

「おかしいわよ、そんな理屈」

「それならまどかは前田さんのクビを切れるか？」

仕事はお茶汲《く》みや簡単な事務で年もそこそこ、クビ切りの第一要員だろう。

黙っているあたしに向かって、パパは続ける。

「これはまどかの問題でもある。跡取り娘が、継ぐつもりもない会社の未来に中途半《はん》端《ぱ》に口出しする。そんな会社に明日があるわけないだろう？」

足元がぐらぐら揺れる。まさかパパがそんな風に考えていたなんて……。

「社長のお気持ちはわかりました。可能性がゼロなら、すっぱり諦《あきら》めます」

彦根先生は静かに言った。あたしはほっとした。これであたしはこの養鶏場から解放され、どこへでも行ける。でも、どこへ行けばいいんだろう。

灰色の壁に囲まれた監獄だと思っていたナナミエッグ。今、壁が四方に倒れ、あたしは荒野のまっただ中に放り出された。強風があたしの身体《からだ》を揺さぶる。

あたしを閉じ込める壁だと思っていたナナミエッグは、実はあたしを守ってくれていた壁だった。あたしの望みは壁を壊すことではなく、壁に窓を開けることだった。

気がつくとあたしは、思ってもいなかったようなことを口にしていた。

「会社を畳む前に、有精卵を試してみない？　パパがムリなら、あたしがやる」

「まどかは高校までは養鶏場を手伝っていたが、大学、大学院では手伝わなくなった。『お城』のバイトもいやいやで、広報業務に至っては開店休業状態だ。そんなまどかに何ができる？　高品質の有精卵の納入をやるなど身の程知らずも甚だしい」

「もちろん、あたしだけじゃ無理だから、パパにも手伝ってもらいたいんだけど」

パパは、ふうん、という顔であたしを見た。

「まどかがナナミエッグを継いでくれるのか？」

「ここを継ぐ気持ちはあると言えばある。ないと言えばないわ」

「ふざけるな。そんないい加減な気持ちでやれると思っているのか。身体はでかくなったが中身は幼稚園児のままだな」

パパがテーブルをばしんと叩く。びっくりしてパパを見た。小さい頃は頭を叩かれたこともあったけど、ママが亡《な》くなってからは怒鳴られたこともなかった。

でもあたしも今さら、この程度で引くわけにはいかない。

「あたしだって自分の将来のことくらい、考えているわ」

「その挙げ句、就職浪人で大学院に進学か。大学院を卒業した後はどうするんだ？」

言葉に詰まる。そのやりとりを聞いていた彦根先生は腰を上げる。

「家庭内のお話のようですので、僕は失礼した方がよさそうですね」

パパは、彦根先生を手で制した。

「先生には同席していただき、娘の提案について判断してほしいのです。先生は今の回答をどう思いますか？　たとえばこういう相手と一緒に仕事をしたいですか？」

彦根先生は自分にお鉢が回ってくるとは思っていなかったらしく、一瞬目を泳がせた。でもすぐにしゃあしゃあと「お話になりません」と答える。

頬がかっと熱くなる。何なのよ、みんなでよってたかってバカにして。

「これが世の中だ。まどかがここを継いでも未来はない。でもそれはまどかが選んだ未来だ。彦根先生はお前とパパのやり取りを聞き、お前とは仕事はできないと答えた。お前が就職に失敗したのも、そういうところを見抜かれたのかもしれないぞ」

容赦ない言葉があたしのプライドを打ち砕く。半分涙目になりながら言い返す。

「それなら言うけど、あたしだって昔は養鶏場を継いでもいいかなと思ったこともあった。でもある日イヤになったの。ママが死んで、パパが儲《もう》けばかり気にするようになった日からよ。養鶏場を継いでも、そんなパパの下では働きたくない」

そんなことを言いたいんじゃない、と心の底でもうひとりのあたしが叫ぶ。だけど傷つけられたプライドが叫び続けるのは止められない。パパはため息をついた。

「残念だが今のまどかには、パパの気持ちはわかってもらえそうにないな。だがまどかの言うことも一理ある。どうせならバカ娘の手で潰されるのは本望かもな」

そう言って、パパは立ち上がる。

「先生の依頼は再検討します。依頼は私の信念、当社の理念にはそぐわない。でも当社の経営に行き詰まっている今、突破口は必要です。そこでナナミエッグの未来をふつつかな娘に託したい。この案件の判断は広報の名波まどかに任せます」

いきなり真逆の結論になって、あたしは呆然《ぼうぜん》とした。自分から言い出したことなのに、いざそうなってみると途端に窒息しそうな気分になり、半分逃げ腰で尋ねる。

「彦根先生はそれでいいんですか？」

「いいも悪いも、こちらはナナミエッグさんにお願いしたので、文句はありません」

いいも悪いもって、一体どっちなのよ、と思いながら、続けて尋ねる。

「あたしには養鶏の経験がありません。それでもいいんですか？」

「スーパーに並んだタマゴを誰が作ったかなんて誰も気にしませんよ。こちらは高品質の有精卵を納入してさえいただければ、言うことはありません」

「でも失敗したら先生にも迷惑をかけちゃうし……」

「ＯＫが出たとたん逃げ腰か。言い出したなら、やってみろ。依頼主は、結果さえ出せば後はどうでもいいと言ってくれている。他に何が必要なんだ？」

「ナナミエッグが潰れたら責任を押しつけるつもりなの？」とあたしは吐き捨てる。

「そんなことは考えてもいないよ。生き残るには若い未熟な判断が功を奏することもあるか、と思っただけだ。潰すだけならまどかの手なんか借りず、自分で潰すさ」

「わかった。それなら、どうなっても責めないでね」

「もちろん。自分にやれないことを託すんだからな」

あたしたちのやり取りを眺めていた彦根先生が言う。

「本音を言えば、まどかさんが本腰を入れても実現は難しいでしょう。業務を依頼する時に僕が重視するのは相手が信頼できるか、の一点ですが、今のまどかさんでは不安です」

あたしのことをろくに知らない相手にそこまで言われるのは心外だ。彦根先生は一気に〝いけすかないヤツ〟から〝むかつくヤツ〟にランクアップした。

「それならもし、この依頼をやり遂げたら、今の言葉を撤回して謝罪してください」

あたしの啖呵《たんか》に、彦根先生は即座に答える。

「結果さえ出してくれれば頭のひとつやふたつ、いくらでも下げます。今回は否定的なことばかり言いましたが期待はしています。聡明《そうめい》な名波社長が未来を託そうというのであれば、プロジェクトをきっかけに未熟なまどかさんが成長する可能性もありますから」

持ち上げたり突き落としたり貶《けな》したり褒めたり。彦根先生の言葉はジェットコースターだ。なるほど〈スカラムーシュ〉などと呼ばれるわけだ。

その時、拓也が言った言葉が蘇《よみがえ》った。

——ソイツは結婚詐欺師だよ。

目の前の彦根先生の微笑が、一層胡散《うさん》臭く見えた。

うやむやのうちに会議のような親子喧嘩《げんか》、あるいは家庭内争議もどきの検討会が終わると、彦根先生は立ち上がる。

「交渉相手はナナミエッグ広報担当の名波まどかさんになりました。ただし今月中に回答がなかった場合は他を当たらせていただきます」

彦根先生と階下に降りる。玄関のドアを開けると陽射しが眩しく一瞬立ちくらみがした。停車中のタクシーに歩み寄った彦根先生に言った。

「社長に協力してもらえないと依頼に応《こた》えることは難しいです。でも社長の信念を変えることは不可能です」

「前者に関しては同意見ですが、後者は意見が違います。社長の信念と僕の依頼は矛盾しない。今日、一条《ひとすじ》の光明が見えました。ヒントを差し上げましょうか」

あたしはすがりつく思いで言った。

「教えてください。見えない出口に向かうヒントを」

「行き詰まったら原点に戻ることです。要はパラダイムシフトすればいいんです」

「パラダイムシフト？　寄生虫が関係するんですか？」

「寄生虫は〈パラサイト〉で、発音は似ていますが全然違います。〈パラダイムシフト〉とは枠組み変換のことです」と苦笑して、彦根先生は言う。

「すみません。あたし、おバカだから」

「まどかさんはおバカではなく、思慮が少々不足して自我が多少強いだけです」

女子が自分をおバカと卑下する時は、相手の気を引きたい時なのに。

優しげな彦根先生にうっかり弱みを見せてしまった自分を、怒鳴りつけたくなる。

彦根先生はくるりとあたしに背を向け、歩き始めた。

え？　それだけなの？　そんなんじゃあ全然わかんないよ。

あたしが呆然とする中、彦根先生を乗せたタクシーが土埃《つちぼこり》を上げて走り去った。


翌十日水曜日。拓也を拾って大学に向かう車中でもまだ、怒りはふつふつ煮えたぎっていた。拓也もあたしの怒気を感じたらしく、おとなしかった。研究室に着くと教授への挨拶《あいさつ》もそこそこに席に座り、彦根先生に言われたことを反芻《はんすう》する。マンガを読み出した拓也がちらちら視線を投げてくる。緊張感を孕《はら》んだ研究室に、白衣姿の誠一があくびをしながら入ってきた。白衣は汚れを外に持ち出さないため、汚れがわかるように白いのだから外で着たらいけないと力説していたのに珍しい。あたしが指摘すると誠一は肩をすくめる。

「今朝方、馬のお産実習で羊水や血を浴びて洗濯中で、これはおろしたてなんだ」

すると拓也が、その瞬間を見計らったように言った。

「なあ、まどか、さっきから不機嫌だけど、またあの不良教授が来たのか？」

「また、パパが喋ったのね？」と言うと、拓也は首を振る。

「俺はまどかのことならわかる。思った通りだぜ。あの気障《きざ》野郎の依頼だから一生懸命なんだろ」

「いい加減にして」

まどかさんはおバカではなく思慮が少々不足しているだけです、と言ったむかつき男の顔が浮かぶ。ふざけるな。なんであんなヤツのため一生懸命になるのよ。

そう思いながらも、確かに今朝は彦根先生のことばかり考えていたことに気づく。言行不一致ここに極まれり。シンプルガールのあたしも地に墜《お》ちたものだ。

そんなあたしを横目で見ながら、誠一がぼそりと言う。

「いちゃつくなら外でやってくれよ」

あたしは、ばんと手のひらで机を叩く。

「いちゃついていません。目の前の難題を解こうと悩んでいるだけよ」

「そうそう、そうだね、今のは完全に拓也が悪い」

誠一はあっさり謝り、標的を拓也に差し戻す。自分の蒔《ま》いた種をあっという間に刈り取る手際は惚《ほ》れ惚《ぼ》れする。誠一の身のかわし方は天晴《あっぱ》れな分、拓也のどん臭さが際立つ。これで二人とも腐れ縁の幼なじみというのだから面白い。

誠一はころりと話題を変えた。

「それより無理難題ってどんなこと？　暇つぶしに考えてみるよ」

あたしはほっとして昨日の出来事を説明する。パパがナナミエッグを畳もうと考えていたこと。あたしがプロジェクトをやらせてと言ったら責任者にされたこと。〈パラダイムシフト〉という、彦根先生からの得体の知れないヒント。

「あの詐欺師め。勿体《もったい》つけずに答えを教えればいいものを、そんな風に四の五の言うなんて、大した答えじゃないのさ。初めから胡散臭いヤツだと思っていたんだ」

たまには拓也もいいことを言う。でも一度も会ったことがないヤツにも胡散臭いと断定されてしまうんだから、やっぱりあたしの眼力は正しいんだ、と確信する。

誠一は腕組みをして目を閉じた。

「パラダイムシフトすれば説得できる、か。立派なヒントに思えるけどなあ。シンプルすぎて、まどかが何を悩んでいるのかさっぱりわからないよ」

「それなら答えを教えてよ。あたしは時間を無駄にしたくないの」

本当に苛々《いらいら》する。どうして優秀な人間って、人をむかつかせるのかしら。

「解けないのはまどかが我執に囚《とら》われているからさ。まず、ナナミエッグの理念は素晴らしいと彦根先生も認めている。次。彦根先生は有精卵プロジェクトをナナミエッグでやるのは簡単だと言いながら答えを教えてくれない。なぜだろう」

「それがわからないから、聞いてるの」と苛つきながら言うと、誠一は微笑する。

「だから彦根先生は答えを教えなかった、いや、教えられなかったんだ。答えはまどかと親父《おやじ》さんの心の中にしかないんだから」

「わけがわからないわ。彦根先生も誠一も思わせぶりなだけじゃない」

あたしはキレかかるけれど、誠一は動じないどころか逆に言い返してきた。

「じゃあ親父さんが言うナナミエッグの理念とやらを、取り出して見せてくれよ」

「そんなことできるわけないじゃない。理念は言葉で、実体がないんだもの」

「その通り、理念は親父さんの頭の中にしかない。そしてその理念に従うと彦根先生の申し出を受けられずナナミエッグは潰れてしまう。さて、どうすればいい？」

「わかった。親父さんを心変わりさせればいいんだ」

拓也が言うと、誠一は「ご名答」と手を打つ。あたしは呆《あき》れ顔で二人を見た。

「バカなこと言わないで。それができなかったからこんなことになっているのよ」

「いや、親父さんは理念に拘《こだわ》っているけど、本当はとっくに理念を見限っている。自分で気づいていないだけだ。これは隠し絵で、僕の言葉と彦根先生の言葉を合わせれば、簡単に解けるよ。いいかい、親父さんはまどかにナナミエッグの未来を託し、彦根先生は待ってくれる。期せずして二人ともまどかに対しては同じ姿勢なんだ」

誠一をまじまじと見た。この人、何だか彦根先生みたい。誠一に冷静に言われると、自分の未熟さが改めて身にしみてきた。

誠一はあたしの肩をぽん、と叩いて部屋を出て行った。あたしの心の中には、釈然としないもやもやが、コーヒーカップの底で溶けきれないザラメのように残った。

翌十一日木曜日。パパは養鶏場の見回りで、会社にはいなかった。

「ねえ、パパって、社長としてはどうなの？」

前田さんに話しかけてから、しまったと思う。そんな質問をしても社長の実の娘に本音を答えるはずがない。ところが前田さんはあっさり答えた。

「いい社長ですよ。手放しで素晴らしい、とは言えませんが」

「今の答えだと、パパにはよくないところもあるみたい。どんなところ？」

「それはお嬢さんの方が知っているんじゃないかしら」

「でも他人から見ると、違うかもしれないし」

「そんなことないです。私とお嬢さんの、社長に対する見方は、たぶん同じですよ。社長はいつでもどこでもありのままの方ですもの」

あたしは前田さんの言葉に素直に同意する。そして改めて尋ねた。

「じゃあ、どんな悪いところが前田さんには見えているの？　教えて」

「いきなりどうしたんですか？　まあ、別にいいですけど。社長は、怒りっぽいし、人の話を聞かないし、負けず嫌いで勝つまで勝負をやめないし、勝てないとふてくされるし、お茶を飲んだお茶碗《ちゃわん》を片付けないし……」

「もう、それくらいでいいわよ」

呆れたことにその欠点は全部あたしにも思い当たることばかりだった。

「あたしが今のことをパパに言いつけたら困らない？」

「ええ、困りませんね」と前田さんはにこにこ笑う。

「それじゃあ、言っちゃうわよ」

「どうぞどうぞ」と言われて、拍子抜けして、すとんと椅子《いす》に腰を下ろす。

「あーあ、つまんない。少しはビビってほしかったな」

「ウチは家族みたいな会社だから、社長はお父さんです。お父さんになら何でも言えます。いつもお嬢さんがそうしているみたいに、ね」

う。確かに大げんかはするけれど、パパを怖いと思ったことは一度もない。

「パパはあたしにナナミエッグを継げって言うけど、今、あたしがナナミエッグの社長になったら前田さんはどうする？」

にこにこと笑いながら前田さんはきっぱり答えた。

「あたしもいい年ですので、お暇をもらいます」

「あたしを見捨てるの？　それってひどくない？」

「お嬢さんは、ここを出ていこうとお考えです。そんな人と家族にはなれません」

穏やかだけど鋭い言葉が、あたしのこころを抉《えぐ》る。

「あらあら、困ったお嬢さんですこと。思っていることがすぐ顔に出てしまうところは、社長にそっくり。それより喉《のど》が渇きましたね。お茶でも淹《い》れましょうか」

そう言って前田さんは、あたしに背を向け給湯室に向かった。

成り行きで会社の未来を託された挙げ句、古株の従業員にダメ出しされたあたしはすっかりへコんだ。気分転換をしようと外に出て、風に吹かれるままふらふら歩いていたら、いつの間にか第一ファームの前に来ていた。

子どもの頃、パパに叱《しか》られるとよくここに来て、ニワトリに泣きついた。日が暮れる頃、ママが迎えに来てくれたあの頃から全然進歩してないけど、違うこともある。戻っておいでと声を掛けてくれたママはいない。一緒に泣いてくれたニワトリも今は鶏舎の中、窓のない鶏舎の白い壁が目の前に立ちふさがる。

背の高いサイロから、さあっという音が聞こえてくる。その音と共に流れ出した穀物は、ベルトコンベアに乗って鶏舎に運ばれていく。今はニワトリにエサをやるのはサイロに飼料を運び入れる運送会社の人と、機器を自動制御するコンピューターの仕事になっている。

だから悲しい時でもニワトリたちと話をすることができなくなってしまった。

駐車場にパパのワゴンが停まっていた。木曜はすべてのファームを見回る日で、一番遠い第五ファームから順に巡回し終点がここ第一ファームだ。休憩室から大勢の人の笑い声が聞こえてきたので中を覗《のぞ》いたら、パパが従業員たちと世間話をしている。

「気をつけてくれよ。夏風邪はこじらせるとややこしいんだから」

「社長、さてはあたしに気があるんですね」と白衣姿のおばさんが陽気に笑う。

「あんたなんか心配するかよ。あんたの風邪がニワトリにうつるのが心配なだけだ」

「でも社長は真由子《まゆこ》さんが体調を崩すと、いつも心配そうに声をかけてますよ」

指摘したのは古株の清瀬《きよせ》さんだ。パパはこの人だけには頭が上がらないらしい。

「参ったなあ。ババア軍団にあっちゃ降参だ。そろそろ退散するか」

頭を掻《か》きながら腰を上げたパパは、部屋の外に佇んでいるあたしを見つけた。

「どうしたんだ、まどか？　今日は大学の日だろ？」

扉を開け休憩室に入ると、おばさんたちは一斉に立ち上がり部屋を出て行った。

部屋にはあたしとパパの二人が残された。あたしはパパに尋ねる。

「あたしって養鶏場の人たちから嫌われているみたい」

「どうしたんだ、急に？　何かあったのか？」

あたしは首を振る。誰も悪くない。あたしは努めて明るい口調で言う。

「さっきのおばさんたち、あたしが入った途端、出ていったじゃない」

「それは誤解だ。おばさんたちは休憩時間を過ぎていることに気がついたんだ」

その通りかもしれない。でも、あたしがこの部屋に入った途端、社員のみんなが出ていったというのは事実だ。やっぱりあたしがナナミエッグを継ぐなんて無理そうだ。

何だか急に切なくなる。

「みんなはまどかを嫌ってはいない。でもまどかがみんなと馴染《なじ》もうとしなかったから、何を話せばいいかわからないんだ。でも気にすることはない。パパが潰そうと思ったこの会社を、まどかは生き返らせようとしているんだからな」

前田さんの言葉とパパの言葉が重なる。胸の痛みをこらえる。

「せっかくだから、久しぶりに一緒に昼飯を食べるか。蕎麦善に連れて行ってやる」

あたしはうなずく。しばらくパパと一緒にいたかった。

休憩室から出ると、青空が広がっていた。どこまでも高い空を見上げた時、彦根先生があたしに投げた謎《なぞ》が解けた気がした。解けてしまえば簡単だった。

あたしは空を見上げて目を閉じ、「そうだよね、パパ」と大きな背中に語りかけた。

05 キックオフ

加賀・加賀大学　6月12日（金曜）

翌日。あたしはいつものように大学に行くために拾った拓也にさりげなく尋ねる。

「拓也は、いずれ真砂運送を継ぐのよね」

「まあ、ひとり息子だし、車は好きだからね」

「拓也は、運送会社の運転手さんたちとは仲良くやれてるの？」

「そこそこかな。俺が社長の息子のせいか、一部のドライバーの人は変によそよそしいけど、平野さんみたいにいろいろ教えてくれる人もいるし」

「今、拓也が社長を継ぐことになったら、その人たちは拓也に従ってくれるかしら」

「そんなこと考えたこともなかったからわからないけど、半分くらいはついてきてくれるんじゃないかな」と言った拓也は顔を上げ、口調を変えて言う。

「それより俺が社長の座に就くには、問題があるんだ。真砂運送の未来の社長夫人がなかなかうんと言ってくれなくてさあ」

結局それか。いつもと同じパターンにうんざりする。でもちょっと拓也を見直した。誠一も動物病院を継ぐと明言しているから、幼なじみ三人組でふわふわしているのはあたしだけ。大学院というモラトリアムも残り十カ月を切った。そろそろあたしも本腰を入れないと。そんな風に考えると、実は彦根先生は、あたしに現実をつきつけるため天から遣わされた使徒かもしれない、と思い、すぐにその考えを否定する。使徒だなんて敬虔《けいけん》なものじゃなく、もっと下世話で胡散臭くって傲岸不遜《ごうがんふそん》で……。

その時、ぴったりのフレーズが思い浮かんだ。

通りすがりの〈スカラムーシュ〉。

午前中、研究室に集《つど》ったあたしと拓也、誠一の三人は誰も口を利《き》かなかった。あたしの他の二人はいつもと変わらないから、今日の静寂はあたしの無口さが反映されているだけだ。でも今はそんな静寂が快い。

明るい陽射《ひざ》しに包まれた部屋に、野坂教授が本のページをめくる音が静かに響く。ずっとこんな風に穏やかな気持ちで生きていけたらどんなにいいだろう。

あたしはソファに沈み込む。目を閉じて、耳を澄ます。窓の外で、雀《すずめ》がちちち、と鳴いている。あたしは、大きく伸びをして、自分の未来をふわりと決めた。

立ち上がると部屋中に聞こえるように声を掛けた。

「珈琲《コーヒー》でも淹れましょうか？」

部屋にいた男三人、拓也に誠一、野坂教授はびっくりしたように目を見開く。

「どうしたんだよ、まどか」と野坂研で珈琲係の拓也が言った。

「実は相談に乗ってもらいたいことがあるのよ」

「なんだ、それなら安心した」と拓也は言い、部屋にほっとした空気が流れた。

家ではパパの食事の面倒をみているんだからとむっとするけど、自分の過去の振る舞いが思われ、ちょっと反省する。やがて馥郁《ふくいく》とした珈琲の香りが立ち上る。

あたしが淹れると珈琲も香りがいい。たぶん気のせいだけど。

各自のカップに珈琲を注ぎテーブルに三つ置き、野坂先生の分は机に持っていく。

「名波さんの淹れてくれた珈琲を飲める日がくるなんて、夢のようです」

「野坂教授まで……あんまりです」

部屋に、笑い声があふれた。

「さて、相談って何かな？」と議事進行役の誠一が切り出し、あたしは答えた。

「彦根先生から依頼された有精卵納入に、取り組んでみようかと思っているの」

「さすが俺のまどかだ。でもそうするとあの結婚詐欺師の依頼を受けるわけだから少し複雑な心境だな。大体、養鶏素人《しろうと》のまどかにやれるのかよ」と拓也が言う。

俺の、は余計でしょ、と言い返すが、それ以外は拓也の言葉は真っ当で胸に響く。

「確かにあたしには荷が重い。でもあたしがやらなければナナミエッグは潰《つぶ》れてしまう。だからパパの協力が必要なんだけど、パパの信念が邪魔をしてたの」

「で、親父さんを説得できたのかよ」という拓也の問いに答えず、誠一に向き合う。

「誠一はこの前、ナナミエッグの理念を見せてほしい、と言ったわよね。その言葉を考え続けたら、わかったの。妥協ではなく、角度を変えて見ればいい。理念を枉《ま》げるのではなく、大きな枠組みから理念とビジネスを一致させられる角度を探せばいいのよね。つまり捨てるのではなく視野を広げればよかったのよ」

「ご名答」と誠一がうなずく隣で、拓也が尋ねる。

「でも見方を変えるってことは、これまでの理念は捨てるってことだろ？」

「そうじゃないの。パパが信じていたナナミエッグの理念は美味《おい》しいタマゴを食べてもらいたい、ということ。でもその理念を一段、深くすればいいのよ」

悟りきった導師みたいな誠一の隣で、全然わかんねえ、と浮き世の煩悩《ぼんのう》の体現者の拓也がわめきちらす。あたしはそんな拓也に質問した。

「美味しいタマゴを食べると、どうなる？」

「健康になる」という拓也の迷いのない即答に思わずずっこける。確かにその答えもアリだなあなんて思ったら、肩の力がすとんと抜けた。

「健康になったら、その次は？」という質問に拓也は首をひねり、誠一が答えた。

「幸せになる」

あたしは誠一を指さして「正解」と言う。

「あ、ずっけえ。俺も今、言おうと思ったのに」

二人のやり取りを耳にしながら、あたしは続ける。

「ナナミエッグの理念は、多くの人に美味しいタマゴを食べてもらいたいというものだけど、見方を変えたら多くの人を幸せにしたいということ。そう言ったらパパは長いこと考えて、そうかもしれない、とうなずいてくれたの」

「親父さんを説得できたのか。それはよかった」と喜ぶ拓也の隣で誠一は言う。

「でも親父さんの性格を考えると、それは信念を枉げたんじゃなく、まどかの考え方を容認してくれただけで、まだ全面的な解決じゃない気がするけど」

誠一の言葉は実に的確だ。昨日前田さんに言われたこととか、養鶏場で働くおばさんたちが、あたしが顔を出した途端席を立ってしまったこととかを思い浮かべて悲しくなる。でもあたしは気を取り直し、うなずく。

「その通りよ。パパの協力を得るには下地がいる。そこでまずここで有精卵プロジェクトについて考えたいの。二人にシミュレーションに協力してほしいのよ。ちょっと甘えだけど、研究課題が見つからなくて遊んでいるからいいかな、なんて思ってさ」

「もちろん俺はOKだ。報酬はドライブデート一回な」と言われて苦笑する。

「今は実習がないから協力できる。やる以上は学会発表できるくらいにしたいね」

「出たよ、凝《こ》り性が。まどか、こうなると大変だぞ」と拓也がうんざりした顔で言う。

「誠一の徹底チェックは望むところよ」

今必要なのは、チャンスに貪欲《どんよく》に食い付く蛮勇だ。後ろ向きの人についてきてくれる人なんていない。カップを片付けると誠一がメモ用のノートをテーブルに広げる。

『ナナミエッグ有精卵プロジェクト』と書いた右端に「有精卵納入」と書き込む。

「とりあえず全体像を描いてみようか」

目を輝かせる二人の男子を頼もしく眺めた。誠一の質問に答える度に頁《ページ》が埋っていく。四角い枠の中に「有精卵一日十万個」と書き添えると、拓也が口笛を吹く。

「一日に百万個タマゴが採れるナナミエッグの一割か。ビッグ・プロジェクトだな」

「なんで拓也は、ウチの内情にそんなに詳しいのよ？」

「親父さんがウチで飲むと、いつも自慢するから、耳にタコなんだよ」

正確に言えば一日八十万個だけど、酔ったパパならそれくらいの誇張はやりそうだ。

「でも一割程度なら、そんな大変に思えないけど」と言うと、拓也は首を振る。

「たかが一割、されど一割。真砂運送は十台のトラックと十人の運転手を抱えているから、一割は一台のトラックと一人の運転手分だ。ナナミエッグは規模がでかいからもっと大変だ。従業員が百人だとすると、まどかは十人の生活を支えることになるんだぜ。それと大手との取引は零細企業には厄介だ。以前、大手の百万石デパートが東京の二重丸デパートとタイアップして加賀フェアを三年通年でやりたいと持ち込んできた。そのため人を雇い冷蔵車も購入したのに、フェアは三カ月で打ち切りで、ウチに残ったのはお荷物ドライバーと巨大冷蔵車のローンだけっていう笑えないオチさ」

新人の柴田さんへの風当たりが強いのはそのせいか、と合点がいった。

そんな風に考えたことはなかったので、背中に冷や汗が流れる。シミュレーションでこんな重圧を感じるなら、本番になったら押し潰されてしまうかも。

脳裏に「会社は家族で社長はお父さんみたいなもの」という前田さんの言葉が蘇る。大丈夫だろうかと心配しつつ、心の奥底で何かが蠢《うごめ》き始めた。ゴールの先に見たこともない景色が広がっている。わくわくし始めたあたしに誠一が言う。

「一日十万個のタマゴを納入するには、ニワトリは何羽必要かな」

「ウチには今、百万羽のニワトリがいて毎日八十万個のタマゴを産んでいるわ。売り物のタマゴを産むのは生後半年から二歳までだけど、タマゴを産まないニワトリもいるから雌鳥は十二万羽必要ね。有精卵だから雄鳥を交ぜないと」

「雄鳥も同じ数だけ必要になるのかな？」という誠一の質問にあたしが答える。

「ううん、有精卵を効率的に産ませるには、雌鳥十羽に雄鳥一羽が最適なのよ」

「ほえ、十人の女性をよりどりみどりなんて、有精卵作りって雄鳥のハーレムかよ」

下品ね、と拓也に拳《こぶし》を振り上げるが、誠一は相手にしないで淡々と言う。

「すると全部で十三万羽か。無精卵より生産効率は落ちるね」

「でもその分、高く買ってもらえる。センターの提示はかなり高額だった」

「すると、一番の問題は初期の設備投資がどのくらいになるか、だな。ウイルスフリーのタマゴが必要だから、親鳥の感染予防のため相当な設備が必要になるな」

「その点は大丈夫。昔、鳥インフルエンザで第一ファームの鶏舎が全滅して以来、パパはウチの感染症対策は日本一だと威張っているから、対応してくれると思うわ」

「すると当面の問題は孵卵器《ふらんき》か。日齢何日の受精卵かによって、体制も変わるし」

「有精卵をぼんぼん納入すればいいんだろ」という拓也のツッコミに誠一は首を振る。

「そんな単純な話ではない。日齢九日の有精卵と日齢十日の有精卵の納入では日齢九日の方がありがたい。日齢が一日多ければ抱える在庫が十万個増えるからね」

「新しいことを始めるのがこんなにめんどくさいなんて、全然思わなかったわ」

「でもまどかは養鶏業者の跡取り娘だから有利なんだ。これだけのシミュレーションで大変だとすぐ理解できるんだから。すぐ対応できる部分と、そうでない部分が見えてきたな。ここからはワクチンセンターの現状を把握しなければ先に進めないから見学に行こう」

「引き受けるかどうかも決めてないのに浪速に見学に行くなんて、大げさよ」

「そこまでやらなければシミュレーションとは呼べないよ」

誠一はあたしとは別の惑星の住人だ。別の意味で別種の拓也が嬉《うれ》しそうに言う。

「となると浪速でたこ焼き試食ツアーだな」

するとパソコンをいじっていた誠一が言った。

「検索の結果、いいニュースと悪いニュースがありました。どっちから聞きたい？」

じゃあいいニュースから、とあたしが言うと、誠一はネットの情報を読み上げた。

「ワクチンセンターでは一般見学者を歓迎します。お申し込みはウェブサイトから、だって。かなりオープンな施設のようだから、とりあえず僕の名前で見学を申し込んだ。まどかの名前だと有精卵プロジェクトが進行しているという誤解を与えかねないからね」

拓也が、悪いニュースも教えろよ、と言うと誠一はにやりと笑って言った。

「浪速たこ焼き試食ツアーは催行中止です。センターは四国の極楽寺《ごくらくじ》にあるんだ」

「たこ焼きがダメなら俺は行かないぞ」

「それならまどかとふたりで行くか」という誠一に、ためらいなくうなずくあたしを見て「誠一、きたねえぞ」とわめき立てる拓也に、誠一は言う。

「たこ焼きツアーは中止だけど、うどんツアーはどうかな？」

「うどんツアー？　それなら参加する。俺はうどんフリークだからな」

ほっとした表情の拓也を見て、あたしと誠一は顔を見合わせて笑った。

「でも、何で浪速大のワクチンセンターが四国にあるのかしら」

「確かに不思議だね。あとでちょっと調べてみるよ」

そんなやり取りをしているうちに返信メールがきて見学は十六日の火曜日、午後二時に決まった。その迅速な対応に、あたしは早くも半分腰が引け始めていた。

06　浪速大ワクチンセンター

讃岐《さぬき》・極楽寺　6月16日（火曜）

火曜日。朝六時に家を出た。『たまごのお城』のバイトはお休みした。

車を走らせ五分。黄色い看板の下に男子二人の姿が見えた。小学校の集団登校の光景を思い出し、あの頃と代わり映えがしないな、なんて考えていたら、オーバーランしそうになった。拓也がバックミラーの中で両手を振っている。

「こんなイケメンコンビを見過ごすなんて、おかしくね？」

後部座席に乗り込みながら拓也が言う。

「今日の予定だけど、七時三分の特急に乗れば金比羅《こんぴら》駅でランチのうどんを食べられる。八時の電車だとうどんツアーは中止ね」とあたしは拓也の軽口をやり過ごす。

「それなら急ごうぜ。こっちはそのために時間厳守したんだからな」

「いや、僕はうどんはどうでもいい」

「誠一って、ホントつきあい悪いよな」と拓也はがくりと首を折る。

後部座席の掛け合い漫才に頬を緩めたあたしは、アクセルを踏んで加賀駅をめざす。

浪速行きの特急はがらがらだ。四人掛けのボックス席を三人で占拠し、駅で買ったお茶を飲みながら朝食代わりにゆでタマゴを食べた。拓也は二個目のゆでタマゴに手を伸ばしながら「まどかのゆでタマゴは絶品だぜ」と言う。いつもの台詞《せりふ》。最後に必ず、こんなにおいしいゆでタマゴを毎日食べられるなんてまどかの旦那《だんな》は幸せだな、と勝手にあたしの未来の花婿《はなむこ》にエールを送って締めくくる。

それって自分のことでしょ、とツッコめないところが何とも歯がゆい。

誠一は剥《む》きタマゴを矯《た》めつ眇《すが》めつ眺めていた。こっちは素っ気なさ過ぎる。二人を足して二で割るとちょうどいいんだけど、そうしたらつまんない二人ができるだけか、なんて考えていたら、誠一は、気室の場所はまちまちだな、と呟《つぶや》く。気室というのは、ゆでタマゴでへこんだ部分のことだ。

やがて各々《おのおの》本を読み始めた。誠一は『鳥インフルエンザの恐怖』という新書、拓也はガソリンの燃焼効率の専門書、あたしは『黄金地球儀の謎』という推理小説だ。

間もなく浪速駅に到着します、という車内アナウンスを聞いて誠一は大きく伸びをし、あたしは網棚のバッグを降ろし、拓也は五つめのゆでタマゴを飲み込んだ。

浪速から四国へ渡る特急の接続は良好だ。浪速駅から特急で二時間で金比羅駅に到着。拓也は駅近くのうどん屋を見つけて飛び込んだ。あたしと誠一も後に従う。お盆を持った拓也はおでんを皿に取り行列に並ぶ。あたしと誠一もその後ろに並ぶ。後から食べ始めたのに先に食べ終えた誠一が、うどんをじっくり味わう拓也を急《せ》かす。

金比羅駅から極楽寺まで二駅、二十分だけど電車は一時間に一本しかなかったからだ。単線、二両編成の列車に乗ったあたしと拓也は退屈で無口になるが、誠一の顔は生き生きし始める。獣医のタマゴにとってワクチンセンターは憧《あこが》れの地なのだろう。

極楽寺駅は駅前にコンビニが一軒、「和田」という看板のうどん屋が一軒あるだけの鄙《ひな》びた無人駅だった。でも拓也はこっちの店にすればよかったとぶつぶつ言う。

「金比羅駅はまた来るかもしれないけど、こんな辺鄙《へんぴ》な駅には二度と来ないからさ」

その後、この店で何度もうどんを食べる羽目になるとは拓也は思ってもいなかった。

ワクチンセンターまで徒歩三十分とホームページにあったので、あたしたちの足なら二十分だろうと歩き出す。田んぼの間の国道を歩いていると突然、にょきにょきと三本のビルが現れた。拓也が手元の地図を見て「あれがワクチンセンターだ」と言う。

唐突に出現したガラス張りのビルは周囲に違和感を乱反射させていた。入口の守衛所には高速道路の入口みたいに遮断機が下り、制服姿の守衛さんがふたり座っている。

「来訪者名簿に代表者の住所、氏名、職業、年齢を漏れなく記載してください」

誠一が記帳すると入館証を渡された。正面の、モダンな本部ビルに向かう。

「米国で炭疽菌がばらまかれた事件があっただろう? その余波で、ワクチンセンター

ーは軍事施設並みのセキュリティが適用されているんだ」と誠一が言う。

周りの空気が重くなる。その時、ビルの入口に立っていた女性が声を掛けてきた。

「所内見学の鳩村さんですね。案内係の真崎です」

八重歯を見せた笑顔に、誠一は一瞬、はっとした表情になり頰を赤らめうなずく。

「こ、こちらこそ、お願いします」

誠一が嚙むなんて珍しい。拓也は、停まっている二トントラックに気を取られている。三人三様のあたしたちは、美人広報さんに連れられ、鈍く光る高層ビルに入った。

冷房が効いた本部ビルに入ると、汗ばんだ身体がひんやりした空気に包まれる。

ロビーに写真パネルが展示されていた。誠一が小声で言う。

「有精卵に感染させて、増やしたウイルスを不活化してワクチンにするんだ」

そのやり取りを耳に挟んだ真崎さんが言う。

「さすが獣医学部の学生さんはよくご存じね。私のガイダンスは必要なさそうです」

「そんなことないです。是非お願いします」と誠一があわてて言った。

ガラス張りのエレベーターが上昇すれば普通なら周囲の景色も変わっていくものだが、どこまで上がっても田んぼが広がるばかりだ。最上階で扉が開くとまっすぐな廊下が奥まで伸び、両側に左右対称に扉が並ぶ。真崎さんがカードをかざすと硝子戸《ガラス》が左右に開いた。廊下のつきあたりの部屋に入ると大きな窓から陽光が燦々《さんさん》と降り注いでいる。うわあ、海だ、と拓也が歓声を上げる。机の上に封筒に入った資料が三セット置かれている。着席すると真崎さんが挨拶する。

「本日は浪速大ワクチンセンターにようこそ。最初にビデオを見ていただきます。浪速大ワクチンセンターの歴史とインフルエンザ・ワクチンができるまで、です」

白いスクリーンが天井から降りてきた。軽快な音楽と共にワクチンセンターの威容がスクリーンいっぱいに広がった。


帰りの列車の中、あたしたちは三人三様ぼんやりしていた。

拓也のぼんやりは単純だ。帰りに駅前の店「和田」でうどんを食べ、すっかり金比羅うどんのファンになり、次はどのうどん屋にしようかと悩んでいる。

誠一のぼんやりは意味不明だ。ビデオを見ていた時は熱心にメモを取っていたけれど、質疑応答になったとたん、説明する真崎さんの横顔を見つめるばかりだった。あたしのぼんやりは重症だ。あんな近代的で立派なところの依頼に、ウチみたいな零細業者が対応していけるのかと怖《お》じ気《け》づいていた。

特急が加賀駅に到着したのは夜半だ。あたしは二人を乗せて車を走らせる。二人を真砂運送の看板のところで降ろした。

「明日は朝九時に研究室に集合だ。今日の問題点を詰めるからね」

ヒュー、かっこいい、と冷やかす拓也をはたこうと誠一が手を上げ、拓也はひらりと身を躱《かわ》す。じゃれ合う二人の姿がバックミラーの中で、小さくなっていった。

翌朝、十七日水曜日。拓也を拾い大学に着くと、研究室ではすでに誠一が、テーブルの上に例のノートを広げてスタンバっていた。

「まず昨日ワクチンセンターを訪問して気づいたことをまとめてみよう」

誠一が言うと、拓也が横から口を挟む。

「それよりもウイルスとかワクチンの基礎知識を解説してほしいんだけど」

「わかった。確認するけど、ウイルスと細菌は全然違う、くらいはわかるよね？」

「そんなこと小学生でも知ってるぞ。バカにするな」

「じゃあウイルスの特徴と細菌との違いを説明してくれ。中学受験レベルだぜ」

「ええと、ウイルスってのは小さくて、そんでもって細菌とは全然違って……」

口ごもった拓也はいきなりがばりと頭を下げた。

「悪かった、誠一。知ったかぶりはしないから、意地悪しないで教えてくれよ」

拓也がしゅんと肩をすぼめる。誠一は淡々と説明を始めた。

「細菌は単細胞生物でDNAやRNAという遺伝子を持ち、二分裂で増殖する。ウイルスはDNAかRNAのどちらか一方とそれを包む外殻でできている。ウイルスは細胞に侵入すると外殻が壊れ、中の遺伝子が宿主の増殖システムを乗っ取り自分の遺伝子と外殻を増やし、最後に細胞を壊して外に飛び出し数千倍、数万倍に増える」

「ワクチンと抗生物質ってどう違うの？」とあたしが質問する。

「抗生物質は細菌の構造物を作れないようにする薬で、生物が作るので抗生物質と呼ばれたけど、最近は化学合成でも作られるので抗菌薬と呼ばれる。ワクチンは予防薬で不活化したウイルスを体内に入れ免疫《めんえき》を獲得させる。実はインフルエンザ・ウイルスの培養に有精卵が最適だということを発見したのは日本人なんだ」

「有精卵はウイルスを増やす培地だから大量の有精卵が必要なのね」

「その通り。ワクチンセンターの製造工程はシステム化されているから、あちらに合わせないといけない。たとえばトレーは食卵では12×12で百四十四個だけどセンターのオリジナルトレーは10×10の百個だから規格が違う」

「どうしてそんなこと知ってるの？　ビデオでは説明してなかったけど」

「説明はなかったけど、映像にトレーが映っていただろ」

「プロモーションビデオを見ている間にそんなものを数えていたわけ？」

「ビデオを見ている時なんて、他にやることないだろ。あちらは有精卵のサイズを揃えろと要望してくる。ビデオのタマゴの大きさが均一だったからね」

「プロモーションビデオ用に綺麗な場面を映しただけじゃねえの？」と拓也が言う。

「違うね。ビデオに映ったタマゴはばらばらの七シーン、総計五百個くらいだけど、どれも大きさは揃っていた。ビデオ用に作られた画像ではないよ、あれは」

あたしと拓也は顔を見合わせた。優秀な人間って一体……。誠一は更に続ける。

「気室を上にして納めた方がいい。ウイルス培養後にタマゴ上部をカッターで切り白身を回収する場面が映っていたからね。気室を上にしておけばカッターで切った時白身の回収量が増える。一個分は微々たる量でも、十万個だとバカにならないよ」

「そんなことまでビデオを見てわかったのかよ」と拓也が呆れ声で言う。

すると「ナレーションで聞いたんだよ」と誠一が言い返す。

あたしはため息をつきながら言う。

「つまり、センター用のトレーを用意しタマゴの大きさを揃え気室が上になるように納入するのね。そんなに手間が掛かるんじゃ二倍の値段でもワリに合わないわ」

「できるだけオートメーション化すればいいんだ。問題は有精卵と無精卵の選別だ。納入前に無精卵や発育不良、発育過多なものを除外するのはタマゴの向きを揃えることより大変だ。あとは孵卵器に移す手順と育成状況を確認する手法、金比羅市に運送する手段かな。できるだけ今あるものを流用したシステムを使えば効率がいい」

誠一の話を聞いたあたしは完全に怖じ気づいてしまった。代わりに拓也が質問する。

「さっきから効率、効率ってやかましいけど、そんなに大事なことかよ」

「十万個となるとわずかなムダが積もり積もって大変なロスになる。だから初期設定で徹底的にムダを排除しないと。こうして頭の中で考えているだけではピンとこないから実地を見学した方がいい。というわけで今からナナミエッグの見学に行くよ」

やる気モードの誠一は天下無双だ、としみじみ思う。

後ろに拓也と誠一を乗せた我が愛車は一路実家へ直行する。後部座席では誠一が自分の領域を侵していると拓也が文句を言うが、誠一は取り合わない。

「後ろにバスケットがあるから、おとなしくゆでタマゴでも食べていなさい」

かさかさ音がして拓也はおとなしくなる。拓也の口を封じるにはゆでタマゴが一番なんて考えていたら、〝紛争解決には平和の使者ナナミエッグ〟というキャッチコピーが浮かんだ。どこかで使えないかななんて広報根性丸出しで考えてしまう。

信号につかまったタイミングで事務所に電話を掛けた。パパに代わってもらうと開口一番、「会社でパパはやめろと言っているだろう」と小言を言う。

「お願いがあるの。今から研究室仲間にウチの出荷システムをレクチャーしてほしいの」と頼むと、パパはご機嫌な声に変わった。

「まどかの研究に役立つなら喜んで手伝うよ。で、何時頃来るんだ？」

「今、木地ヶ浦の交差点だから五分くらいかな」

ええ？　そいつは急だな、と言って電話が切れた。

ナナミエッグの玄関先で待っていたパパは、車から降りた一行を見て言う。

「ご学友は拓也君と誠一君か。それなら出迎えの必要はなかったな」

「ひでえこと言うなあ、親父さんは」と拓也がふくれる隣で誠一が言う。

「有精卵システムを導入するという浪速大プロジェクトを検討するため、見学させていただきに参りました。貴重なお時間を拝借して申し訳ありませんが、将来の顧問獣医師としてナナミエッグの現状を拝見するいい機会なのでよろしくお願いします」

あたしはしみじみと誠一を見た。同じ幼なじみでもどうしてこうも違うのだろう。

「誠一君が手伝ってくれるなら心強い。聞きたいことがあればなんでも聞きなさい」

「ちょっと待ってよ、親父さん。俺もいるんだけど」

「わかった、わかった。拓也君は誠一君の邪魔をしないように頼むぞ」

思いきりふてくされた拓也の隣で、あたしは必死になって笑いを堪《こら》えた。


第一ファームの見学を終えたあたしたちは、応接室で寛《くつろ》いでいた。梅雨の晴れ間の、夏を思わせる陽気で、戻る間にあたしたちはすっかり汗だくになっていたから、前田さんがいれてくれたアイスコーヒーはドンピシャだった。

「ここ、居心地いいっすね。俺、ニワトリになりたくなった」と拓也が言う。

「そうよね、ウチではニワトリが一番優遇されていて、クーラーが入ったのも鶏舎、事務所、鶏舎の休憩室、パパの部屋の順で、最後があたしの部屋だもん」

「ニワトリあってのナナミエッグだからな」と、パパは笑う。

「タマゴの大きさは何種類くらいあるんですか？」と誠一が訊《たず》ねる。

「小さい方からSS、S、MS、M、L、LLの六段階だが、店頭に出すのはS、MS、M、Lまでだ。Mが五八グラムから六四グラムの間で上下六グラム刻みで分類されるが、それを選別機で重さ別に振り分けるんだ」

「全然知らなかった。SSなんて見たことないし」と、拓也が目を丸くして言った。

「小型の規格外は値段が安すぎて利益が出ないからな。小さいタマゴは若い雌鳥が産んだヤツで生きがいいから、もったいない話さ」

「小さいSSが若いニワトリのタマゴなら、でかいLLは年増《としま》が産んだんですか？」

「さすが食いしん坊の拓也君、その通りだよ」

「え？　冗談だったのに……」

「年代によってタマゴの大きさが違うから、年齢別に採卵すると効率がいいんだ。適齢期を過ぎたニワトリは別のファームに移し余生を楽しみながらぽちぽちとでかいタマゴを産み、最後には君たちの酒のつまみになったりもするわけだ」

焼き鳥か、と拓也が呟くと、誠一が尋ねる。

「出荷用トレーを10×10に変更できますか？」

それは難しくない、というパパの返事を聞いて誠一はほっとした表情になる。そして立ち上がると礼儀正しくパパに頭を下げた。

「おかげさまで今後の方針が見えました。今日はありがとうございました」

あたしと拓也も立ち上がり、誠一と一緒に頭を下げた。


研究室に戻ったあたしたちの議論は白熱した。ワクチンセンターとナナミエッグの現状を把握し、ようやくプロジェクトの輪郭がはっきりしてきたからだ。拓也が言う。

「おじさんはご機嫌だったなあ。まどかがきちんと説得したからだぜ」

「そりゃ、あたしだってパパに喜んでもらいたいもの、説明は一生懸命するわよ」

でもあたしの歯切れは悪い。ワクチンセンターで見たビデオのせいだ。針でタマゴにウイルスを植える場面を見た夜、あたしは夢を見た。

マスク姿のヒヨコたちが、訴えかけるようなまなざしであたしを見つめている。

それは昔、ママと一緒に読んだ、あの絵本の中のヒヨコだった。こんな気持ちで、このビジネスに取り組んでいけるのかな、と心配になる。

あたしが迷いぼんやりしているのと反対に、誠一の発言は研ぎ澄まされていく。

「養鶏場に導入されていない孵卵器を購入しないといけないのが当面のネックだね。コストと労力がかなりかかり影響が大きい」

たかが孵卵器くらい安いもんだろ、と拓也が言うと誠一は首を振る。

「小学校の理科実験に使うような小さなヤツじゃなく、業務用は大きく値段が高い。一日十万個の有精卵を十日間育てるとなると、百万個分の孵卵器が必要になるんだ」

誠一は獣医学教室から持ち出した養鶏機器のパンフレットを差し出す。あたしは卒倒しそうになる。五千個用の孵卵器の定価は一台百万円。二百台導入すれば二億円だ。絶対ムリだ。でもこれなら、あたしも諦《あきら》めがつく。その時、あたしの中で不協和音が響いた。

——本当にそれでいいの、まどか？

天から声がした。でも、こうなったらどうしようもないわ、とあたしは毒づく。

あたしは二人に向き直る。

「有精卵プロジェクトを引き受けるのはムリみたいね。ナナミエッグの理念に反するし、経営的にもシビアだから、断念しないと」

妥当な判断のはずなのに、言っていて情けない気持ちになるのはなぜだろう。

誠一も拓也も有精卵プロジェクトに魅了されているようだ。真崎さんの言葉が蘇《よみがえ》る。

――ワクチンは市民を守り、国を守るのです。

素直な男子たちは社会貢献だと言ったけど、プロジェクトに関わる人たちを食べさせなければならない、と考えるとパパの気持ちがよくわかった。

「ちょっと待てよ。孵卵器だけなら何とかなるかもしれない。諦めるのは、やれることをやり尽くしてからだ」と誠一が言う。

「でも二億なんてないわよ。ワクチンセンターが出してくれるとでも言うの？」

「可能性はある。有精卵が納入されなくて困るのはあちらだ。それならこっちの申し出に応じる可能性はある。ひょっとしたらワクチンセンターにとって二億円なんて大した額ではなく、ぽん、と出してくれるかもしれないし」

リアリストの誠一の言葉とは思えない。

部屋の隅からぱちぱち、と拍手が聞こえた。見ると野坂教授が手を叩《たた》いている。

「みなさんのお話を伺っているうちに、いいことを思いつきました。指導教授として提案します。わが野坂研の研究課題のタイトルは『ナナミエッグにおける有精卵納入事業の展開について』としましょう」

あたしはびっくりして目を白黒させる。

「話を聞いていなかったんですか？　無理そうだから撤退しようと思っているのに」

あたしの言葉を片手を上げて遮った野坂教授は言う。

「名波さん、我々の研究テーマは何でしたっけ？」

地域振興総合研究です、とあたしが答えると、野坂教授はにっこり笑う。

「地場産業を支えるナナミエッグが新しく第一歩を踏み出すのはまさに『地域振興総合研究室』における『加賀の地場産業振興の新展開』というサブタイトルにぴったりです」

「大賛成、異議なし」と拓也が賛同すると、隣で誠一も首を縦に振る。

「部外者ですが僕も賛成します」

「ちょっと待って。これはあたしの個人的な問題なのよ」

「でも公益性は高いよ。少なくとも俺の車の改造計画よりはずっと」

あたしは拓也の思わぬ返しにしどろもどろになる。

「みんなの自由な時間で個人の問題を修士論文にしようだなんて虫が良すぎるわ。大体、今からやるようじゃあ、とても期日に間に合いっこないし」

「有精卵の納入開始は十月だそうですね。それまでにプロジェクトに目鼻がつけば、論文は間に合いますよ」

「でも、もし失敗したら……」

「その時は失敗した過程を考察すればいいでしょう。そういう研究も面白いですよ」

誠一が拍手する。

「なるほど、指導教授のお墨付きがあれば孵卵器の資金調達にも新たな道が見えてくる。科学研究費の申請や、加賀県庁の地域振興基金あたりも狙《ねら》えるかもしれないな」

よくも次から次へいろんなことを思いつくものだ、と呆れ顔で優秀な幼なじみの顔を見ていると、拓也は拓也でいかにも彼らしい現金なコメントを述べる。

「それに今からじゃ、新しい研究課題なんて見つかりそうにないしな」

野坂教授は『地域振興総合研究』というタイトルだけが書かれている模造紙を壁から剝《は》がしテーブルの上に広げた。その下に『ナナミエッグ有精卵納入プロジェクト』と達筆で書き添えた。

「なかなかイケますね」

足元がふわふわした。頼りがいのある仲間がビジネスを手伝ってくれて、研究室のメインテーマにまでなってしまうなんて、こんな幸運があっていいのだろうか。

「学生三人でワクチンセンターの依頼を引き受けるなんて大それたことじゃないかしら」と気弱に口走ると、野坂教授が言う。

「明治維新の志士はすごい人たちだと思いますか？」

いきなり何を言い出すのだろう、と怪訝《けげん》に思いながら、皆うなずく。

「二十代の若者たちが、山口は萩《はぎ》という小藩の城下町にできた松下村塾に集い維新の立役者となった。単なる偶然だと思いますか？　明治維新は日本史における奇蹟《きせき》だと言う人がいる。でもそれでは小藩から志士が輩出したことが説明できません。実はあれは奇蹟ではなく、日本全国で起こりうることだったのです。優秀な若者が年寄りに潰され、芽を出せずに終わる。それがあの時代、旧体制が壊れて若者が表に出た。そこに嫉妬《しっと》心《しん》の薄い優れた指導者が存在し、適切に指導しただけなのです」

そう言って、野坂教授はあたしたちを見た。

「この教室に三人が居合わせたのは必然です。その程度の幸運は頻繁に起こりますが、それが大樹に育つのは奇蹟です。願わくは奇蹟の出現を見てみたいものです」

「でも、こんな大変なこと、あたしにはとても……」

あたしの肩を、野坂教授はぽん、と叩いた。

「困難というものは、乗り越えられる人にしか訪れない。壁を乗り越えれば、その先に必ずゴールが見える。成功するために必要なものは三つだけ。先を見通す視野、流れに身を任す度量、世のため人のためになりたいと願う素直なこころ、です」

でも、となおも逡巡《しゅんじゅん》するあたしに、眼鏡の奥に優しい光を湛《たた》えた視線を投げかける。

「以前、英語で仕事という言葉はビジネスとジョブという二通りある、と申し上げましたよね。名波さんが今、取り組もうとしている課題はまさにビジネスです。こうしたことを遊びとか個人的な業務と貶《おとし》め学問の場から排斥した結果、学生たちは学ぶ楽しさを忘れ、日本の仕事道は衰えたのです。名波さんはこんな絶好のチャンスに恵まれた幸運をたっぷり味わい、このビジネスで遊べばいいんです」

野坂教授は立ち上がると冷蔵庫からビール瓶を取り出した。コップを四つ並べ、とくとくと注ぐと、ひとりひとりに手渡しながら言った。

「一年と少々、本日、野坂研の旗揚げです。そうと決まれば祝杯を上げましょう」

「教授、まだ真っ昼間ですよ」

「野暮なことは言いっこナシ。めでたい席ですからここは眼をつむってご一緒に。でも、真砂君は無理をしないで。乾杯なので形だけで」

野坂教授はコップを掲げ、高らかに言う。

「加賀の未来、有精卵プロジェクトの旗揚げ、そして野坂研の船出を祝って、乾杯」

全員コップを触れ合わせた。あたしと誠一が一気に飲み干す隣で、拓也がぺろりとビールの泡を舐《な》め、うげっという顔でコップを置く。野坂教授が晴れやかな声で言う。

「まずワクチンセンターからできるだけ支援を分捕りましょう。ワクチンセンターの運営資金はかなりが税金から拠出されています。税金というものは人々を幸せにするために使われるべきものです。そしてみなさんのプロジェクトはめぐりめぐって人々の幸せに直結しているのですから、ちっとも後ろめたいことではありません」

野坂教授の名演説を耳にしながら、あたしは何杯もコップのビールを空にしていた。

帰り道。

酔っぱらったあたしの車を、下戸の拓也が運転してくれた。ヘッドライトが夜道を照らし出すのをぼんやり眺めながら、拓也が「よかったなあ、まどか」と繰り返すのを聞いていた。あたしは居眠りしたふりをして、ほんの少しだけ拓也にもたれかかった。

あたしの愛車、ピンクのローバーミニは夜の闇《やみ》の中をまっしぐらに疾駆していた。

07 スカラムーシュ

讃岐・極楽寺　6月18日（木曜）

翌朝。助手席に乗り込んだ拓也に「そのバスケットを開けてみて」と言う。

「俺の大好物の玉子サンドじゃん」と拓也は目を瞠《みは》る。

「それは御礼の気持ち」

「まどかの気持ち、しかと受け取ったぞ。愛してるぜ」

抱きついてきた拓也の手をぴしゃりとはたく。

「調子に乗らないで。それはＯＫしてないわ」

拓也はしゅんとして玉子サンドを食べ始める。

「おいしいよ、まどか。まどかはいい嫁さんになるよ」

いつもと同じ褒め言葉なのに、頬が熱くなる。赤くなった顔を見られないよう窓の外を見る。お間抜けな拓也は、自分の口説き文句が絶大な効果を上げていることに気づかず、無邪気に玉子サンドを頬張っていた。

二時間後。テーブルに広げた模造紙にワクチンセンターから分捕る予算、ではなく援助をお願いしたいリストを書き込んだ。孵卵器、特別仕様二百台。集卵器、特別仕様一台。有精卵確認システム、一台。コンピューター制御集卵トレー配置器、一台。

総額四億円に届きそうだとわかり愕然《がくぜん》としていると誠一が言う。

「ビビってどうするんだよ。無理なら全額ナナミエッグが引き受けるんだぜ」

「それは絶対ムリ。ナナミエッグが潰れちゃうわ」

「それなら設備に充《あ》てる資金を負担してほしい、と淡々とお願いするしかないだろ」

誠一の考えは理詰めで隙《すき》がない。でもほんとに可能なんだろうか。

誠一は模造紙に書き込み終えると立ち上がり、腰をとんとんと叩く。

「とりあえず要望は固まったな。次はこいつを先方に突きつける、じゃなく依頼する段だ。交渉の窓口はこの間アポをドタキャンした特任教授さんでいいのかな？」

たぶん、とうなずくと、拓也が嬉しそうに言う。

「誠一もアイツは得体の知れないヤツって思うよな」

まだ根に持っているわけね。直接会ってもいないのにほんと、しつこい。あたしが部屋から出ていこうとすると拓也が見咎《みとが》めて「どこへ行くんだよ」と声を掛けた。

「彦根先生に電話するに決まってるでしょ」

「それならここから掛けろよ。ビジネス以外の話をするなら外で掛けてもいいけど」

「わかった、ここから掛ける。何かあったらすぐ誠一に相談できるもんね」

ソファに座り直し彦根先生の電話番号を呼び出す。拓也の余計なひと言のせいで妙に意識し指先が震える。数回の呼び出し音の後、声が聞こえた。

まどかさん、どうしました？　という声の背後に風の音が聞こえる。

「あれからワクチンセンターにお願いしたいことが出てきましたので、ご相談したいのですが、ご都合はいかがでしょう」

返事がなく、エンジン音がする。車で移動中らしい。やがて彦根先生の声がした。

——グッドタイミングです。今、僕たちはワクチンセンターに向かっていて、午後から会議に出席するので、スケジュールを確定し夕方にはご連絡します。

「事前にこちらの要望をお伝えした方がいいですか？」

——もちろんです。名刺にあるアドレスにメールしてください。では。

彦根先生が電話を切ろうとしたので、あたしは言う。

「どんな要望か、聞かないのですか？」

——ええ、要求するのは自由ですから。

電話はぷつりと切れ不通音が響く。胸にちくりと言葉の切れ端が刺さる。「僕たち」という複数形が示す同伴者の存在。脳裏でさらさらと亜麻色の髪が揺れ、アルペジオのような音を奏《かな》でた。

「何だって、あのキザ野郎は？」

会ったこともない彦根先生に敵意剝き出しの拓也から目をそらし、誠一に伝える。

「夕方に返事するって。誠一のおかげで一歩前進ね」

「まどか、俺に感謝の言葉はないのかよ」

「感謝はしてるけど、彦根先生の悪口を言ったから帳消し」

「そんな殺生《せっしょう》な」という拓也を見て、あたしは笑う。緊張が解け、体が軽くなった。

「返事は夕方だから、三時までひとまず解散しましょう」

「ありがたい。昨夜は徹夜だったからひと眠りできる」

長椅子《ながいす》に身を沈めた誠一はたちまち寝息を立て、拓也はマンガを読み始める。

何も言わないのは拗《す》ねている証拠だ。メールを送信すると、ふてくされている拓也を無視して外に出る。心地よい風が髪をなびかせる。夏が近いせいか、空の青が濃い。

有精卵プロジェクトを受けるか拒否するか。受けた場合、成功するかどうか。思いは千々に乱れ、あたしは自分の気持ちがわからなくなっていた。

「あ、切れた」

片腕で運転していた彦根は、トンネルに入ると携帯を助手席のシオンに投げ渡す。開け放った窓の枠に肘《ひじ》を乗せ、目を細めて進行方向の先に見える光の出口を見つめる。

「例のたまごのプリンセスが連絡してくるタイミングは絶妙だよ。こっちを盗聴しているんじゃないかと思うくらいだ」

「相性がいいんですね」

受け取ったスマートフォンを弄《もてあそ》びながら、シオンは答える。ホテルのロビーで会った〝たまごのプリンセス〟の横顔を思い出す。きりりとした細い眉《まゆ》は強い意志を感じさせた。戸惑いと悪意と反感を隠すことなく周囲にまき散らすことができるのは、若く美しい女性に特有の傲慢《ごうまん》さだろう。

もっとも彦根は、何も気づいていないようだが……。

シオンはため息をつく。風に乱れる細い髪から鈴の音のような和音が響く。彦根に呼び出され極楽寺に同行したシオンは、風に吹かれて目を閉じる。

「動く時は一斉に動き出す。これもシオンの力かな」

シオンは首を振る。彦根は前を見据えながら続ける。

「ワクセンの首脳陣に呼び出された日にプリンセスからコールとはドンピシャだ。おかげで加賀の件は発動済みとハッタリをかませられる」

「でも中央の指令もなくワクチン生産を二倍に増量するなんて無茶です」

「シオンは正しいが、今のワクセンにはハッタリが通る。トップは反骨精神の固まりだ」と彦根はうっすら笑う。そして視線を車に伴走する海岸線に向け、語気を強めた。

「この案件の重要性を理解している人間は、今のところ僕とシオンだけだが、半年もすれば僕たちの行動は賞賛されるだろう。そのためにも今、動かなければならない。この道の果てに西日本独立という怪物が姿を現すのだから」

——私は壮大な未来を語るこの人に魅せられ、こんなところまで来てしまった。

シオンは運転席の横顔を盗み見る。そんな彦根を人は〈スカラムーシュ〉と呼び、そのパペット(操り人形)と目されていることは、辛《つら》くもあり嬉しくもあった。

浪速大学ワクチンセンター、通称〝ワクセン〟は四国の要衝、金比羅市の外れの極楽寺に建設された。極楽寺は稲作主体の農村地帯で養鶏も盛んな小村だ。

タマゴの消費が飛び抜けていたのは、うどんにタマゴをからめて食べたためらしい。

浪速大学医学部付属微生物研究所の創設は戦後間もない一九四〇年代後半だ。創設者、宗像修三《むなかたしゅうぞう》博士の目的は発疹《はっしん》チフスのワクチン作製だった。今はほぼ撲滅された疾患が主目的であるあたり、公衆衛生の進歩が見て取れる。やがて微生物研究所は研究部門とワクチン部門に分離され、前者は浪速大学医学部微生物学教室の傘下《さんか》に収まった。彦根が特任教授を務めている講座はその末端だ。一方後者は、より高品質のワクチンを製造すべく独自路線を走り始める。タマゴは当時貴重品だったため、質の高い有精卵を大量確保することが、ワクチン量産のネックとなった。

微生物研究所二代目所長に就任した鴨川秀明《かもがわひであき》教授は輸送経路を勘案し、タマゴの生産地である四国・極楽寺にワクチン生産部門を移した。それは確かに英断ではあったが当時の浪速大の権力闘争に火を点《つ》け、鴨川の分派活動とみなされた。こうして微生物研究所の面々は浪速大医学部の主流から外され、左遷《させん》同然に極楽寺に追われた。

これを受け鴨川所長は施設を浪速大ワクチンセンターと改称し初代総長に就任。以後ワクセンは不遇をかこつが、国立大学が独法化された時に様相が一変する。浪速大が弱体化し、傘下への拘束力が低下した機を捕らえ、ワクセンが独立を宣言したのだ。その仕掛人こそ鴨川総長の秘蔵っ子にして浪速大ワクチンセンター二代目総長を拝命した宇賀神義治《うがじんよしはる》だ。もはや浪速大にその動きを咎め立てする力もなく独立は容認された。上納義務がなくなったワクセンは国から独占受注した収益を、より良質なワクチン作りの投資に振り向けた。このためワクセンのワクチンは高品質だという評判が高まっていく。

敬礼した警備員を横目に、彦根は本部ビルに向かう。

助手席のシオンが「すごい警備ですね」と目を見張ると、彦根は苦笑する。

「検問はハリボテなのさ。テロリストが侵入する可能性より、内部の人間がウイルスを持ち出す可能性の方が高いということを、宇賀神総長はよくわかっているから内部チェックを厳しくしていて、検問と入館チェックという仰々しい見せかけで最大限の効果を上げているんだ」

エレベーターに乗った彦根とシオンが最上階に到着すると、突き当たりの部屋の扉を開け放つ。窓に田園風景が広がる。会議に眺望は無用という宇賀神総長のポリシーで、景色のよくない部屋で行なうのが通例の最高運営会議のメンバーは、総長と副総長、事務長、広報の四名だ。だが会議嫌いの宇賀神総長自ら相手の部屋に出向いて直《じか》談判《だんぱん》し解決してしまうことも多い。

数少ない例外が外部からの要請に正式回答する場合と、ルール違反が発覚した時の処分を決定するケースだ。今日の会議は、その例外的な事項の要件を両方とも満たしていたので、会議嫌いの宇賀神総長もメンバー招集せざるを得なかった。

会議室では宇賀神総長が新聞片手にぼやいていた。彦根が部屋に入ると、ちらりと背後のシオンを見遣《みや》ったが、何もコメントせずに話を続けた。

「記者の不勉強も困ったもんや。ポリオは生ワクチンで危険だから不活化ワクチンを輸入せよだなんて、頓珍漢《とんちんかん》なことを言いおって。ウチでは五十年前、ポリオの不活化ワクチンをとっくに開発したのに厚生省の国策で、冷戦真っ只中《まただなか》のソ連で余った生ワクを押しつけられたんや。そうやって国産の不活化ワクチンを潰しておいて、今さらワクセンを非難するなんて、先代の総長は墓の下で真っ赤になって怒っとるで」

宇賀神総長の長広舌に耳を傾けていた副総長の樋口《ひぐち》もうなずいた。

「帝華大は他所《よそ》から手に入れた情報を声高に喧伝《けんでん》することはお上手ですから」

宇賀神は我が意を得たりと手を打つ。

「それはかまへん。いつまでも危険な生ワクに頼るんは問題やからな。けどワクセンの頑張りを貶めるなってことよ。戦い続けてきた歴史に触れんと自分たちだけいい子ぶるんが嫌いなんや。そういうとこはちいとも直らへんなあ、あっこは」

若手として抜擢《ばってき》された実働部隊の樋口にはそんな宇賀神の鬱屈《うっくつ》はよく理解できる。だが厚労省から派遣された日高《ひだか》事務長には、受注ワクチンの生産をこなし評価を上げることだけが関心事で他に興味はない。だがそんな日高事務長ですら今日の宇賀神には同情的だ。今春、浪速大の圧力で特別採用枠に押しつけられた特任教授が暴走し、有精卵を無断発注したというウワサが流れていた。そのための査問会議に張本人が遅刻してきた上に、こともあろうに女連れで現れたのだから無理もない。

宇賀神が彦根を気に入ったのは、彦根が浪速大学上層部で持て余されているフシがあったからだ。独法化の際に浪速大がワクセンに行なった数々の嫌がらせは直情径行の宇賀神を百万回激怒させても余りあるくらい酷《ひど》いものだった。ワクセンこそ浪速大の独立不羈《ふき》の精神を体現した本流で、霞《かすみ》が関《せき》の出先機関に成り果てた浪速大はまがい物だと公言して憚《はばか》らない宇賀神からすれば、浪速大の上層部から疎《うと》まれた彦根は自分同様の硬骨漢に思えた。

だが樋口は彦根を信頼していない。弁舌爽《さわ》やかで論陣は派手だが、地に足がついていない感じがする。まさに巧言令色鮮《すくな》し仁、を地で行くような男。無断発注などというとんでもないことをやったと聞かされても、あり得ることだと思える。

世人はそんな彦根を〈スカラムーシュ〉と呼ぶ。そのあだ名がすべてを物語っているように思える。

そんな涼しい顔をしていられるのもここまでだ。今回の企《たくら》みが露見すれば化けの皮も剝がれる。樋口は底意地悪い気持ちで、彦根への審問が始まるのを待ち構えていた。

彦根がシオンを伴い会議室に入室した時、水面下ではこんな思いが錯綜《さくそう》していた。

宇賀神総長の両脇《わき》を副総長の樋口と事務長の日高が固めている。

佳人の誉れ高い広報担当は本日は不在だ。叱責《しっせき》と問責を兼ねる会に広報は無用というわけだな、と彦根は合点する。

宇賀神は彦根を睨《にら》みつけ、いきなり怒声を上げた。

「最高運営会議の議決なしに勝手に有精卵を発注するなぞ、越権行為も甚だしい。なあ、彦根クンもそう思うやろ？」

「ええ、思います。でも日本を救うという、大局的な見地で差配したものですから」

宇賀神は眼を細め、しゃあしゃあと答えた彦根をまじまじと見た。隣の樋口に言う。

「樋口の読みは外れたな。言い訳して誤魔化すかと思うたらいきなりゲロしとるで」

樋口は面を伏せた。宇賀神は滔々《とうとう》と続ける。

「潔《いさぎよ》く認めたまでは清々《すがすが》しくていいが、見逃すわけにはいかへん。そもそも彦根クンの言うことはわけがわからへんことがようけあるが、今回もそうや。俺にとっては救国なんて大それたことより、ワクセンをきっちり運営することの方が大事でな」

「そうなんですか？　僕はてっきりワクセンの運営は日本のためだと思っていたんですが、総長を買いかぶっていたんですかね」

宇賀神はぐうの音も出ない顔になる。この人は何でもすぐに顔に出るから御しやすい、と彦根は思う。宇賀神はてかてか光っている禿《は》げ頭をつるりと撫《な》でた。

「今のは失言や。俺も日本のために働いてる。お詫《わ》びにほれ、頭を丸めるわ」

元々丸めているクセに食えないジジイめ、と彦根は苦笑する。

宇賀神は笑顔を吹き消し、真顔になる。

「でもな、だからこそワクセンをきちんと運営することが俺の本道や。だから俺に背くヤツは成敗せにゃならん。その辺の理屈は彦根クンもわかってくれるやろ？」

「もちろんです。トップがボンクラだと組織が腐る実例をイヤになるほど見てきましたから。みんな日本の未来のためと言いながら、自分の将来しか考えない下司《げす》な連中ばかり。総長は例外でありますようにと願うばかりです」

「今の発言は無礼です。撤回してください」

樋口のクレームを宇賀神は片手を上げて制する。

「かまへんかまへん。トップなんて悪口を言われてなんぼや。聞き捨てならんのは、日本の未来が危ういということや。まずはそのあたりをきちんと説明してもらおか」

彦根は腕組みをする。そろそろ頃合いか、と呟《つぶや》き宇賀神を見た。

「僕がやったことを報告します。全国各地を巡り良質の有精卵を一日十万個、供給してくれる養鶏業者を見つけ、十月からの納入を依頼しました」

日高事務長がぎょっとした顔で尋ねる。

「まさか、ワクチンセンターとして正式に依頼したわけではないでしょうね」

「もちろん正式依頼ではありません。ですが向こうはそう感じたかもしれません」

「つまり彦根先生は独断で正式依頼とも取れる思わせぶりな依頼をしたわけですね」

抜け穴をふさぐような日高事務長の追及に、彦根はあっさりうなずく。

「先生の行動は、許しがたい越権行為です。あの依頼は冗談でした、なんてことになればワクセンの信頼はガタ落ちになりますよ」

「確かに今さらキャンセルしたら、大スキャンダルでしょう」

彦根は居直り強盗のような笑みを浮かべ、後ろに控えたシオンに目配せする。

「シオン、先ほど届いた要望事項を映してくれ」

シオンは小型プロジェクターにスマートフォンを接続し、メールを投影する。

「これは加賀・宝善町の養鶏業者、ナナミエッグに毎日十万個の有精卵納品を依頼したら、返ってきた要望事項です」

涼しい顔で答える彦根に、宇賀神総長は目を細めて丁寧な口調で尋ねた。

「書類の出自はわかったが、ひとつお聞きしたい。一日十万個の有精卵ゆうと、三カ月で九百万人分のワクチンに当たるが、そんな大量発注を誰がしてきたのや」

「今冬、そうした状況になると予想されますので、それを見越しての依頼です」

「だから、発注者は誰や、と聞いとるのや」

テーブルを拳《こぶし》でバンバンと叩く禿頭《とくとう》の宇賀神を見据え、彦根は低い声で言った。

「宇賀神総長は、今春のキャメル騒動をお忘れですか」

「忘れるわけがないやろ。浪速が破綻《はたん》しかけたおかげで、四国まで危機的状況が波及したのやからな」と宇賀神も声を低める。

「騒動の原因は何かご存じですか？」

「ＷＨＯ（世界保健機関）のパンデミック宣言に過剰反応した、厚労省の失態や」

「今、総長は厚労省のミスと指摘しましたが、世の中で総長と同じ認識を持ち合わせている市民は、果たしてどれくらいいるでしょうか」

「そんなん、ほとんどおらんわ」

「ですから厚労省はこの春の失態を覆《おお》い隠すべく今冬、浪速に仕掛けてくるのです」

「浪速に仕掛ける？　何をや」

宇賀神総長の問いに彦根は重々しい口調で答える。

「ワクチン戦争、です」

宇賀神は黙り込む。やがて口を開いた。

「突拍子なさすぎて言うとることがよく理解できひんが、みんなはどないや？」

左右のお付きも首を振る。宇賀神は静かに言う。

「妄想より現実だわな。九百万人分のワクチンの発注元が存在しなければ自爆や。まずはそこんとこをはっきりさせてもらおか」

「正式にではありませんが内諾はいただいております」

宇賀神は苛々《いらいら》した口調を隠さずに問いかける。

「誰の内諾や」

彦根はうっすらと笑う。

「村雨弘毅《むらさめこうき》・浪速府知事です」

会議室に居並んだ三人の脳裏に、スーツ姿の浪速の風雲児の姿が浮かんだ。その背後で彦根が人形師のように、糸を引いている様子が重なった。

波の音にカモメの鳴き声が混じる。浪速に向かうフェリーの船上でシオンが尋ねる。

「今日の会議に、私が出席する必要があったのでしょうか？」

至極もっともな質問だ。シオンが今日、したことは、メールをプロジェクターに映写しただけだったのだから。

「もちろんさ。あの場にシオンがいなかったら僕の問責一色になっていた。そうしたら今回の流れにならず、後の展開は違っていた。あのやり取りで僕ひとりが動いているのではないと印象づけられたことが大きいんだ」

そう言った彦根はぼそりとつけ加えた。

「もっと重要なのは、僕にとってシオンが側にいてくれれば心強いということさ」

唐突な告白にシオンは思わず黙り込む。

海風が亜麻色の髪を乱した。頬の赤さを隠すようにシオンは海原に視線を投げた。

浪速港が見えてきた。海面にきらきらと太陽の破片が揺れている。

フェリーを降りると埠頭《ふとう》の先端に車を止め、彦根は携帯を取り出す。

そして海風に吹かれながら言う。

「来週火曜日の午後二時、極楽寺のワクチンセンター本部棟にてお待ちしています。この間のドタキャンのお詫びに美味《おい》しいうどんをご馳走《ちそう》します。では来週」

電話を切ると、埠頭から光り輝く海原を見渡しながら、シオンが呟くように言う。

「彦根先生を見ていると不思議な気持ちになります。先生がタクトを振ると張り子の虎《とら》に実体が伴い始める。まるであやつり人形に命を吹き込んでいるみたい。私も彦根先生の人形の一体なんでしょうけど」

「バカなことを言うな。シオン以外に、誰が僕を支えてくれるんだ？」

彦根はシオンの耳元に囁《ささや》きかける。シオンはぽつんと言葉を足元に落とす。

——ずるい人。

シオンの想《おも》いは汽笛にかき消され、彦根の耳には届かなかった。

スポーツカーは府庁舎の地下駐車場に滑り込む。かつてシオンは浪速地検特捜部が押収《おうしゅう》した厚生労働省の関係資料を解析しに通ったので勝手知ったる建物だ。

車を降りながら彦根がぼやく。

「どうしてお偉いさんは会議を開くタイミングが一致するのかな。ヒマな時はまったくお呼びがかからないのに、今日は絶対に外せないワクセンと府庁上層部会議がバッティングするんだもんな」

「それは、先生の日頃の行ないが悪いからではないでしょうか」

「僕に嫌味を言うなんて、シオンも強くなったものだ」

笑みを浮かべた彦根と無表情なシオンは、エレベーターに乗り込み最上階五十五階のボタンを押した。


府知事は、今日は一日中、他の来客を断り浪速地検特捜部の鎌形《かまがた》副部長と面談していたと、紅茶を運んできた秘書が教えてくれた。彦根とシオンは窓際《まどぎわ》に並び、高層階の窓から夕日を眺めていた。

しばらくして村雨府知事が貧相な中年男性と黄金のモヒカン頭の若者を伴い、現れた。彦根が会釈《えしやく》すると村雨府知事と二人はソファに座る。同席したのは浪速検疫所《けんえきしよ》紀州出張所の検疫官、喜国忠義《きくにただよし》と部下の毛利豊和《もうりとよかず》だ。今春、浪速を襲った未曾有《みぞう》の人災・キャメルパニックを収束させた陰の功労者で、村雨が目指す日本三分の計の一端を支える股肱《ここう》の臣になっている。その喜国と村雨を結びつけたのも彦根だった。

「有精卵、一日十万個の目処《めど》がつきそうです」

彦根が報告すると喜国は言った。

「これで今冬、厚生労働省が画策している官製パニックを回避できます」

「この情報、極秘扱いにした方がいいんでしょうか？」

村雨の問いに、喜国が答える。

「情報が漏れても問題ありません。積極的に漏らす必要もありませんが。この件が漏れるとしたらワクセンからの可能性が高そうですね、彦根先生？」

冴《さ》えない風貌《ふうぼう》とはうらはらに喜国の言葉は明晰《めいせき》だ。

彦根は首を振る。

「情報漏れより、問題は浪速府がワクセンに発注を掛けてくれるのかどうかです。ワクセンの首脳会議で吊《つ》るし上げられましたが、依頼者が村雨知事だと知らせたら収まりました。でもここでハシゴを外されたら、さすがの僕も保《も》ちません」

「私が暗殺でもされない限り、約束は守りますよ」

村雨流のジョークだが、誰も笑わない。

村雨は中央から好ましく思われていない。憎まれていると言ってもいい。非合法手段が検討されていても不思議はなかった。

彦根は重苦しくなった場の空気を和らげるように言う。

「これで村雨さんに浪速大に寄付講座を作ってもらい、教授に任命してもらった恩返しができたという感じですね。もっとも本腰を入れた恩返しはこれからですけど」

ワクチン絡《がら》みで浪速を攻撃される可能性があるから、先手を打つために浪速大に寄付講座を作ってほしいという要望には、浪速大に構築されるAi《エーアイ》センターへの牽制《けんせい》もある、と村雨は嗅《か》ぎ取った。村雨は彦根を裏切り鎌形の要請を受け、浪速大Aiセンターを法医学主導の枠組みにすることに同意していた。しかも裏で糸を引いていたのは彦根の宿敵、警察庁の斑鳩《いかるが》だ。

Ai絡みの件で彦根を裏切ったことに、村雨は疚《やま》しさを感じていたのだった。

「とにかく村雨さんが公約を議会で発表してくだされば僕のハリボテは完成します。取りあえず喜国さんの先見の明が実を結びそうですね」

喜国は頭を下げる。所詮《しょせん》自分は彦根が操る人形の一体にすぎない、という自覚はある。だが喜国は彦根に反発しない。彼は〈スカラムーシュ〉の手で浪速の龍《りゅう》の背に乗ることができたのだから。

08 洗礼

讃岐・極楽寺　6月23日（火曜）

棚に置かれた加賀風狂子の歌集を読み始めた時、携帯が鳴った。教授の歌集を読もうとするとなぜかいつも邪魔が入る。雑誌を読んでいた拓也は顔を上げ、ソファで居眠りしていた誠一は目を開け、あたしの手元の携帯を見た。電話に出たあたしは一言二言やりとりすると通話口を押さえて振り向いた。

「来週の火曜、ワクチンセンターに来て欲しいんですって。誠一は空いてる？」

誠一は頭も上げずにOKサインを出す。

「俺には予定は聞かないのかよ」と拓也がむくれたように言う。

「そうだったわね。拓也はどう？」

拓也は手帳を取り出しぱらぱらめくると咳払《せきばら》いして、もったいぶって返事をした。

「ラッキーなことに、俺もたまたま空いているよ」

「じゃあ火曜午後二時で決定ね」と言い、あたしは電話の相手に承諾の返事をする。

誠一が身体を起こすと「さあ、これから忙しくなるぞ」と大きく伸びをした。

翌日。文学部のあたしは工学部の拓也とB棟二階の小講義室に座っていた。教室には獣医学部一年生の初々しい顔が並んでいる。講義しているのは白衣姿の誠一だ。よどみなく喋る姿は講師クラスの落ち着きがあるけれど、実は風邪で倒れた講師の代打にかり出された六年生だ。誠一の講義姿を拝むのと、講義の内容が鳥インフルエンザについてなので聴講してみる気になったのだ。

「鳥インフルエンザは人畜共通病原体で、ヒトにも感染します。永久免疫が出来る疾病と違い繰り返し罹るのは、抗原が変化するからです。抗原変化には大規模なものと小規模なものがあり、小規模なものは小変異＝〈アンチジェニック・ドリフト〉、大規模なものは大変異＝〈アンチジェニック・シフト〉と呼びます。大変異は異なるRNAを持つ二種類以上のウイルスが細胞に同時感染した場合に、新しい亜型が生じるため従来の抗体が効かず〈パンデミック〉になります。でも国内にない感染症にシビアに対応すれば大規模感染は防げます。日本は鳥インフルエンザの汚染国ではないために、感染が判明した鶏舎ごと〝処理〟すれば水際防疫は可能になるのです」

さらさらとノートを取る音が響く。今の学生たちは真面目だ。

手塩にかけて育てたニワトリを自分たちの手で埋めなければならなかったあの日。十五年も前のことなのに、今もその光景がまざまざと蘇る。

チャイムが鳴ると学生たちが立ち上がり、教室はたちまち空っぽになった。黒板拭《ふ》きで板書を丁寧に消しながら誠一は、居残ったあたしと拓也に言う。

「他学部の講義をわざわざ聴講しにくるなんて、大学院生ってヒマなんだな」

あたしは指先をぴん、と伸ばして挙手する。

「鳩村先生、質問があります。鳥インフルエンザに対するワクチンはないんですか」

誠一は「あります」と即答する。

「ではなぜ、養鶏農家に供給されないのですか？」

急《せ》き込んで尋ねる。ワクチンを打っていればあの悲劇は免れたかもしれない。

「理由は、日本が鳥インフルエンザの汚染国ではないからです。そのあたりは僕よりも、まどかの親父《おやじ》さんの方が詳しいから、直接聞いてみるといい」

はぐらかされた気分になったけど、改めて突っ込む気にならない。

三人で講義室を出て研究室へ戻る。テーブルの上に有精卵プロジェクトの重要な行程表と化した模造紙が広げられている。

「復習しよう。必要なのは孵卵器《ふらんき》、有精卵の成育状況を確認する作業、新鮮な有精卵を傷《いた》めずに搬送することの三つだ。この中で今考えられるのは搬送についてだ。今、ナナミエッグが使っている運送会社はどこだい？」

「フクロウ運輸よ」

やっぱり大手か、と誠一が渋い顔になる。

「細かい注文に対応してもらうには小回りが利《き》く中規模の運送会社がいいんだけど」

「フクロウ運輸を代えるのはムリ。八十万個のタマゴを毎日運んでもらっているんだから」と言うあたしを、拓也が援護射撃してくれる。

「ウチみたいにトラック十台規模の零細だとナナミエッグの業務は全社挙げて対応しても難しいよ。フクロウさんなら何とかしてくれるよ」

パパが拓也のお父さんに業務委託しないのは、ビジネスと友情は別だからだ。

「有精卵の運送は普通じゃ済まない予感がするけど」

「大丈夫さ。何ならお急ぎクール便を使えばいいさ」

拓也の言葉に、誠一は苦笑する。

「ワクチン製造の有精卵は生きたまま届けるから、クール便はダメだよ」

「それならヒーターを搭載すればいいんじゃね？」

「それだけでもダメだ。夏場用にクーラーも必要になる」

「それなら保冷車と保温車を二台並べて走らせるか。いざとなったら、今ワクセンが使っている業者に頼めばいいさ」

さすが運送会社の跡継ぎだけあって、関連の話題になると拓也の指摘は適切だ。

「気がかりなのは、これまでワクセンは有精卵を半径五十キロ以内の養鶏場から調達していて、長距離搬送は今回が初めてらしいということだな」と誠一は不安そうだ。

「そんな都合良く、周りに養鶏場があったわけ？」とあたしは驚いて尋ねる。

「いや、違うんだ。良質なタマゴを供給できる土地にセンターを建設したんだ」

呆然《ぼうぜん》とする。ワクチン製造における有精卵の重要性を少し軽く考えていたようだ。

「それならなぜ、ワクセンはわざわざこんな遠くまでタマゴを探しに来たんだ？」

拓也のその質問はもっともで、あたしの疑問とぴったり重なる。

「そのへんはよくわからない。ナナミエッグの高品質を見込まれたのかなあ」

褒められて嬉《うれ》しいけど、そのためだけに五百キロも離れた加賀までわざわざやって来るのは不自然すぎる。

「でも今回の交渉が決裂したら、企画がぽしゃるから搬送については最後にするか。まずナナミエッグ内部の問題を詰めておこう」

「センター仕様の選別機の開発は大丈夫なのかよ？」と拓也が質問する。

「パパはそういう工夫が大好きだから、何とかしてくれると思う」

「すると今日話し合えるのはここまでかな」

誠一が模造紙を壁に貼《は》り直すと、拓也はにやにや笑う。

「珍しく誠一は張り切ってるよな。広報の真崎さんにいいとこを見せたいんだろ？」

誠一は真っ赤になって、拓也をにらみつけた。

「バカ言うな。あの女性は、たぶん僕らよりずっと年上だぞ」

「関係ないさ、愛があれば年の差なんて」

拳を振り上げた誠一を見て、拓也は身を躱《かわ》す。

あたしまでにやにやしているのを見て、怒った誠一は部屋を出て行ってしまった。


いつもより早く帰宅したあたしは、久し振りにパパと夕食を共にした。

中学までは毎日一緒に食べていたけど、高校で弓道部に入り帰宅が遅くなるとパパは夕食はひとりで済ませるようになった。大学生になってあたしの生活がだらしなくなると、朝食を一緒にとることも減った。

そんなあたしが、久しぶりに晩ご飯を作りパパの帰りを待っていた。

夜七時二十五分かっきりに家に戻るのは、小学校の頃から変わらない。

生き物の面倒を見るためには規則正しい生活が大切だというのがパパの口癖だ。――連中が口がきけない分、こっちが気持ちを読み取ってやらなくちゃいけない。パパは、あたしの心も読み取って放任してくれていたのかもしれない。

ばたん、と玄関の扉が閉まる音、どかどかと廊下を歩く音に続いて襖《ふすま》が開く。ぼさぼさ頭のパパがのそりと入ってきた。卓袱台《ちゃぶだい》の前にあぐらをかくと、こいつはうまそうだ、と両手を合わせ、「いただきます」と言い、すごい勢いで食べ始める。

無口なのはおいしい証拠だ。中学まであたしが夕食を作っていたけど、おいしいときは黙って食べ、まずいと口をきいてくれなかった。黙るのと口をきかないのは同じに思えるけど、一緒に食卓を囲んでいるとそのふたつは全然違う。

そんなパパを見ているうちに、幼い日の食卓の様子を思い出した。

夕食を終えると帳簿の確認のため事務所に戻ったり、拓也のお父さんと飲んだくれたりする。あたしはさみしかったけど、今ではそれが必要なことだったのだと理解できる。お茶を飲み干すと両手を合わせ、ごちそうさまでした、と言って立ち上がる。

「どうしてウチは鳥インフルエンザのワクチンを打たないの?」

あたしの突然の質問に、パパは上げかけた腰を下ろした。

「打たないんじゃない。打てないんだ」

「でも、ワクチンはあるんでしょう？　あるなら打てばいいのに。ニワトリにとっていいことは何だってやる、というのがパパのポリシーなのに、おかしいわ」

パパは立ち上がりあたしを見下ろした。頭を叩《たた》かれるかと思った。小学生の頃、行儀が悪いと問答無用で叩かれたけど、中学生になってからは叩かれなくなった。

「何と言われても、無理なものは無理なんだ」

パパは物を投げつけるような口調で言うと、荒々しい足音で部屋を出ていった。

二十三日、火曜の午後。あたしたち三人は極楽寺の駅前広場に降り立った。彦根先生は、急用で今回も会えないと直前にメールしてきた。がっかりした気持ちを見破られないよう、あたしははしゃいだ振りをした。国道をたどるが、二度目だと風景が違って見える。あたしたちの傍らをすごい勢いで車が通り過ぎ、白装束のお遍路さんが追い抜いていく。近くに札所があるらしい。

やがて見覚えあるビルが現れた。極楽寺ではもっとも高層のワクチンセンターだ。

受付を済ませると建物の入口に真崎さんの姿が見えた。

「今日のお客さまは、あなたたちだったのね。この前と申請者が違うからわからなかったわ。副総長がお待ちですのでこちらへどうぞ」

エレベーターに乗り込むと、誠一は視線をまっすぐ真崎さんの横顔に注いでいた。

最上階で事務長の日高さんにあたしたちを引き渡し、真崎さんは下に降りていく。閉まる扉を目で追った誠一は、事務長に挨拶《あいさつ》する。

「加賀大学野坂研の鳩村です。こちらはナナミエッグの広報担当、名波さんとアシスタントの真砂君です」

日高事務長は眼鏡をずりあげ、上目遣いにあたしを見た。

「広報担当さんですか。てっきり実務担当の方がお見えになるかと思っていました」

「ナナミエッグは従業員百人の零細企業なので、広報担当も実務をするんです」

あたしはにっこり笑う。ウソではない。正確でもないけど。

「ここからは金比羅港と金比羅湾が一望できるんです」

日高事務長にこの前と同じ広々とした会議室に通された。誠一が言う。

「こんな見晴らしのいい部屋で会議をしたら、いいアイディアが生まれそうです」

背後で「そんな風に言えば石頭の総長を説得できたかもしれないな」と低い声がし

た。振り返ると白衣のポケットに両手を突っ込んだ、角刈りの男性が立っていた。

名札を見て、樋口副総長だ、とわかった。名刺を渡すと、樋口副総長が訊《たず》ねる。

「みなさんは全員、ナナミエッグの社員なんですか？」

確かによく見ればおかしなグループだ。誰一人、ナナミエッグの正規社員ではないのに、あたかもナナミエッグを代表しているかのような顔をして、依頼先の研究所を訪問しているのだから。でもこうなったら行き掛かり上、ツッパるしかない。

「父が社長を務めるナナミエッグで広報をしていて、来春卒業予定の大学院生です。こちらは同じ研究室で『加賀の地場産業振興の新展開』というテーマに取り組んでいる真砂君と鳩村君ですが、今回の仕事は研究テーマになるので同行してくれました」

「このプロジェクトを大学院生の研究課題にするんですか……」

冷ややかな響き。遊び半分と思われたのかもしれない。

「何か問題あるでしょうか」とあたしはおそるおそる尋ねた。

「いいえ、逆です。総長は目新しいことが大好きなので大歓迎です」

角刈りのせいか、厳《いか》めしい表情に見えた樋口副総長の目が優しく笑う。「今日は彦根先生はいらっしゃらないんですか」と尋ねると樋口副総長の顔が一瞬歪《ゆが》んだように見えたが、すぐ取り澄ました顔に戻る。

「すれ違いで浪速に向かわれました。皆さんにくれぐれもよろしくと言付かっています。さて、では早速プレゼンを拝見しましょうか」

拓也が設計図用の筒から模造紙を取り出す。野坂研で書き込みをした計画書だ。パワーポイントのスライドにすべきだという誠一に、珍しくあたしが反対した。

この模造紙の企画書は見ているだけで楽しいから、そのまま見せたいの、と言ったあたしに誠一は頑強に抵抗したけれど、「ナナミエッグの企画の最終決定権はまどかにあるだろ」という拓也のひと言で決着がついた。

広げた模造紙を見た樋口副総長は目を輝かせた。

「これは面白い。議論の跡や、素人《しろうと》のワクチンに対するイメージが見て取れる」

あたしは勝ち誇って誠一を見た。それまで誠一の案を却下した自分の判断が正しかったのか自信が持てなかったのに、現金なものだ。

あたしは得意気に説明を始めた。

「我が社では、病気感染を防ぎつつ自由をニワトリに与えるという試みをナナミ式自由鶏舎で解決しました。この清潔レベルならワクチンセンターの希望される無菌状態の有精卵が供給可能です。では現状の問題点を鳩村から説明してもらいます」

バトンタッチした誠一の説明は、堂々としていて、ナナミエッグにおける検卵から納品までの過程を先日のセンター見学を踏まえた上で理路整然と展開した。

話を聞き終えた樋口副総長は言った。

「よく練られたプランですね。ワクセンはナナミエッグの要望に添って孵卵器の導入、有精卵の生産に対する支援など、可能な限りのことはしたいと考えています」

拍子抜けした。四億円近い巨額支援を二つ返事で引き受けてくれるなんて、あまりにも太っ腹で浮き世離れしすぎていて、現実味がなさすぎる。

「どうしてこんなにあっさり、支援をOKしてくれるんですか？」

樋口副総長はきょとんとした顔をした。援助に応じたのに、なぜ援助するんだ、と聞き返されては唖然《あぜん》とするしかない。

しくじった。相手が無条件で呑《の》んでくれたのに、正気に戻ったら撤回されちゃうかも。うろたえるあたしに、樋口副総長は答える。

「ワクセンは良質なワクチンを供給するため国家に手厚く支援されています。ですので事業で得た収益は、ワクチンの質を高めるために還元するべきだ、というのが総長の方針です。良質なワクチン作製には、良質なタマゴが必須《ひっす》です。ですので我々は、より良いタマゴを供給してもらうための支援は惜しまないのです」

熱のこもった説明を聞いて、思わず頬が上気する。樋口副総長は口調を変えた。

「でもいくらワクセンは資金が潤沢とはいえ、業務提携をこれから始める会社に多額の資金供与はできません。種明かしをすれば、廃業した業者の孵卵器を引き取ってあるので、そんな中古品を回そうと考えているんです」

その手があったか、と力が抜けた。それでも中古品を大量に保管できたのは広大な敷地があるおかげで、結局ワクチンセンターの豊かさ故だ。

「当然、すべての要求には応じられません。搬送に関しては当センターが使う業者は四国に拠点を持つ運送会社ですので貴社には対応しかねます」

「わかりました。搬送に関してはこちらで対応します」

樋口副総長は言いにくそうにしていたが、心を決めたように言う。

「実はもうひとつ、懸念材料があります。今回、御社に確認したら社長の名波氏はこの依頼に反対していると伺いましたが、本当ですか?」

ロごもったあたしは、意を決して言った。

「社長が反対しているのは事実です。父と亡くなった母が二人で作った会社なので、社長は、ひとりでも多くの人に美味しいタマゴを食べてもらいたい一心なんです」

そう言い切ったあたしの中で忘れかけていた過去がフラッシュバックした。

幸せ一杯だった一家を災厄が襲った。鳥インフルエンザの汚染、第一ファームの廃棄処分。半年後、ママが病魔に襲われた。パパがいない時に幼いあたしを枕元《まくらもと》に呼び、ママがいなくなったらパパを助けてあげてね、と言われてあたしはうなずいた。

頭を撫でてくれたママの手から薬の匂《にお》いがした。一カ月後、ママは亡くなった。

鼻の奥がきな臭くなる。涙が出る前兆だ。親の敵みたいに副総長をにらみつける。こうしないと涙がこぼれてしまいそうなんです、という言い訳すらできそうにない。

口ごもったあたしに樋口副総長が助け船を出してくれた。

「ワクチン製造のため有精卵を作ることは、食べるためのタマゴ作りと趣旨が違うから、名波社長は反対されているのですね」

「あたしはこのプロジェクトを成功させたいんです」と言って、あたしは洟《はな》をする。

鼻の奥のきな臭さは、いつの間にか消えていた。

「いろいろ考えました。見方を変えれば受け入れてもらえるんじゃないかと、社長を説得もしました。きっと社長も最後は賛成してくれると信じています」

「あなたは社長に、この世界で大切な、妥協ということを教えてあげたんですね」

首を振る。違う、あたしはそんなに偉くない。

「妥協ではありません。ナナミエッグの未来をあたしに託した、新たなる選択です」

樋口副総長は、言葉を聞き遂げると腕組みをほどく。

「当方としては、有精卵を期日内に希望数納入していただければ問題ありません」

ほっとすると同時に突き放された気分になる。でもビジネスとは結局、何かを切り捨てながら前に進むものなのかもしれない。樋口副総長はカレンダーを見て言う。

「断られたら他を当たりますので、六月いっぱいに正式回答をください」

あと一週間という期限を胸に刻み込む。樋口副総長の口調が明るくなる。

「せっかくなので所内見学をしていきませんか？　実際にタマゴがどう扱われるか、ご覧になっておいて損はないと思いますよ」

海が見えない会議室で宇賀神総長は目を閉じ、音声モニタの会話に耳を傾けている。

隣にはヘッドフォンを外した彦根が佇《たたず》んでいる。

「これでこの件は僕が裏で糸を引いているだけの底が浅い企画ではない、ということはご理解いただけましたよね」と言われて、宇賀神は渋面でモニタ音源を切る。

「こんな仕切りも、仕方ないやろ。あの場にキミがいたら独演会になるからな」

「総長のおっしゃる通りかもしれませんが。印象はいかがでしたか？」

「確かに面白いけどビジネスパートナーとしては、嬢ちゃんはちと未熟だわな」

「でもバックには加賀で名を馳《は》せた名波氏がいます。良質なワクチン供給のためを思えば、良心的な業者であるナナミエッグへの先行投資など、安いものです」

「せやけど肝心のその社長が反対しているのがネックやな」

「ここは彼女の説得力に期待しましょう。日本三分の計はこの企画次第ですから」

「政治絡みのことはよう知らん。俺が興味あるんはワクチン製造だけや。今の話を聞くと問題はあらかた解決したようやから、この先は安心なんやろ？」

「表面上はそうですが、彼女の真価が問われるのは、本当の問題が露《あら》わになった時でしょうね」

「彦根クンの話は相変わらず思わせぶりの上に意味不明やな。トラブルが見えているのに忠告せんということかな？　それって可愛《かわい》い女の子に冷たすぎるんちゃうか」

「その程度の問題をクリアできないなら、組む相手として不足だ、ということです」

「何や、そこで突き放すんか。ほな、お手並み拝見というわけやな」

「ですが、さすがに総長は高みの見物というわけにはいきませんよ。もしこの企画がぽしゃったら浪速府庁からのオーダーに対応できなくなってしまいますから」

「心配するな。万一の場合には、今の契約先に有精卵の緊急増産で一割増しを依頼するとこまで考えとるで」

宇賀神がむっとした表情で言うと、彦根はうなずく。

「総長は心配していません。一度信用した人間はとことん信用するのが僕のポリシーです。総長はどんなトラブルでも乗り越えるでしょう。でもひとつ歯車が狂ったら、すべて瓦解《がかい》してしまう可能性も常にあるんです」

「そうならないように万全を期すのがシステム作りの醍醐味《だいごみ》ってヤッやろ」

たっぷりと含蓄を込めて台詞《せりふ》を口にした宇賀神だったが、彦根はあっさりと答える。

「この世に万全ということはありません。剝《む》き出しの悪意を向けられたら、ワクセンも脆弱《ぜいじゃく》です。でも総長は施設の長としては珍しく現実主義者ですから、総長がご健在の間は大丈夫でしょう。ただし巨悪はあらゆる想定を凌駕《りょうが》してきますのでご用心を」

今から桜宮へ向かいます、と言った彦根は、宇賀神総長に言う。

「そう言えば、あの学生たちにうどんをご馳走する約束だったので、できれば樋口さんに代行していただけるとありがたいのですが」

「お安い御用や。うまい店に案内させたるわ」と宇賀神は胸を叩いた。

加賀へ戻る特急の車中。あたしはひとり、暗い窓硝子《ガラス》に映る自分の顔を見ていた。

「副総長ってすっげえいいヒトだな」

うどんの名店「遍路道中」でたらふくご馳走になりご機嫌の拓也が繰り返す。

「機械を見てよかった。すごく合理的なシステムだから、ワクセン仕様のトレーさえ導入すれば出荷は何とかなりそうだ」と誠一がまったく別のことを興奮気味に話すのを聞きながら、あたしは副総長の説明を思い出す。

有精卵を確認するステップは高度にハイテク化され、トレーに並んだタマゴに横から光を当て画像撮影し発育状態を判別、無精卵や発育不良のタマゴを排除する。極楽寺の納入業者の有精卵は、ワクセンの機器で判別しているのだという。

ナナミエッグは遠いのでこのシステムを直接設置することになるらしい。

問題は山積みだ。ナナミエッグでは採卵したタマゴを扱う際、白衣にディスポの手袋とマスクを着けているが、エアジェットと紫外線殺菌はない。誠一は実験室で慣れていたけど、いきなり強いジェット気流を吹き付けられた拓也は動揺していた。

ナナミエッグの従業員は拓也以上の拒否反応があるかもしれない。

そう考えると、見学した光景が蘇り沈んだ気持ちになる。検査済み有精卵が向かう先はウイルス接種の部屋だ。トレーが整然と前進し、タマゴと同じ数の針が真上から降りてきてウイルスを注射する。ナナミエッグご自慢の自由鶏舎では感染予防のためあらゆる努力をしている。でもここではそのタマゴをわざわざウイルスに感染させている。おまけにウイルス接種されたタマゴを孵卵器に戻した二日後、本当の殺戮が行なわれる。隣の部屋でタマゴの頭部分を鋼鉄の刃で水平に一閃。少量の白身が飛び散る。トレーごと傾け、帽子を取られたタマゴは行進し、断崖でつまずきひっくり返る。中身だけ回収するのだ。ウイルスに溢れた白身だけ回収するのだ。

かしゃ、ぴしゃ、という音が耳の奥にこびりつく。

オートメ化された殺戮工程。

あたしは養鶏業者の娘だ。手塩にかけて育てたタマゴがウイルスに感染させられた挙げ句、惨殺される様を見せられて震えた。

病気にならないように、あらゆる努力をして納品したタマゴがウイルス塗れにされるなんて絶対に許せない。それは本能的な拒否反応だ。

第一部　ナナミエッグのヒロイン

理性と感情がもつれあい、責任の重さに押し潰されそうになる。
特急列車は、行き先が見えないあたしの不安を乗せて闇の中を疾駆していた。

拓也と誠一を送って帰宅すると十二時近くだった。居間の灯りが漏れていた。早寝
早起きのパパにしては珍しい。たぶんあたしの帰りを待っているのだろう。
車中で考えたこと。問題はパパの気持ちではなく、あたしの決断だ。パパは揺るが
ない。あたしが自分で進むべき道を決めるしかない。ハンドルに突っ伏していたあた
しは、やがて顔を上げ、車から降りる。砂利を踏みしめる足音が夜の静寂を乱す。難
駒を打つ音がした。居間の襖を細く開けると、パパは将棋盤を前にして、ひとり難
しい顔をしている。
仕事一筋のパパの唯一の趣味が将棋だ。新聞の棋譜を毎日並べる熱心なファンで、
小学生のあたしを相手にしようとしたこともあったけど、一週間で断念した。
どうだった、と盤面から顔を上げずにパパは尋ねた。
あたしは卓袱台の前に座る。
「ワクセンに、プロジェクトに反対だと言ったでしょ。おかげで大変だったわ」
「仕方ないさ。本音だからな」

「そうね、美味しいタマゴを食べてもらいたくてママと作った会社だもんね」

信念を通せばナナミエッグは潰れる。プロジェクトを引き受ければ信念を枉《ま》げることになる。どっちに転んでもパパの気持ちは晴れない。パパは将棋盤に目を落とし小声で、雪隠詰《せっちん》めか、と呟き駒を打ち付ける。悲しくなって、パパの顔を見ずに立ち上がる。

「パパは悪くない。時代が変わってしまったんだよね」

パパは、返事する代わりに駒を打ち付けた。

翌朝。返事の期日まであと六日。乾いた焦燥感が気怠《けだる》い身体を包み込む。窓の外はほんのり明るい。耳を澄ますと砂利を踏む音がした。パパは一日も欠かさず朝五時に養鶏場を見回る。生き物相手の仕事、が口癖だ。小学校の頃は家族旅行したかった。叔母さんが海に連れて行ってくれたけど、本当はパパとママと一緒に行きたかった。一度だけ、ささやかな夢が叶《かな》った。皮肉にも鳥インフルエンザでナナミエッグの第一ファームが全滅した直後だ。遊園地ではしゃいでいた幼かったあたしを、パパとママはどんな気持ちで見守っていたのだろう、と思うと切なくなる。

毎朝見回りに向かうパパの足音を聞いたあたしは着替えて外に出ると、パパの後ろ姿に向かって走り出す。足音に気がついたパパは振り返る。

「どうしたんだ、こんな朝早く」

「社長がどんな風に養鶏場を見回るのか、見ておかないと、と思って」

昨日、樋口副総長に聞かれた時、養鶏場の細かい仕組みをあまり説明できなかった。自分の足下も知らずに大役を引き受けるなんて、と非難されているように感じた。だからパパがどういう気持ちでニワトリと接しているのか、肌で感じたかった。第一鶏舎から見回り始める。中に入ると時間がかかるから、外から見るだけだけど、七つの鶏舎全部を見回るのに一時間半掛かった。毎日大変ねと言うと、パパは立ち止まって振り返る。

「珍しく殊勝じゃないか」と言ってパパは、ケージを見上げた。

「昔はエサやりも糞《ふん》の掃除も全部手でやったが、今はコンピューター管理でオートメ化しているから楽だし、自由ケージを開発したら掃除の労力も減った。その上、誰より手の掛かるヒヨコがぴーちくぱーちく文句を言うようになったので、少し気が楽になったかな」

パパはあたしの髪をくしゃっと摑《つか》む。その時、穀物サイロからさあっと水が流れるような音がした。時間になると穀物が自動的に鶏舎に流されるのだ。

「風邪が流行《はや》っているから鳩村さんに相談しないとな」

ニワトリだって風邪も引くということを教えてくれたのもパパだ。人間と同じで早期発見と早期治療が大切だ、という説明がよくわからなくてきょとんとしていた。あれから十五年、あの頃より少しはマシな受け答えができるようになった。

「こんなにたくさんのニワトリが健康に育つなんて奇蹟《きせき》ね」

「連中は根が真面目で呑みに出掛けて夜通し騒ぐような不摂生もしないからな」

「人間もこんな風にしてケージで管理すれば健康で長生きできるのかしら」

「そうだとは思うが、そんな人生は最低だな」

パパは笑う。ニワトリを見るパパの目は優しい。あたしは、ワクチンセンターで行なわれている現実について切り出せなかった。

六月二十五日木曜日。回答期限まであと五日。

あたしは大学を出て、運転しながら考える。初めて彦根先生と会った時からいろいろなことがあった。世の中には相容《あいい》れないことがある。それがはっきりしただけ。事務所に到着した。事務室では、珍しくパパがひとりで座っていた。

「話があるの」とあたしは言った。

パパは読み掛けの新聞を机に置いて立ち上がると応接室へ向かう。あたしも後に続く。ソファに腰を下ろしたパパをあたしは立ったまま見下ろし、息を吸い込み、硬い声で言う。

「先日、ワクチンセンターに見学に行ってきました。樋口副総長にお目に掛かって、設備投資に関しては全面的に支援してもらえることになりました」

「てっきり交渉は決裂したんだと思っていたよ」とパパは意外そうな表情をした。

「中古を融通してくれることになったの。でも、この依頼はお断りしようと思うの」

パパは目を見開く。あたしは一気に話した。有精卵にウイルスを注射すること。ウイルス塗れの白身だけ取り出して使うこと。「胎児」は「処理」されるだけというこ

と。そしてその光景が直視に堪えなかったこと。

腕組みをしていたパパは、ぽつんと尋ねた。

「この依頼を断ったらどうなるか、わかっているな?」

あたしはうなずく。

「でもタマゴがあんな風に扱われるなんて耐えられないの」

そう言うと、パパは深々と息を吐く。

「わかった。では一年後、ナナミエッグを畳むことにしよう」

窓の外に見える第一ファームを眺め、ぽつんと呟く。

「ナナミエッグは、ママとまどかのために作った会社だ。ママは死んで、幼かったヒヨコは自分の力で飛び立とうとしている。三十年か、長いようで短かったな」

胸が締めつけられた。他に道はないのだろうか。

でも、いくら考えてもワクチンセンターの光景に行き着くと思考が停止してしまう。

気がつくと、あたしの頬は濡《ぬ》れていた。

「決断したなら早く先方に伝えなさい。返事が遅れるほど相手に迷惑がかかるから」

パパの声が遠い世界から響いてくる。

「まどかの判断は正しい。ウイルスを植えてタマゴを殺すだなんてことは、パパだって耐えられないさ。私たちは毎日、タマゴやニワトリが病気に罹らないように心を砕いているのに、納入先でそんなことをされたら心が引き裂かれてしまうよ」

あたしは泣き濡れた瞳《ひとみ》を大きく見開き、パパに抱きつき、その胸に顔を埋めた。

パパはあたしの髪を撫でながら言う。

「きっとママも、まどかと同じ気持ちだよ」

パパが身体を離し、あたしはソファに座り込んだ。

その晩、パパと二人で食卓を囲んだ。腕によりをかけたスペシャル・ディナー。ハンバーグに野菜サラダ、ドレッシングはふきのとうをベースにした自家製。味噌汁《みそしる》は豆腐に油揚げ。そして、ゆでタマゴ。みんなパパの好物だ。パパは食事を平らげると、美味しかったと言って将棋盤に向かう。あたしは食器を洗う。

洗い物を終え居間に戻り、パパの側に正座した。

「明朝、電話を掛けて正式にお断りします」

パパは顔を上げた。口を開きかけたが、何も言わずに将棋盤に視線を落とす。

ぱちり、と駒音がした。

ごめんね、パパ、と呟いて居間を出た。

あたしは、涙と一緒にベッドにもぐりこむと、夢も見ずに深く眠った。

09　海坊主《うみぼうず》参上

加賀・ナナミエッグ　6月29日（月曜）

翌朝。眩《まぶ》しい陽射《ひざ》しが顔に差しかかり、目が覚めた。時計を見ると十時を過ぎている。ここまで寝坊するのは高校で夏の大会を終え部活をやめた直後以来だ。

研究室には拓也と誠一がいた。迎えをすっぽかされた拓也はバスを乗り継いで登校したらしい。あたしは二人に言う。

「あのオファー、止《や》めることにしたわ。いろいろ手伝ってもらったのにごめんね」

あたしはセンターに電話を掛け、留守電にメッセージを吹き込む。

「名波です。先日はお世話になりました。ご配慮をいただきながら恐縮ですが、今回の依頼は辞退させていただくことにしました。いろいろありがとうございました」

続いて彦根先生の留守電にも、同じ言葉を吹き込んだ。通話を終えると傍らの二人に、「ああ、さっぱりした」と言った。なのに語尾が涙で曇った。

「一週間休む、と教授にお伝えして。あと新しい課題が決まったらメールしてね」

拓也はうなずく。誠一はあたしの肩をとん、と叩いて部屋を出て行く。あたしは誠一の後に続いて部屋を出て行こうとして振り返る。拓也があたしを見つめていた。

パパとあたしの間には静かな時が流れている。朝晩食事は共にするけど言葉は交わさない。あの日から毎日、『たまごのお城』で売り子をしていた。

砂利がきしむ音に本を閉じた。窓から顔を出すとタクシーが停まっていた。

胸が高鳴る。でもその期待はすぐ砕け散った。タクシーが去った後、残ったのはお爺《じい》さんだった。シルクハットをかぶり、銀のステッキを片手にミュージカルよろしく調子を取って鳴らしながら、こっちに向かってくる。

からんからんというドアベルに、いらっしゃいませ、というあたしの声が重なる。

シルクハットを取ると、ゆでタマゴみたいな禿《は》げ頭が眩しい。

「ここで新鮮なタマゴをいただけると聞いたんやけど」

「ええ、ここで採れたてほやほやのタマゴを召し上がれます。加賀の特産米『蜃気楼』とセットでタマゴかけご飯もできますよ」

ワクチンセンターの依頼を断ってから、パパに内緒で始めた新メニューを勧めてみる。お爺さんは黒いシルクハットを膝《ひざ》に載せ、椅子《いす》にちょこんと座る。

「ご飯は結構。生タマゴをひとつ、いただきまひょ」

お盆にタマゴと小皿を二つ、醬油《しょうゆ》差しを載せて渡す。お爺さんは百円玉を差し出すとタマゴを割って器に入れた。黄身をうっとりと眺めていたが、大口を開け、かぱっと流し込みごくりと飲み干す。ふう、と大きくため息をついた。

「立派な〝おタマゴはん〟でんな。手塩に掛けて育てたことが喉越《のどご》しでわかる」

タマゴを褒められ嬉しくなる。百貨店のバイヤーかしら。そう思うと板についた関西弁も商人っぽいし、妙ちくりんなシルクハットも、印象づけるには効果的に思える。

「おもろい店でんな。たまごの宮殿みたいや。そういう名前でっしゃろ？」

「ブッブー、残念、外れです」

「ほな、なんていう店かいな」

ちょっとお爺さんをからかってみたくなった。

「当ててみてください」

「たまごのホテル」「ブー」「たまご御殿」「違います」「たまご砦《とりで》」

「全然ダメですねえ。何で当たらないかなあ」

「わかった。たまごやなくてエッグやな」とお爺さんはぽん、と手を打つ。

「いいえ。たまご、という言葉を使っています」

お爺さんは考え込む。そして「残念やけど降参や」と、シルクハットを掲げた。

「あら、もう諦《あきら》めてしまうんですか。当たったら、もうひとつタマゴをオマケしようと思ってたのに」と、あたしはからかうような口調で言う。

「なんやて、ちぃと待ってや」と粘ること五分、結局音を上げた。

「お嬢ちゃん、俺がぼけてる思うて、ズルしたやろ？」

「失礼ね。そんなこと、しません」

「ほな、答えを言うてみいや」

「正解は『たまごのお城』です」

「やっぱり。最初に言うたヤツやないか」「言ってません」「いや言うた」

「タマゴにかけて言ってません」

頰を膨らませたあたしと腕組みをしたシルクハットのお爺さんの視線がぶつかる。

二人は同時に噴き出した。

「強情なあまっこやな」

「その言葉、熨斗《のし》をつけてお返しします」

売り言葉に買い言葉のように答えて、あたしは生タマゴをもう一つ差し出した。

「でもあたしが正解を聞き漏らしたのかも。ですのでこれで三方一両損です」

「これではそっちは丸損、こっちは坊主丸儲《もう》けで、全然三方一両損になってへんで」

「細かいことは気にしないで。その立派なシルクハットが泣きますよ」

「わけわからんが、せっかくやからご馳走《ちそう》されとこか」

お爺さんは上を向くと片手でタマゴを口の中に割り落とし、飲み干した。

「ここのタマゴはほんま絶品や」

お爺さんの食べっぷりを眺めていると、何だか幸せな気分になった。

「ところで、こんなところにわざわざいらっしゃるなんて、何か用事ですか？」

「いいや、これは趣味や」とお爺さんは人を食った答えをする。

「趣味？　何がですか？」

「養鶏場を巡って、採れたてタマゴを食べることや」

変わったご趣味ですこと。商売絡《がら》みでないとすると不思議に思えるけれど、これくらいの年になったら、何でもアリなのかもしれない。

「全国の養鶏場を訪ね歩いているんですか？」

「せや。けど訪ね歩きちゃうで。もっぱらタクシーや電車を使《つこ》うとるわ」

おのれ、クソジジイ、揚げ足を取りおってからに。

「ウチのタマゴはどうでした？」と、とりあえず一番気になっていることを尋ねた。

「さっきも言ったが、喉越し絶品や」

「それって高い評価ですか？」

「高いも高い、最上級や」

「じゃあ、もうひとつサービスしちゃおうかな」と言うと、お爺さんは両手を振る。

「あかん、これ以上ご馳走になったら、フェアな交渉ができひんようになってまう」

お爺さんをまじまじと見つめた。やっぱりビジネスか。

何だか騙《だま》された気分になったけど、お爺さんがシルクハットを頭上で上げ下げしているのを見ているうちに、どうでもよくなってしまった。

「ナナミエッグにご用なら、社長に話しますけど」

「いや、社長はんやなく、会いたいのは広報はんや」

「え？　ウソでしょ？」とあたしは絶句する。

改めてお爺さんを観察する。服装は背広の上下だし、ネクタイのセンスも悪くない。でもシルクハットに銀のステッキは浮き世離れしているから、常識人ではない。少なくとも見た目は危険人物ではなさそうだ。でも話がちぐはぐすぎる。

どうしよう……。

「売り子はん、はよ広報はんを呼んでえな」

ここでバイトをしていて初めて呼ばれた、売り子はん、という言葉の響きが、舞子はんみたいで笑ってしまった。その瞬間、あたしはぺこりと頭を下げた。

「それ、あたしなんです。初めまして。広報担当の名波まどかです」

シルクハットを上げ下げしていた手が、頭にシルクハットを載せたところで止まる。姿勢を正しお辞儀をするあたしを見つめたお爺さんは、シルクハットを取った。

「ほう、お嬢ちゃんが広報はんだったとは。これはこれは。初めまして」

今度はあたしが質問する番だ。

「あの、どういったご用件ですか」

「実は私、極楽寺から来ましてん」

予期せぬ答えに呆然とするが、そのひと言で訪問の用件は理解できた。

「でしたら、お話は事務所で伺います。社長もおりますので、どうぞこちらに」

事務所に向かうと後ろからこつ、こつというステッキの音が追いかけてくる。依頼を断ったことを非難しに来たのかしら、と思うとお爺さんがクレーマーに見えてきた。

あたしはひと足先に事務所に駆け込み、事務室でお茶を飲んでいたパパに言う。

「極楽寺からお客さんが来たの。どうしよう」

パパは新聞を畳み立ち上がる。扉を開けると、そこにはお爺さんが立っていた。

「すんまへんな。根がせっかちなものやさかい。でも靴の消毒はしましたで」

お爺さんはシルクハットを取って頭を下げた。パパが警戒心剥き出しの声音で言う。

「社長の名波です。今日はどういったご用でしょうか」

お爺さんが差し出した名刺を見て手が震えた。

――浪速大学ワクチンセンター総長　宇賀神義治
このお爺さんがワクチンセンターのトップ、あの彦根先生の大ボスだったとは。

あわててパパは大声で前田さんに玉露をオーダーした。

目の前で玉露をすする宇賀神総長に、あたしは「極楽寺で樋口先生にご馳走になったうどんはとっても美味《おい》しかったです」と御礼を言うと、総長は大笑いした。

「樋口も複雑な気持ちやろ。一生懸命センターのことを説明したのに、うどんを馳走したことしか覚えてくれへんかったなんてなあ」

するとパパがテーブルに手をつき、深々と頭を下げた。

「この度は申し訳ありませんでした。せっかく頂戴《ちょうだい》した仕事をお断りして……」

パパはあたしの頭を押さえ、お辞儀をさせる。応接室に朗らかな笑い声が響く。

「謝る必要はあらへん。期日内にお返事をいただけたんでっから。実は今日はお返事を考え直してもらお、思いまして、加賀での講演会のついでに立ち寄ったんや」

「恐縮ですが、娘がワクチンセンターのタマゴはかわいそうだと申すもので」

「そうなんでっか。それじゃあ嬢ちゃんは、ちと幼稚でんな」

「あたしが、幼稚？」

「幼稚も幼稚、幼稚園児の優等生や。ワクチン製造という公共性の高い依頼を断る理由が、タマゴがかわいそうやなんて、そんなアホな、てな感じでんな」

あたしはかちんときて言い返す。

「この依頼はナナミエッグの理念に反しているのでお断りしただけです」

「嬢ちゃんは感傷に溺《おぼ》れているだけや。甘ったるい人道主義、やなくて鶏道主義や」

「そこはちゃんとお伝えしました。ナナミエッグは多くの人にタマゴを食べてもらおうと両親が創業しました。タマゴをウイルス塗れにするためではありません」

「まっこと、麗《うるわ》しい正論やで」と総長は鼻を鳴らす。

おのれ、むかつくジジイめ。

「ナナミエッグ三十年の歴史で培《つちか》った信念の、何が悪いんですか」

「嬢ちゃんのは正論にもなっとらん。単なる偽善や。なんで無精卵を食べるのはよくて、有精卵でワクチンを作るのはアカンのや？」

「無精卵はヒヨコにならないから……」

あたしの言葉を封じるように、総長は人差し指を立て、ちっちっちと左右に振った。

「ニワトリにしてみたらヒヨコを殺されようが無精卵を食べられようが同じや。たとえウチの依頼を断ったところで嬢ちゃんはヒヨコを守られへん」

「どうしてですか。あたしが依頼を断ればその分ヒヨコの命は救われるでしょう？」

シルクハットを人差し指でくるくる回しながら答える宇賀神総長は容赦ない。

「おたくが断ったら他の養鶏場を当たるだけやから、一日十万個の有精卵が処理され続ける事実は変わらへん。聞けば名波社長まで同じようなことを言うてはるそうやな。親娘《おやこ》揃《そろ》ってナイーブでんな。従業員の生活を奪っておいて、ヒヨコの命は守るなんて、とんだお笑い種《ぐさ》や。そういうのを英語でセンチメンタル・ジャーニー言うんやで」

ジャーニーは余分なのでは、と思いながらも、あたしは言い返せない。言われてみればその通り。目の前の命を救いたいと思って、多くの人の生活を壊す選択をした。でも自分の決断が間違っていると思わない。それでもこうして総長の話を聞かされて、いろいろ考えさせられた。宇賀神総長はからからと笑う。

「言いた い放題しましたが、要は今わてが言ったことをちいと考えてもろうて、もう一度考え直してもらえへんか、ということでんねん」

確かに一から考え直してみるべきかもしれない。その結果お断りすることになったとしても、別の話だ。あたしは、きっぱり顔を上げる。

「お話を聞いて自分の至らない部分を思い知りました。お許しいただけるならもう少し、考えてみたいです。お返事は変わらないかもしれませんが」

「あらま、こんな簡単に引っ繰り返るなんて、こらまたびっくりや」

あたしとパパのこめかみに同時に、ぴきり、と青筋が立つ。おのれクソジジイ、下手に出ればつけあがりおって、とパパの表情が雄弁に物語っている。その点では、あたしも、クソジジイ以外の部分は以下同文だ。親子だから仕方がない。

「怒りなさんな。今のは冗談でんがな。もちろんそれでOKや。そうしてもらいたくてこんな辺鄙《へんぴ》なとこまで足を運んだんやから」

宇賀神総長はにいっと笑う。

「養鶏場巡りが趣味だというのはウソなんですね」

「それはほんまや。ワクセンの命綱の養鶏場を表敬訪問しとるうちに趣味になってもうたのや」

「いつもそんな格好で養鶏場を回るんですか？」

「せや。シルクハットは正装やからな」

噴き出しそうになるのをこらえていると、宇賀神総長は立ち上がる。

「遠路はるばるやって来た甲斐《かい》があったで。仕事を委託する時には、公共心の有無を重視しとりまんねん。ここのすりあわせがうまくいかず断ることも多いんでっせ」

「その評価は嬉しいですな」と素直に喜ぶパパに、宇賀神総長は改めて言う。

「お引き受けいただけるなら、お宅の会社にはできる限りの協力をさせていただきます。それは巡り巡ってお嬢ちゃんが望むヒヨコの保護にもなると思うんや」

腕組みをして考え込んでいたパパが言う。

「でしたらお願いがあります。鳥インフルエンザのワクチンを提供してください」

ニワトリが処分され次々に穴に放り込まれていく光景が頭をよぎる。片隅で泣き叫んでパパの胸を叩いている幼い日のあたしがいる。宇賀神総長の目が光った。

「協力したいのは山々やけど、農水省からニワトリにインフルエンザ・ワクチンを打つことは罷《まか》り成らん、いうお達しがありましてな。ワクセンは国家機関みたいなもんやから、お国の決定には逆らえまへん。無い袖《そで》は振れぬ、ということでご勘弁を」

依頼があっさり拒否され、パパはむっとした表情を隠さない。

「総長はたった今、できることなら何でも協力する、と言ったばかりでしょ」

「世の中できることとできへんことがある、いうことでんな。人の命を守るためにニワトリを犠牲にするのも仕方ないでっしゃろ」

平然と答える宇賀神総長の、そのいけしゃあしゃあとした言葉がパパをかっかとさせていることはよくわかる。

この二人、天敵同士かも。パパは毅然《きぜん》とした口調で言う。

「確かに私たちはニワトリの肉を食べタマゴを食べる。だからこそ、彼らの命に感謝して、彼らの命を人間同様に大切に扱うべきなのではないですか」

「あんたの話を聞いとったら、大昔の農水省の検討会でわやを言っとった養鶏の若造を思い出しましたな」

「そりゃ奇遇ですな。私もちょうど今、やっぱり農水省の検討会で人の話に耳を傾けようともしなかった因業《いんごう》ジジイの顔が浮かびましてな」

そう言った二人は、顔を見合わせた。

「まさか……。いや、あのクソジジイはもっと髪がふさふさしてたし……」

「思うところあって頭を丸めたのは五年前でして、それまではふさふさでしたな」

宇賀神総長はつるりと頭を撫《な》でて言う。

パパは宇賀神総長の顔をまじまじと見つめた。

「あの時のわからんちんと、こんなところで再会するとは、世の中はビックリ箱ですな。でもこれでは私の依頼はとうてい聞いてもらえそうにないとわかりました。仕方がない。そちらの依頼に対しては娘から返事させます」

パパはあっさり白旗を掲げた。すると宇賀神総長も負けじと言い返す。

「こっちも、あれだけ年月が経《た》っても、まだあの時に俺が言ったことの真意を理解してもらえていないということに、結構がっくり来ましたから、あいこでんな」

こうして二人の会話は終わった。話は嚙《か》み合わなかったけど、そしてパパと宇賀神総長が知り合いであるような気配があったけれど、その謎《なぞ》はあたしには解けなかった。

でも別れ際《ぎわ》、パパと宇賀神総長は、古くからの戦友みたいな顔をしていた。

あたしは宇賀神総長を加賀駅まで送ることになった。車を回してくると総長は助手席に乗り込み、シートベルトを着けた。

おおきにありがとう、と言った総長に、小声で謝る。

「考え直すチャンスをいただいて、ありがとうございました。でも考え直しても結局同じ結論になってしまうかもしれませんが」

「それはお互いさまや。こっちも折れることができない部分があるけど、嬢ちゃんにも矜恃《きょうじ》があるんやろからな。ま、もう一度じっくり考え直してや」

ラジオから流れてくる映画音楽を口ずさむ総長を横目で見ながら、ダメもとで聞いてみる。

「なぜニワトリのインフルエンザ・ワクチンをいただけないんですか」

「さっき言ったが、農水省の意向や」

「それはあんまりです。ニワトリは人のワクチンを作るためタマゴを犠牲にします。それなら一部をニワトリのワクチンに振り向けて当然です。そうすれば鳥インフルエンザに感染した鶏舎を全廃棄しなければならないような事態は避けられます」

赤信号で停車した時、宇賀神総長に詰め寄った。総長は、真顔で答える。

「ヒトを助けるためにはニワトリを犠牲にしなくてはならないこともあるのや」

その言葉には、陽気な宇賀神総長らしからぬ陰鬱《いんうつ》な響きがあった。

それは、人間を生かすためには病気のニワトリは殺しても当然ってこと？

このまま引き下がったらニワトリたちに申し訳なくて、もう少し刃向かってみた。

「ヒトもニワトリも同じ命なんですから、ニワトリのワクチンも作るべきです」

あーあ、言っちゃった。また幼稚と言われてしまいそう。

でも、宇賀神総長は笑わなかった。腕を組んで考え込む。

「それについては病気に関する理解を深めてもらう方が先決や。議論はそれからや」

その呟《つぶや》きの意味がわからなかった。宇賀神総長はあたしの顔を見つめた。

「鳥インフルエンザは人獣共通疾患で、ヒトに感染すると致死率が高いのや。ここがポイントやけど、鳥インフルエンザは日本には定着していない。たまに日本に持ち込まれるとニワトリに感染する。飛沫《ひまつ》感染ではなく、病気に罹《かか》ったニワトリを食することで感染すると、現時点では考えられているのや。だから感染したニワトリを食べなければほぼ問題ない。そしたら感染したニワトリは一体、どんな風に扱えばええか、わかるやろ？」

あたしは首をひねり、よくわかりません、と答えると総長はがっくり首を折る。

「ほんま、自分の頭で考えようとしない娘やな。ワクチンなんぞ打ってみい。病気のニワトリのいくたりかは生き延びるが、ウイルスまで生き延びてしまう。そうなったら大惨事や。これは日本の国防問題なのや」

宇賀神総長の滔々《とうとう》とした演説を聞いていたあたしの脳裏に、たくさんのニワトリの死骸《しがい》を前にして声もなく涙を流していたパパとママの横顔が浮かんだ。

宇賀神総長の渾身《こんしん》の説明は、殺処分の理屈としてはよくわかった。

でも、だからといってあたしは納得したわけではない。

「つまりワクチンを打たないのは病気に罹ったニワトリをいち早く発見できるようにするためで、病気になったニワトリを発見したら確実に殺してしまうしか方法はない、というわけですね」

宇賀神総長は、ほっとしたような表情でうなずいた。

「せや。ようやく理解してもらえたようやな。ヒトにうつる前に根絶やしにするのが一番で、それしか方法はない。それは検疫《けんえき》の基本的な考え方なのや」

その言葉を聞いたあたしは、パパが宇賀神総長との議論からあっさり撤退した理由をようやく悟った。

パパはニワトリに鳥インフルエンザ・ワクチンを使えない理由を、とっくの昔に知っていて、しかもその必然性も理解していたのだ。

それでも言わずにはおられなかったパパの気持ちを思うと、何だか切なかった。

駅のロータリーに車を着けると、助手席側に回り、ドアを開ける。

宇賀神総長はシルクハットをかぶり直し、銀のステッキをこつん、とついた。

「駅までわざわざ送ってもらって、ほんま助かったで」

大きな声で礼を言われて、あたしの方が恐縮して、頭を下げた。

「頑固者ですみません」

宇賀神総長はにっと笑う。

「頭を下げなければいけないほど悪いことをしたと思ってへんやろ、嬢ちゃんは」

あたしは顔を上げると、舌を出す。

「あれ、バレちゃいましたか。おっしゃる通り、あたしはニワトリを大切にしない人は人でなしだと思っています。宇賀神総長の説明はよくわかりましたけど、納得はできません。やっぱりニワトリのいのちもヒトのいのちも同じいのちだと思います」

「ふん、嬢ちゃんから見たら、私なんぞ極悪非道の人非人なんやろうな」

あたしはにこやかに首を振る。

「あ、でも総長はギリギリセーフですよ」

総長は大声で笑い出す。

「ほんま、あんたは負けず嫌いやな。儂《わし》の勘やけど、きっとまたお目に掛かれる日が来ると思うで」

そう言って宇賀神総長は片手を上げて、駅の構内に姿を消した。

そのシルクハットの後ろ姿を見送りながら、あたしは深々と頭を下げた。

特急の指定席で待ち受けていた男性が、銀色のヘッドフォンを外して宇賀神総長に問いかける。

「いかがでしたか、加賀娘は」

「あの嬢ちゃんとは一勝一敗一引き分けやった。取りあえず再検討を約束させてきたで。しかしアレは父親に負けず劣らず頑固者や」

「ほほう、こんな短い時間で、あんな小娘と三戦も交えて痛み分けとは、総長もなかなかですね。しかし僕も彼女を見込んだから独断で依頼したんです。たかが総長の顔出しくらいで日和ってもらっては困るんです」

「たかが総長、とは言うてくれるの。そう言えばおもろいこと言われたで。鳥インフルエンザの、ニワトリ用のワクチンがほしいそうや」

「それくらい、作って差し上げればよろしいのでは」

「彦根クンまでそんなけったいなことを言い出すとは意外やったな。寄付講座とはいえ、かりそめにも浪速大のウイルス学の特任教授ともあろうお方がそんなことを言っておったら物笑いの種やで」

「門外漢のクセに偉そうな肩書きを頂戴してしまいまして。でも仕組み上、仕方がなかったんです。教授という肩書きがないと寄付講座は立ち上がらないし、何より寄付講座には教授しか人事枠がないものでして」

発車のメロディが流れ、列車が動き始める。

彦根が珍しく長々と言い訳したのは、その肩書きが本人にとって違和感を覚えるようなものだったからだな、と察して宇賀神総長はこっそり笑う。

「まあええわ。医師なら人間が食べるために飼っているニワトリを、人間のいのちを守るためには皆殺ししなくてはならんことだってある。とにかくワクチンをニワトリに投与したらあかん。技術的には簡単やが、農水省の認可が下りりん。何より国防にそぐわないのや」

「同じ病気でもニワトリの管轄《かんかつ》は農水省なんですね。厚労省なら僕にもちょっとした伝手《つて》があるんですがね」

彦根はわけのわからないコメントをぽつりと口にした。

ただし、その言葉は列車の騒音にかき消されて、宇賀神には聞こえなかったようだ。

10 鶏鳴

加賀・ナナミエッグ　6月30日（火曜）

翌日。研究室に顔を出し、拓也と誠一、野坂教授に昨日の一部始終を説明した。

「勝手だけどもう一度有精卵プロジェクトを検討したいの。協力してくれない？」

「まどかがそう言うのを待っていたんだ。ここまで来て今さら引き下がれるかよ。野坂教授も次の課題を探すのは少し待ちましょうと言ってくれてたんだぜ」と拓也が口を開く。

野坂教授は本を閉じ、にこにこ笑う。

「私は来年定年なので業績を挙げる必要はないんです。名波さん。諦めがいいのは愚者の特徴ですよ」

「数日のロスは大きいぞ」と誠一が言うと、拓也は模造紙を広げる。

「ボス、チャートの再チェックを始めましょう」

「お願いだから、そんな色気のない呼び方はやめて」

「わかりました、リーダー」

あたしは拳《こぶし》で拓也をぶつ。そしてこぼれそうな涙をぬぐうと、模造紙を見た。白い模造紙の上に、あたしの未来が光っている気がした。


見直すほどプロジェクトの素晴らしさがわかった。それはたぶん、宇賀神総長がとことん打ちのめしてくれたおかげだろう。

「でも、ひと晩で答えを変えるなんて軽率に思われないかなあ」

あたしが言うと拓也は首を振る。

「そんなことないさ。まどかが、パラ、パラサイト何とかをすれば……」

〈パラダイムシフト〉だろ、と誠一が訂正する。

「そう、そのパラパラ何とかで丸く収まれば、それでいいだろ」

「でも……」

もじもじしているあたしに、野坂教授が言う。

「そんな思い込みは偉業達成の邪魔です。みなさんのプランは世のため人のためのもの。ならばこれまでの行き違いを訂正するくらいどうってことありません。でも、議論ばかりしていても埒《らち》があきませんので、とりあえずみんなで出掛けましょうか」

「出掛けるって、どこへ？」

野坂教授は呆《あき》れた、という口調で答えた。

「ナナミエッグに決まっているでしょう。このプロジェクトを教室の研究課題とするため、養鶏のプロの名波さんのお父さんの承諾を正式に得るのは必要なことです」

隣で誠一も拓也もうんうん、とうなずいている。どうやら道筋が見えていなかったのはあたしだけだったようだ。教授はフックに掛けてあったパナマ帽を頭に載せる。

「さあ、野坂研一行、ナナミエッグ社長に研究協力を要請するため出発しましょう」

野坂教授をお乗せするので運転は拓也に代わってもらう。走り屋を気取っているけど、あたしより安全運転だ。後部座席の野坂教授は流れゆく風景を眺めている。

隣で緊張しながら携帯をプッシュし、事務所に掛けた。

呼び出し音五回。いきなりパパの声が響いた。

「まどかか。どうした？」

「研究室の教授がナナミエッグを訪問したいとおっしゃっているの」

「何時頃だ？　まどかの先生をお迎えするなら、きちんと準備しないと」

「もうじき鳥居町の交差点だから、あと十分くらいかな」

「そんな無茶な。急すぎるぞ。まどか、お前はどうしていつもそうやって……」

通話口の向こうの怒鳴り声を無視して電話を切る。やり取りを聞いていた野坂教授が、穏やかな口調で言った。

「名波さん、お父様にはもう少し礼儀正しく接した方がよろしいですね」

やがて『たまごのお城』が見えてきた。その前に作業服姿の男性が佇《たたず》んでいる。拓也がパパの側に車を止めると、野坂教授は、パナマ帽を取って頭を下げた。

「ご無沙汰《ぶさた》しております、名波社長」

パパはしばらく口をぱくぱくさせていたが、ようやく絞り出すようにして尋ねた。

「野坂先生、どうしてこんなところに？」

「え？　パパは野坂教授と知り合いなの？」

あたしの頭を摑《つか》み、一緒に頭を下げさせながらパパが言う。

「このバカ娘。野坂先生はナナミエッグの大恩人だ。どうして先生にお世話になっていることを黙っていたんだ」

あたしは頭を押さえつける手を振り払いながら、言う。

「大学院に入った時に報告しようとしたら、パパが聞こうとしなかったんじゃない」

途端にパパはしゅん、とうなだれる。野坂教授が穏やかな声で言う。

「ご心配なく。まどかさんは私の自慢の教え子ですから」

顔を上げたパパは姿勢を正した。

「加賀大学に進学したのに、野坂先生のことを娘にきちんと教えなかったのは私の落ち度です。ちょうどいい機会ですので、今から娘に当時のことを教えてやろうと思います」

教授は困ったような笑みを浮かべる。

「今日は、私の方から名波社長にお願いしたいことがあって伺ったのですが」

「野坂先生の依頼なら、喜んで協力させていただきます」

内容も聞かずに依頼を引き受けると、パパはあたしに言った。

「気の利《き》かない娘だな。いつまでこんなところで先生に立ち話をさせるんだ」

「ええ？　立ち話を続けたのはパパじゃない」

でもパパはその声など聞こえないように、いそいそと野坂教授を事務所に案内した。

前田さんに最高級の玉露を頼むと、パパは改めて野坂教授に頭を下げる。

「その節はお世話になりました。あれからもう十五年になります」

「ほう、そんなに経ちましたかね」と野坂教授は遠い目をして言った。

「鳥インフルエンザの感染で第一ファームが全滅し、断腸の思いで殺処分を終えた直後、話を聞き付けた新聞記者がやって来た。取材後、ウチの名前を出して報道すると言う。やめてくれと頼んだがダメだ。記事はいつ出るのか、心配していたらその記者から連絡があり、掲載は取りやめたという。記事にするなら野坂先生が投稿歌壇の選者を降りると言っているというんだ。私は野坂教授と面識がなかったので驚いた」

野坂教授が言う。

「実は記者さんも終息した鳥インフルエンザ禍を今さら改めて蒸し返すことにどれほど意義があるのか、悩んでいたのです。でも上司さんが早く記事にしろとせっつくので、たまたま歌壇担当でもあった彼は私に相談したのです。私はナナミエッグのファンでしたので、記事を載せたら私が歌壇の選者を降りるぞと言っている、と上司さんを脅してみたらどうかと提案したら結局、上司さんが折れてくれたのです」

「感激した私はすぐ加賀大に伺った。御礼にタマゴを五百個持っていったが、受け取ってもらえなくて難儀した。結局、押しつけるような形で受け取ってもらったんだ」

「何せ五百個ですから。結局全部ゆでタマゴにして同僚に振る舞ったら五百個はたちまちハケてしまいました。以後、ナナミエッグのゆでタマゴパーティは農学部の定番となり、名波さんにもずいぶんご迷惑をお掛けしました」

そう言えばあたしが文学部に入学したのを農学部の教授たちがブーイングしたというウワサを聞いたことがある。転部させろと言う教授もいたらしい。

養鶏に関してパパは農学部の教授たちに一目置かれていたから、娘が文学部に入学したのは裏切りだと思ったらしい。農学部なら伝説のゆでタマゴパーティを再現できたのにと残念がる教授もいたという。ナナミエッグが加賀のタマゴの代表格だからって、なぜ加賀大農学部のゆでタマゴパーティが関係するのか、ずっと不思議だった。

でもそんなブーイングも野坂先生が指導教授に決まったらぱたりと止んだ。それにはこんな裏事情があったとは。あたしが入学した時の農学部教授の騒ぎも、内幕がわかれば理由はわかる。でも話はそれでは終わらなかった。

「野坂先生は私に、農水省の検討会で発言の機会も与えてくれた。当時禁止されていた鳥インフルエンザ・ワクチンを解禁してほしいと訴え、鶏舎を全滅させられた業者の切実な声を聞いてもらった。地域の養鶏業者組合を通じて再三申し込んでも、農水省の担当官は証言させてくれなかったが、野坂教授のおかげで悲願が叶《かな》ったんだ」

「あれはほんの恩返しです。当時私は第一歌集が注目されながら歌を作れず苦しんでいました。そんな時名波社長が、気が向いた時に鶏舎を見学してもいいと許してくださった。おかげで第二歌集『鶏鳴』が完成し、臨場感が高いと評価され代表作になりました。歌集に名波社長への謝辞を入れたかったんですが固辞されましてね」

謝辞だなんてもったいなさすぎて、とパパは頭を掻《か》きながら照れた。

「『鶏鳴』のおかげで農水省の養鶏関連の検討会に人畜無害な委員として招かれたのです。それにしても農水省の検討会は酷《ひど》かった。ニワトリにワクチンが接種されていることすら知らない委員が養鶏の基本方針を決めていたんですから。そんな時ふと、名波社長に発言していただけばいいのでは、と思いつき、オブザーバーとして発言してもらったのです」

「あの時の農水省の役人の慌《あわ》てぶりときたら、今思い出しても笑ってしまいます。あの時ニワトリよりヒトが大切だからニワトリにワクチンは打てないの一点張りで反対したワクチン専門家の迫力に押し切られたのですが、そのクソジジイは相変わらず、頑固一徹のようです」

宇賀神総長の禿げ頭が浮かび、この前のパパと宇賀神総長のやり取りがつながった。

「あの件は農水省の検討会の無能さを、世間に知らしめたという意義がありました」

野坂教授は静かに首を振って言った。あたしは野坂教授に訊《たず》ねた。

「どうしてあたしが研究室に入った時、教えてくださらなかったんですか」

「大学院生の名波さんとは関係のない話だからです」

「でも……」というあたしの言葉を引き取るように、教授は続けた。

「名波さんが私の研究室に属することになったのも、ナナミエッグのビジネスモデルを研究室のメインの研究課題にすることになったのも、何かのご縁ですよ」

野坂教授はあたしをパパの前に押し出し耳打ちをする。

「黴《かび》が生えた昔話より、名波さんには言わなければならないことがあるでしょう」

言われてあたしは顔を上げ、パパを見た。

「浪速大ワクチンセンターからの有精卵納入の依頼を受けようと思います」

言葉足らずの宣言を、野坂教授が補ってくれた。

「プロジェクトを受けるにあたり私の主宰する加賀大学大学院『地域振興総合研究室』の研究課題である、『加賀の地場産業振興の新展開』に採用させていただきたいのです。本日はその件で名波社長に全面的な協力をお願いするため、こうして伺った次第です。名波社長、院生の研究のため、ひとつご協力いただけないでしょうか」

野坂教授はテーブルに手を突いて頭を下げ、あたしもそれに倣《なら》う。拓也と誠一の二人もあわててお辞儀をする。あたしを見つめたパパは、きっぱりと言う。

「うん、これで踏ん切りがついた。有精卵プロジェクトを受けるにあたり、ナナミエッグを分社化し名波まどかを新会社の社長に任命する」

あたしは呆然《ぼうぜん》とした。そんなこと急に言われても……。

「よ、社長」と拓也に茶化され、拳を振り上げる。

「怒るわよ。誠一ならパパを説得できるでしょ？　そんなの無理だって説得して」

「それはできない。だってこのアイディア、どう考えても最善手だもの」

野坂教授は鼻の頭をこすりながら決め台詞《ぜりふ》を口にする。

「背負うことができない人のところには重荷はこないものなのです」

背後のパパの声に顔を向ける。

「今のまどかになら任せていいと思う。二十万羽を有する第一ファームを分社化し、まどかを社長に任命する。以後、マドカエッグとして独立しなさい」

「ちょっと待って。社長なんてあたしには絶対ムリよ」

「そんなことはない。まどかは有精卵プロジェクトを断る決断をした時に一度、社長として判断している。従業員の生活を背負っていたけどブレなかったじゃないか」

「でも宇賀神総長の話を聞いて、その判断をひっくり返したわよ」

「間違ったら引き返す柔軟さもトップとして大切な器量だ。それが備われば周りが支えてくれる。ごらん。今のまどかには支えてくれる人が三人もいるじゃないか」

振り返ると拓也と誠一、野坂教授の笑顔があった。

「まどかはナナミエッグ全体を背負って決断した。今、第一ファームを分社化しても負荷は五分の一だけだ。ただし分社化にあたり条件がある。一年できっちりビジネスとして仕上げること。その間はナナミエッグが総力を挙げて支援する」

「あたしについてきてくれる従業員なんて、いないわ」

あたしが言うと、パパは微笑する。

「そのことがわかっているだけでも、まどかは成長したよ。昔は跡継ぎなんてイヤと言うだけだった。ただしマドカエッグに譲るのは鶏舎とニワトリだけで従業員はナナミエッグから出向させる。移籍ではなく異動だ」

「まどか、おじさんに御礼を言え」

誠一がそう言ったけれど、あたしはぼうっとしていた。

「ふつつかな娘ですが、今後とも、ご指導よろしくお願いします」

パパが頭を下げると、野坂教授はパナマ帽を胸に当て、うなずいた。

そんなパパの姿を見て、あたしは不覚にも胸がいっぱいになった。

その夜。電話を掛けたら樋口副総長本人が出たので依頼の受諾を伝えると、副総長は「ちょっと待って」と言い保留のメロディが流れた。

しばらくして鼓膜が破れそうなくらいの大音声《だいおんじょう》が響いた。

「加賀ではタマゴ、ご馳走さんやった。ウチの依頼を受けてくれることになったそうで、二重におおきにありがとさん。せやけどリミットギリギリやからすぐ打ち合わせなあかんで。こまいことは彦根クンに任せとるでな。では、グンナイ」

宇賀神総長がまくしたてるその声が、耳の奥にわんわん響く。言いたいことを言うと電話はぷつんと切れた。呆然としたあたしは、しばらくして、くすくす笑い出す。

その晩、七色のヒヨコたちが、あたしをふわふわと取り巻いている夢を見た。

社名はマドカエッグではなく、プチエッグ・ナナミにした。ナナミという名をどこかに残したかったのだ。拓也と誠一が朝早くから来てパパを交え相談を始めた。

「昨日は野坂教授の手前、甘いことも口にしたが、やはりまどかが社長かと思うと心細い。経営者として伺いたいが、それだけ先行投資をして元は取れるのかね」

バランスシートについては検討済なので、自信を持ってうなずく。

「納入価格が高く設定され、安定した量を納められれば収支は合うはずです」

「それは今後もこの取引が続くという前提あってのことだ。今年は依頼があっても来年パスされたら目も当てられない。その辺りは確実なのか？」

「それは……」と口ごもる。いきなり、張りボテの自信が粉砕されてしまう。

するとと誠一がすい、と前に出た。

「おじさんの心配はもっともだ。そうならないため、今すぐ僕たちがやらなければならないことがある。それが何かわかるかい、まどか？　いや、まどか社長？」

そんな風に言われてもわからないものはわからないわよ。あたしは首を振る。

「問題は、いかにナナミエッグの負担を軽くするかだ。新システムを構築する時はこちらがイニシアチブを取らないと大変なことになる。ビジネスである以上、立場は五分と五分だ。前回ワクセンの実情を知るため僕たちが極楽寺に出向いた。だから今度はナナミエッグの現状を知ってもらうため、ワクセンの担当者を呼びつけるんだ」

「そんな偉そうなこと、できるかしら」

「できるかしら、じゃない。やらなきゃならないんだ」

拓也も隣から口を挟む。

「誠一の言う通りだ。最初にはっきり言っておかないと、大きいところの言いなりにされ泣かされる。ウチも百貨店が加賀フェアをやるっていうから車とドライバーを増やしたら三カ月で打ち切り。残ったのはピカピカの高級冷蔵車と使えないロートル運転手さ。最初にきちんとこちらの条件を認めてもらうのは、何よりも重要だぜ」

安全第一で要領が悪いドライバー、と罵《ののし》られた柴田さんの顔を思い出す。どこか暗い翳《かげ》のある人だ。生き馬の目を抜く運送業界で生きていくのは難儀だろうなと思う。

「でも、こっちの言い分ばかり言っていたら、あちらは気分を害さないかしら」

「あ、その歯切れの悪さ、さてはあっちの担当はあの結婚詐欺師《さぎし》の若手教授だな」

拓也の言葉に、パパはじろりとあたしを見た。

「この間、最初にウチにやってきた、浪速大の特任教授が担当なのか。いくらイイメンだからって都会者は調子のいいことばかり言うから信用ならん」

「おじさん、〝イイメン〟じゃなくて〝イケメン〟だよ」

「そうか、イケメンか」とパパは素直に訂正し、口の中で、イケメン、イケメンとぶつぶつ何度も唱える。パパは拓也に対しては不思議と素直だ。

胸が苦しくなる。でも考えたら、ナナミエッグには彦根先生も宇賀神総長も直接足を運んでくれている。そう考えると少し気が楽になった。あたしと誠一のやり取りを聞いていたパパが、立ち上がると誠一に右手を差し出した。

「まあ、いろいろありそうだが、これからもまどかをよろしく頼むよ、誠一君」

「何よ、それ？」「それは違うんでねえ？　俺の方が頼りになるし」

あたしと拓也が同時に言うと、誠一は「お任せください、おじさん」と答える。

あたしが電話を掛けると、できるだけ早い日程だぞ、と誠一が耳元でしつこい。生返事をしていると電話がつながった。あたしはどきどきしながら用件を切り出した。

○

二人を送っていく道すがら、後部座席の拓也がぶつぶつ言う。

「誠一も誤解を招くような受け答えはするなよな」

「何言ってるんだよ。新しいビジネスをよろしく、と親父《おやじ》さんに頼まれただけだろ」

本当にそれだけかよ、他に何があるんだよ、という売り言葉に買い言葉みたいな応酬を聞きながら、関心のあること以外には無頓着《むとんちゃく》という点で誠一とパパは似たもの同士かも、と思う。あたしは、もうこの話題に触れるのはやめよう、と思った。

電話で打ち合わせ、十月一日に十万個の納品が決まった。ただし新しい設備の導入やらすべてが初めてづくしなので大事を取って、最初の一カ月は隔日の納入にした。

これも誠一からの提案だった。関連機器を設置するためGPセンターの大改装が必要なことや、雄鳥の育成のノウハウの確認など、やらなければならないことが山積していて、準備に三カ月はかかりそうだ。

改装工事の日程を考えたら今すぐ取りかからないとぎりぎりだ。

彦根先生の対応は迅速だった。明後日、機械の専門技師を同伴してウチにやってくるという。この調子では十月末までは野坂研に顔を出すことは不可能に思えたので休学したいと相談すると、野坂教授から逆提案された。

「ナナミエッグの一室を野坂研の分室にし、そこで作業をしていれば単位として認めます。そうすれば私もゆでタマゴをご馳走になりに行けますので」

こうして宝善町・ナナミエッグの社屋の一画に加賀大学大学院・地域振興総合研究室、通称野坂研分室が開設されたのだった。

彦根先生たちとの打ち合わせに入る直前、パパはあたしを社長室に呼び入れた。

社長室には幼い頃に一度入ったきりだ。おぼろげな記憶をたどりながら辺りを見回すと、それは棚の上にあった。家族全員で行った、一度きりの遊園地の写真。ママとパパ、幼いあたしが楽しそうに笑っている。

「第一ファームはナナミエッグの創業の地だ。失敗したら後はない。覚悟しろよ」

現実を突きつけられ息を呑《の》む。でもあたしは足の震えを押さえて答えた。

「わかっています。あたしもあの日のことは忘れてないわ」

遊園地で写真を撮った一週間前、ナナミエッグは創設以来最大の危機を迎えた。鶏舎のニワトリが鳥インフルエンザに罹り廃棄命令を受けた日、パパは涙を流した。この写真の笑顔の裏側にある大きな哀《かな》しみは、決して忘れない。

「これでまどかに言わなければならないことは全部伝えた。それじゃあ、行こうか」

パパは立ち上がる。扉を開けると拓也と誠一が待っていた。背中にパパの優しい視線を感じる。もうあたしは、ひとりではなかった。

話し合いには彦根先生と技師さん、あたし、パパに加え拓也と誠一も出席した。野坂研がナナミエッグに引っ越してきたわけだ。拓也は初めて会った彦根先生の顔をじろじろと眺めた。コイツが例の結婚詐欺師かと思っているのが、表情から丸わかりだ。

「依頼を受けていただき感謝します。ただし、こちらの条件をクリアできない場合は商品はキャンセルとなります」

彦根先生が言う。以前のあたしなら厳しい物言いに萎縮《いしゅく》していただろう。

あたしは静かに言う。

「もちろんです。ただしこちらの依頼に迅速に対応していただけなければ、早急なレスポンスは難しいと思います。その点はよろしいでしょうか」

彦根先生は眼鏡の奥で目を瞠《みは》る。それから目を細めた。

「もちろんです。お互い、ビジネス上は同等の立場ですから。協力して、いい成果を出しましょう。世のため、人のため、そして我々の未来のために」

差し出された右手を握り返す。ようやく彦根先生に一人前として認められたのだ。

肩の力が抜け呼吸が楽になった。彦根先生は握手した手を離し、深々と頭を下げた。

「どうしたんですか？」

「以前、お約束しましたよね。まどかさんがプロジェクトをやり遂げたら、その時は頭を下げて謝罪するって」

頭を下げ続ける彦根先生の姿を見て、胸が熱くなった。何て律儀《りちぎ》な人なんだろう。

「もういいんです。あたしの方こそ先生に感謝しなければならないんです。だってあの時はああ言われて当然だったし、そのおかげで今のあたしがあるんですから」

あたしの言葉に、彦根先生は顔をあげ微笑した。

こうしてプチエッグ・ナナミは船出した。

あたしは閉ざされた窓を開け放ち、新しい世界への第一歩を踏み出したのだった。

第二部　三都物語　浪速・桜宮・極北

11 浪速の医師会

浪速・料亭〝荒波〟　7月29日（水曜）

浪速診療所の創設者、菊間《きくま》徳衛《とくえ》は足腰が弱っているのを感じた。最近は毎朝の日課のアーケード街の散歩もひと苦労だ。医師会の会合への参加もサボりがちで、浪速市医師会の定期会合が開かれる小料理屋〝かんざし〟も、店の前を素通りしてしまう。だが少しずつそれは自然の摂理に思えてきた。息子の祥一《しょういち》が院長を務める診療所も徳衛の助力を必要としなくなった。頭の中にひとつの言葉が浮かぶ。

老兵は死なず。ただ消えゆくのみ。

朝の散歩は馴染《なじ》みの八百屋の前でUターンする。店のシャッターは降りたままだ。八百福一家がインフルエンザ・キャメル感染者第一号のレッテルを貼《は》られ廃業したのは四月の終わり。夜逃げ同然に街を去ったが、故郷でうまくやっているだろうか、と心配になる。だがキャメルは弱毒性だとわかったから、たぶん大丈夫だろう。

キャメル騒動で市街封鎖など戒厳令を思わせる対応により浪速の経済は滅茶苦茶《めちゃくちゃ》に

なった。結果は大山鳴動して鼠《ねずみ》一匹、キャメル罹患《りかん》患者千五百名で死者ゼロ。通常の季節性インフルエンザでの死者は一千名とはるかに多い。中央が垂れ流した風評で、浪速経済は破壊され、その敗戦処理で市民はあえいでいる。キャメル騒動を煽《あお》ったメディアは、霞が関のエラーを報じない。渡航歴のない患者が浪速で発生し、検疫《けんえき》体制の無意味さを露呈した挙げ句、熱源検知器を一部空港にのみ導入するなど、非論理的な対策に巨額の国家予算を投じたのは、腹立たしいことこの上ない。

診療所の待合室は閑散としていた。最後のひとりが咳《せ》き込みながら出て行くのとすれ違う。徳衛に会釈《えしゃく》をした患者は開院当初からの馴染みだ。自分と一緒に年を取っていく患者の後ろ姿を見送ってから、徳衛は院長室に足を踏み入れる。

「早仕舞いやな」と言うと、カルテに何か書いている祥一は、顔を上げずに答えた。

「売り上げは下がる一方や。そろそろ規模縮小を考えんとあかんかも」

祥一の痩《や》せた肩を見下ろし、最近打ち明けられた話を思い出す。浪速大に新しい寄付講座が立ち上がり、特任准《じゅん》教授の口があるという。そう告げた祥一の口調に迷いの色が見えた。大学に戻りたくなったのだろうか。その祥一はあっけらかんと言う。

「そう言えば今夜、浪速府の医師会の会合があるんやけど、一緒に行かへん？」

「お前から医師会の会合に誘われるなんて、珍しいこともあるもんや。雪でも降るんちゃうか。でも府医師会には所属しておらんから気は進まんが」

「実は父さんもご指名なんやで。クローズドの講演会で講師は浪速大特任教授や。演題はキャメル絡《がら》みらしいで」

どこでやるんや、と会場の名を聞いた徳衛は驚いた。〝荒波〟は医師会会長か国会議員、学長や病院長クラスの接待に使われる一流料亭だ。浪速市医師会の顔役の徳衛でも、滅多に足を踏み入れたことがないそんな場に祥一と共に招かれ、しかも講演の演題がキャメル絡みという。どうやらきな臭い会になりそうだ。

「ほな断るわけにはいかへんかな。支度しとくさかい、出がけに声かけてや」

日本医師会は三層構造の組織だ。一番下層に地域密着の郡市区医師会があり、その上に都道府県医師会、最上位に中央を束ねる日本医師会がある。高校野球でいえば地区大会、県大会、全国大会という序列だ。こうした三層構造は日本の社会制度の基本骨格で、税務署や保健所など全国展開する組織はほぼすべて、同じ仕組みだ。徳衛が活動している浪速市医師会は地域に密着した郡市区医師会で、主に地域貢献のボランティア的活動で報酬は微々たるもので手弁当に等しい。診療に携わる時間も削られるから、跡継ぎがいるとか夫婦で開業しているなど、ゆとりがないと参加は難しい。一つ格が上がり浪速府医師会になると現場から遊離する分、何をやっているのか見えにくくなる。さらに中央の日本医師会ともなると魑魅魍魎《ちみもうりょう》が跋扈《ばっこ》する伏魔殿《ふくまでん》だ。医師会はいきなり中央デビューはできない。日本医師会執行部の理事になるには郡市区医師会、都道府県医師会に所属し会費を三重払いしなければならない。それでも中央執行部になれば報酬が保証されるので、幹部を目指し活動に励む会員も出てくる。

日本医師会は開業医の利益団体と目されているが、これはメディアの刷り込みの成果だ。医師会は天下の財務省に食ってかかれる唯一《ゆいいつ》の圧力団体なので、財務省は潜在的支配下に置いている新聞・テレビに医師会を叩《たた》かせ、医師会は〝沈黙は金〟と大人の風格で応じるので世間の誤解は広がる。医療を守るため利益誘導すれば開業医への利益誘導にも見える。それを開業医のための利益誘導だと報じるのは、部分集合と全体集合を誤認させるトリックで、それがパックス・ＭＯＦ（財務省下の平和）の維持を最優先する日本の支配階級の目的だ。加えて医師会の古い体質の会員には開業医の利益団体としての姿を体現しているような輩《やから》もいて、医師会の下部メンバーや医師会に属さない勤務医すら誤解している。だが日本医師会が、世界医師会が認定する日本唯一の医師の専門組織であることは紛《まが》う方なき事実だ。

祥一は清新な新世代の旗頭として浪速府医師会に白羽の矢を立てられたのだろう。

タクシーは市街地の一等地にある帝山ホテルのエントランスに滑り込んだ。

エレベーターで二階に上がると、料亭〝荒波〟の門構えが現れる。案内された部屋は掘り炬燵《ごたつ》風の設《しつら》えに座卓が置かれ、掛け軸が掛かった床の間を背に、三人の男性が座っていた。下座に控えた事務局長が菊間親子を賓客の正面の特等席に案内する。

徳衛は固辞するが事務局長は「会長のご指名ですので」と押し通す。

祥一の目は真《ま》っ直《す》ぐ上座の男性に注がれている。中央の銀縁眼鏡の男性は目を閉じヘッドフォンの音楽に身を任せている。左側の男性も金色モヒカンと相当印象的で、どこかで見た記憶があるが思い出せない。対照的に右手に座る中年男性は地味ないでたちで、くたびれた背広は清潔だ。宮仕え仕様、事務局系統だろう。

祥一は中央の細身の男を凝視している。銀縁眼鏡の男はうっすら目を開くと、祥一をちらりと見て、目礼すると再び目を閉じた。ヘッドフォンから漏れるしゃかしゃかという耳障《みみざわ》りな音が、静かな料亭の一室に響き続けている。

浪速府医師会の高森会長がせかせかと入室する。浪速府医師会、高森会長は「たかもり」と読むが、みなコウモリと呼ぶ。医師会に巣くう、妖怪《ようかい》のひとりだ。

「本日は浪速府医師会の勉強会にご出席賜りありがとうございます。本講演会の開催に当たりまして、お願いがあります。本会の内容は他言なさらぬようお願いします」

事務局長の発言に、でっぷり肥えた男性が野太い声を上げる。

「そういう話なら我々淀川《よどがわ》市医師会は退席する。同じ釜《かま》の飯を食う仲間に伝えられない話は御免蒙《こうむ》る。そんな秘密主義の料亭政治ばかりやっとるから浪速府医師会はまとまるものもまとまらなくなってしまうのや」

その言葉に呼応してもう一人立ち上がり、威圧するように高森会長を見下ろした。

二人は肩をそびやかすようにして退席した。残った医師会関係者は六名で、徳衛と祥一の他には高森会長、事務局長、他二名の理事だ。

正面の主賓席に座る銀縁眼鏡の男性が「踏み絵は終わりましたね」と呟《つぶや》くと、目を開きヘッドフォンを外した。高森会長が立ち上がり、ゲストを紹介する。

「本日の講師の先生は中央にいらっしゃる、彦根新吾先生です。浪速大特任教授で、日本医師会医療安全検討会の嘱託委員を兼任されています。右のかたは浪速検疫所紀州出張所の検疫官、喜国忠義先生。左の毛利豊和先生はキャメル騒動の際、ワイドショーに出演され話題をさらった方で、みなさんもご記憶のことと思います」

モヒカン頭の毛利は恥ずかしげにうつむく。浪速大公衆衛生学教室の女性准教授が誘導しようとしたキャメル騒動を鎮静化させた立役者だ。高森会長は視線を転じた。

「本日の会は府医師会主催ですが、内実は中央執行部の要請です。これは精一杯和らげた表現でして、要請ではなく強制と言った方が妥当です。参加人数は減りましたが他の先生方もご紹介します。私は府医師会会長を務め三期目、高森です。そろそろ次世代に禅譲したいと思いつつ人材難に難儀しております。日頃からここにおられる府医師会の鈴木《すずき》副会長と湧井《わくい》理事にサポートしていただき感謝しております」

高森は両手を合わせ、瞑目《めいもく》する。有能な後釜を潰《つぶ》してきた張本人がよく言う、と徳衛は呆《あき》れ顔になりながらも感心する。この短い挨拶《あいさつ》で、退席者が出た不始末の責任を回避し、この後の講演の内容も関知しないというスタンスを明示するとは、やはりただ者ではない。高森会長は徳衛と祥一に視線を向けた。

「ゲスト正面は浪速市で浪速診療所を運営されている親子鷹《おやこだか》、菊間両先生です。先生方の診療所でキャメル第一例が発見され、浪速の混乱が始まったことは記憶されていることと思います。以上で紹介は終わりです。彦根先生、よろしくお願いします」

彦根は出席者を端から順に見て、最後に彦根を凝視している祥一を見つめ返す。

「高森会長のご紹介に補足します。現在、私は四つの肩書きを持っています。第一に浪速大学医学部社会防衛特設講座の特任教授。第二が浪速大ワクチンセンター非常勤兼任講師という、本日の勉強会の講師としての肩書き。次いで第三が浪速府庁特別相談役。これは浪速の府政部分でやはりみなさんと深く関わります」

湧井理事が「なんや、村雨の犬か」と吐き捨てる。

「でもそれでは肩書きは三つですね。四番目の肩書きは何なんですか？」

鈴木副会長が尋ねると、彦根は微笑して答えた。

「失礼しました。ここでは四番目の立場の話までできそうにないと思ったもので。ま、いいでしょう。四番目は東城大Ａｉセンター副センター長です」

「Ａｉってなんや？」

湧井理事の質問に、彦根は即答する。

「オートプシー・イメージングの頭文字で死亡時画像診断のことです。死因究明制度の新しい仕組みで、死亡時に画像診断して迅速に死因を究明しようという試みです」

「確か、浪速大でも導入について検討されていましたよね」

祥一が口を挟むと、彦根は微笑した。

「よくご存じですね。ですが惜しい。浪速大ではすでに設置が決定されています」

「決定された？　いつですか？」

「ひと月前です。このことは浪速大でもまだ一部の人間しか知りません」

「浪速大の特任教授を名乗るだけあって、さすがに情報はお早いようですね」

祥一にしては珍しく皮肉めいた口調だ。どうも祥一は彦根と相性が悪そうだ。むしろ毛嫌いしているようにすら見える。だが彦根は気にせず平然と続けた。

「本題に入ります。今日ここに来たのは、浪速を空襲から守るためです」

理事たちは真顔になる。オープニングのインパクトは充分だ。高森会長が言う。

「浪速が空襲されるとは、比喩《ひゆ》表現だとしても聞き捨てなりませんな」

「実態を聞けばこの表現が決して大げさと思えなくなりますよ。ただし僕の危惧《きぐ》が現実化する確率は五割弱程度と考えています。うまくすれば起こらないし、たとえ起きてもやり過ごせます」

「わかりにくいですね。ずばり空襲とは何のことですか」

「今春のキャメル騒動が浪速への空襲の第一波です。そしてこの秋から冬にかけて、浪速に向け第二波の空襲があると予想しています」

「次は、どんなことが起こるんですやろ」と祥一が尋ねると彦根は静かに答える。

「ワクチン戦争です」

「どうすればワクチンで空襲を仕掛けられるのですか？　わけがわかりません」

「という質問が出ましたが喜国さん、お答えください」

彦根は隣の喜国に話を振る。指名された喜国は能吏らしく淡々と答える。

「今春、厚労省はキャメル防疫で大失態を演じました。弱毒性のキャメルを強毒扱いし、多数の入国経路を有する日本では不可能な水際《みずぎわ》防疫を選択し、患者発見直後に市民に移動制限をかけ、朝令暮改の事務連絡で現場を混乱させ、多数の罹患患者の確認後にも迅速な隔離解除を怠った。ミスを数え上げれば二十を超える近年稀《まれ》に見る大失態で、厚労省の幹部の間で〝キャメルの悪夢〟と呼ばれる事態となったのです」

「その失態がなぜワクチン戦争につながるのですか」

「官僚はミスをしない。正確に言えばミスをしてもミスとは認めないことでミスがなかったことにしてしまう。おまけに官僚は執念深い。キャメルでの失態を隠すため、キャメル予防が重要だという風説を流し、一方でワクチンの供給を絞れば市民はパニックを起こし右往左往する。それが、霞が関に恥を掻《か》かせた浪速市民への報復になり、官僚の名誉挽回《ばんかい》になるのです」

彦根が棘《とげ》のような言葉を吐いて、なおも続けた。

「困った性癖ですよね。そんな官僚の面子《メンツ》を守るため日本の医療が滅茶苦茶にされてしまうんですから。みなさんは、それをよしとするのですか」

「よしとするなら、こんな会は設定しませんよ」

高森会長の言葉に、彦根はシニカルな笑みを浮かべる。

「でもみなさんは話を聞いても何もアクションを起こしませんよね」

高森会長はむっとする。コウモリと揶揄《やゆ》され本心を見せない人物にしては珍しい。

どうやら彦根という人物は他人を不快にさせ虚飾を剝《は》がす術《すべ》に長《た》けているようだ。

ふだん温厚な祥一が、彦根を睨《にら》み付けているが、二人の間に何か因縁でもあるのだろうか。だが祥一が一方的に睨んでいるだけで、彦根の方は涼しい顔で続ける。

「人というのは間違える生き物です。気づいた時に正さなければ間違いは増幅される。でも官僚は先輩の誤りを矯正できない。結果官僚組織はシステムエラーを拡大再生産してしまう。そんな官僚が導く日本が衰退するのは当然です。官僚は度量が小さく、自分を凌駕《りょうが》する人物を登用できず、七掛けの人物を後継者にします。七掛けが二代続けば0・7×0・7＝0・49で能力は半減します。こうして戦後の官僚組織は矮小《わいしょう》化し能力が二代で半減する一方、欲望は倍々で肥大する。そんな官僚が自らのプライドを守るため躍起になる姿が露《あら》わになるのが今冬なのです」

「ではそのワクチン戦争に備えて、我々は一体何をすればいいのでしょうか？」

「当座、浪速府医師会にやっていただくことは何もありません」

「先生は我々をおちょくっているようですね」と、湧井理事が吐き捨てる。

「中央が浪速にワクチン戦争を仕掛けてくる確率は五分五分です。つまり五〇パーセントは空振りです。それが冒頭に今回の話は秘密厳守で、とお願いした理由です」

「何も起こらなかったら恥ずかしいから言いふらさないでください、と言っているようにも聞こえますがね。質問を変えましょう。先生の予想が当たり霞が関からワクチン戦争を仕掛けられたら、我々はどう動けばよろしいのでしょうか」

湧井理事の丁寧な口調は、慇懃無礼《いんぎんぶれい》という形容がぴったりだ。彦根は微笑する。

「その場合も、みなさんにやっていただくことは特にございません」

「ふざけるな。それなら何も聞かないのと同じではないか。我々を愚弄《ぐろう》するのか」

湧井理事がテーブルを拳《こぶし》で叩く。手を挙げて宥《なだ》めた彦根の朗々とした声が響く。

「ワクチン戦争を仕掛けられたら、市民はワクチンを求めて狂奔し、パニックになります。市民は医師会にすがり、叶《かな》わないと逆ギレする。そんな市民を糾弾しても問題は解決しない。なので市民が慌《あわ》てふためいても、何もせずに落ち着いていてください。もちろん本当に何もしないわけではなく、十日後には必ずワクチンが手に入る、と市民に説明してください。そうすれば爆弾は不発弾になります」

「そんな安請け合いをしたら、後で騒動がひどくなりませんか」と鈴木副会長。

「その心配はありません。十日後には十分量のワクチンが供給されますので」

彦根を睨み続けていた祥一が、口を開いた。

「そんな安請け合いは信用できません。ワクチン供給は中央の統制がかかっているから地方の医師会がじたばたしたところでどうにもならへんはずや」

「おっしゃるとおり、従来のルートで浪速にワクチンを供給することは不可能です。でも、新たなルートが存在したらどうでしょうか」

「まさか、海外から輸入するんですか？　それは無理や。輸入ワクチンは中央の検疫所の検査を受けて国内に流通する。浪速に独自にワクチンを供給するのは不可能や」

彦根は、視線をずらし湧井理事を見つめた。ころりと話題が変わる。

「湧井理事は村雨知事が提唱したマイカルテ運動に反対していましたね」

「ワクチンの話の次はマイカルテか。話があっちゃこっちゃ飛んでせわしいのう。ええか、アレは潰されて当然だったのや。カルテは医師のもので、情報開示の是非は医師が判断するのが当然や。マイカルテ運動が普及したらその原則が壊れてしまう」

「でも検査結果や病歴データがまとめられればムダな検査が減り、データが現場で共有され、よりよい医療ができるようになりますよね」

「だが欠点が多すぎる。データ管理は危なっかしいし万一データが流出したら誰が責任を取るのや。そんな未熟なシステムを天下の道頓堀街《どうとんぼり》に導入するのは時期尚早だ」

湧井理事はうんざりした口調で断言した。彦根は微笑する。

「小川が大河になるように、どの話もひとつに繫《つな》がっていくんです。新たなワクチンを供給するルートを保証してくださるのはその、村雨・浪速府知事なんですから」

「なんやて？　それならこの話はナシや。浪速府医師会は村雨は容認できん」

声を上げた湧井理事に、すかさず彦根が応じる。

「それは村雨知事が医療費削減を公約に掲げているからですよね、高森会長？」

高森会長は歯切れよく答える。

「その通り。我々は、医療費削減に反対している。これは自分たちの利益を守りたいという了簡《りょうけん》の狭い話やない。日本の医療、ひいては日本の社会を守る聖戦や」

「府知事も就任直後は政策が練れておらず、医師会と軋轢《あつれき》もありました。しかし今後は医師会と協調していきたいと考えており、手始めに医療費削減構想を撤回し、医療費を最優先に予算取りするという政策の大転換をする予定です。二日後の府議会で知事自ら方針転換を発表し、それを反映させた来年度予算案を議会に提出予定です」

高森会長は絶句する。仇敵《きゅうてき》と目してきた相手が、いきなり膝《ひざ》を屈して全面降伏してきたようなものだ。「信じられへん」と湧井理事が呻《うめ》く。

ようやく落ち着きを取り戻した高森会長が言う。

「この件は、二日後に顚末《てんまつ》を確認してから考えよう。仮にその話が本当だとしたら彦根先生は、いや、村雨府知事はなにを医師会にお望みかな」

「村雨知事から浪速府医師会への要請をお伝えします。浪速府医師会から日本医師会に対し、医師会本部を浪速に移転させるよう要求していただきたい。そのための経費は全面的にバックアップさせていただきます、とのことでした」

高森会長を始め医師会の役員は呆然《ぼうぜん》と彦根を見た。ようやく湧井理事が口を開く。

「アホか。医師会本部の浪速移転など無理に決まっとる」

「浪速府医師会がいつも過激な提案をされていたのは、単なるポーズだったようですね」

「無礼な。我々は常に捨て身で提言している」という湧井理事に反論する。

「ならばなぜ、政策転換という譲歩をした上で日本医師会本部の浪速遷都《せんと》を全面支援するという言質《げんち》がある村雨府知事の提案を呑《の》もうとしないのですか」

そんなバカなことができるわけない、と喉元《のどもと》まで出掛かった言葉を高森会長は呑み込む。彦根の主張は馬鹿《ばか》げて見えるのに、いつの間にか可能に見えてきてしまう。妄想の藁《わら》しべも束になれば本物の柱に見えるというわけだ。すると祥一が尋ねる。

「村雨知事がそんな提案をする真意が見えません。医療界に波風を立てるだけです」

「医療界に波風を立てる、まさにそれが知事のやりたいことです。日本を三分して、西日本の盟主になり医療ベースの社会を作る。その象徴として日本医師会の西下を望むのです。浪速は日本の中心たれ、という村雨府知事のメッセージなのです」

　高森会長は、居合わせた人々の気持ちを代弁するかのように告げた。

「付き合いきれん。とりあえず二日後の府議会を拝見しないと何も言えませんな」

「ごもっともです。みなさんの錆《さ》び付いた頭でよくここまで付いてきてくださったと感謝します。しかし浪速府医師会は見かけ倒しですね。医師会本部が浪速に移転し、医療現場の最高機関たる日本医師会と浪速府医師会が一体化すれば、浪速の覇権が叶うのに、その気配を感じたとたん、腰砕けになってしまうなんてねえ」

　挑発的な彦根の言辞に、医師会の面々はむっとする。彦根はめげずに、続けた。

「せっかくですのでＡｉに関しても説明します。医師会は医療事故調を構築しようとしていますが、それは医師の首を絞める仕組みになる。だからＡｉセンターを設置しＡｉ情報の主導権を医療が握ればいいんです。なのに浪速大Ａｉセンターが法医学教室主導になるのを座視している。みなさんは盛大に墓穴を掘っているんです」

「おっしゃっていることがまったく理解できないのですが」と湧井理事が反発する。

「そうかもしれませんが、これだけは覚えておいてください。Ａｉを司直の手に渡さないことです。Ａｉこそは医療が死守すべき最終防衛ラインなのです」

言い終えて彦根は立ち上がる。喜国と毛利も一礼し、三人は姿を消した。

白けた空気を払拭《ふっしょく》するように、鈴木副会長が手を打つ。

「みなさん、料理がすっかり冷めてしまいましたが、どうぞ召し上がってください。板長ご自慢の季節もの、鮎《あゆ》の稚魚の天ぷらですから」

散会の間際、徳衛は祥一を引き連れて、高森会長に挨拶をする。

「ウチも代替わりしましてな。ふつつかな息子ですが、あんじょう使ってください」

「市医師会の石嶺《いしみね》会長からも若手の有望株とお聞きしております。期待してますよ」

「石嶺会長は買いかぶっておられますが、お役に立てるならお声を掛けてください」

祥一が会釈すると、高森会長は鷹揚《おうよう》にうなずく。以前は医師会の話をすると祥一は露骨に嫌な顔をしたが、最近は雰囲気が変わった。キャメル騒動で医師会を見直したのかもしれない。湧井理事からの河岸《かし》を変えて呑まないかという誘いを断り、祥一と徳衛は退席した。エレベーターに乗り込みながら、徳衛は尋ねた。

「お前は会合の間中、あの先生を睨んどったようだが、何かあったんか」

祥一は「まあね」と言って黙り込む。エレベーターの扉が開くとロビーの隅で人影が動いた。銀縁眼鏡、細身の姿。彦根は二人の姿を目敏《めざと》く見つけて歩み寄ってきた。

「菊間先生、少々お時間をいただけませんか」

ロビーのラウンジを指すと、返事も待たずに歩き出す。その後ろ姿を見つめていた祥一は、肩をすくめて後に従う。徳衛も祥一の後を追う。

ラウンジのティールーム奥のソファに深々と座ると、彦根は言った。

「茶番は終わりです。今夜の会合の目的は菊間先生、あなたにお目に掛かることです。ワクチン戦争を仕掛けられたら、あの年寄り連中は僕の言ったことなど綺麗《きれい》さっぱり忘れて右往左往するでしょう。それどころか先頭に立って騒ぎかねません。なので、冷静な判断でキャメル騒動の収束を早めた菊間先生に期待しているんです」

祥一は首を傾《かし》げて尋ねる。

「過分なお褒めの言葉ですが、そこまで持ち上げてこの僕に一体、何をしろ、と？」

「いざという時、浪速の医師会の方々に、ワクチン戦争を仕掛けられたら十日間我慢せよ、と先ほどの言葉を繰り返してほしいのです。ただそれだけですよ」

「先生は浪速独自のワクチン生産ラインを築くおつもりらしいですが、本当にそんなことができるんですか？」

祥一の質問に、彦根が即座に問い返す。

「逆にお聞きしたい。なぜできないのでしょう?」

「問いに対し問いで返すのは詐欺師の常套手段です。僕に協力してほしいなら、質問に対し誠実にお答えください」

祥一が言うと、彦根はにっこりと笑う。

「失礼しました。優秀な人のご意見を伺うのが趣味でして。ご指摘の通りそこがポイントです。インフルエンザ抗原はジュネーヴのWHO本部から送られてくるウイルスタイプを元に日本の国立感染症研究所がワクチン株を選定、独占的に国内のワクチン製造施設に振り分けます。その際ワクチンの品質担保のため、感染症研究所に一括納品すべしと義務づけられています。そこに抜け道はない。でも浪速大ワクチンセンターの協力があれば可能なのです」

「ワクチンセンターに製品を横流しさせるのですか?」

「違います。実はけもの道があるのです。日本ではすべての物流を一旦、魔都・東京を通過させることで地方を支配下に収めています。僕はワクチン配布でそのシステムに風穴を開けるつもりなんです。もちろん合法的にね」

「そんなこと、不可能や」と祥一が言うと、彦根はにっと笑う。

「不可能という言葉は愚者の言い訳だ、とはさる高名な歌人の言葉です」

面と向かって愚か者呼ばわりされればむっとして当然だが、祥一は静かに言う。

「そこまでおっしゃるなら、経過観察させていただきます。二日後の府議会で彦根先生の予言通りになったらその時は喜んで協力しますよ」

「よかった。これで浪速は救われました」

彦根は手を広げて言う。そしてつけ加えた。

「そう言えば、循環器内科の奥村《おくむら》教授から、大学に戻ってくるようにとお誘いを受けませんでしたか？　菊間先生はお返事をされていないようですが」

「そんな内輪話をなぜ先生がご存じなんですか？」と祥一が警戒心を露わに言う。

「おや？　質問に問いで返すのは、確か詐欺師のやり口だったのでは？」

彦根の切り返しに、祥一は思わず赤面した。彦根は楽しげに微笑する。

「実はその話を持ちかけたのは僕でして。これも菊間先生と仕事をご一緒したいがための熱意の現れと理解してもらえると助かるのですが。特任准教授といっても実態は非常勤講師ですから、お仕事の邪魔になる肩書きではないと思うのですが」

「高く評価していただいて恐縮ですが、僕は先生のことを全く信用していません。先生は、第二医師会の元議長をご存じですよね」と祥一が言う。

きっぱりした口調に彦根は、はっと顔を上げる。

「菊間先生は……ヤッと知り合いなんですか？」

「あなたに人生を滅茶苦茶にされた第二医師会の元議長は、自動車部の先輩です」

彦根は目を細め、何も言い返さない。徳衛が尋ねる。

「祥一、第二医師会の元議長って誰や？」

「医学部の二年上の先輩で勤務医しとった時、彦根先生に医師ストライキに引っ張り込まれたのや。せやけど彦根先生は雲行きが怪しくなるとさっさとトンズラした。逃げ遅れた先輩はスト首謀者になりメディアに袋叩きされ再就職もできずに行方不明。第二医師会を作れとそそのかしておいて、自分はちゃっかり医師会中枢《ちゅうすう》に食い込んでいる。この人はそういう人物や」

彦根は口を開いた。

「確かに僕は医師ストライキに関わりましたが、提案者もしくはせいぜい煽動《せんどう》者で、首謀者ではありません。最初からストは頓挫《とんざ》すると予想して身を引いたんです。おかげで裏切り者とか日和見《ひよりみ》野郎と叩かれましたけど」

「まるで他人事《ひとごと》ですね。そもそも彦根先生がいなかったらあの運動はなかったのに」

「医療ストは核兵器のようなもので、使うぞと脅している時に最大の効力を発揮しますが、実際に使ったら外道《げどう》に落ちる。残念ながらヤツにはそのことを理解してもらえませんでした」と言って彦根は天を仰ぎ、吐息をもらす。

「過去がどうあれ、今の僕を見てください。僕は浪速でのワクチン戦争を予見し、防衛線を構築しようとしているだけです。それは医療を守る聖戦です。その意味で医療ストを打とうとしたあの日から、僕は何も変わっていません。放置すれば医療が霞が関の愚策に翻弄され、崩壊させられる。だから徹底抗戦しているだけなのです」

その言葉は、彦根に対して不信感を抱いている祥一の胸も打った。今春のキャメル騒動の当事者にされた祥一は、胸が痛くなるほど共感してしまう。

「でも、今夜はこうした話が出来てよかった。腹に一物を抱えたままでは、いい関係は築けませんから」

立ち上がった彦根に祥一はあえて同じ質問をぶつけた。

「それならもう一度質問します。なぜ僕なんですか？」

第二医師会の確執に言及した後だと、その問いには別の意味が含まれる。

「僕には、成功するために役に立つ人間を見抜く目がある。どうせ組むなら成功を約束された人の方がいいに決まっているでしょう？」

そう答えた彦根は、ひらりと身を翻《ひるがえ》して姿を消した。

午後九時。彦根は浪速府庁のあるベイサイドタワー地下駐車場に車を乗り入れる。エレベーターに乗り込みセキュリティのパスワードを打ち込む。一瞬の間があった後、エレベーターは高速で上昇し始める。ガラス張りになった箱から見える浪速の夜景は素晴らしい。彦根はため息をつく。

あんなところで、かつての戦友の消息を聞かされるとは思わなかった。

最上階の一室から灯りが漏れている。ノックをして扉を開けると、真向かいに座った喜国と目が合った。ソファに身を沈めた村雨府知事が言う。

「浪速府医師会の件、ご苦労さまでした。見事な一撃だったようですね」

「感触は悪くありません。取りあえず二日後の府議会での村雨さんの演説次第です。僕の予言が的中すれば浪速府医師会の上層部は一夜でシンパに変わるでしょう」

「そうでないと困ります。浪速府医師会の支持を取り付けるのは、今回の構想の背骨ですから。でも好意的だったにしては少々時間が掛かりすぎたようですが」

「実働を託したい菊間先生と懇談していたもので。古い因縁に苦しめられて、彼の説得は難しそうです。無能なヤツと組むと後々祟《たた》ります。でも今は府知事とのパイプが僕の生命線です。そこが崩れたら徒手空拳《としゅくうけん》の一医師でしかないので。所詮《しょせん》僕は人の目を眩《くら》ませ虚を実に、実を虚に入れ替えるしか能のない道化ですから」

抽象的すぎてわかりにくいが、彦根は往々にしてこういう物言いをする。

「ところで例の軍資金の目処《めど》はつきましたか？」と村雨が一番の気がかりを訊《たず》ねる。

「手応《てごた》えは上々です。もう少しお時間をください」

「しかしあの手法は本当に大丈夫なのでしょうか。詐欺めいて見えるのですが。少なくとも出現する最終局面は脱法的です」

珍しく村雨府知事が気弱な発言をする。途端に彦根は声高になった。

「詐欺？　すべて合法的であり、あれは脱法ではなく越法と言うべきです」

言葉遊びのような答えを聞いて、村雨は目を細めて彦根を凝視する。

「浪速の中小企業がモナコ公国に本拠地を移転するのを浪速府が手助けするなんて行為を、国税が容認するとは思えないのですが。タックスヘイブンのモナコに移住するには一億円をモナコ銀行に預ける義務がある。その預金を浪速府が肩代わりすれば所得税は掛からなくなり、本来の所得税の半額を浪速府に納付してもらう。確かに魅力的ですが、どう見てもこのやり方は国税には税逃れに見えると思うのですが」

「かつて収益以上に先行投資し税を一銭も納めない巨大企業がありました。その企業は美味《おい》しいところを食い散らかし破綻《はたん》した。残されたのは公共財の貧困と廃墟《はいきょ》です。その企業を国は容認しメディアは礼賛《らいさん》した。今、村雨さんが踏み込もうとしている領域では、利益は市民に還元されるので大義はあります。一番の難題はモナコに預ける巨額の預金を調達することですが、そこはお任せください。過去の借金を取り立て、貯金を確認してきます。長い年月が経《た》ち利子も相当額になっているはずですから」

村雨は疑わしそうに彦根を見る。裏打ちのない資金は詐欺師の常套手段だ。一億、二億レベルなら舌先三寸で何とかなるが、村雨が必要としているのは数十倍で、そうなると個人の力が及ぶところではない。村雨は諦《あきら》めたような表情になって言う。

「浪速共和国が独立した暁には厚労相を担当してもらおうと思っていましたが、財務相の方が適任のような気がしてきました」

「ご冗談を。僕は帳簿をつけるのが何より苦手でして」

窓の外に目を遣《や》ると、夜景の上に大きな月が出ている。彦根は立ち上がる。

「しばらく留守にしますが、こちらはスケジュール通りでお願いします」

彦根はドアノブに手を掛けた時、思い出したように振り返る。

「ところで鎌形さんはどうされていますか？」

浪速地検特捜部の副部長。浪速共和国を成立させるためには必要悪としてどうしても手に入れなければならない暴力装置の核心。その姿がここに見えないことに彦根はかすかな違和感を覚えた。

「厚生労働省局長の汚職事件公判のために多忙なのか、ここのところ姿をお見かけしませんね。彼の本道の業務ですから仕方ないでしょう」

「鎌形さんはかけがえのない人材です。決して失うことがなきように」

村雨はうなずいたが、忠告を受け取っているようには見えなかった。それは村雨の鎌形に対する信頼が絶対的であることの裏返しだが、彦根はそこに危うさも感じた。

エレベーターは地下駐車場に真っ逆さまに降りていく。何としても明朝までに桜宮に戻り、東城大の要請に対しシオンを同伴しなければならない。

だがシオンへの連絡は後回しだ。彦根はもつれるように自動車の中に倒れ込むと、リクライニングシートを目一杯倒して目を瞑《つむ》る。

今、何よりも必要なのは、三十分の仮眠だ。

激しい疲労に襲われた彦根は、たちまちに深い眠りに落ちていた。

12　桜宮の軍資金

桜宮・ウエスギ・モーターズ　7月30日（木曜）

車中での仮眠から目覚めた彦根は夜明け前に走り始め、朝日が昇る頃、故郷の桜宮に到着した。身体《からだ》は泥のように重いが懐《なつ》かしい海岸沿いのバイパスを走っていると、海風に洗われ気持ちが清々《すがすが》しくなる。やがて彦根は海岸と平行して走るバイパスを左に折れて海に向かう。海岸の防風林を抜けると、目の前に広大な敷地が広がる。桜宮の基幹産業で、市政にも多大な影響を与えてきたウエスギ・モーターズだ。

守衛所に会長とのアポがあると告げると、ゲートが開き道路上に誘導灯が点滅し、簡易駐車スペースへ誘導される。未来都市の観がある所内を、彦根は指示に従い駐車場に到着する。間髪を入れず無人カートが出迎える。ご自慢の電気自動車だ。彦根が乗り込むと遠隔操縦されているカートは自動発進する。工場の建屋が並ぶ平坦《へいたん》な土地の奥の建物にカートは停車した。ナビ画面に本社到着という文字が点滅する。

彦根はカートから降り本社の建物に入ると応接室に通される。やがて、白髪交じりの壮年男性が姿を見せた。彦根は立ち上がり、頭を下げる。

「久本《ひさもと》社長自らお出ましとは恐れ入ります」

男性は彦根の前のソファにすっと腰を下ろす。

「会長自らお目に掛かるのであれば、私が露払いを務めて当然でしょう。このところ調子がよろしいようで、先生にお会いするのも楽しみにしておられました」

「いつも小遣いをせびってばかりなのに？」

「孫にたかられるのは年寄りの楽しみですからね。今、メディカルチェックの最中ですので三十分ほどお待ちいただきたいのですが」

「お目に掛かれるのであれば、何時間でも待ちますよ」

「では私も失礼して、それまで所用を片付けてきます」

彦根は、扉が閉まる音を聞くと、ふかふかのソファに沈み込んだ。


扉が開く音に目を開く。掛け時計を見ると部屋に通されて三十分が経っていた。居眠りしていたようだ。このところ無理をしたからな、と思いながら顔を上げると、久本の後から電動車椅子《くるまいす》が入ってきた。いきなり急加速した車椅子はソファとテーブルの周りをぐるぐる三回まわり、彦根の正面にぴたりと停まる。

車椅子に座る上杉《うえすぎ》会長は、彦根の顔をのぞきこみ、にやりと笑う。

「よく来たな。二年ぶりか」

「いえ、一年と二百三十五日ぶり、です」

「ふん、相変わらず偏屈なヤツめ」

「会長にそう言われるのは、いささか不本意ですね」

生き生きとした口調で憎まれ口を叩いている上杉会長の側《そば》には、白衣姿の若い女性が佇《たたず》んでいる。彦根はふと、車椅子の背もたれにあるデジタルの数字に気がついた。

彦根の視線に気がついて、上杉が言う。

「相変わらず目敏いな。これが気になるか。我が社で現在、鋭意開発中の最新型電動車椅子の『介護クン』でな、座るだけで血圧、脈拍、心電図等のバイタル・データがモニタされ、そのデータはセンターに送られ即座に解析され、車椅子の主の健康状態をチェックし、何かあればすぐに対応するという優れものだ」

「つまり検査と診断を同時にする遠隔医療の実体化ですね。それにしても端子もつけずに心電図までモニタできるなんて驚きです。これなら狭心症の患者も安心ですね」

彦根が感心すると、上杉会長は得意げに言う。

「おまけに乗り心地もなかなか快適なんだぞ。背もたれの高感度のセンサーは心臓の電位変化を拾うのだが、端子がツボに嵌《はま》ってマッサージ効果もある。さすがのお前もそこまでは思いつかないだろう」

「恐れ入りました。高齢化の現代で実用化されれば相当の需要が見込めますね」

「お前もそう思うか。久本、『介護クン』の商品化に本腰を入れろ」

目を輝かせて指示すると、久本がうなずく。上杉会長は柔和な表情で言った。

「さて、今日の用件は何だ？」

彦根は会長ご自慢の電動車椅子から視線を上杉会長本人に移すと、言った。

「今日は借金の取り立てに伺ったんです」

「はて、私はお前に借財などしていたかな。私の手術を見学した時、依頼に対し義務を果たさず遁走《とんそう》したという、お前の負債なら覚えているが」

「そのお年になっても経済界に君臨されているだけあって記憶力は抜群ですね。確かに僕は上杉会長のバイパス手術を見学させていただくのと引き替えに出された課題に答えず逃走しました。あれは僕の負債です。でも今日は代理人として借金取り立てに参ったのです」

「ほう、誰の代理人だね」

彦根は大きく呼吸すると言った。

「スリジエセンター構築を志半ばで桜宮を去ったモンテカルロのエトワール、天城雪《あまぎゆき》彦《ひこ》の代理人として、会長の手術代を頂戴《ちょうだい》しに参上したんです」

「それは、ずいぶん黴《かび》臭い案件を引っ張り出してきたものだ」

上杉会長の唇に、うっすら笑みが浮かぶ。

「黴臭くありませんよ。天城先生の名は、今も燦然《さんぜん》と輝いていますから。そう、天空に輝く北極星のようにね」

上杉会長は目を閉じると、しわがれた声で言う。

「不愉快な男だったが凄腕《すごうで》ではあった。あれから二十年近く経つか。だが、なぜ今お前が唐突にヤツの代理人として借財を取り立てるために現れたんだね？」

「日本の再構築のため、上杉会長に預けておいた資産を使う時がきたのです」

「私の資産は私のものだが」

「地獄にカネを持っていくおつもりですか」

「彦根先生、言葉が過ぎますよ」

顔色を変えた久本が言う。上杉会長は手を挙げ、制した。

「構わんさ。地獄だろうが極楽だろうが、この身ひとつで行くさ。借財を返すのは当然だがその前に確認したい。お前はその金を何に使うつもりだ？」

彦根は上杉会長を凝視した。やがてにっこり笑う。

「浪速中心の西日本連盟を結成し、その先の日本三分の計の実現を見据えています」

強張《こわば》った表情の久本社長の隣で、上杉会長は大笑いをし始めた。

「村雨が日本三分の計なる策に血道を上げているというウワサは小耳に挟んでいたが、まさか本気だったとはな。この年になって釜田《かまた》市長の使いっ走りだった小僧のホラ話で楽しめるとは思わなんだ。おまけにその仕掛け人が、ワシの依頼に恐れを成して遁走したお前とはなあ。いつの間にあの風雲児の懐《ふところ》にそこまで食い込んだんだ？」

「僕が村雨知事に食い込んだのではなく、村雨知事が僕を呑み込んだのです」

「ものは言いようだな。しかしながら、かりそめにも上場企業のトップであれば、風雲児と詐欺師の野合話に乗るわけにはいかんだろう。そうだな、久本？」

久本社長がうなずくと、彦根はシニカルな笑みを浮かべて言う。

「経済界の巨魁《きょかい》、上杉会長が霞が関の支配にこの先も甘んじるおつもりだったとは意外でしたね。企業優遇税制と言っても最後はごっそり持っていくお約束ですし、消費税還付で隠れ手当をもらっても重税感がユーザーを直撃し、めぐりめぐって売れ行きに影を落とす。社会構造を根底から変えない限り、日本に未来はありません」

「そんなこと、お前に講釈されなくてもわかっとるわ」

上杉会長は一喝するが、彦根は動じない。

「ならば上杉会長が亡《な》くなったら資産は天領召し上げとなり、ウエスギ・モーターズは衰退しますが、それでもいいんですか？　どうせ召し上げられる財ならば、その半分を輝かしい未来の可能性に投資して、一炊の夢を見てみたいと思いませんか？」

上杉会長は苦虫を嚙《か》みつぶしたような表情で、彦根をにらみつける。

「人の気持ちを逆撫《さかな》でし、痛いところを衝《つ》いてくるところは、ヤツにそっくりだな。よし、話は聞いてやる。バイパス手術から二十年近く経つが調子はいい。そんな日々を保証してくれた恩人の代理人に耳を傾ける義務はある。で、お前の望みは何だ？」

「村雨基金への寄付と全面支援をお願いしたいのです」

「浪速の暴れん坊への支持を公表しろ、というのか。それは難しいな。霞が関、特に財務省の反発が強すぎる。霞が関支配から離脱するという意図をあからさまにすれば当然だ。昨今の新聞やテレビのバッシングは官僚が村雨潰しに躍起になっている証拠だ、なんてことくらい、お前だってわかっているだろう？」

彦根はうっすらと笑う。上杉会長は肩をすくめて、続けた。

「せっかくお越しいただいたから、ひとつくらい土産話を持たせてやる。霞が関の干渉があるから一見アンチに見えるが、実は財界は村雨への対応を決めかねている、とというのが真相だ。基本姿勢はいまだに中立だ」

「ということはつまり、もし上杉会長が村雨支持を表明すれば、財界は雪崩《なだれ》を打って支持に向かうかもしれない、ということですね？」

「そんな単純な話ではない。確かに私の影響力はまだ多少なりともあるから、私が村雨支持を表明すればそれなりに面白くなるだろう。だが私が賛意を示したことによって野に伏した反対勢力が村雨叩きを始め、お望みと真逆の現象が起こるかもしれん」

「要するに財界も一枚岩ではないし、何かをすれば反動がどんな形で現れるかは上杉会長の明晰《めいせき》な頭脳を以《もっ》てしても予測がつかないというわけですね。ならば会長が懸念《けねん》されているのと逆に雪崩を打って支持者が増える可能性もあるわけですよね」

「その可能性も否定できない、という程度の話だがな」と上杉会長はうなずく。

「そこにもうひとつ、強力な材料が加われば強力な推進力になりますね。村雨知事は徒手空拳で支持を要求したりしません。強力なバーターが成立すればすべてはひっくり返ります。村雨さんは若き日、桜宮で天城先生が思い描いた理想の病院の実現に奔走しました。あの頃から政治を支えるのは経済と医療だと考えていたんです。日本三分の計にあたり、村雨さんは当時から温めていた秘策を解き放つつもりです」

「秘策？　何だ、それは？」

「企業課税の半減です」

それまで黙っていた久本が声を上げた。

「課税を半減するなんて不可能です。決定権は国家にありますから」

彦根は久本社長には目もくれず、上杉会長を見た。

「日本三分の計が実現すれば可能です。その時の核弾頭がウエスギ・モーターズの村雨支持なのです」

上杉会長は視線を逸《そ》らし、咳払《せきばら》いをした。

「確かに、企業課税を半減できれば財界は村雨支持を約束するだろう。だが、そんな実現不可能なたわ言に、誰が耳を傾けるというのかね」

「これは理論的に実現可能なんです。会長、お耳を拝借」

彦根が上杉の耳元に何事か囁《ささや》きかける。すると上杉会長の顔色が変わった。その変化を見届けた彦根はソファに戻り、上杉会長を真正面から見据えた。

「国家という貪食《どんしょく》怪獣は時代遅れのシステムの上にあぐらをかき、地方のGDPを食い尽くし、地方交付税という食べかすにして返してきました。そんな上納システムを破壊し、地方の収益は地方で回す。そのため浪速府がモナコ公国に企業の本拠地を移す仲介をし、手数料として本来の納税額の半分を浪速府に納めさせる。そうしたパラダイムシフトを可能にする村雨試案の源流は永遠の反抗児、天城雪彦の発想です」

上杉会長は射るような視線を彦根に向けたが、やがて破顔する。

「中央集権的な予算環流システムを破壊するつもりか。さすが〈スカラムーシュ〉と呼ばれるだけのことはある。老い先短い身としては、地獄にカネを持っていけるわけもなし、そのホラ話に乗ってもいい。で、いくら必要なんだ？」

「ずばり百五十億円、会長の全資産の半額で天城雪彦の手術を受けた代金です」

上杉会長は眉《まゆ》ひとつ動かさない。

「当時は三億だったはずだが。二十年の間にずいぶん利子が付いたものだな」

「これが天城先生の手術の本来の対価です。患者は全財産の半分をルーレットの赤か黒かに賭《か》ける。二択に勝てば実質、財産を出さず最高レベルの手術が受けられる。今回、村雨知事の試みが成功した暁には、寄付金はそっくりお返しします。これが僕が提唱する、新たなるシャンス・サンプルです」

上杉会長は腕組みをして目を閉じる。部屋の中で、突然秒針が時を刻む音が響いた。

やがて上杉会長はかっと目を見開くと彦根を凝視した。

「うまくいけば見せ金で済むわけか。よかろう。ただしひとつ条件がある。その提案を上杉総研で検討させたいのだが、構わんかな？」

「望むところです。できれば解析結果をお知らせいただければありがたいですね」

「当然そうするさ。もし村雨支持を打ち出せば、我々は一蓮托生《いちれんたくしょう》だからな」

久本社長の不安げな表情を無視して立ち上がった彦根は、上杉会長に握手の手をさしのべる。

「交渉成立です。寄付の件は改めてご連絡します」

上杉会長はうっすら笑うが、差し出された彦根の手を取ろうとはしなかった。


上杉会長との会談を終えた彦根は桜宮岬へ車を走らせる。プラチナの輝きを放って屹立《きつりつ》している塔の前で車を止め、電話をかけた。五分もせずに小柄な女性が姿を現し、亜麻色の髪をなびかせて車に駆け寄ると助手席に乗り込む。

「ウエスギ・モーターズの件は無事に済んだ。東城大の方はどうだ、シオン？」

「こちらは現在、碧翠院《へきすいいん》に蓄積されていたAiデータ解析を進めています」

シオンは頬を紅潮させ答える。彼女は読影協力者としてAiセンターに詰めていた。

「碧翠院のデータが東城大にもたらされるなんて因縁深い話だな。どうしてそんなことになったんだ？」

「厚労省の白鳥《しらとり》室長が提供してくださったそうですが、情報入手の詳しい経緯は聞いていません」

「その件は放置でいい。白鳥さんに深入りすると思考がジャミングされる。だが怨念《おんねん》深い碧翠院のデータを無理やり呑み込まされたようにも見えるな」

「碧翠院での検案症例の集積で総数二千例以上です。死亡症例にA・iを実施した単純データの集積です」

彦根はしばらく考えていたが、ぽつりと言う。

「シオンがそう思うなら大丈夫か」

会話がとぎれた。彦根が思い出したように言う。

「この車はシオンに預けるから、自由に使え」

彦根から鍵《かぎ》を受け取ったシオンは、うなずいて言う。

「Aiセンターに顔出しされますか？」

「いや、やめておこう。昨日Aiセンター会議に出席した足で浪速の医師会で一席ぶち、府知事ご自慢のビルの地下駐車場で仮眠を取り、今朝方桜宮に戻った。人遣いが荒くスケジューリングが滅茶苦茶《めちゃくちゃ》な、浪速新喜劇のコメディアンみたいな毎日さ」

「では、これからどうされるのですか？」

「このまま北に飛ぶ」

シオンは北、と聞いて小首を傾げる。

「それなら桜宮駅まで車でお送りしましょうか？」

彦根は少し考えて首を振る。

「いや、それも遠慮しておく。たまには昔懐かしいおんぼろバスで桜宮周遊と洒落《しゃれ》込んでみたい」

「わかりました。では、お気をつけて」

片手を挙げると、彦根はバス停に向かう。彦根の後ろ姿が見えなくなるまで、シオンはその場に佇んでいた。亜麻色の髪が風に吹かれ、煌《きら》めくように揺れた。

バスが土埃《つちぼこり》を巻き上げてやってきた。一時間に二本の桜宮駅行きのバスに乗りこむと、車窓の景色は自分でハンドルを握る時と違って見える。

ウエスギ・モーターズ前、というバス停のアナウンスも新鮮だ。

終点、桜宮駅に到着し、桜宮三姉妹の像を見遣る。バスが到着して五分で新幹線が発車するようにダイヤが組まれている。一見スムースな連絡だが、すると桜宮で過ごす時間が削られ、桜宮で費やされるべき散財がメトロポリタン・東京に召し上げられてしまう。東京は収奪に狎《な》れている。

日本三分の計はそうした富の偏在を均等化する仕組みだ。

東京行きの切符を購入しようとした時、携帯メールが着信した。彦根は舌打ちをして、まったく効率の悪い東奔西走だな、と呟《つぶや》きながら行き先を浪速に変更する。

下りの新幹線は三十分待ちになるが、メールに返信していたらたちまち時間は過ぎ、下りの新幹線が到着する。

車中、彦根は腕組みをして目を閉じると、たちまち寝息を立て始めた。


翌日。

村雨府知事の政策転換を報じたメディアはその変節を糾弾したが、数日後の世論調査での支持率は、何と八〇パーセントを超えた。

医療を徹底的にサポートするという村雨の決意に呼応した、前代未聞《みもん》のその数字を、浪速府医師会の理事たちは驚愕《きょうがく》の表情で眺めていた。

もはや、彦根の言葉を疑う理事はひとりもいなかった。

13 雨竜《うりゅう》

東京・霞が関　7月28日（火曜）

合同庁舎最上階の第五会議室前の廊下に所在なげに佇んでいると、扉が開き部屋の中から長身の男性が姿を現した。斑鳩が目礼すると、警察庁の〈電子猟犬《デジタル・ハウンドドッグ》〉、加納達也《かのうたつや》は目を細め、閉めたばかりの扉を振り返る。

「お前も御前会議に呼び出されたのか。俺とお前が同時に動くと、警察庁に激震が走る予兆らしいぞ」

「そのガセの出所はどこでしょう」

「とても〈無声狂犬《サイレント・マッドドッグ》〉の発言とは思えんな。情報源をオープンにしないのは、捜査のイロハのイ、だろう」

「失礼しました」と斑鳩は頭を下げる。加納は立ち去ろうとして立ち止まる。

「お前、桜宮をどうするつもりだ？」

斑鳩は扉をノックしかけていた拳《こぶし》を止め、答える。

「私は上の意向に従い、動くだけです」

「なるほど、愚問だった。俺もまだまだ青いな」

加納は片頬を歪《ゆが》めて笑う。彼の気配が薄れ、長い廊下の果ての角を、加納が左に折れてその姿が見えなくなったのを確認してから、斑鳩はおもむろに扉をノックした。

扉を開けると、部屋には制服姿の男性が三人横並びに座っていた。男たちは肘《ひじ》をつき、口元を隠すように手を顔の前で組み、斑鳩を凝視している。背後の大窓は、空中楼閣のようで、部屋は天空に投げ出されたみたいに見える。

逆光の中、眼前の男たちのシルエットは飛び降り防止用の柵《さく》に見えた。

ふと、机から離れた場所で腕組みをして立っている男性に気がついた。壮年で贅肉《ぜいにく》を削《そ》ぎ落とした精悍《せいかん》な体つきなのに、緊迫感に欠けるのはその顔が馬のように長いせいだろう。よく知った顔だが、以前と雰囲気はずいぶん変わっている。

目の前のパイプ椅子に腰を下ろす。何だか任官面接の時のことを思い出していると、正面に座った刑事部長が言った。

「忙しいところ、呼び戻して手間を掛けたな」

人事課長が立ち上がり、ぼそぼそと辞令を読み上げる。

——斑鳩芳正《ほうせい》、貴殿に東京地検特捜部特別捜査班協力員の兼任を命ず。

斑鳩は受け取った辞令を凝視する。

「斑鳩室長、貴君は浪速地検の鎌形副部長と親しいというウワサは本当かね？」

斑鳩はモアイ像のような男性に視線を移す。

東京地検特捜部の福本康夫《ふくもとやすお》副部長とは面識がある。副部長に昇格したばかりの彼が直々に警察庁に足を運ぶ。公訴権と捜査権を併せ持ちプライドの高さを誇る東京地検特捜部の出世頭としてはあり得ない行動だ。普通は検察庁に呼びつけるものだ。

「鎌形検事は、私が金比羅市警に出向していた時の地検次席でした」

「A庁明けの赴任時に接触したか。貴君の話は鎌形から聞いたことがある。遣り手の署長だったそうだな。私と鎌形は司法研修所の同期、同クラスだ。四十四期で検事に任官した五十名で今も検察に残っているのは十五名。出世頭が私とヤツだ」

斑鳩は黙っていた。頼み事をしたいのは福本であって、斑鳩ではない。

「今の返答を聞けてよかった。でなければこの特命を伝えるわけにいかないからな」

「警察庁に所属する者である以上、個人感情や親交によって業務遂行に支障を来《きた》すことはありません」

斑鳩にしては珍しい自己弁護だ。だが特命を受ける以上、この言い訳は必須《ひっす》だ。上層部の疑念が捜査を遂行する上でどれほど煩《わずら》わしいか、斑鳩はよく知っていた。

「グッド。無声猟犬はよく走ってくれそうだな」

自分が警察庁内部では無声狂犬と呼称されていることを知っている斑鳩は、ひっそり笑う。福本は鎌形と同期のライバルだと目されていると聞くが、猟犬と狂犬を取り違えるようでは鎌形の足元には及ばない。

あの方は、私が狂犬だと承知した上で、平然と使いこなしたものだ……。

検察の独自捜査で仕事を共にした時の判断の迅速さと的確さ。鎌形がカマイタチという通り名を得たのは、斑鳩と組んだ金比羅市役所土木課収賄《しゅうわい》事件捜査の時だ。

だが、そんな斑鳩の感傷は次の一言で吹き飛んだ。

「貴君の本音を聞いて安心した。特命は鎌形潰《つぶ》しだ」

斑鳩は瞬間、警察庁幹部の顔色を窺《うかが》う。こんな生臭い話を、同類の役所とは言え他庁で口にするなど、霞が関の常識ではあり得ない。

逆光に沈んだ幹部トリオの姿は影となり表情は読めない。福本は淡々と続ける。

「国家存亡時における防衛案件だ。斑鳩室長の指揮する機動部隊に協力願いたい」

「私が指揮する機動部隊？」

「とぼけなくてもいい。君が率いる〈ZOO〉（動物園）の存在は検察庁も把握している。勝手な組織化を黙認しているのは、国家体制の維持に有用だからだ」

冷や汗が一筋、流れる。非公式に組織図を超えた協力態勢を築いていたが、上層部には隠してきたつもりだった。まさか、それが丸見えだったとは。

だが福本の発言では、組織内組織は黙認されているという。つまりその非合法組織の有用性が理解されている、ということだろう。それにしても警察庁内ならまだしも、検察庁にまで把握されていたとは、と斑鳩は自分の間抜けさに呆《あき》れ果てた。

「昨年、浪速地検が厚生労働省の局長を収賄で挙げた件は知っているな？」

斑鳩はうなずく。霞が関の心臓部にガサ入れという無体な形で特捜部が手を突っ込んだ一件は霞が関を震撼《しんかん》させ、浪速地検のカマイタチの名を轟《とどろ》かせた。

斑鳩は会話をコントロールされ、口にする言葉を規定されているのを感じる。これは福本の誘導だ。首肯する質問を続け、拒否する気持ちを麻痺《まひ》させる。取り調べのプロの自分ですらこうならば、一般の被疑者はひとたまりもない。気を抜くと自分の意図しない言葉まで喋《しゃべ》らされてしまいそうだ。ふと、ノーと言えるタイミングがあれば口にしてみようか、と斑鳩は思う。福本は続ける。

「あの違法捜査は国家中枢、霞が関に打撃を与えるために遂行されたということが、東京地検の裏付け捜査によって明らかにされている」

「東京地検が動いたのですか？」

反射的に尋ねた斑鳩の問いに福本は首肯してから、ゆっくり首を左右に振る。

「当然、表立ってではない。検事は独立した存在だが人事は全国共通だから極秘捜査は不可能だ。そもそも事件の背後には浪速の勘違い知事がいる。鎌形は政治への無条件協力という一線を越えたので粛清せねばならない」

「それなら更迭《こうてつ》なり辞職勧告なり、いくらでも手はあるはずです」

「その通りだが浪速地検が立件してしまった以上、鎌形を更迭したところでもはや手遅れだ。ならば事件ごと吹き飛ばすしかない。そこで君に協力してもらいたいのだ」

福本の口調は一定だ。斑鳩が尋ねる。

「〈ZOO〉（動物園）では〈跳ね兎《うさぎ》〉が自滅し、〈土蜘蛛《つちぐも》〉は別件で稼働《かどう》中です。検事の要望にお応えできる人材が、果たしているかどうか。誰をご所望ですか」

「朧《おぼろ》の雨竜」

福本は即答した。斑鳩は目を見開く。

正面の影が揺れた。上層部は了承済みだと悟った斑鳩は立ち上がり踵《かかと》を合わせる。

「了解しました。では指定場所に指定の時間に伺わせます」

「早とちりするな。雨竜だけではなく、君もだ」

「雨竜を投入するなら、私は不要かと」

福本の眉間《みけん》に皺《しわ》が寄る。

「雨竜は雨中の龍《りゅう》、その存在は朧。その影に怯《おび》えカマイタチが動く時、ヤツを仕留めるのは無声猟犬の貴君だ」

無声狂犬です、と言いかけてやめた。あだ名を訂正して何になるのだ。

福本は斑鳩が無声狂犬と呼ばれていることを知りながら、あえて言い間違えているのかもしれない。だとすれば狂犬すらも猟犬として使いこなしてやるという強い意志の表れか。凡庸な出世主義者という福本の評価が次第に変わりつつある。

「明日一時、検察庁の執務室にご足労いただきたい」

敬礼した斑鳩は、部屋を出たその足で合同庁舎地下一階、捜査資料室へ向かった。

○

コンクリート剝《む》き出しの地階の突き当たりの扉を開くと、薄暗い部屋に古書の黴臭い匂《にお》いが広がる。書棚奥の机に大柄な男が背を丸めて座っている。天井まで届く本棚は書籍で埋め尽くされ、広い机の上には開いた本と書類の山が散らかっている。

雨竜、と声を掛けると、大きな身体を伸ばして、ぎい、と椅子を鳴らし回転する。

丸顔でいがぐり頭、大きな目。鼻も口も造作が大きい。肉食獣の獰猛《どうもう》さと無縁の草食獣のような印象。誰もがこの、人畜無害の顔立ちに騙《だま》されるのだ、と斑鳩は思う。

その男、原田《はらだ》雨竜は、いかつい巨体に似合わない、甲高い声で言う。

「あ、斑鳩さん、お久しぶりです」

「相変わらず、仕事が山積みのようだな」

斑鳩が机の隅のファイルの山を見て言う。雨竜は首を振る。

「ご心配なく。どれも一本補助線を引けば片づくヤツばかりです。それより斑鳩さんがお越しになるなんて、どんなひどいボンクラが、どんなとんでもないチョンボをやらかしたんですか？」

「東京地検特捜部から直接の出動要請だ。明日、出頭せよとのことだ」

「つまらないジョークは止《や》めてくださいよ。今、いいところなんですから」

雨竜は、手にした中世黒魔術の発禁本を開いた。

「くだらない雑用さえ我慢すればここは天国です。古今東西の発禁本を自由に閲覧できるんですから。疲れたら捜査資料室の参考文献で気分転換できますし。資料室整理係に任命していただいて、斑鳩さんには本当に感謝しているんです」

斑鳩は肩をすくめると、掠《かす》れ声で言う。

「勘違いするな。お前がこうしてぬくぬくしていられるのは、そのくだらない雑務処理が有能だからだ」という斑鳩の言葉に、雨竜は本を伏せて、言う。

「本物の文化はいつの世も迫害されるんです。でも検察庁の依頼は冗談ですよね？誇り高い検察が、格下の警察庁の、得体のしれない部署へ業務委託するなんてありえないし、そもそも事件を作り上げるという特捜部の手法は僕と丸カブリですし」

「私もそう思う。だが道すがら考えて特捜の真意がわかった。我々がうまくやればよし、失敗すれば責任を負わせる。そんな貧乏くじだが、やってくれるか、雨竜？」

「それこそムダな質問です。上司の命令には絶対服従なのが組織の定めだし、僕がそんな貧乏くじごときで、この楽園を逃げ出すはず、ないでしょ」

斑鳩は再び書籍に没頭し始めた雨竜に告げた。

「明日十三時、特捜部の福本副部長の執務室、だ」

「福本副部長？　ははあ、浪速地検叩《たた》きの絵図を描かせるのかな。だとしたら少々大ごとですね」

斑鳩は舌を巻く。呼び出した相手の名を聞いただけで思惑まで把握してしまうなど、あらゆる捜査関係書類を通読できるこの部屋の住人で初めて可能になる芸当だ。

霞が関は見えないところでつながり合う要塞《ようさい》基地で、雨竜はそのサティアンから一歩も外に出たことがないのではないかとひそかにウワサされていた。霞が関がその眷《けん》属《ぞく》を出動させると決定したのは、加納が言う通り地殻変動の前兆なのかもしれない。

翌日。斑鳩が地下の捜査資料室に出向くと雨竜は身支度を終えていた。蝶《ちょう》ネクタイで、その色がジャケットと全然合っていない。ファッションセンスに乏しい斑鳩でさえそんな感想を抱くのだから、雨竜のセンスのなさは極めつきだ。

それでもふだんのTシャツ姿からすれば上出来だろう。

総務省と同居する合同庁舎の建物を出て、東京地検特捜部がある法務省のビルに向かう。外を通った方が早いが、雨竜には霞が関のビル群から外に出たがらない習性があり、あちこちの地下通路を経由しなければならないのだ。

特捜部副部長室に入ると、今にも崩れそうな書類の山が二人を出迎えた。山腹の地層に埋もれたモアイ像のように、東京地検特捜部副部長・福本康夫が椅子に座っている。気が乗らない様子だった雨竜は、部屋に入ったとたん目を輝かせた。

「初めまして、警察庁地下室に出向中の原田雨竜です」

福本が立ち上がり手をさしのべると、雨竜は両手を胸の前で組み合わせ、お祈りのポーズをする。

「福本さん、お願いがあります。福本さんが斑鳩さんと雑談している間、ここの書類を読んでいてもいいですか？」

「副部長はお前にも話があるとおっしゃっている。片手間に聞くなんて失礼だ」と、斑鳩が顔をしかめて雨竜を叱責《しっせき》する。

「僕は上司の指示に従うだけですから、依頼を聞くのは斑鳩さんだけで充分です」

頬を膨らませ、小声で言い返す雨竜の声を聞きながら、福本は苦笑する。

「そこまでして、ここにある書類を読みたいのか」

「当たり前でしょう。未決書類は起訴されなければ金輪際、人目に触れることのない書類ですから僕にとって宝の山です。むざむざ見過ごせませんよ」

「わかった。貴君の要望を許可する。ただし読み終えた書類は元の場所に戻せ。散らかしているように見えるが、私の中では整理されているのでね」

「わかります。単なる書類の山じゃなく、時系列に積み上げた地層ですよね」

雨竜は言い終えるや書類の山の底に沈み込み、斑鳩の視界から姿を消した。その様子を眺めた福本は斑鳩に向き合う。斑鳩の耳に福本の曇った声が響いた。

「浪速地検特捜部を、強制でやる」

書類の山から雨竜が潜水艦の潜望鏡のようにひょっこり顔を上げ、福本を凝視した。

一時間後、斑鳩と雨竜は福本の部屋を辞した。未決情報をたらふく詰め込みごきげんの雨竜は、地下通路をたどって帰庁する道すがら斑鳩の質問にあっさり答える。

「福本案は無理筋で、斑鳩さんの案の方が理に適《かな》っています。浪速地検特捜部へのガサ入れを東京地検がやるのは筋悪《すじわる》すぎます。最高検察庁を動かすしかないでしょう」

「だが、それも問題がある。最高検は書類決裁が法体系に則《のっと》って適切に進められているかどうか監督する最終チェック機関にすぎないからな」

「でも最高検の長、検事総長は検察の頂点です。だから論理的には最高検が出張るしかないんです。それに今回の東京地検特捜部の狙《ねら》いは、浪速地検特捜部が集積した省庁の書類を取り戻すことだから、それで充分なんです」

「どうしてそう思う？」

思わぬ視点に驚いて尋ねると、雨竜はにい、と笑う。

「そもそも浪速地検のガサ入れは不自然です。厚労省に強制捜査に入れば反発を買うし勝ち目も薄い。切れ者の鎌形さんがそんなリスクを冒すとしたら、あの件に別の目的があったと考えるしかない。ズバリ浪速独立のための情報収集です。独立するため浪速に厚労省を設ける、その基礎資料を得るのが本当の目的だったんです」

斑鳩は雨竜を凝視する。やがてぽつんと尋ねた。

「お前は鎌形さんに会ったことがあるのか？」

雨竜は首を振る。

「交流人事で財務省から警察庁に出向し、居心地がよくて居座ってしまった外様《とざま》の僕に、地検特捜部のエースとの接点なんてあるはずないでしょ」

「それにしては、鎌形さんのことをよくわかっているような口ぶりだが」

「書類上の鎌形さんはよく存じ上げています。書類とか報告書でいつも対話しています。恐ろしいほどの切れ者で、まさにカマイタチという通り名はぴったりです」

「福本さんの書類上の評価はどうなんだ？」

斑鳩が好奇心を持って尋ねると、雨竜はうっすら笑う。

「あの人は見たまんま、あんな感じです」

モアイというあだ名にさえ言及しない発言には、まったく中身がない。それは評価に値しないという意味か、それとも見ればわかるだろう、と斑鳩を突き放したのか、どちらだろうと考える。だが、斑鳩はそれ以上は追及しない。

「すると福本副部長の真の目的は、浪速地検特捜部で現在進行中の、厚労省局長の収賄事件捜査を頓挫《とんざ》させることに加えて、収奪された書類の奪還も兼ねているわけか。

それなら手駒《てごま》の東京地検特捜部を動かさざるを得ないだろうな」

雨竜は斑鳩の目をのぞきこむ。

「でしょ？　でもそんなことはしたくないから、福本さんは斑鳩さんと僕をセットで指名したんです。そもそもプライドの権化《ごんげ》みたいな地検特捜部の幹部が、格下の我々に頭を下げたのは、斑鳩さんのおっしゃる通り、何かあったら全部僕たちに責任をなすりつけようという魂胆に決まっています。斑鳩さんがあの場で依頼を引き受けたのは賢明でした。そんな上司に与えられた無理筋な要望をお膳立《ぜんだ》てするため僕まで呼んだという念の入れようは、もはや検察がなりふり構っていられないところまで追い詰められているという証拠です。でもご心配なく。その程度の事案に対応できなければ、僕には地下室で特別待遇をしてもらう価値がありませんから」

雨竜の演説を聞き遂げた斑鳩は、目を細めて言った。

「そこまでわかっているなら、福本副部長の依頼に関し、一切を委《ゆだ》ねよう」

雨竜はにい、と笑って敬礼をした。

14 新幹線談義

浪速—東京・新幹線車内 7月30日（木曜）

翌日。斑鳩は新幹線で一路、西に向かう。

福本は、一歩間違えれば検察を瓦解《がかい》させかねない核弾頭の発射ボタンを押そうとしている。組織人の斑鳩はその命令には絶対服従で、刃向かうことはできない。

上がやると言えばやる。それだけだ。それが検察、そして警察の体質だ。

終点の浪速に到着する。ビジネスマンに混じり列車を降りると改札を抜けて切符を買い直し、駅構内のカレースタンドに引き返す。

店内に入り見回すと、奥の席に中肉中背の男性が座っているのが見えた。黒サングラスの下から、鋭い眼光が斑鳩を射貫く。斑鳩は目礼し隣に座る。カウンターの上には何品か小皿が並び箸《はし》をつけた形跡があった。皿を寄せ、斑鳩の前のスペースを拭《ふ》いた店員に、黒サングラスの男性は瓶ビールとコップを二つ、オーダーした。

「まずは一杯つきあえ」

一瞬、首を傾《かし》げた斑鳩だが、素直にうなずく。男性は意外そうな表情をした。

「かつて金比羅地検でチンピラ検事を一人前にしてくれた辣腕《らつわん》の警察署長は、いやしくも司直の人間ならば勤務中は酒を口にしてはならないと諫《いさ》めたものだ。その石頭署長は警察官や検察官という職種は、常に勤務時間に身を置いているという自覚を持たねばならぬ、とも言った。それはつまりは断酒しろというに等しかったが。一体どういう心境の変化なんだ、斑鳩？」

斑鳩は目を細めた。それが微笑であることは、付き合いが相当長い人間でもなかなか気がつかない。低い声で「今はプライベートタイムですから」とぼそりと答える。

鎌形は黒サングラスの奥から、斑鳩に向けて優しい視線を投げかけてきた。

「ほう、斑鳩にもそんな時間があったとはな」

「プライベートタイムとでもしないと、私がこの場にいる釈明ができませんので」

空気が固まり、周囲の雑音が消えた。ビールを注ぎながら、鎌形は言う。

「そうか。福本が動いたんだな」

斑鳩は注がれたビールを一気に飲み干し、立ち上がる。

「ご馳走《ちそう》さまでした。これで失礼します」と一礼して店を出て行く。後には黒サングラスの裏側で瞑目《めいもく》する鎌形と、気の抜けたビールのコップが残された。

○

新幹線のホームでは、さっき降りた列車が折り返しの東京行きに変わっていた。斑鳩が同じ列車に乗り込もうとすると背後から声を掛けられた。

「ご一緒してもいいですか、斑鳩さん」

振り返ると銀縁眼鏡が光っていた。斑鳩は男性を凝視していたが、ぼそりと答えた。

「ご一緒する利点があるなら」

「なるほど。では今後の日本の行く末について語り合うというのはいかがですか」

ヘッドフォン姿の彦根新吾は微笑すると、返事を待たず車内に乗り込む。のぞみの発車メロディが鳴る。躊躇《ちゅうちょ》した斑鳩だが、吸い込まれるように車中に滑り込む。

背後で扉が閉じ、列車は出発した。先に座席に座っている彦根の隣に腰を下ろすと、斑鳩は「ご一緒させていただきます」と言った。

売り子から缶ビールを買い求めた彦根が斑鳩に一本差し出す。黙って受け取ると、蓋《ふた》は開けずに前のホルダーに置く。ビールに縁がある日だ、と思う。

「こんなところでお目に掛かるとは思いませんでした。偶然とは恐ろしいですね」

斑鳩の言葉に、彦根はにやりと笑う。

「偶然じゃなかったりして。僕はさっき鎌形さんと打ち合わせしてたんです」

斑鳩は怪訝《けげん》に思う。鎌形には用件をまとめて済ませるため、面会を立て続けに設定するクセがある。だが彦根と斑鳩という因縁深いふたりとの会合を一緒に並べたことには、鎌形の意図を感じざるをえない。彦根はそのチャンスを目一杯活用した。

だがそれは同時に斑鳩にとっても絶好の機会となった。

斑鳩は彦根に煮え湯を飲まされ続けてきた。決定的な敗北にならずに済んだのは、属する組織の実力差だ。外部からの攻撃に対し一枚岩になる警察組織と、理念は一致するが利害関係の調整に四苦八苦する医療界。どれほど鮮やかに勝利しても次につながらない彦根はさぞ口惜しかろう。そんな彦根とサシで話せる機会など滅多にない。

それは危険な行為だが霞が関の朝敵、村雨執行部は鎌形という暴力装置と、彦根という幻術使いの二枚看板を両翼に配している。これはその片翼をもぐチャンスかもしれない。そんな機会を窺うのは組織の防人《さきもり》としては当然の選択だろう。

心のこもらない乾杯を交わし、ビールを口にした彦根はオープニングブローを放つ。

「警察庁は医療事故調をどのような位置づけにしようとお考えなのでしょうか」

医療の守護神気取りか、と斑鳩はほっとする。

鎌形と彦根が結託し村雨府知事をサポートするというシナリオは最悪で、その件で膝《ひざ》詰め談判になるのを恐れた斑鳩だが、こっち方面なら大過ない。なので斑鳩は彦根の挑発を受けて立った。

「医療事故を業務上過失致死の枠から外すため、医療界で独自に死因究明制度を作り、問題を自己解決していくためのシステムと理解しております」

斑鳩の優等生のような回答に、彦根はうなずく。

「医療事故調は極北《きょくほく》市民病院の産婦人科医が不当逮捕されたことに端を発しています。現場をろくに知らない捜査当局が医療に手を突っ込んだため、医療現場は滅茶苦茶にされた。そうした暴挙に対する医療側の自己防衛ですが、このままだと事故調は当局が現場を起訴するため有利な情報を提供するだけの御用機関に成り下がります」

「でも、それは医療サイドから提案された事案ですが」

「医療サイドからは、警察の介在を排除し刑法適用を除外してほしいという付帯条件がありました。そんなことは刑法を改正しなければ不可能なのに、厚労省はそうした変更を担保しているかのような言辞を繰り返した。一部学会上層部の連中は厚労省の言質《げんち》をとったと信じて医療事故調の設置を推進しているんです。それは医療界の壮大なスイサイド、自死になります。警察も医療が壊れたら困るでしょう？　そこで提案があるんです。Ａｉ情報の取り扱いは医療サイドに委ねていただけませんか？」

現在、死因究明制度の基礎は解剖だが、実施率は三パーセントを切る。司法解剖に至っては全死者の一パーセントで警察が扱う異状死体でも一割以下だ。そこでＣＴなどで死体を画像診断すれば惨状を打開できるというのがＡｉ（オートプシー・イメージング＝死亡時画像診断）の発想だ。

「そのことに関して、私には決定権がありません」と斑鳩は首を振る。

「ということは、警察庁はＡｉ情報を捜査情報に含めようとお考えですね」

このやり取りは情報量の収支では斑鳩にとって明らかにマイナスだ。斑鳩は彦根との同行を決断した自分の判断を後悔するが、今さら後には引けない。

「死因は捜査情報です。捜査に必要な情報は集めますし、捜査の妨げになるなら、死因に関する情報公開は限定しなければなりません」

彦根は笑みを浮かべる。

「不毛な議論はやめましょうよ。死因が捜査情報だという根拠が乏しいという点でコンセンサスを得られたようですし、斑鳩さんに権限がないのもわかりますので、少し話を変えましょう。警察は今後Ａｉ情報をどのように精査していくつもりですか？」

まさかここまでＡｉに拘《こだわ》り一点突破を図ってくると思わなかった。

浪速で府知事の切り札である特捜部の鎌形と会い、知恵袋の彦根と遭遇した。当然、浪速中心のやり取りになると考えたから新幹線車中での会談を受けたのだ。だが斑鳩は忘れていた。桜宮では東城大Aiセンター創設を巡り、彦根と丁々発止のやり取りをしたことを。出発地が浪速だったことが斑鳩を微妙に狂わせていた。中立的に考えれば医療中心に社会を立て直すという医翼主義者・彦根がこうした流れに誘導することは予想できたはずだ。斑鳩は腹を決め、答えた。

「もちろん、医療現場と緊密な連携を取りつつ対応していく所存です」

「本当にそうお考えなんですか」

彦根はノートPCを立ち上げる。画面には頭部CT像が現れた。

「この症例は東城大Aiセンターの症例で法医学教授の誤診例です。司法解剖で虐待《ぎゃくたい》の形跡なしと判断しましたがAiで頭蓋骨《ずがいこつ》の陳旧性骨折が指摘されました。警察捜査の基本の司法解剖は劣化している。鑑定技術は進歩していますが情報開示など社会的姿勢は落ちこぼれです。法医学者を監査せず甘やかしてきたツケで、警察は間違った情報を元に捜査を強行し冤罪《えんざい》を連発しているんです」

彦根の辛辣な言葉が胸を抉《えぐ》る。知り合いの法医学者たちの頑《かたく》なな顔を思い浮かべる。今さらあの連中に監査を課すのは難しいだろう。斑鳩は懸命に反論する。

「Ａｉは死因情報ですので、刑事訴訟法により公開制限が掛かります。そこに医療が関与すると情報漏洩《ろうえい》の恐れがあるのです」

「でも法律は絶対的な真理ではなく、人々が一緒に暮らすための公約数を守ろうという約束ごとです。時代が変わり、人が入れ替われば、法律も変わるはずです」

「そんなことをしたら社会の安全が失われます」

「それは現在の警察機構の平和を保つだけで、法体系の外側で起こる悲劇は無視している。警察がシステムを守るため自己保身に奔走すれば事故が増え、市民の支持を失なう。こうした悪循環が冤罪につながり司法腐敗を引き起こすんです」

「それは人間社会で起こる、普遍的なことです」

「でも警察という暴力装置に引き起こされると取り返しがつかなくなる。警察の力を抑止する仕組みがない点が問題なんです」

「警察には監察部門がありますので、批判は当たりません」

「監察官室は警察組織の一部で、自ら血を流すような仕組みになっていませんよ」

「警察・検察批判は結構。とにかく現行の法律下では、Ａｉ情報を医療の領域に置くわけにはいきません」

斑鳩は言い放ち、目を細めて彦根を見遣《みや》る。彦根は首を振る。

「Ａｉ情報が刑事訴訟法の証拠に当たるという法的根拠はどこにも明記されていません。同法第四十七条には訴訟に関する書類、捜査情報は公判の開廷前に公《おおやけ》にしてはならないとありますが、死因情報がそれに当たるとは書かれていないのです」

「それは不文律です。これまでもそうだったしこれから先もずっとそうです」

「そうした思い込みは怠惰の証《あかし》です。法律は怠惰の塊ですからちょっとつま先の向きを変えるだけで大騒ぎだ。でもね斑鳩さん、死因が捜査情報ではないと判断しているのは、警察の担当官自身なんですよ」

「バカな。そんなことはありません」

「ではお聞きします。殺人事件が起きた時に死因が報道されますね。あれは誰が漏らしているんですか？」

斑鳩は言葉に詰まる。夜討ち朝駆けで取材する熱心な記者に担当官が情報を漏らすことはよくある。そうした情報を新聞・テレビで報道させることが捜査活動のＰＲになるし、時に有力な目撃情報につながる。だが、斑鳩はそのことを口にできなかった。

「本来であれば死因情報を漏らした担当官は守秘義務違反で逮捕されるべきです。でもそんな話は耳にしたことがない。鉄の規律を誇る警察組織が死因情報の漏洩という違法行為を黙認している。それは死因情報が捜査情報と認識されていないからです」

「法令遵守《じゅんしゅ》という観点からすれば、確かに破綻《はたん》していますが、その点は医療も似たようなものです。医療が信頼関係で成立するように、司法も信頼していただきたい」

斑鳩の反論を聞いて、彦根はシートに身を預けた。

「僕は司直を信用しません。僕たちの先輩がひどい目に遭わされましたから。東城大チフス事件こそ日本の医療行政と司直の横暴が結託した忌《い》むべき事件です」

斑鳩は呆れ顔で彦根を見た。

「ずいぶん古い話を持ち出しましたね。確か東城大の内科医が患者にチフス菌を飲食させて感染実験をしたという、戦後史に残る一大スキャンダルでしたよね」

「さすが、警察庁の医療対応班の筆頭だけあって旧聞もよくご存じですね」

穏やかだった彦根の表情が険しくなった。

「あの事件は冤罪だと後年の検証で明らかになっています。その方法では感染が起こらないことが科学的に立証されたんです。検察は実験のためという動機を撤回したのに、メディアはその事実を報道しない。司直と官僚のミスは徹底的に隠蔽《いんぺい》される。でも日本三分の計をベースにした西日本連盟では情報公開を重視します。それは利害関係に雁字《がんじ》搦《がら》めになった組織では実現が不可能なのです」

斑鳩は薄い唇を嚙《か》んだ。油断した。まさかここでいきなり浪速に転回するとは。

稀代《きたい》の論客・彦根に攻め入る隙《すき》を与えたのは自分のミスだ。

言われて見ればなるほど、市民社会への情報公開という観点は、西日本連盟やＡｉセンターに共通した土台だった。

「斑鳩さん、そんなに警戒しなくても大丈夫ですよ。この国にはディベートで物事を判断する土壌が欠けている。いくら市民社会が僕の主張を正しいと認めても、それが社会に反映されないのは、偏《ひとえ》に官僚のみなさんの努力の賜物でしょうね」

「さすがにそこまで言うのは非礼でしょう」

むっとして斑鳩が言うと、彦根は微笑する。

「誰に対して非礼だと言っていらっしゃるんですか。正論を無視している官僚の方がよっぽど非礼だと思うんですけど」

「正論と理想を掲げるのは結構ですが、高く登りすぎればハシゴを外されるだけです。今、浪速大Ａｉセンターは法医学者中心の展開が決定され、桜宮のＡｉセンターも風前の灯火。そんな状況で私にどうしろとおっしゃるのですか」

彦根は目を閉じ、虚空《こくう》に人差し指を差し上げる。指先に難解な方程式を描き、それを解くように素早く指を走らせる。やがて方程式を解き終えたのか、目を開いた。

「警察はＡｉ情報の主導権を医療に譲るべきです」

結局またそれか。斑鳩は彦根の手詰まりを見抜き、防戦から逆襲に転じる。

「それは現実的ではありません。警察庁が放射線学会の理事長にAｉ診断への協力を要請したところ即座に、不可という回答を頂戴《ちょうだい》しています」

彦根は唇を噛む。放射線学会のトップは帝華大放射線科の教授で、帝華大は霞が関の利権と一体化しているから、Aｉを表舞台に上げないために努力している。

彦根は懸命に、崩れた防壁の内側に新たなる砦《とりで》を築こうとする。

「医療界でも積極的対応を考えている組織はあります。日本医師会はAｉを主体にした死因究明制度についての提言を出しています」

「もちろんよく存じております。ですが日本医師会の医療安全部門の理事に接触しましたが、Aｉを主体に死因究明制度を組み立てるAｉセンター方式は時期尚早との回答でした。専門家からもAｉは捜査現場に任せたいとの回答を得ています。ですのでAｉ情報を医療現場に任せるわけにはいかない、と警察庁は判断しているのです」

彦根の表情は苦渋に歪む。学会は小さな権益の奪い合いに明け暮れ、社会的に有意義なことを遂行するためには役に立たない。医療現場を動かす実働部隊である医師会に依頼するのは本筋だが、実はそこにも厚労省の手は回っている。担当理事を籠絡《ろうらく》すれば医師会の意向と標榜《ひょうぼう》できる。おだてられて転ぶ理事もいる。

そんな医療上層部の惨状に右往左往させられている彦根の様子を見て、孤軍奮闘という熟語が斑鳩の脳裏をかすめる。

だが同情などしない。何しろコイツは警察庁の極秘ファイルにおいても変幻自在、稀代の詐欺師《さぎし》と目され、〈スカラムーシュ〉などという、得体のしれない称号を手にしている危険人物なのだから。

彦根と斑鳩は見つめ合い、身じろぎもしない。

そこに、まもなく東京駅に到着します、というのどかな車内放送が流れ、列車は減速を始めた。彦根は険しい表情をふ、とゆるめると、親しげな視線を斑鳩に投げた。

「Ａｉを取り巻く状況は未《いま》だ混沌《こんとん》としています。でもグランドデザインを決める時は未来を見据えるべきです。現状は斑鳩さんの言う通りですが十年後、Ａｉが社会に根付いた地点から振り返り、誰に託すべきかを考えていただきたいのです」

斑鳩は彦根の言葉を正確に理解した。だが理解するということと同意できるということは別の話だ。ましてそれぞれの立場がある場合、同意は一層困難になる。

「それは実現不能の理想論です」と斑鳩は冷たく言い放つ。

彦根は黙り込む。ふたりの論争の判定は、現時点では斑鳩の圧勝、未来展望では彦根の完膚なき勝利というところだろう。東京到着を告げるアナウンスが流れる。

「なかなかスリリングなひとときを過ごせ、退屈せずに済みました。そう言えば鎌形さんが驚いていましたよ。検察が反撃するなら斑鳩さんを使うだろうというところまでは予測はしていたそうですが、まさか斑鳩さんがここまで自分に忠義立てしてくれるとは思わなかったそうです。というわけで鎌形さんからの伝言です」

——感謝する。

斑鳩を見下ろしひと言、そう言い残すと彦根は立ち去った。

それが彦根の挨拶《あいさつ》なのか、それとも鎌形からの伝言だったのか、あるいはその両方か、斑鳩には確かめようがなかった。車中に一人残された斑鳩は、今生では鎌形と会うことは二度とないかもしれない、という予感がした。

◯

警察庁に戻ったその足で斑鳩は雨竜の部屋に向かう。だが雨竜はいなかった。

ボードに一階喫茶室とある。雨竜が外部協力者と会う時に使う場所だ。

喫茶室の雨竜は、斑鳩を見て目礼する。雨竜の前には怪しい風体の中年男性がいた。

斑鳩は二つ離れた席に座る。

男性は斑鳩に気がつかず話を続けた。

「浪速の跳ね返りを陥《おとし》れたいというダンナの依頼、何とかしたいのは山々ですが、ヤツは妙に身綺麗《みぎれい》でして、カネや女で引っ張る材料が見当たらないんです」

「そんなこと、わかってるさ。かけらでもあればガンちゃんは呼ばないよ」

筋悪、すなわち捏造《ねつぞう》の類《たぐい》で仕掛けるのか、と斑鳩は腕を組む。依頼からわずか一日で、筋語りの雨竜がでっち上げを検討していることが鎌形の手強《てごわ》さを物語っている。

「ひどい言われようだなあ。まあ、三日ください。極上のネタを用意しますから」

「ふうん、三日、ね」と雨竜が耳障《みみざわ》りな甲高い声で言う。男は頭を掻《か》いた。

「ダンナには敵《かな》いませんや。わかりました。明日までに何とかします」

「それでこそガンちゃんだ」と雨竜はにっこり笑う。

男がそそくさと姿を消すと、斑鳩は雨竜のテーブルに移った。

「下司《げす》な男だな」と言うと、雨竜はアップルティーを飲みながらうなずいた。

「あれが天下の朝読新聞の司法記者だって言うんだから世も末です。ヤクザかチンピラと見紛《みまが》うばかりのヤツらがでかい顔をしてるんですから」

そんな下品なヤツと捏造の相談をしているお前はどうなんだ、と口にしかけた言葉を飲み込む。その言葉はそのまま、自身にはね返ってきそうに思えた。

雨竜は命じられたことを実現するための歯車のひとつだ。外力を忠実に次の歯車に伝えるだけで、動力は自己の内部にない。

司法記者と一体になり邪魔者を葬《ほうむ》り去ってきたのが東京地検特捜部の裏の顔だ。特捜部の聴取の後で自殺する参考人の中には、意思に反した供述を取られ、周囲に顔向けできなくなった良心的な人がいる。なぜ虚偽の自白をするのかという疑問をメディアは追及しない。捜査は事実を積み上げて犯人を導き出すわけではない。検挙したい犯人がいて、物語を紡《つむ》ぎ現実と合わない部分は作家のように「創作」する。冤罪の存在はこうした捜査手法が組織の隅々に染《し》み渡っている証拠だ。

善悪定かならざる案件では結論ありきのやり方が強行され、それは捜査の標準でさえある。

その意味で警察の本丸にご神体の如《ごと》く祀《まつ》られていた雨竜が、地下の社殿から地上に引きずり出された図は、大変動の予兆にも思われた。もしもその本丸に致命的な一撃を加える者がいるとすれば、おそらく警察庁の危険人物ファイルに刻印された、乱世の〈スカラムーシュ〉ではないかと考え、あわててその思いを振り払う。

雨竜は、そんな斑鳩の逡巡《しゅんじゅん》と動揺を見透かすかのように、斑鳩を見つめていた。

15　極北の再会

北海道・極北　7月31日（金曜）

羽田を飛び立ち、北海道の新千歳《ちとせ》空港に降り立った彦根は、その足で列車に乗り込む。途中で第三セクターの本数が少ない列車に乗り換えるから、極北市までは一時間半もかかってしまう。

列車に揺られながら、彦根は訪問先の土地と久しぶりに会う相手に想《おも》いを馳《は》せた。極北市が地方自治体として財政再建団体に指定され、破産してからまもなく一年。当初はメディアに注目もされた過疎《かそ》の街もすっかり落ち着いて低め安定していると聞く。地方自治体が破産したことでもっとも注目を集めたのは市民病院の去就だ。病院再建屋の異名を取る医師が着任し、いろいろ物議を醸《かも》している。救急診療しない、入院させない、投薬しないの三ナイ運動は極北市民から総スカンを食らっているが、なぜか院長はその座を追われない。院長の行為には何かしら真理のかけらがあって、その劇薬は現代の困難な状況に対するひとつの処方箋《しょほうせん》だからかもしれない。だがそれは浪速で医療立国を目指し、国家が滅びようとも医療を滅ぼしてはならぬという過激な医翼主義を提唱している彦根にとっては大いなる壁として立ちはだかってもいたのだった。

極北市民病院の院長、世良《せら》雅志《まさし》とは東城大時代の知り合いだ。

五つ年上の世良には、彦根が佐伯《さえき》外科の手術見学をした時、世話になった。彦根はその時、世良の指導教官である天城雪彦と出会い、天城は彦根に未来を指し示した。

それに従い彦根はここまでたどりついたのだ。

その世良は今、苦境にあり、危機に直面している。救急患者への対応でしくじり、メディアからバッシングに遭っている真っ最中なのだ。

因縁深い話だ、と彦根は思う。

極北市という、彦根の主張の弱点を露呈する恐れがある因縁の地をこのタイミングで訪れることになったのはある意味、必然なのかもしれない。

だが今は、そんな未来への恐れよりも、若き日の思い出が胸中を占めていた。

極北を目指してひた走る列車の車窓を見やりながら、彦根はひとり呟《つぶや》く。

思えば遠くに来たものだ。

極北羅堂駅《きょくほくらどう》は第三セクターが運営する鉄道の終点だ。単線の一両列車はひと駅ごとに長い停車を繰り返し、上り列車とすれ違う。極北羅堂駅に着いた時には日はとっぷり暮れていた。道には街灯もなく途方に暮れていると、背後でホーンが鳴った。

オートバイのヘッドライトが彦根を照らし出す。目を細めると、サイドカー付きのバイクに跨《また》がった男性がゴーグルを外し、片手を挙げた。

「よう、久しぶり」

彦根は灯火に誘われた蛾《が》のように歩み寄る。

「その節はお世話になりました、世良先生」

「それってお前が医学生の時のことか。あれ以来だから二十年ぶりか。お互いあちこちを転々としたようで、顔を合わせる機会がなかったからな」

極北市民病院院長、世良雅志は微笑する。

彦根が東城大を卒業した時には、世良は大学病院から姿を消していて、行方はわからなくなっていた。彦根は医療行政に携わるため、天城の忠告通り東城大を離れ帝華大の西崎《にしざき》外科に入局した。そんな二人の軌跡が交錯したのが、上杉会長のバイパス手術をモンテカルロのエトワール、天城雪彦が執刀した時だった。

地方自治体として初めて財政再建団体に指定された極北市は現代日本における特異

点だ。そこに天城の忘れ形見と言うべき世良が滞在しているのは、偶然ではない。

「卒後、帝華大の外科学教室に入局し、大学院で病理医に転籍し、今は房総救命救急センターの病理医です。世良先生は佐伯外科を離れた後、どうされたんですか？」

「ま、いろいろと、ね。富士崎町の診療所を皮切りに僻地《へきち》や無医村を回っていたら、病院再建屋なんて過分な称号をいただいちまって引っ込みがつかなくなり、最果ての地に流れ着いたわけだ」

かつて読んだ「不良債権病院再建屋医師の素顔」なるヨイショ記事を思い出す。優れた行為に対する取材記者の劣等感が見え隠れしていた拙《つたな》い記事。唯一《ゆいいつ》の美点は、事実は誠実に記していたことだ。それが事柄の羅列にすぎないとしても、その事実が記事を読んだ彦根の心を揺り動かした。その世良が言う。

「そこの居酒屋で食事にしよう。おでんが旨《うま》いんだぜ」

「構いませんが、先生はバイクだから飲めませんよ」

世良はバイクから降り、タンクをぽん、と叩く。

「コイツは置いていく。駅の駐車場はタダなんだ」

世良が居酒屋に入ると、らっしゃい、という元気な声が出迎えた。

がんもどきをつつきながら、世良はビールをあおる。

「世良先生の極北市監察医務院への北爆は、絶妙のタイミングで炸裂《さくれつ》しましたよ」

半年前、彦根が流した情報のおかげで、開店休業状態の極北市監察医務院を閉鎖することができた世良は、彦根にビールを注ぎながら言う。

「お前から突然連絡をもらった時は驚いたよ。何しろ二十年近く音信不通だったからな。だがあの情報は有難かった。あんな得体の知れない施設がのさばっていたら極北市の再生は覚束《おぼつか》ない。おかげで先手を打てた。お前は極北市を救ってくれた恩人さ」

「南雲《なぐも》院長はとんだ災難でしたね。まさか東城大連合に本拠地を叩きつぶされるなんて思ってもいなかったでしょうから」

「俺だってお前とタッグを組むなんて思わなかったよ。不思議な縁だよな」

「縁と言えば最近、母校のＡｉセンターの副センター長に任命されたんです」

世良は、ふうん、と言ったきり反応しない。Ａｉには興味がなさそうだ。ビールのお代わりを注文し、世良はさりげなく彦根に水を向ける。

「こんな僻地に来たのは、何か目的があるんだろ？」

彦根はうなずく。強い視線で見返しながら、言う。

「世良先生は天城先生の莫大《ばくだい》な資金を受け継いでいるというウワサを聞きました。その資金を僕に預けてくれませんか？」

世良は目を細めて彦根を見る。やがて、ふう、とため息をつくと、あっさり言う。

「突拍子もない話だな。そんな資金があったら、こんな僻地で燻《くすぶ》っているかよ」

「おっしゃる通りですよね。無駄足だったかな」

簡単に認めないだろうと思っていた彦根は吐息をつく。世良が言う。

「与太話としては面白い。ちなみにその資金を手に入れたら何に使うつもりだ？」

「浪速の西日本独立運動にぶっこみます」

世良はまじまじと彦根を見つめた。ジョッキを飲み干した世良は店主に告げた。

「おいちゃん、おあいそ。それと悪いけどバイクの代行をしてよ」

「またですか。病院に置いてくればよかったのに」

「そう言わずに頼むよ。明日は朝が早くてさあ」

「いつもいつもしょうがねえ先生だなあ」

店主は「ちょっと出てくる」と奥の女性に声を掛けた。あいよ、という返事を聞いた店主は世良から鍵《かぎ》を受け取り外へ出て行く。世良は彦根を振り返る。

「今夜の宿はあるのか？」

「ホテルに飛び込みでお願いしてみます」

ちらりと時計を見ると、九時を回ったところだ。

「極北の過疎をナメるな。この時間ではホテルは客を受け入れないぞ。だが心配するな。病院の当直室に泊まればいい。明日の十一時に道庁に着けばいいんだろ？」

彦根は驚いて言う。

「どうして僕のスケジュールをご存じなんですか」

「実は俺もその会議に招待されているんだ」

その会議を招集したのは実は彦根だった。その時に世良の存在を失念していたのは迂闊《うかつ》だった、と彦根は自分の頭を拳《こぶし》で叩く。

ハーレーの運転席に居酒屋の店主、タンデムシートに世良がまたがり、彦根はサイドカーに乗る。穏やかな店主の運転で夜の静寂の中を進んでいく。

「当直室に泊まると、当直のバイト料は出るんですか？」

彦根が尋ねると世良はにっと笑う。

「出るはずないだろ。ウチは救急は断っているし入院患者もいないから夜間業務はない。だから当直室はビジネスホテル代わりさ。宿代と当直料で相殺《そうさい》してやるよ」

「何だか騙《だま》されたような気がしますね」

彦根が抗議すると、世良は思いついたように言う。

「それなら極北救命救急センターを紹介してやるよ。極北救急は雪見市に全面委託している関連施設だし、ついこの間までたった一人の部下を派遣していたから、人材派遣の道筋は出来ている。せっかくだから将軍に挨拶してこいよ。大喜びでバイト代分、こき使ってくれるぞ」

「それだけはご勘弁を。あの人の所に行ったら、有無も言わさず当番医に組み込まれ、とうに捨て去った外科医の経歴に一ページを加えることになってしまいます。速水《はやみ》先輩は医療の守護神として、北の大地に君臨し続けてもらいたいですけどね」

二人の笑い声が響く中、ハーレーは市民病院の敷地に滑り込んだ。

翌朝。目を覚ました彦根は、二階の窓から世良がバイクを磨いている様子を眺めた。

彦根の視線に気がつくと、世良は片手を上げ「眠れたかい？」と訊《たず》ねた。

「おかげさまで。救急のない病院当直は寛《くつろ》げますね」

「そのせいで市役所とは険悪さ。最近も救患の一件がメディアに煽《あお》られて大騒ぎさ」

知っています、と喉元《のどもと》まで出かかったが口にしなかった。世良は口調を変えて言う。

「外来は部下に任せたから、いつでも出られる。朝食は札幌で食べよう。道庁の食堂はなかなかイケるぜ」

五分後、彦根が前庭に降りると、ハーレーのエンジンを空ぶかししていた世良が彦根の側に走り寄りバイクを停める。彦根がナップザックをサイドカーの後ろに放り入れて乗り込むと、バイクは咆哮《ほうこう》を上げて外界に飛び出した。

「どうして世良先生が北海道再編会議に出席要請されたのですか？」

風の中、彦根は声を張り上げて尋ねる。世良はまっすぐ前を見据えながら答える。

「極北市の益村《ますむら》市長は北海道再編会議の重要メンバーで、俺は市長に重用されている。医療から再生を、というのが市長のスローガンだ。だがとぼけたことを言うな。極北市をキモとした東日本連合なんていうばかげた妄想を吹き込んだのはお前だろ？」

「……まあ、それはそうなんですけど」

正直に言えば日本三分の計とは西日本独立が真の狙いで、東日本連合は当て馬にすぎない。だが実を虚に、虚を実に、それが彦根の空蟬《うつせみ》の術だ。西日本連盟が主であればなおさら、東日本連合の樹立を実に見せかけなければならない。そのための戦略と試案もしっかりある。

風の中、彦根は自分がセッティングした北海道再編会議に思いを馳せた。

赤煉瓦《れんが》造りの北海道庁は、天井が高く床は油を引いたように底光りしている。案内された部屋には三人の人物が着席していた。見慣れない顔がひとつ。残る二人はつい二カ月ほど前の五月、青葉県庁の一室で村雨と共謀した青葉県の新村隆生《にいむらたかお》知事と極北市の益村市長だから、消去法でそれが北海道知事の徳村《とくむら》だと判断する。それは東日本連合の首謀者が一堂に会した歴史的瞬間だった。世良は明らかに場違いだったが、物怖《ものお》じすることなく、堂々とソファに座っている。

口火を切ったのは東日本連合の盟主の座をめぐり、徳村北海道知事と覇権を争っている新村青葉県知事だ。

「彦根先生からこの二カ月音沙汰《おとさた》がなかったので、東日本連合はお見限りかと心配していました」

「浪速がごたついていたもので。村雨さんが潰《つぶ》れたら東日本連合も画餅《がべい》に帰してしまいます。西日本連盟の成否が、東日本連合の確立にも必須《ひっす》なのでご容赦を」

彦根が弁明すると、新村知事は朗らかに笑う。

「そのあたりはわかっております。村雨さんは着実に歩を進めているようですな」

「第一段階は突破したので、東日本も歩調を合わせてもらいたいと思い、みなさんにお集まりいただいたのです」

すると新顔の徳村佑《たすく》・北海道知事が言い放つ。

「彦根先生が口先だけの詐欺師か、地方社会の救世主かがはっきりする瞬間ですね」

徳村は、彦根が日本三分の計を提唱した時、自分に声が掛からなかったことにお冠だと一瞬で読み取れた。彦根は咳払《せきばら》いする。

「東日本連合が独立するための方策のキモ、それは電気エネルギーの独占化です。今、原子力発電が総電力量の三〇パーセントを占めますが、原子力発電所は関東地方には少なく、北日本や西日本に偏在している。それはなぜか？ 原子力発電所が安全と言えない施設で、周辺に放射能を撒《ま》き散らす恐れがあるからです。首都圏の人間は自分たちの生活圏外で危険な発電をさせ、電気を消費しているのです」

「確かにリスクを地方だけに押しつけるのは植民地的政策だが、補助金が支払われていればフィフティ・フィフティだろう」と徳村は反論する。

「そうした考えこそ中央支配に蝕《むしば》まれている証拠です。社会の潮流は地産地消です。東北で生産された電気は東北で消費すべし。電気が欲しいなら送電契約を結び代価を払うべきです。それが東日本連合の原資になるのです」

それは正論だ、とみな思う。だが彦根の戦略には常にある種の危うさがつきまとう。

「そんなことが実現可能なのかね」と問う新村知事に、彦根は力強くうなずく。

「今、即座にやるのは無理ですが、日本三分の計を宣言するタイミングと合わせれば充分に可能だと考えています。この枠組みで東日本にもたらされる収入は二兆円規模で、これを原資に独立すればいい。〝エネルギーと観光立国〟がキャッチコピーです。ちなみに〝医療とカジノによる建国〟が西日本連盟のスローガンです。いかがですか」

誰も返事をしない。やがて徳村知事が尋ねた。

「そんな突拍子もない話、保証はあるんですか」

「担保や保証を考えていたら、社会改革なんてできませんよ」

徳村知事は黙り込む。新村知事が言う。

「決起はいつ頃を想定しているのですか」

「今年の冬、です」と彦根が即答すると、新村知事が呻《うめ》く。

「いくらなんでも早すぎる」

「これでも最大限ゆっくりしたつもりです。ふだん威勢がいいのに、いざとなると腰砕け、というトップは大勢見てきましたが、まさかここに集《つど》った方々がそんな旧来型トップと同じメンタリティだったとは驚きです」

「誤解しないでほしい。決起の日が旗揚げの日という意味であれば遅すぎる。だが基幹エネルギー部門の接収となると早すぎると言いたいだけだ」

「理念は一刻も早くぶち上げたいが、実行はできるだけ遅らせたいというんですね」

彦根の挑発的な物言いに、新村知事は顔を真っ赤にして黙り込む。

沈黙が流れる中、益村極北市長が重い口を開いた。

「私のところは日本唯一の財政再建団体ですので、彦根先生の案が実行されたら極小の自治体にはどんなメリットがあるかは関心があります。そこで、」

益村市長は言葉を区切り、ソファの隅で窓の外を眺めていた世良に視線を投げる。

「極北市の医療の責任者、世良先生の目をお借りしたい。世良先生、この枠組みが達成されたら極北市の医療はよくなりますか？　それとも悪くなりますか？」

世良は目を見開く。彦根は大学の後輩で昨晩も一緒に飲んだ仲なので中立的な意見を申し述べる立場にはない、と言って答えるのを拒否しようとすると、益村市長は、それでも結構と言って頑として譲らない。彦根は目を伏せた。まさかこんな形で世良が絡《から》んでくることになるとは夢にも思っていなかった。

世良は静かに語り出す。

「私は医療しかわかりませんが、極北市民病院が破綻したのは市民が依存的だったせいだと考えます。医療費は天から降ってくるものと甘えて食い潰した。私がやっているのは極北市民の意識改革です。彦根先生の提案を検討すると、極北市の医療がよくなるかどうかは未知数です。でも東日本で生まれた金を東日本で消化するという発想は、医療費は自分たちで背負わなければならないという考えと同期し、今私がやっている市民の意識改革と重なります」

「つまり彦根先生の案に賛成なんですね。救急患者を診療せずに見殺しにして、世間を騒がせている医師が市民の意識改革を説くなど、よくまあ言えたものです」

徳村北海道知事は憤《いきどお》りに燃えた視線で世良を凝視して、火を吹くような非難をした。

世良は肩をすくめると、涼しげに言った。

「彦根先生の提案を拒否すれば中央の方針への服従を強制され、第二、第三の極北市が出現することになります。そのことははっきりお伝えしておきましょう」

静かな部屋に風が吹き込んでくる。新村知事が言う。

「お話を伺うと、あえて今、彦根先生のご提案を拒絶する理由はなさそうですな。ことはとりあえず今冬の旗揚げを目指し隠密裡《おんみつり》に活動を進めていくことにしませんか。さいわい提示された期限までは時間はあります。決起が近くなったらもう一度彦根先生にお越し願い、改めてプレゼンしていただくというのでいかがでしょう」

部屋は静まり返り、誰も新村知事の提案に口を開こうとしない。

「ノー・アンサー・ミーンズ・イエス（無言はイエスを意味する）、か……」

そう呟くと、ソファに沈み込んでいた彦根は立ち上がる。

「いずれまたご連絡します。これから半年、スキャンダルにはご用心を。いざとなれば霞が関はメディアを駆使して、あらゆる情報戦を仕掛けてきますので」

彦根は一礼し部屋を出ていく。世良も立ち上がり、彦根の後を追った。

前庭で彦根は世良のハーレーの前に佇《たたず》んでいた。

「援護射撃、ありがとうございました」

「お前を援護したわけじゃないさ。あれは俺の本音だ。仮に説得力があったとしたら、怪我《けが》の功名さ。お前はあれで満足したのか？」

「知事たちの回答はあんなものでしょう。何事にも先送り癖が付いていますから」

彦根は肩をすくめて、淋《さび》しそうに笑う。

「お前はこれからどうするつもりだ？」

その質問はダブルミーニングだ。ひとつは会議が終わった後の今日のスケジュール。もうひとつは今後の進路。彦根はあえて前者の質問に答えた。

「世良先輩は午前中は半休を取ったんですよね。空港まで送ってくれませんか？」

「先輩をアッシー扱いするとはいい根性だ。まあいい。送ってやるよ」

世良はハーレーにまたがり、エンジンをふかす。黒いバイクの咆哮が清冽《せいれつ》な北の大気を切り裂く。サイドカーに彦根が乗り込んだ瞬間、解き放たれたように発進した。

強い風がふたりの身体《からだ》をすり抜けていく。世良は声を張り上げて尋ねる。

「お前はいつもあんな風に話しているのか？」

「そうですけど」

「無茶するなよ」

「ご忠告、どうも。でもコトを起こすには無茶をしないと無理なんです」

爆音の中、世良が言う。

「このハーレー、誰のバイクか知ってるか？」

ヘルメットを押さえながら、彦根は声を張り上げる。

「世良先生の、でしょ？」

ゴーグル越しに世良は微笑する。

「違う。これはモンテカルロのエトワール、ドクトル・アマギの形見だよ」

彦根は黙り込み、黒々とした車体をそっと撫《な》でた。

空港に到着し、サイドカーから降りた彦根は礼を言う。世良はバイクのハンドルにもたれて、彦根を見た。

「何か、忘れ物はないのか？」

彦根が首を傾《かし》げると、世良はエンジンを切る。鍵を抜きキーホルダーを外し彦根に投げた。星《エトワール》のエンブレムが掌《てのひら》の中で光った。

「これを持ってモナコ公家のマリツィア子爵《ししゃく》に会え。そうすればアマギ・ファンドについて教えてくれるだろう。エンブレムをオテル・エルミタージュのコンシェルジュに見せれば取り次いでくれるはずだ」

彦根は驚いたように目を見開く。

「こんなにあっさり渡しちゃっていいんですか？」

「お前がそうしてほしいと言ったんだろう」

世良は呆《あき》れ顔で言うと、彦根は肩をすくめる。

「それはそうなんですけど。アマギ資金は五百億近い、と聞いていたから、こんな風にひょい、と渡されてびっくりしているんです」

「総額は知らないが、グラン・カジノで毎晩負け続けても全部スるのに二十年かかるくらいの額だそうだ」

彦根は口笛を吹いた。

「それだけの資金を極北の医療再建に使わなかったのはなぜです？」

「それは天城先生の遺志ではないし、そんなことをしても何の足しにもならないからさ。極北は穴の開いたバケツだ。必要なのは水を注ぐことでなく、穴を塞《ふさ》ぐことだ」

確かにその通りだが、それは世良が極北に資金を使わなかった理由であって、彦根に資金を託した理由ではない。彦根がそう考えていると、世良は続けた。

「話を聞いて、天城先生が掲げた松明《たいまつ》の炎はお前の胸に受け継がれている、と感じた。天城先生の遺志に一番忠実なのはお前だ。お前が散財するなら天城先生も文句はないだろうと思ったのさ。だから決めた。俺にはコイツがあればいい」

世良は黒光りするハーレーの車体を撫でた。彦根は深々と頭を下げた。

「では、ありがたく頂戴します」

ふたりの頭上を、轟音《ごうおん》を上げて離陸した飛行機が飛び去っていく。機影を見上げた彦根は、世良に視線を戻し、小さく息を吸い込んだ。

「行きます。世良先生も北海道の医療再生のため頑張ってください」

「ああ。お前も気をつけろよ」と言った世良に向けて、彦根は微笑した。

翌週。ナップザックひとつを肩に掛け、成田国際空港に立つ彦根の姿があった。

第三部　スカラムーシュ・ギャロップ

16 シャンス・サンプル

モナコ・モンテカルロ　8月5日（水曜）

ヘッドフォンを着け、ヘリからコート・ダジュールの紺碧《こんぺき》の海原を見下ろす。彦根は耳に流れ込むハードロックに浸る。シャルル・ド・ゴール国際空港からニース空港は一時間。そこからヘリがいいという世良のアドバイスに従った。

モナコ公国は小国だ。隣のイタリアもバチカン市国という微小国家を体内に抱えている。小国の合従連衡《がっしょうれんこう》を繰り返し今日の形に収まった欧州は、その名残をあちこちに残している。浪速が日本のモンテカルロになる日を、彦根は夢見ている。

モンテカルロは快晴の街だ。この街の人々が上機嫌に見えるのは、ここには上機嫌でいられるくらい、すべてがうまく回っている人しか存在できないからだ。

海岸沿いのヘリポートからタクシーに乗り込む。その五分後、彦根は瀟洒《しょうしゃ》なオテル・エルミタージュを見上げていた。肩に提げたザックを揺すり、着飾った老若男女《ろうにゃくなんにょ》が集《つど》う広場を背に、フランス語で隠れ家を意味するホテルのエントランスに足を踏み入れた。途端にひんやりした空気が、心地よく身体《からだ》を包む。

チェックインの際にキーホルダーの星形のエンブレムを見せると、フロント係の女性は奥に消え、銀髪の年老いたコンシェルジュが姿を現し、深々と頭を下げる。

「お話はムッシュ・セラから伺っております。ドクトル・アマギのロイヤルスイートにご案内します」

「その部屋が空いていたとは驚きました。こんな風にして天城先生を偲《しの》ぶことになるなんて思いもしませんでした」と、彦根は頰を上気させ、呟《つぶや》くように言った。

「部屋は今もドクトル・アマギの貸し切りで、ドクトルの品が置いてあります。このエンブレムをお持ちになった方に部屋を自由に使っていただくように、というご指示です。御用があれば遠慮無くお申し付けください」

彦根は、小さくうなずいた。

「では早速、マリツィア子爵《ししゃく》にお目に掛かる手配をお願いします」

「かしこまりました。世界的な建築家で国会議員でもある子爵はご多忙な方ですが、このエンブレムの件と申し上げれば、お時間を作っていただけると存じます。コンタクトがつき次第ご連絡します。とりあえずお部屋でおくつろぎください」

すると、制服姿の女性が彦根のナップザックを手にとろうとした。

「ノン・メルシ。荷物は一つなので自分で運びます」

制服の女性が戸惑ったような笑顔になる。彦根は、頬がほんのりと暖かくなるのを感じて顔を上げた。ホールの天井から一条《ひとすじ》の光が彦根の顔に差しかかっていた。

天井に配されたステンドグラスには百合《ゆり》の花のモザイクが清らかに咲き誇っていた。


ロイヤルスイートに足を踏み入れた彦根は口笛を吹く。女性ポーターが姿を消すと、クローゼットの扉を開く。そこには天城のスーツやタキシード、ジャンパーなどが所狭しと詰められていた。机の上にはガラスのチェスボードが置かれている。透明なガラスの駒《こま》の中で、ピジョンブラッドの騎士《ナイト》とアクアマリンの歩兵《ポーン》が異彩を放つ。シシリアン・ディフェンスのサムライ・ヴァリエーションか、と呟き彦根はベッドに沈み込む。脳裏に浮かぶ事象の断片を、記憶の海の底で整理し直す。

極北で世良と別れて一週間も経《た》たないのに、コート・ダジュールの飛び切りいかしたこのホテルに滞在していることが、彦根には信じ難く思えた。すべてがとんとん拍子に進んでいるために却《かえ》って実感が乏しい。こうした感覚の乖《かい》離《り》徴候は、決して好ましいサインではないことを、彦根は経験から体得していた。

電話のベルが鳴る。コンシェルジュからだ。

「ムッシュ・マリツィアとコンタクトが取れました。今からご説明に伺います」

「ビアン・シュール（もちろん）」

彦根は受話器を置いて目を閉じる。やがてノックの音がした。

「こちらの都合のいい時間にいつでも会ってくださる、今夜でも構わないというお返事をいただけたのは、私も大層驚きました」

彦根はコンシェルジュの回答に目を丸くする。もう一度文面に目を通し、視線をテーブルの上の置き時計に転じた。午後三時。今すぐ返事をすれば今夜のディナーにも間に合いそうだ。だがしばらく考えて、彦根は言う。

「明晩、晩餐《ばんさん》をご一緒させていただければ光栄です、とお伝えください。それと今からグラン・カジノで遊びたいんだけど、何かアドバイスはありますか？」

「アドバイスは特にございません。ギャンブルにはその人の品性が表れる、と言われます。また、モンテカルロは小さな街ですので、いつ、どこに誰の目が光っているか、わかりません。そのことだけは、充分ご留意ください」

コンシェルジュは恭《うやうや》しく頭を下げて言った。その忠告は、これから自分の身につきまとってくる状況におそらくぴったり当てはまるのだろう。

それ故《ゆえ》にその言葉は、自分が今滞在している部屋の主からの伝言のように思えた。

「グラン・カジノに行かれる際は、私がエスコートいたします。お出かけの際、フロントにお声をお掛けください」

カジノはホテルの目の前なんだが、と思いながらも彦根はうなずいた。


日が暮れ、ホテルの前庭の広場にドレスアップした紳士淑女が集まり始める。その様子を窓から見下ろした彦根は、部屋を出てフロントに声を掛ける。すると係の女性が一輪の薔薇《ばら》を胸に挿してくれた。

ブルーローズ。交配技術の進歩によって、不可能という言葉の代名詞に使われていた蒼《あお》いバラが完成したのだ。傍らに控えていたコンシェルジュが、すい、と寄り添うと、彦根の左胸ポケットで傾《かし》いだ蒼い薔薇を整えながら言う。

「この薔薇は、ドクトル・アマギの資金の後継者のパスポートなのです」

「毎日負け続けても全部スるのに、二十年かかるという、例の資金ですね」

「それは二十年前の話かと。今ではおそらく三十年はかかるかと存じます」

「ファンタスティック」

彦根は呟くと、コンシェルジュを伴いホテルを出た。

オテル・エルミタージュのコンシェルジュを伴い、胸のポケットにブルーローズを挿した威光は凄《すさ》まじかった。換金所では何も言わないのに山のようなコインが差し出された。それを押し戻しながら彦根は言う。

「一番高額なコインを一枚」

そのオーダーを聞いた両替係は奥に引っ込む。しばらくしてタキシード姿の男性が出てきた。その手には小ぶりのアタッシュケースを持っていた。

「私は当カジノの支配人です。お客様はエトワール・コインをご所望だそうですが」

「もしもそれがこのカジノで最高額のコインなら、ね」

支配人が目配せすると、両替係は再び姿を消す。やがて換金所の隣の小さな扉が開き、白壁の小部屋が現れた。支配人に手招きされ、彦根はコンシェルジュを伴い部屋に入る。支配人は恭しい手つきで、机の上のアタッシュケースを開けた。

瞬間、星の輝きが彦根の目を射た。中央に小ぶりのダイヤモンドを星形にあしらった銀のコインが十枚、並んでいた。

「このコインは当カジノ最高額のエトワール・コインです。特別室のルーレットでのみ、ご使用が可能です」

「僕はルーレットは初心者でしてね。このコインはいくらなんですか?」

「ワン・ミリオン・ユーロ（百万ユーロ）相当です。グラン・カジノは青天井ですが、エトワール・コインに限り、上限を十枚までとさせていただいております」

口笛を吹いた彦根はコインを一枚取り上げ、光にかざし、親指で空に弾《はじ》く。

煌《きらめ》きの放物線は彦根の掌中に収まる。

「OK。コイツを一枚、頂戴《ちょうだい》します」

無造作なコインの扱い方に支配人の右眉《まゆ》が微《かす》かに上がった。

エトワール・コインを爪先《つめさき》で弾きながら特別室に向かう。途中の部屋はルーレットやブラックジャック、スロットマシンなどで賑《にぎ》わっていたが、特別室に入ると静寂が支配していた。からからと球が走る音が消えると、ささやかなため息が漏れる。

彦根は一番奥のルーレット台に佇《たたず》む。テーブルには紳士が二人、座っている。

しばらく模様眺めをしていた彦根は、席に着くとエトワール・コインを無造作に黒のマスに置いた。クルーピエは咳払《せきばら》いをして、白い球を投げ込む。

からからと乾いた音がして、やがてその音が消えた。

「ヴァンドゥ、ノワール」

黒の二十二。二人の紳士のコインが回収され、彦根にエトワール・コインが投げ渡されて二枚になる。彦根は元の一枚をポケットにしまい、新たに獲得したコインを黒に置いたままにする。ルーレットの回る音。ノワール。マスに置かれたコインは二倍の二枚になった。彦根は動かない。ステイ。獲得したコインを加え二枚ベット。

クルーピエは顎《あご》を撫《な》で、白球を投げ込む。

「トレーズ（十三）、ノワール」

三連勝。ステイ、新たなベットは四枚。彦根は動かない。からからと球がころがる。

「キャトル（四）、ノワール」

八枚。換金すればおよそ十億円。クルーピエは彦根を凝視する。彦根は動かない。

クルーピエの顔色が蒼白《そうはく》になる。球を投げ込む。球の回る音が消えた。

「……ルージュ」

吐息と共に隣の紳士が呟く。コインが回収されるのを見ながら、観客たちは息をつく。彦根は立ち上がると、隣に影のように控えている銀髪のコンシェルジュに言う。

「シャンス・サンプルとは、なかなかスリリングなギャンブルですね」

それから無表情なクルーピエの耳許《みみもと》にひと言囁《ささや》くと、彼は大きく目を見開いた。

彦根は小声でつけ加える。

「支配人に伝えてくれ。近日中にまた伺う」

彦根は足取り軽く換金所に戻ると、ポケットに一枚残しておいたエトワール・コインをコンシェルジュに手渡した。

「これを返しておいてください」

換金なさらないのですか、とコンシェルジュが尋ねる。

彦根は、「これは預かりものですから」と言い、肩をすくめた。

○

翌朝。目覚めるとすでに日は高かった。機内で熟睡したつもりだったが、やはり多少のジェットラグはあるようだ。朝食にフルーツ・ディッシュをオーダーすると、サーブした女性が手紙を持参した。ケルベロスの紋章が押された招待状だ。

宮殿で晩餐とは、さすがモナコ公の一族だと呟いて、彦根は女性に礼を言う。さくらんぼを一粒つまみあげ口に放り込むと、ベッドに横たわり目を閉じた。

目覚めると薄暮になっていた。ノックに返事をするとコンシェルジュが顔を見せた。

「お車の用意ができました。通訳をお供させましょうか？」

「それには及びません。マリッィア公は日本語に堪能《たんのう》だと聞いていますので」

彦根はベッドから起き上がると部屋にあった天城のタキシードを着込み、鏡を見ながら細いタイを整える。


モンテカルロは小さい街で車なら端から端まで二十分。オテル・エルミタージュはモンテカルロの中心に位置するので、どこへでも十分以内に到着できる。モンテカルロで最も優美な建築物はオテル・ド・パリだ。この高級ホテルが名で、宗主国を気取るフランスに媚態《びたい》を示す一方、宮殿は質実剛健な佇まいを見せているところに小国の気骨が垣間《かいま》見える。

夕闇《ゆうやみ》の中、五分で宮殿に到着した。車を降りると玄関に控えていた執事が奥に案内する。廊下の展示品を見ながら歩けばちょっとした見学ツアーだ。崖《がけ》の上の宮殿をめぐって諸侯の思惑が交錯した時代、廊下のうす暗い照明の下で、この銀の食器は今と同じような微光を放ちながら、繰り広げられる酸鼻《さんび》な復讐《ふくしゅう》劇を目撃したのだろう。

靴音もたてずに歩く執事が、扉の前で立ち止まる。彦根は今一度、細いタイを整える。目の前で扉が開く。奥行きのある部屋に縦長のテーブルが置かれ、その果てに男性が座っていた。

細身の身体に巻き毛の金髪。華麗な美貌《びぼう》とはうらはらの生気の薄さは、物語の世界から抜け出した没落貴族のようなたたずまいだ。

執事が下がり扉が閉まる。テーブルのこちらの端に客用の食器が置かれていた。向かいに座る男性との距離に目眩《めまい》がする。お座りください、と告げる声が幽玄に響く。

「マリツィア・ド・セバスティアン・シロサキ・クルーピア子爵、貴重なお時間をいただきありがとうございます」

「マリツィアで結構。ユキヒコに関わる話ですので最優先で対応しました」

マリツィアは手元のベルをちりん、と鳴らした。

「まず晩餐を始めましょう。アントレ・フロワードは当家の荘園で採れたレンズ豆のピクルスです」

宮殿の晩餐は粛々と進む。マリツィアも彦根も無言だ。プティフールと珈琲《コーヒー》がテーブルに置かれ、給仕が姿を消す。マリツィアは口元をナプキンでぬぐうと、ではお話を伺いましょう、と言う。彦根はポケットから星のエンブレムのキーホルダーを取り出し、テーブルの上を滑らせた。

「ムッシュ・セラはお亡《な》くなりになったのですか？」とマリツィアは訊《たず》ねる。

「いえ、お元気で、極北で悪戦苦闘しています」

「ならばなぜ、このエンブレムがここにあるのですか」

「世良先生が、これを僕に託したのです。正確に申し上げると、僕の意図に賛同してアマギ資金を委託してくれたのです。詳しくはムッシュ・マリツィアに尋ねろ、と言われ、参上した次第です」

一陣の夜風が硝子《ガラス》窓を鳴らす。マリツィアは言う。

「この資金については、私から直接説明はできません。ですがそのエンブレムに敬意を表し、質問にはお答えしましょう。ただし質問は五問に限らせていただきます」

なぜ五問なのか、という疑問を彦根は口にしない。

「ではお言葉に甘えて第一問。アマギ資金とはどんな形で残されているのですか」

「ユキヒコの遺産は二系統あります。ひとつはモナコ銀行のアマギ・ファンド。資金総額は変動しますが、安定資産に長期投資しているため着実に利潤を上げています」

「二問目。そのファンドの名義人は誰ですか」

「現在は私ですが、ユキヒコが指定した代理人の意には沿うように、という付帯条件があります。その代理人はムッシュ・セラと認識していました。あなたをその代行者としてふさわしいと認めるかどうかは思案中です」

「無意味な駆け引きはやめましょう。そのエンブレムを見た瞬間、僕を正式な代理人と認めたはずです」

マリツィアは彦根を凝視する。やがて吐息をつくと静かに言う。

「よろしい。あなたをユキヒコの代理人と認めます」

彦根はマリツィアに気取られないよう、吐息を漏らす。これで第一関門突破だ。

「遺産のもう一系統は何ですか？　これは補足質問なのでカウントはなしで」

「その遺産はあなた自身、昨日確認したでしょう。グラン・カジノのエトワール資金は私はノータッチです。アマギ・ファンドとほぼ同額と聞いております。ひとつご忠告申し上げると、どちらの資金も国外への持ち出しは不可とされています。モナコ銀行の方は法律的な縛りがあります。グラン・カジノの方は法の縛りはありませんが、むしろ持ち出しはモナコ銀行のファンドよりも厳しいかもしれません」

アマギ資金を日本に持ち込むことは不可能だという、ここまでは想定内だ。

「三問目。モナコ国内で僕が使った場合はいかがですか」

「あなたが資金を使い果たしても何ら問題はありません。ただし道義上許されるかどうかは別問題ですが」

要はアマギ資金はモナコに雁字《がんじ》搦《がら》めにされているわけだ。それは仕方がない。この資産はモンテカルロのエトワールが一代で築き上げた砂上の城だ。維持するにはコート・ダジュールの空気が必要だし、モンテカルロでもその遺産はあてにされている。

今さら天城を排斥した母国が異議申し立てをしても、理屈は通らないだろう。

「では四問目。国外に持ち出せず国内でも使えないにも拘《かか》わらず、この資金は天城雪彦のもので、権利は彼が認めた代理人に継承される、と謳《うた》うんですね」

「この資金は紛《まが》う方なくドクトル・アマギのものです」

マリツィアはあっさり答える。彦根はナプキンをテーブルに置き、立ち上がる。

「素晴らしいディナーでした。お願いがひとつあります。紹介状を一通、書いていただきたい。明日、改めて文書でお願いします」

「お安い御用です。ところで質問の権利はあと一問分、残っているようですが」

彦根は、悪戯《いたずら》っぽい笑みを浮かべた。

「そうでしたね。ではお言葉に甘えて最後の質問を。モンテカルロで一番おいしいケーキ屋を教えてください」

「あなたはモナコ公家の一員にして国会議員でもある私に、特定のケーキ屋を外国人に推薦しろ、と言うのですか？　それがどれほど重大な問題を孕《はら》んでいるのか、おわかりですか？」とマリツィアは声を荒らげた。だが、彦根は平然とうなずいた。

「もちろん、存じ上げております。だからこそ最後のとっておきの質問とさせていただいたんです」

マリツィアは厳しい表情で彦根をにらみつけていたが、やがて噴き出した。

「私の負けです。お教えしますが、私が言ったということは内密に願います」

「約束は守ります。あなたが、ドクトル・アマギの遺志を裏切らない限りは、ね」

彦根がウインクをすると、マリツィアは彦根の最後の言葉に一瞬、表情を硬くした。だがすぐにその表情を吹き消し、彦根の耳元で店の名を告げた。

マリツィアは自ら玄関まで送ってくれた。

「風光明媚で料理も繊細なので日本は大好きです。スシ、テンプラ、ソバ、ユキヒコにはいろいろご馳走《ちそう》になりました。実は先日、ユキヒコの供養《くよう》になる塔を建立《こんりゅう》し、ようやく積年の想《おも》いが晴れたのです」

「それは二重の意味で嬉《うれ》しいですね。僕は天城先生の松明《たいまつ》の火を受け継ぎ、日本の未来のため奔走しています。僕にはあなたの助力が必要なのです」

そう言って、彦根はマリツィアが差し出した右手を取った。

「私は全面的にあなたに協力します。ただしその言葉にウソがあればあなたを潰《つぶ》す。

私の信頼を裏切らないでください」とマリツィアは握った手に力を込めた。

彦根を乗せたリムジンのテールライトが見えなくなるまで佇んでいたマリツィアの金髪が、夜空の星に照らされてうっすら輝きを放つ。

ホテルに帰還した彦根は、ベッドに倒れ込むと深い眠りに落ちた。四百年の歴史を背負った貴公子は、虚実を自在に操る〈スカラムーシュ〉でさえも消耗させていた。

○

翌八月七日朝。彦根はコンシェルジュに、一通の手紙を託した。

「ムッシュに礼状を届けてほしい。中身は依頼状だけどね。それと一昨日、グラン・カジノの支配人に言付けた件について、回答を確認してほしい」

ウイ、ムッシュ、とコンシェルジュは答えた。

午後三時。正装に身を固めた彦根はカジノを訪れた。カジノは二十四時間営業だが半年に一度、一斉清掃のため三時間閉鎖される。彦根がグラン・カジノに招待されたのはそんな時間帯だった。彦根はオテル・エルミタージュのコンシェルジュに付き添いを頼んだ。乾坤一擲《けんこんいってき》の大勝負には、格式ある立会人が必要だったのだ。

特別室ではグラン・カジノの支配人が、燕尾服《えんびふく》姿の正装で待ち構えていた。

「半年に一度の大掃除とかち合うなんて凄《すご》い偶然があるものですね」

「伝言をいただいたため、急遽《きゅうきょ》予定を変更したのです」

「モナコでは天城雪彦の名はオールマイティのジョーカーのようですね」

支配人はその言葉には答えず、続けた。

「清掃はすでに終了し、広場では紳士淑女が開場をお待ちです。できれば手短に済ませていただきたいのですが」

「お時間は取らせません。ここにエトワール資金という巨額な供託金があるけれど、カジノに雁字搦めにされていて身動きが取れない状態だ、というのは本当ですか？」

「一体どなたにそんなことをお聞きになりました？」

「それは言えません」

彦根が答えると、支配人は口髭《くちひげ》を撫でながら、言う。

「エトワール資金はグラン・カジノ内で自由にお使いいただけます。資金をここから引き揚げるのもご自由に、とお答えするしかありません。エトワール資金はドクトル・アマギのものですから、その代理人の方がその権利を行使なさるのは当然です」

そう言った支配人は咳払いをした。

「ただし現実にそれが実行できるかとなると、話は別です。大規模資金の移動はモナコ公国が規制し、資金をカジノ外で百万ユーロ以上使用する場合、ならびに国外での使用にはモナコ議会の承認が必要となります」

「なるほど、国家を挙げて資金を縛りつけているわけですか。でも故人の遺志を考えれば、この資金をグラン・カジノに眠らせ続けるのは罪だと思いませんか？」

「その質問に答える権限は、私にはございません」

「さすが支配人、パーフェクトな回答です。では本題に入りましょう。本日は、エトワール資金全額を賭《か》け、シャンス・サンプルの勝負を申し込みたいのです」

支配人は目を見開く。だが、すぐに冷静な表情に戻り、厳《おごそ》かに告げた。

「残念ながらその申し出はお受けできません。先ほど申し上げた通り、資金を一定額以上、使用する際にはモナコ議会の同意が必要となりますので」

「でも支配人はカジノ内で使用する場合は自由、と言いました。現に僕は先日、ここで百万ユーロのエトワール・コインを受け取り、ルーレットで遊んだんですから」

支配人の目が泳ぐ。こんな風に搦め捕られるとは思わなかったようだ。

「では、正直に申し上げます。提案された勝負をお受けできないのは、万が一お客さまが勝った場合、その額を払い戻せないと予想されるからです」

「ご心配なく。僕が勝っても勝った分の払い戻しはしません。近い将来、僕名義の資金がここにある、ということを証明していただければそれで結構です」

「それは実質上、資金の国外持ち出しになります」

「違います。それはエトワール資金でなく、僕がシャンス・サンプルで勝ち取った、同額のヒコネ・ファンドになるんですから」

支配人は訝《いぶか》しげな顔をする。

「あなたがこのギャンブルに勝っても、モナコ国内に凍結される点については何も変わらないのですから、結局は同じことではありませんか?」

彦根は肩をすくめて微笑した。

「これはギャンブル王国の支配人とも思えない、堅実なお言葉ですね。支配人はギャンブラーとしての矜持《きょうじ》をどこかに置き忘れてきてしまったらしい」

「どういう意味でしょうか」と支配人の眉が上がる。

「負けることばかり心配しておられるからです。支配人が勝てばグラン・カジノが巨額の負債を一気に解消できる絶好のチャンスなのに」

「ムッシュは誤解しています。カジノの損失は、カジノからキャッシュが持ち出された瞬間に確定する。それまではどれほど勝とうと真の勝利ではありません」

「つまり、天城先生の勝ちは確定していない、と？」

「いえ、ドクトル・アマギのエトワール資金は、モンテカルロでもスペシャルなケースです。ギャンブルをされた方が勝負の中途で亡くなった場合、それまでの勝ち分はカジノに還元されます。でもドクトル・アマギに関してはその慣行を当てはめませんでした。これはグラン・カジノの総意なのです。グラン・カジノはドクトル・アマギに完敗しましたが、我々はその敗北を誇らしく思います。モンテカルロのエトワールはグラン・カジノのルーレット盤の上で今も燦然《さんぜん》と輝いているのです」

彦根は腕組みをして考え込む。やがて腕をといて言う。

「さすが大国に寄生して生き長らえてきたパラサイト国家だけのことはあって、空虚な物語を煌びやかな伝説に作り替えるのがお上手ですね。でもうまく言い抜けても、結局あなたはこのギャンブルを受けることになる。僕が勝てば、望みは僕名義のモナコ銀行の預金通帳に記載された数字だけ。形式上巨額資金を僕が持っていると証明できればそれでいい。天城先生に敬意を表したければ、仮に僕が勝ってもグラン・カジノの中の虚構のカネをエトワール資金と勝手に称していればいい。僕が負けたらエトワール資金はグラン・カジノのものになる。つまりこの勝負では実質的にグラン・カジノには何も損失はない」

そこで一息ついた彦根は、ぽつんと付け加える。

「僕が勝った場合はモナコ国内で見せ金にすることくらいはするかもしれませんが、いずれにせよここからカネは流出しません。モナコのカネはモナコで使う。それが僕の流儀です」

「それなら逆にお聞きします。なぜあなたはそんなリスキーなギャンブルをしなければならないのですか？」

猜疑心《さいぎしん》に満ちた目で見つめる支配人の疑問に、彦根はあっさり答える。

「かつて天城先生の手術を受けるためには、シャンス・サンプルの洗礼が必要でした。今、天城先生の遺産を使おうとしている僕が、ギャンブルもせずに資産を受け取るわけにはいかない。だからこの勝負をお願いしたいのです。そもそも、ギャンブル界の頂点に立つお一人のグラン・カジノの支配人ともあろうお方が、歴史に残る大勝負を挑まれながら尻尾《しっぽ》を巻いて逃げ出した、などという風評が立っていいんですか？」

それはとどめの一撃だった。支配人の口髭がぴん、と跳ね、ぎらりと光る視線を彦根に投げる。そして静かな声で言った。

「わかりました。そこまでおっしゃるのであればこの勝負、お受けします」

特別室で支配人と対峙《たいじ》した彦根が言う。

「勝負にあたりお願いがふたつあります。手練《てだ》れのクルーピエは狙《ねら》った目に百発百中で入れる技術があると伺います。ですので支配人には目隠しをしてもらいたい」

支配人は一瞬考え込む。そして答える。

「カジノの伝統には反しますが、お受けします」

「メルシ。もうひとつ。賭けるチップはエンブレムの入ったキーホルダーにしたい」

「拝見します」

支配人は手渡されたキーホルダーを見つめた。それを彦根に返しながら言う。

「百五十年の歴史を誇るグラン・カジノの賭け台に、チップ以外のものが載ったことはありません。本来ならお受けできない申し出ですが、このエンブレムは先代のモナコ大公ファン・カルロス公がドクトル・アマギに下賜《かし》されたものです。加えてエトワール資金の額に相当するチップは当カジノに存在しません。ですので特例としてエンブレムをチップとして使用することを認めます」

メルシ、と呟いた彦根は緑の羅紗《らしゃ》の前に座り、支配人はクルーピエの定位置につく。

胸ポケットからハンカチを取り出し自ら目隠しをする。介添役のクルーピエが支配人に白球を手渡す。ルーレット盤が回り始める。

「シャンス・サンプル、ルージュ・ウ・ノワール？」

　青く輝くキーホルダーを、無造作に緑の羅紗の上に置いて彦根はコールする。

「ルージュ」

「ドクトル・アマギが〈ネージュ・ノワール〉（黒い雪）と呼ばれていたことはご存じですか？」と支配人が尋ねると、彦根はうなずく。

「もちろんです。だからこそルージュに賭けなければ僕の扉は開かない。天意を問うにはそれしかないのです」

　目隠しをした支配人の細い指先がしなる。からからと乾いた音と共に白球は二度、三度、ルーレット盤上を跳ねる。天城の遺志と、後継者の意志がぶつかり合う。

　支配人は目隠しを外した。乾いた音が止《や》んで、ルーレット盤の回転が止まるまで、彦根は目前の啓示を凝視していた。

　ホテルに戻ると、モナコ公家の紋章が捺印《なついん》された一通の手紙が届いていた。

　さすがムッシュは仕事が早い、と彦根は呟く。そして大博打《ばくち》の付き添いをしてくれたコンシェルジュに言う。

「明朝、ここを発《た》ちます。ジュネーヴへのフライトを手配してください」

恭しくうなずいて引き下がろうとしたコンシェルジュは、立ち止まると振り返る。

「先ほどの大勝負で、微塵《みじん》も動揺されなかったのには、感服いたしました」

感情を交えず客と接するコンシェルジュにしては珍しい、剝《む》き出しの賛辞だった。

彦根は苦笑する。

「たまたまそんな風に見えただけですよ。ほら、掌《てのひら》は汗でぐっしょりですから」

彦根は掌を開いて、汗をタオルでぬぐった。コンシェルジュは深々と頭を下げた。

「でしたら、なおのこと敬服いたします」

コンシェルジュが部屋を立ち去ると、彦根はベッドに倒れ込んだ。そしてたちまち前後不覚になった。モンテカルロ最後の夜は、夢も見ない熟睡だった。

翌日の早朝。ヘリでニースに飛び、ニースからジュネーヴへ一時間のフライトに身を任せる。眼下には峻険《しゅんけん》なアルプス山脈が雪を戴《いただ》く様子が見える。

ゆうべ、彦根はアルプスを越えた。

下界を見下ろす彦根の胸中は高揚感で溢《あふ》れている。

17 パトリシア・ギャンブル

スイス・ジュネーヴ　8月8日（土曜）

空港駅からジュネーヴの中心、コルナヴァン駅まで五分。そこから旧市街へ向かう〈トラム〉（市電）に乗り換える。途中、湖に注ぐローヌ河にかかったイル橋を渡る。〈トラム〉の車中から、ジュネーヴの象徴・レマン湖が見えた。

高々と上がる噴水には、百年以上の歴史がある。かつてジュネーヴを訪れた時、噴水のたもとまで歩いた。真下から見上げると根元では白い奔流の噴水は、中頃で蛇腹のように縮まり、頂点で重力から解放され風下に向かって緩やかにほどけていく。まるで乳白色の薄衣を空に掛けているように見えた。意味のない噴水を上げ続ける意志に啓示を読み取るのは、ひとりひとりの心だ。この噴水は哲学的な問いでもある。

彦根は予約したホテルに投宿すると旧市街に向かう。ジュネーヴ大学は旧市街地区の外れにある。十六世紀半ばの創設当時、最も重視されたのは神学だった。だがいち早く世の趨勢《すうせい》を見抜いたジュネーヴ大は十九世紀半ばに宗教と関係を絶ち総合大学への道を歩む。現在は欧州研究大学連盟の一員としてスイスを牽引《けんいん》している。彦根は石造りの階段を登り三階に向かう。大講堂は大勢の学生が聴講できるよう二階席になっている。講堂に入ったとたん、ステンドグラスを透過した黄金のひかりに包まれる。正面、ステンドグラスの殉教者の像のモチーフはサクリファイス（犠牲）だ。

木製の椅子《いす》に座り教壇を見下ろす。スクリーンに黒々としたレントゲン写真が映し出されていた。がっしりした体つきの金髪の男性がレーザーポインターで写真の一部を指し示しながら説明している。

――この骨折は、鈍器による外傷であることが死後画像撮影にて判明した。

ふと男性が顔を上げ、二階席の彦根と目が合った。彦根が片手を上げると、講義中の男性は顔をしかめる。当然答礼はない。彦根は椅子にもたれ、朗々とした声に耳を傾ける。その視線は講義のスライドではなく、ステンドグラスの意匠に注がれていた。

講義が終わると、学生たちは姿を消す。彦根は二階席から一階席に移動し、教壇にもたれ掛かっているクリフ・エドガー・フォン・ヴォルフガング教授に歩み寄る。

「クリフ、相変わらず切れ味鋭い講義だね。だけど、あの陥没の原因を鈍器とするには破砕骨折のベクトルは少々おかしい、と思うんだけど」

ヴォルフガング教授の顔色が変わった。

「お前、このケースの詳細をどこかで聞いたのか？」

「クリフが授業で使った症例について、極東の小国からたまたま今日やってきた僕が知るわけがないだろう？」

「そうだよな。そんなはずないか」とクリフは吐息を漏らす。

「凶器と見られる鈍器は珍しいもので周辺では容疑者以外に所有者はいない。だがひとつ困ったことがあるんだ。容疑者に完璧《かんぺき》なアリバイがあるんだ」

「それなら、さりげなくこんな可能性もあったぞ、というノリで示唆《しさ》すれば警察が喜び勇んでくれるよ。つまり、被害者は殴られたのではなく、何かしら鈍器のような物の上に倒れ込んだ、つまり事故だという可能性だ。ま、ジュネーヴ大で法医学・放射線医学研究室という新ジャンルの教室を立ち上げて主任教授に昇格した、新進気鋭のヴォルフガング教授には言わずもがなのアドバイスだろうけど」

クリフは苦い薬を飲まされたような顔つきになった。

「ヒコネの顔を見た今よりもほんの少し前は、この人生でかつてないくらい絶好調だったんだ。いいか、この構文を過去形にした意味をよく考えろ」

クリフが渋面で言うので、彦根は苦笑する。

「行き詰まった捜査にヒントを提示してあげた恩人を、そう邪険にするなよ、クリフ。それはお前の手柄になって警察への影響力が増すだろ」

「冗談言うな。俺の診断は警察に伝えてある。それと違うことを、どんな顔をして言えばいいんだ？」

「でも真実を伝えないと、無実の市民が冤罪《えんざい》に苦しめられることになるぞ。でも今日は症例の診断について議論しにきたわけじゃない。頼みがあるんだ。今日のお願いはささやかだからクリフ、君はきっと聞いてくれるだろうと信じているよ」

「頼みごとの時だけ殊勝にしているとは、タチが悪いヤツめ」

「クリフ、君は大切なことを忘れている。シオンが君の研究室に留まれているのは、僕のおかげだぜ。シオンは最近、Ａｉセンターの副センター長に就任して多忙でね、ジュネーヴ大の遠隔診断依頼は重荷だとこぼしているのを、僕が宥《なだ》めているんだ」

彦根がチェシャ猫のように目を細めて微笑すると、クリフは吐き捨てるように言う。

「シット。汚いヤツだな。わかった。話くらい聞いてやる。ただしカフェテリアのランチ代はお前持ちだぞ」

「学食で済むならありがたいね」

「今の言葉、忘れるな。ジュネーヴの学食をナメていると痛い目に遭うぞ」

彦根はクリフの脅し文句は気にせずに言う。

「おい、瞬間接着剤はないか？」

「今度は何だよ」

「この人体模型、小指が落ちているぞ。こういうのをほっとくと気持ちが悪いんだ」

クリフは何か言い返そうとしたけれど、黙って抽斗《ひきだし》から瞬間接着剤のチューブを手渡す。彦根は嬉々《きき》として模型を修理した。

カフェテリアの席にセルフサービスのプレートに料理を山盛りにしたクリフと、珈琲をひとつ載せた彦根が向かい合って座っている。大きな窓の向こうには名も知らない赤い花が、大樹の枝を飾り立てている。その花を見遣《みや》りながら、彦根はぼやく。

「学食のランチが五十フランもするなんて反則だよ。日本円で五千円だ」

クリフは魚のムニエルを頬張りながら、ご機嫌な声で言う。

「だから忠告しただろう。約束だからヒコネの話を聞こうか」

彦根は悔しそうに、珈琲をすすりながら言う。

「WHOの事務局を紹介してほしいんだ」

「あちらは国連機関、俺はしがないスイスの一大学の教授だ。接点などない」

「直接の伝手《つて》はなくても、コンタクトを取れる人なら、知り合いがいるだろ」

「残念ながら心当たりはないな」

「意地悪なヤツめ。じゃあ依頼を変えようか。ヒース学長を紹介してほしい」

「まあ、それくらいならできるが……」

「ヒース学長はWHO公衆衛生委員会の特別顧問だから本部はフリーパス、事務局長にも紹介してくれそうだ」

クリフは彦根から目を逸《そ》らしながら言う。

「学長に紹介してやる。その代わり、シオンは異動させるなよ」

「人聞きの悪いことを言うなよな。僕がシオンの意志に口を挟めるはずがないだろ」

しゃあしゃあと言ってのけた彦根を、クリフは唇を嚙《か》んでにらみつける。

ランチを終え居室に戻ったクリフは抽斗から便箋《びんせん》を取り出し、走り書きした。

「これを持って学長室へ行け。学長は気さくな方だから時間があれば必ず会ってくれる。ただし学長室はいつもごった返しているから面会できなくても俺を恨むなよ」

「恩に着るよ、クリフ」

彦根は右手をさしのべたが、クリフは受けなかった。彦根は肩をすくめた。

旧館の廊下を通り抜け公園に出る。芝生が敷き詰められた広場で子どもがサッカーに興じている。ゴールポストは丸めたジャージで、その間をゴロで通すと得点になるらしい。大勢の子どもたちがボールに群がる。戦略のかけらもない原始サッカーだ。公園を抜けるとジュネーヴ大の背後を守る石の壁の前に、宗教改革に邁進《まいしん》した四賢人の巨大な石像が立っている。砂岩でできた赤茶けた像を見て彦根は考える。改革者の石像は矛盾に満ちている。石像にされた途端、体制に組み込まれてしまうからだ。それは改革とは対極にあるベクトルだ。革命の火を消すのはたやすい。彦根が胸に受け継いだ松明の灯は消えることはなかったが、その炎を受け継いでくれる者はまだいない。彦根はため息をつき、新館へ向かった。

　クリフが言った通り、学長室前の廊下には面会待ちの人が行列していた。六名の待ち人の列の両端にブロンズ像が門番のように控えている。彦根が最後尾に並ぶと同時に先頭の一人が部屋に入り、待ち人は五人になった。その客が学長室を出てきたのは五分後だ。計算すると三十分待ちになる。彦根の前に並んだ三人は、洒落《しゃれ》た服を着た学生、スマートフォンをいじる学生、アーミールックのマッチョな学生で、三人とも勉学よりサークルに熱を入れそうなタイプに見えた。所属サークルは女子大との合同テニスサークル、パソコン同好会、レスリング部といったあたりか。

また一人、学長室に入り行列の先頭になったスーツ姿の女性は、胸に青い封筒を抱えた社会人だ。コインをいじり始めた彦根は、前に並ぶお洒落な学生に声を掛けた。

「君はサークル費の増額を陳情するつもりだね」

「なぜわかったんですか？」

「胸ポケットにあるメモに書いてある」

学生は胸ポケットの紙片をズボンのポケットに突っ込んだがもう遅い。

「参考までに、君はどのくらい待っているの？」

「二十分くらいかな。でも今日はラッキーだよ。いつもなら三倍は並んでいるもの」

彦根は黙ってコインを弄《もてあそ》んでいたが、会話を交わした学生に再び声を掛ける。

「ただ順番を待つのも退屈だよね。暇つぶしに僕と賭けをしないか？」

「あいにく、持ち合わせがなくてね」

学生は警戒心を露《あら》わにして、首を振る。

「学生さんから巻き上げようなんて思ってないよ。君は一フランも損しない賭けだ。でもひょっとしたらノーリスクで百フラン儲《もう》けることができるかもしれない」

彦根は百スイスフラン札と一フランの銀貨を見せる。ノーリスクという言葉に、学生は食いついてきた。

「どんな賭けなんだい？」

「硬貨が表か裏か、当たれば百フランは君のもの。外れたら君の順番を僕に譲る」

学生は、ひゅう、と口笛を鳴らす。

「順番を賭けるだけなら大歓迎さ。学生は時間だけはたっぷりあるからね」

「じゃあ肖像の方が表で数字は裏だ。ＯＫ？」

彦根はコインを親指で弾く。空中で回転するコインを、柏手《かしわで》を打つように両掌にはさむと、学生が「表」と言う。彦根が掌を開いて見せると、学生は肩をすくめた。

「残念、豪勢なディナーを食べ損なったか」

彦根の順番が五番目から四番目に繰り上がる。神経質そうな学生が、彦根に言う。

「僕にはそのギャンブルを持ちかけてくれないのかい？」

「ということは君も賭けを受けてくれるのかい？」

「もちろん。百フランは大金だからね。それにシドはギャンブルが弱いんだ」

たった今、負けたシドが肩をすくめる。

「じゃあ、早速始めようか」

「ちょっと待て。エドガー、俺に先にやらせろ。百フランをいただくのは俺様だ」

順番を待つマッチョな若者に、エドガーは首を振る。

「お断りだよ、シュミット。ほら、邪魔が入る前にさっさとコインを投げろよ」

コインを投げ上げる間に裏を選んだエドガーは、開かれた掌の上のコインを見て、彦根に順番を譲った。待ち構えていたシュミットは指をぽきぽきと鳴らし、二の腕の錨《いかり》の入れ墨を撫でた。

「さあ、さっさと百フランを俺さまに献上しな」

「わかった。でも三回続けてコイントスというのでは、ちょっと芸がなさすぎるから、少し趣向を変えてみようか」

「俺は何でも構わないぜ。で、どうする？」

「それじゃあジャンケンといこう」

「グーがチョキに勝ちチョキはパーに、パーはグーに勝つというヤツだな。ＯＫだ」

シュミットは拳《こぶし》で胸を叩《たた》き、二の腕の入れ墨を見せつける。彦根は言う。

「せっかくだから僕は自分が出す手を宣言する。僕はパーを出す」

彦根に敗れたエドガーとシドを始め、列の先頭の女性も成り行きを見守っている。新たに列に並んだ人々も興味津々《しんしん》だ。彦根は続ける。

「ひとつ忠告しておくよ。実は僕は嘘《うそ》つきなんだ」

そう言ってジャンケンのため手を振り上げた彦根を、シュミットは制止する。

「ちょっと待て、そんな情報で俺を攪乱《かくらん》しようだなんてセコいぞ」

「セコくはないさ。要は僕を信頼するかしないかだ」

何も言い返せず黙り込んだシュミットに彦根は声を上げる。

「ジャンケン、ポン」

シュミットはグー、彦根はパーを出す。彦根に順番を譲りながらシュミットはぶつくさ言う。

「パーを出すなんて嘘をついていないじゃないか。この大嘘つきめ」

「出す手がわかったらジャンケンは成立しないから、何か仕掛けるのは当然さ。だから僕は『僕は嘘つきだ』という言葉で君に魔法を掛けた。僕がパー以外を出せば、出す手について嘘をついたことになるけど、自分を嘘つきだと言ったことは本当になる。パーを出せば手は本当だけど、嘘つきでなくなるから、やはり嘘をついたことになる。あのひと言でこの勝負を普通のジャンケンに戻したというわけさ」と彦根は笑う。

「だからって勝てる保証はなかったはずだ」

シュミットが悔しそうに言うと、彦根はうなずく。

「ところがここで出す手を宣言したことが生きてくる。君は僕が何を出すかを教えられてすっかり舞い上がってしまった。そこへ心の準備がないままコールされ、とっさに対応した。そんな場合、人は拳を固めたグーを出しがちだ。君みたいに血気盛んな単細胞マッチョ君は特に、ね」

シュミットは真っ赤な顔でうつむき、エドガーはくすくす笑う。後ろから拍手が聞こえた。振り返ると先頭のスーツ姿の女性が拍手をしていた。

「トレ・ビアン。面白い余興だったわ。ところで私には賭けを提案してくれないの」

「あなたはたぶん賭けは受けません。行列の中で唯一人《ただ》、ビジネスで順番待ちしているようですから。でも賭けなくても、あなたは僕に順番を譲った方がいいんです」

「あら、どうして？」と訊ねた女性は、彦根の理不尽な言葉に却《かえ》って興味を持ったようだ。背後の学生たちも、ふたりのやり取りに好奇の目を向ける。

「僕に順番を譲った方があなたの業務がスムースに運ぶからです。僕の順番を後にしたらあなたはまた呼び戻され業務が遅れる。だから僕を先にした方がいいんです」

「どうしてそんな風に断言できるのかしら？」

「ではそれを賭けましょう。僕を先に入室させてよかったとあなたが思えば僕の勝ち、そう思えなかったらあなたの勝ちで百フランを謹呈します。いかがですか？」

女性は呆《あき》れ顔で首を振りながら言う。

「わけがわからないわ。だってあなたは、私の仕事を知らないでしょう？」

「いえ、人は多くの情報を垂れ流して生きている、行儀の悪い生物ですから」

きっぱりと言い放つ彦根に気をそそられた素振りを見せた女性は、首を振る。

「やっぱりダメよ。これは詐欺《さぎ》だわ。だってあなたは学長の用事を済ましたら私が部屋に入っている間にここを立ち去っちゃえば、それでいいんだもの」

するとマッチョのシュミットが胸を叩いた。

「この俺がそんなズルはさせないよ、お姉さん」

「僕はズルしません。もともとこの百フランは、最初から捨てているんですから」

彦根は心外そうな顔をして言う。女性は考え始める。

「考えるフリをしてもダメです。あなたはもう賭けに乗る気になっていますから」

「そんなことないわ。私は一刻も早く用事を済ませて、社に戻りたいんだから」

「でもそこまで切羽詰まってはいないでしょう。あなたは楽しそうに僕たちのギャンブルを見ていました。本当に時間がないのなら、そんなゆとりはありませんよ」

金髪の女性は唇を噛んだ。どうやら図星のようだ。

「賭けは成立ですね。それではお先に」

言い終えた瞬間扉が開き、前客が退出する。彦根は部屋に入りながら振り向いた。

「僕の用事は短い時間で済みますので、ご準備を」

扉が閉まる。呆然《ぼうぜん》としている女性の肩をぽんと叩き、シュミットが言う。

「心配するな。絶対にヤツを逃がさないから」

二分後。宣言通り短時間で用件を終え、学長室から出てきた彦根は、女性に言った。

「ではどうぞ。賽《さい》は投げられました」

女性が学長室に姿を消すと、壁にもたれ爪《つめ》を弾いている彦根を、シュミットがじろじろ監視し時折、威嚇《いかく》するように二の腕の錨の入れ墨を撫でる。十分が経過し、扉が開く。ブロンドの女性が顔を出し彦根を手招きする。学生たちにウインクをして部屋に入った彦根は二分後、女性と連れ立って部屋を出てきた。

待ち構えていた学生たちに彼女は言った。

「協力してくれてありがとう。でも、賭けはこの人の勝ちだったわ」

彦根は女性の後に従う。残された学生たちは呆然と二人の後ろ姿を見送った。

市街を縦横無尽に走り回る〈トラム〉を避けながら走る車中で、助手席の彦根は、窓を全開にして外気を胸一杯に吸い込む。道路の両脇《わき》には石造りの建造物がびっしり並んでいるが、コルナヴァン駅を通り過ぎたあたりから一気に緑が多くなる。

「この辺は旧市街とは別の顔だね。ジュネーヴにはふたつの顔があるようだ」

「それは後で説明してあげる。それより、私はヒコネに聞きたいことがあるのよ」

「なんなりと。タクシー代わりのパトリシアの質問には答える義務があるからね」

パトリシアと名乗った金髪の女性はハンドルを切り、小高い丘へ向かう。

「どうして私がWHOの職員だとわかったの？」

「手にWHOの青い封筒を持っていたからさ」

なあんだ、という顔になった彼女は質問を続けた。

「でも学長が私に、ヒコネを本部に案内するように言うとは限らないでしょう？」

「WHO代表として学長室に来ているなら、学長と信頼関係がある人だと思ったんだ。近場の施設からわざわざ足を運ぶなら、電話やメールで済まない相談事だろうし、もしそうなら多少の裁量権を持った人でないとムダ足になってしまうからね」

「ギャンブルしながら、そんなところまで見ていたの？　抜け目のない人ね」

「ギャンブラーなら、この程度は普通だよ」

黙り込んだパトリシアは、再び口を開く。

「次は素朴な質問。ヒコネがコイントスに勝てたのは何故《なぜ》？」

「無欲の勝利さ。君がＷＨＯの職員だと気づいたから、案内してもらおうと思った。バカ騒ぎすれば話しかけるきっかけになるし、ついでに順番が早まれば一石二鳥だ」

「コイントスで二回連続勝ったのは偶然だと言うの？　バカにしないで。そんな子供騙《だま》しでは納得しないわ」

「鋭いね。ＯＫ、からくりを白状するよ」と言って彦根は銀貨を取り出し、手渡す。

パトリシアはしばらく眺めていたが、コインの表面を撫でて驚いた声を出す。

「何なのよ、このコイン。一体どうなってるの？」

彦根はポケットから一本のチューブを取り出す。クリフからくすねた瞬間接着剤だ。

「ギャンブルの前に、コインの裏にコイツをまばらに塗った。コインを手で受ければ感触で、どっちが表かわかる。そして連中のコールと反対の面を上にして掌を開けば一丁上がり、という寸法さ」

パトリシアは意志の強さを思わせる細い眉《まゆ》を上げた。

「それじゃあイカサマじゃない」

「そうなんだけど彼らには実害はないから、ギャンブルの神様も、このズルは見逃してくれるんじゃないかな」

確かに彼らの被害と言えば、順番をひとつ抜かされただけだ。百フランをもらえる夢を見たと思えば、安いものかもしれない。

「その件はわかった。次は真面目《まじめ》な質問。なぜあなたはモナコ公家の紹介状を持ってきたの？　ＷＨＯは王族の紹介があるからって対応は変わらないのに」

「仲介者として抜群だと思ったんだ。現にヒース学長はいちころだっただろう？」

「似た質問だけど、どうやってモナコ公家からの紹介状を手に入れたの？」

彦根はうっすらと笑う。

「その質問はひと言では答えられない。あえて言えば、過去の因縁をたぐり寄せたら、一通の紹介状にたどり着いた、といったところかな」

「何を言っているのか、さっぱりわからないんだけど」

彦根はパトリシアの抗議を無視して言う。

「それより驚いたのは、パトリシアがヒース学長の愛弟子《まなでし》だったことさ。これはさすがに予想外だったよ」

「私はヒース学長の口利《き》きでWHOの職員になったからWHOも私を学長とのホットラインに使うの。ヒコネはあのギャンブルで学長とWHO事務局長の秘書官という二つのコネクションを一度で持てた、というわけ。強運な人ね」

彦根は頬を上気させて言う。

「素晴らしい。君はたぶん、僕が探し求めていたファム・ファタルだね」

たぶん、か、とパトリシアは呟《つぶや》く。赤信号で停車すると、彦根と向き合う。

「ここで一時停止するのも運命ね。あなたは今、国際社会の機構がクロスする交差点にいる。右手の建物がUN、国連の欧州本部で、WHOの年一回の総会も開催される。そして左手の小高い丘に向き合って建つ、お城のような建物がICRC（赤十字国際委員会）。そしてあの建物がWHO本部よ。あと三分で到着するわ」

前方の小高い丘にある建物を指さしたパトリシアは、信号が青になると同時に、アクセルを踏み込んだ。

18　WHO・イン・ジュネーヴ

スイス・ジュネーヴ　8月8日（土曜）

彦根を正面玄関前で降ろしたパトリシアが車を駐車場に回している間、彦根は玄関前の小さな庭を散策する。小道の両脇の並木に花が咲き乱れ、昨日の雨で散った花びらが桃色の絨毯《じゅうたん》を敷き詰めている。駐車場から戻ってきたパトリシアは足を止める。

「八重桜が満開ね。ふだんの年は五月中旬頃が盛りなんだけど、今年は春先の天候不順がひどくて、とんでもない狂い咲きをしているの」

彦根は咲き誇る桜から道端に視線を落とす。

「このジュネーヴで、季節外れの満開の桜に遭遇したのは、たぶん吉兆だろう。でも、その道に花びらが散っているのは、僕の道行きを暗示しているのかもしれないな」

彦根の日本語の呟きをパトリシアは理解できなかった。

ガラス張りのWHO本部を見て、彦根は故郷の桜宮市役所を思い出す。四角四面の建物は一切の抒情《じょじょう》を排し、徹底的に機能を優先している。彦根はそこに役人的な合理主義を感じ取った。万国旗がはためく正面玄関のガラスの壁を前に立ち止まる。そこには世界地図の周囲にオリーブの葉をあしらった国連旗の中央に、医学を象徴するアスクレピオスの杖《つえ》が描かれた徽章《きしょう》があった。

「世界保健機関のロゴは英語、仏語、露語、中国語、スペイン語、アラビア語の六カ国語だね。なぜ日本語がないのかな。米国の次に多く分担金を負担しているのに」

「第二次大戦の敗戦国だからよ。国際連合では今も旧敵国条項が生きていて、日本が周辺諸国を攻撃したら安保理の採択なしに攻撃できるというルールがある。一九九五年の国連総会で削除が決議されたのに、まだ削除されていない。でも同じ枢軸《すうじく》国の独語もイタリア語もないんだから、そんなにボヤかないで」

「それが巨額の分担金を出している日本への、国際機関ＷＨＯの仕打ちなんだね」

「それは日本が外交で克服すべき問題よ。ここに出向している役人の仕事ね」

「でも、彼らにそれを要求するのは酷だね。医療行政の問題の細目に対応するだけで膨大な仕事量だし、そうした枠組みを変更する権限も与えられていないんだから」

彦根はロビーの天井から下がっている万国旗の中に、ようやく日の丸を見つけて、ため息をついた。

エレベーターに乗り込むと彦根は言う。

「今回の訪問は、感染症対策室のノイマン部長との面会が主目的だけど、できれば事務局長にもお目にかかりたいね。パトリシアはおつかいの報告をするんだろうから、その時にセイ・ハロウをしたいんだけど」

図々《ずらずら》しい人、と呟いて考え込むが、やがて顔を上げる。

「まあ、それくらいは大丈夫ね。事務局長が戻るまで、何をしたい？」

「WHOのオリエンテーションをしてほしいな」

「いいわ。でもまずはジュネーヴの市内案内からね」

エレベーターから降りた二人は屋上に出ると、ジュネーヴの市街の俯瞰《ふかん》図を眺めた。

「レマン湖より向こうは金融や行政の旧市街。こちら側はUN、つまり国連関連の諸施設が集まる国際都市。地政学的にジュネーヴはフランス領に突き出した飛び地よ。国際都市としての旗を掲げるこの街はドメスティックな性格を失ない、ジュネーヴはスイスではないなんて陰口を叩かれたりもする。飛び地みたいな不安定な場所に虚構の国際組織集落を構築した、というわけね」

「それが地政学的なWHOのポジションか。ところで歴史学的にはどんな存在かな」

「それには紆余曲折《うよきょくせつ》があるわ。欧州でコレラが流行した一八五一年に十二カ国が集まりパリで第一回国際衛生会議を開催し、第一次大戦終結直後の一九二三年には国際連盟が、前身の国際連盟保健機関（ＬＮＨＯ）を創設した。第二次大戦後にジュネーヴで開催された第一回世界保健総会がＷＨＯの始まりね」

「二度の世界大戦の都度変貌《へんぼう》した、感染症対策のために設立された組織なんだね」

「そうだけど憲章が必要だということは、ＷＨＯがいろいろ内包している証拠よ」

「憲章を予習してきたから採点してもらおうかな。人は健康であるべしと謳《うた》い、各国医療サービスの水準向上支援、住宅、衛生、労働環境改善、科学研究団体の相互協力促進、保健に関する国際協定を提案すること、健康問題の研究奨励、食物や薬品の世界基準の作成や健康教育の向上、とまあこんな感じかな」

「すごいわ、満点よ。カンニングしているみたい」

「丸暗記はカンニングではないよ。でも医療全般を網羅し多岐に亘《わた》るからＷＨＯ単体では実施困難だろう」と彦根は苦笑しながら指摘するとパトリシアは反論する。

「ＷＨＯ単体で遂行が不可能なくらい、カバーする領域が多岐に亘るから、こうして種々の国際機関と協調を図り、ここから一望できるＵＮ（国連）欧州本部、ＩＬＯ（国際労働機関）、ＩＣＲＣ（赤十字国際委員会）などの組織と連携しているの」

　パトリシアが指差す施設を目で追った彦根は、一つの施設に視線を止めた。

「あそこに赤い月の旗が見えるけど、あれは何だい？」

「国際赤十字がイスラムに配慮し赤新月の旗を掲げているの。十字をシンボルにすると中東では業務に支障が出るのよ。まあ、信念なき妥協の産物ね」

「日本で赤新月の旗を掲げたらどうなるかな」と彦根が呟くとパトリシアは抗議する。

「ヒコネは時々日本語でひとり言を言うけど、気になるからやめて」

「ごめんごめん。日本語で呟くのは生臭いことを考えているときで、パトリシアに話すと申し訳ないことだからさ」

「申し訳ないかどうかはこっちで判断するわよ。そっちで勝手に決めないで」

　彦根は苦笑して、日本語で呟いた。

「そういえばスイス女は気が強いから嫁にすると大変だ、という海外ジョークをどこかで聞いたな」

「ほら、また日本語で言う。今言ったばかりなのに」

　パトリシアが彦根をにらむ。今のはパトリシアに理解されては困るからわざと日本語で言ったわけだから、その抗議は問題の核心を衝《つ》いていた。

「もう日本語では呟かないよ。でもよくわからないな。ＷＨＯって何者だい？」

「そうやって正面切って聞かれると困るわ。国連が掲げる世界平和という大目標のうち、人々の健康問題を担当する、世界政府における保健省というあたりかしら。日本で言えば厚生労働省に相当しそうね」

「果たして日本の厚生労働省に医療を担当しているという意識があるかな。以前、医療庁を作るべきだと具申した時は、なしのつぶてだったからね」

「あら、ここに出向してきている日本の厚生労働省の役人は真面目で一生懸命よ」

「優秀で勤勉だけど、方向付けができないから一生懸命やればやるほどおかしなことになってしまうんだ」

「それは日本の問題ね。私がヒコネにやってあげられるのはWHOに関する情報を提供することだけよ」とパトリシアに言われた彦根は頭を掻《か》いて謝罪する。

「ごめん。つい日本の問題を絡《から》めてしまうのは僕の悪いクセだね。つまり品行方正な目標を掲げた国際社会の優等生がWHOだという理解でいいのかな」

「概《おおむ》ねその通りね。外形的には七階建てビルの最上階にエグゼクティブのブースと事務局長室がある。私は最上階の番人よ。二階から六階には研究者の個人ブースが廊下の両側に二十ずつ並ぶ。いわばアカデミックな長屋ね」

「WHOの輪郭が見えない。伝説の怪物、鵺《ぬえ》みたいだ」

「ヌエ、ホワット（鵺って何なの）？」

「頭がサル、身体《からだ》がタヌキ、手足がトラでしっぽがヘビという、想像上の怪物に人々は怯《おび》えていた。でもある日勇者に退治されてしまうんだ」

「失礼ね。ＷＨＯはヌエなんかじゃないわ。どちらかと言えば黒子に徹するお役所に近くて、分野を代表する医師や各国の衛生を担当する役人が、議論調整と予算執行に明け暮れているという感じね」

「それじゃあいろいろな生物が同居する洞穴かな」

パトリシアは人差し指を突き出して、天を指す。

「その譬《たと》えもちょっと違うわ。ＷＨＯの目的は病気で不幸になる人間を減らすこと。直接顔を合わせて議論するよりメールのやりとりの方が多いわ。つまりどこにでも出現可能な仮想空間における意思遂行機関で、空間を飛び交う電子メールが本体ね」

「でも現実はもっと生臭いんだろ。巨額の資金が絡む予算執行もあるわけだし」

彦根のシニカルな口調に、パトリシアは取り合わない。

「確かに生臭い面はあるわ。課題をクリアしている国の代表は具体的な項目に言及するし、問題を抱える国は抽象的な表現に抑えようとネゴが繰り返される。プロバブルかポッシブルか、ネセサリーか、単語ひとつで大論争になり一言一句の決定に労力が費やされる。加盟百九十余の国家と地域すべてが参加する世界保健総会が毎年五月に開催され予算配分が決定され、主に発展途上国に専門家を派遣したり現地の医療担当者の研修や支援に努めたり、医療情報や医薬品を提供したりしてるわ」

「そんな多彩な案件が年一回の会議で決まるなんて、アメイジングで嘘臭いな」

「総会だけでは当然ムリだから、執行理事国の専門家による執行理事会を一月と五月の年二回開催してるわ。一月の執行理事会で詰めて五月の総会で決議するという流れね。ゴールを百とすると一回の総会では一か二しか進まない。どんな課題も目鼻がつくのに最低五年、最終的に決着がつくのに早くて十年はかかるわね」

「気の長い話だが、つまりWHOは総会と執行理事会の二本柱というわけか」

「あと、重要なのが事務局よ。事務局長は五年任期で、日本人の局長もいたの。ナカジマは一九八八年から九八年の二期、十年を務めていたわ。知ってた？」

「いや、知らなかったな」

「ナカジマ事務局長は英語に堪能《たんのう》でなく、WHOを停滞させたという批判もあるけど、WHOの研究者として叩き上げから頂点をきわめた人がコミュニケーション能力に難があったなんてあり得ないわ。悪評が捏造《ねつぞう》された部分もある。生臭い一例ね」

「一九八八年から九八年というと、僕が外科医になった頃だな」

彦根はうっかり日本語で呟いたがパトリシアはとがめ立てせず、腕時計を見た。

「大変、そろそろ事務局長が戻る時間だわ。報告に行くわよ」

最上階の七階にある事務局長室の前の壁には巨大な抽象画が飾られている。彦根は日本人形を懐《なつ》かしく眺める。アポはないから挨拶《あいさつ》だけよ、と言い残しパトリシアは事務局長室に姿を消した。やがて顔を出し手招きした。

部屋に入ると、笑みを浮かべた女性が立っていた。

「パトリシアの友人だそうね。事務局長のセシルです」

「僕は友人でいいのかな？　必要なら訂正するよ」

彦根がパトリシアに小声でそう尋ねると、パトリシアは小声で言い返す。

「心配は無用よ。私にはボーイフレンドが星の数ほどいるんだから」

彦根は肩をすくめ、セシル事務局長に右手を差し出す。

「お目に掛かれて光栄です。せっかくですのでひとつ提案を。ＷＨＯは分担金拠出ナンバー２の日本の地位向上をご検討いただけるとありがたいですね」

セシル事務局長は非難の色を浮かべパトリシアをちらりと見るが、穏やかな笑みを湛《たた》えてきっぱり言う。

「日本の負担はありがたく思いますが、日本にもメリットは還元しています。種々の疾病《しっぺい》のガイドライン作成などは、すべての国に役立ちますから」

「でも、WHO年間総予算五億ドルのうち米国に次いで二割近く負担している日本への還元率は低すぎるように思います。たとえばエイズ予防の予算は日本には割り当てられません。医療資源の南北格差を解消するWHOの働きを非難しているのではなく、せめて日本をもっとリスペクトしてほしいとお願いしたいだけなのです」

「そういう要望は、WHOに出向している日本の代表が提起すべきね」

セシル事務局長の言葉に、彦根は首を振る。

「彼らは役人なのでシステム改革を提案する権限も気概も持っていません。しかしそれにしても、見事なくらい、人の言葉に耳を傾けませんね。スイス女は嫁にするには気が強すぎるという警句は本当ですね」

「ドクター・ヒコネ、面会は終わりです」

即座にパトリシアが彦根を遮るように言う。彦根は澄まし顔で一礼する。部屋を出て行こうとした彦根の背中に、セシル事務局長の声が響いた。

「最後の批判は撤回を要求するわ。私はオランダ人よ」

階段を下りながらパトリシアはものすごい剣幕で彦根をなじる。

「ガッデム。約束が違うわ。セイ・ハロウだけだと言ったでしょ」

「約束は守ったよ。あれが彦根流のセイ・ハロウさ」

彦根が階段の上からパトリシアを見下ろす。パトリシアは呆れ顔で彦根を見上げた。

「わかったわ。それがあなたのスタイルなら事務局長の件は見逃してあげる。でももうひとつの侮辱は断じて許せないわ。ヒコネ、私は生粋のスイス人なのよ」

パトリシアが睨《にら》むと、彦根は深々と頭を下げた。

パトリシアの差配で感染症対策室部長のノイマンにはすぐに会えた。無愛想な男で何を言ってもウイかノンしか言わない。だがパトリシアが席を外した間も、彦根は雑談を交えながら熱心に質問を続けた。

「WHO訪問記念に、一緒に写真を撮りたいんですが」と最後に彦根が言った。

すると、ノイマンはウイと答えてから、ウイとノン以外の言葉を初めて発した。

「ジャポンからのお客は、必ずそう言います」

彦根はスマートフォンを取り出し、戻ってきたパトリシアに手渡すと、ノイマンと並んでカメラに収まった。彦根はノイマンと握手をして、部屋を出た。

パトリシアが急ぎ足で追いつくと、彦根に尋ねる。

「あんなものでよかったの？　モナコ公家の紹介状まで用意しておきながらアポのない事務局長と面会して怒らせたり、感染症対策部長とは記念撮影だけで満足したり。ヒコネがジュネーヴにきた本当の目的って何だったのよ」

「ノイマン部長と一緒に写真に写ることがWHO訪問の目的さ。彼にたどり着くには二、三日はかかると踏んでいたんだけど、パトリシアのおかげで半日で済んだ。御礼に今夜、ディナーにご招待したいんだけど、予定は空いているかな？」

「洒落た口説き方をすれば落ちると思ったら大間違いよ。私はパートナーには最悪のスイス女なんですからね」と、パトリシアは挑発的な視線で彦根を見た。

「ということは断られたわけか。残念だな」

パトリシアは彦根の腕を取る。

「意地悪な人。OKに決まってるでしょ。おいしいスイス料理の店を紹介するわ。ただしお値段は少々張るわよ。アルコール抜きで一人百フランはするんだから」

彦根は微笑する。

「さすがパトリシア、最後に百フランをせしめたのは君だったわけだ。でもご心配なく。その程度の散財なら、ジュネーヴ大の学食で経験済みさ」

パトリシアが案内してくれたのは郊外のスイス料理の店だった。こぢんまりとした地味な外観に反し、中は地元の人でごった返していた。パトリシアが誇らしげに言う。

「この店はカジュアルだけど四百年の歴史があるのよ」

「そりゃすごい。日本だと徳川幕府が創設された頃か。全然古びた感じがしないね」

「とにかく料理を食べてみて。歴史よりも評価はずっと高いわよ」

陽気なウエイターが革張りのメニューを持ってきた。チーズ・フォンデュをオーダーしたパトリシアは、それがスイスの代表料理と思われるのは不本意だと言う。チーズのブレンドと素材の新鮮さが勝負のフォンデュより奥深いスイス料理はたくさんあると言う。でもスイスで一品といえばフォンデュは外せないの、と嘆くパトリシアは、ワインが入るとＷＨＯの内幕について饒舌《じょうぜつ》に話し始める。耳を傾けた彦根がいきなり
「ＷＨＯの検疫《けんえき》体制には異論がある」と言うと、彼女は酔いが覚めたような顔になる。

「感染予防でＷＨＯが実績を上げているのは知っているんでしょう？　一九八〇年にＷＨＯが天然痘の根絶宣言を出したのは人類史上の快挙よ。年間四百万人を死亡させ

ていた天然痘を、一九五八年に可決した根絶計画の宣言通り、二十年後の一九七七年にソマリアで発生した患者を最後に撲滅したのは間違いなくＷＨＯの功績よ」

「天然痘撲滅が達成できたのはＷＨＯの目標設定が正しかったからだ。でも今の検疫体制は承服しかねる」

フォンデュのチーズに野菜を浸しながら、パトリシアは「なぜ？」と尋ねた。

「そもそも検疫とは悪疫が流行している地域から到着した船を一定期間留め置いたのが起源だ。寄港を阻止された船員は船中で食料を食い尽くし飢え死にする。つまり悪疫に罹《かか》った人間を病原菌と共に全滅させるという野蛮な医療防衛戦だ。陸伝いの旅人や船客には有効だけど、移動の主流が飛行機になった現代では無意味だ。やるなら旅行客全員を検疫所に留め置かなければならないが、そんなことは不可能だからね」

パトリシアは目の前のフォンデュにラム肉を沈めた。

「つまりかつて防疫で花形だった検疫という水際《みずぎわ》作戦は、今では徒花《あだばな》だと言いたいのね。確かにその通りだけど」

フォークの先に刺した肉片を凝視しているパトリシアの横顔に、彦根は尋ねる。

「ならばなぜこの春、日本がキャメル騒動になった時、ＷＨＯはパンデミックの恐れがあると勧告しながら、検疫は無益だという情報を伝えなかったんだ？」

パトリシアはチーズの海から肉片を引き上げる。

「WHOは内政干渉しない。水際作戦は推奨しないし、検疫の強化も指導しないの」

「でも厚労省の判断を支持するような声明を出したよね」

「それは日本政府から要請されたからよ。検疫は今の時代には合わないけど、そんな対応をとってくれる国家の出現は感染症の危険性をアピールできる絶好の機会だからWHOにとってもプラスだったの。感染症で恐ろしいのは国際社会の無関心よ。人々の無関心を渡り歩き蔓延《まんえん》する。現代では一度パンデミックになってしまったら、人の力では収めることはできなくなってしまったのよ」

無上の幸福のような顔でラム肉を頬張るパトリシアを彦根は見た。

「でも、市民が右往左往させられるのを傍観するだけなんて、世界に冠たるWHOとしてはいかがなものかな」と彦根が抗議すると、パトリシアは口をナプキンでぬぐう。

「意地悪な言い方をするのね。感染症対策はミクロではなくマクロの視点から考えるのが基本よ。どんなに悲しい死でも統計学上では一例にしかカウントされないわ」

「パトリシアとそっくりの考え方をする友人が日本にもいるよ。その人が提唱した、レッセフェール・スタイルは、パトリシアの冷たさとよく似ている」

パトリシアは一瞬、むっとした表情を浮かべた。だが、すぐその表情を吹き消した。

「今度その人を紹介して。ヒコネの言う通り、それは私の弱点。学長にも指摘された。冷酷な数字と論理に血を通わせるのが研究者の責務だというのが学長の口癖なの」

「僕もヒース学長に教えを乞《こ》いたくなったよ。実はもうひとつお願いがあるんだ」と彦根は語調を変えた。

「これだけお願いをしておいて、まだ頼み事が残っていたなんて驚きだわ」

パトリシアの嫌味に取り合わず、彦根は言う。

「情報が欲しい。君ならアクセスできるはずだ」

「業務上の禁止事項でなければ教えてあげる。フォンデュもごちそうになったし」

「情報を漏らしても誰にも被害はない。それどころか日本が救われるかもしれない。たった数行の情報さ」

「たった一行でも、非合法ならムリ。スイス女は融通が利かないんだから」

「パトリシアなら、そう答えると思った。仕方がない。残念だけど諦《あきら》めるよ」

パトリシアは拍子抜けした顔で彦根を見る。彦根があっさり撤退したことで却って興味を引かれたようだ。

「話くらいなら、聞いてあげてもいいわよ」

彦根は顔を上げると微笑した。

「毎秋WHOはインフルエンザの感染予測を立て、抗原タイプを日本の感染症研究所に送ってくれるだろう？　そのリストを事前に僕にメールしてほしいんだ」

パトリシアは上を向いて考え込む。やがて言う。

「いずれはオープンされる情報だから機密性はないし情報漏洩にもならないけど、日本では感染症研究所と提携しているから契約違反にはなるかもしれないわ。どうしてヒコネはそんな情報を知りたいの？」

彦根はチェシャ猫のように目を細めた。

「日本を守るため、だ。まったくの杞憂に終わるかもしれないけど、ね」

パトリシアは目をつむる。やがて目を開くと言った。

「やっぱりダメよ。感染予防の施設関係者でなければ情報提供はできないわ」

「その点は心配ない。僕は今、ある施設の職員なんだ」

差し出された彦根の名刺をパトリシアはしげしげと眺めた。

「ナニワ・ワクチンセンターは日本を代表する感染症研究組織だし総長のウガジンにはWHOの研修も引き受けてもらっている。あなたが彼の部下ならノープロブレムよ。でもそんな肩書きがあるなら、こんな回りくどいことをしなくてもウガジンに紹介してもらえば済んだのに」と言うパトリシアの言葉に、彦根は苦笑する。

「ウガジンはいいボスだけど、僕と確執があってお願いしにくかったんだ。でもパトリシアのおかげで事務局長にもお目にかかれたし、ノイマンを懐柔する手間も省けたし、必要なデータも手に入れられそうだ。でもパトリシアも人が悪いよ。ノイマンは君の部下だから、君だって対応できたはずなのに」

パトリシアは目を見開いて尋ねる。

「ちょっと待って。なぜ私がノイマンの上司とわかったの？　ヒコネには事務局長秘書としか名乗らなかったのに」

「君が席を外した時にノイマンに、今の女性は相当偉い人みたいだね、とカマを掛けたら、マイボスの局長だと白状した挙げ句、経歴まで全部教えてくれたよ」

唇を嚙む。パトリシアの中に生まれた彦根に対する好奇心がみるみる萎《しぼ》んでいく。こんな危険人物にはたちまち丸裸にされ、自分が空疎《くうそ》な女だと見抜かれてしまう。

プライドの高いパトリシアにとって、それは許し難いことだった。

パトリシアは、赤ワインのグラスを一気に飲み干し、少し酔ったかしら、と小さく呟いた。

19 赤い十字架、赤い月

スイス・ジュネーヴ　8月9日（日曜）

ディナーは終わりが近づき、赤ワインに頰を染めたパトリシアが言う。

「ヒコネ、そろそろお開きにしましょう。タクシーを呼んでもらいなさい。私は彼に迎えにきてもらうから」

パトリシアは艶然《えんぜん》と微笑《ほほえ》み、彦根の顔をのぞき込む。彦根はあっさり答える。

「了解。今夜は美味《おい》しい店を教えてくれてありがとう」

「ボーイフレンドの迎えなんか断って、今夜は一緒に過ごそう、とか誘わないのね」

とパトリシアは微笑して言う。

「僕は勝てるギャンブルしかしないんだ」と彦根は笑う。

「ヒコネは紳士だけど臆病《おくびょう》者ね。大事なことを教えてあげる。スイス女は一夜を共にした男しか信用しないのよ。でもせっかくディナーをご一緒した仲だから、ヒコネのお願いをもうひとつ叶《かな》えてあげる。さっきヒコネは、ヒース学長に教えを乞いたいと言ったわね。実は今日の昼、ヒース学長からヒコネへの伝言を預かったの。私は学長の弟子でもあると同時に彼のメッセンジャーでもあるの」

「ヒース学長が僕にメッセージを？　光栄すぎて言葉が出ないよ。学長はあの短い間に、僕の本当の望みを読み取ったのかな」と彦根は目を輝かせて言う。

「クレバーだからその可能性はあるわね。学長との会見であなたが何を言ったかは知らないけど、学長は言った。ヒコネが目指すべき地はベネチアだ。歴史の中に答えがある。〈エレミータ・ゴンドリエーレ〉に会え。これがヒコネへのメッセージよ」

「ありがとう、パトリシア。君の言葉は僕にとっては天からの贈り物だ。まさかジュネーヴに到着したその日に目的を果たせた上にアドバイスまで頂戴《ちょうだい》できるなんて夢にも思わなかった。君は、幸運の女神みたいな女性だね」

「ヒコネって本当に残念な人ね。『たぶんファム・ファタルだ』というのも『幸運の女神みたいな女性だ』という今の言葉もそう。いつもほんの少し余計なことを口にしてしまう。幸運の女神みたいな女性だなんて最低。本物の男性は『君は幸運の女神だ』と断言するわ。それが女性に対する礼儀というものよ」

「正確に表現しようとすることは過剰な自己防衛に似て、ものごとを台無しにしてしまうんだね。今の貴重な講義の授業料はおいくらか、ちょっと聞いてくる」

彦根はグラスを空けて立ち上がり、受付に姿を消す。その後ろ姿を見つめたパトリシアは、バッグから携帯を取り出し、番号をプッシュし始めた。

会計を済ませて戻った彦根は、パトリシアに言う。

「タクシーは時間が掛かりそうだから、とりあえずデザートにしよう」

パトリシアは彦根を見つめていたが、「ヒコネは本当に紳士ね」と言う。

「いや、臆病なだけさ」

店内から客が姿を消し始めた頃、背の高い男性が現れた。燃えるような赤毛は軽くウェイヴしている。身なりはカジュアルだが上品だ。ひときわ目立つ男性は閉店間近の店内を見回していたが、パトリシアの姿を認めると歩み寄り、抱擁を交わす。

「紹介するわ。私のボーイフレンド、アレキサンダーよ。アレキサンダー、こちらが今夜のデートの相手、日本からWHO見学にやってきたドクター・ヒコネよ」

男性は彦根に右手を差し伸べる。

「初めまして。以前から彼女のボーイフレンド候補に名乗りを上げていたんだけど、なかなか昇格できなくてね。今夜は仕事を放り出して参上したんだ。ひょっとして君もライバルかい？」

彦根は差し出された手を握り返す。

「宣戦布告をする前に機先を制され、闘わずして轟沈《ごうちん》したチキンですよ」

「ウイットに富んだ人だね。僕が知る日本人はもっとモデスト（控え目）だ」

アレキサンダーは大笑いする。パトリシアが口を挟む。

「初対面の、しかも恋敵かもしれない相手に喋《しゃべ》りすぎよ。そういうところが、ボーイフレンドへの昇格を遅らせていたことに気づいてほしいわね」

そして彦根に向き直ると言う。

「似たもの同士のあなたたちは明日、デートすべきだわ」

ご下命とあらば喜んで、とアレキサンダーは答えた。

「では明日は極東の親善大使のアテンドをお願い。あなたの本来業務だし」

「明日はたまたま、空いている。彼はラッキーガイだね。自己紹介しよう。赤十字国際委員会本部、渉外セクションディレクターのアレキサンダー・ド・ベルンです」

アレキサンダーが名刺を手渡すと、彦根はパトリシアを見た。

「パトリシア、君は僕の幸運の女神だ」

「ヒコネは飲み込みが早いわね。それでいいのよ。そう言えばタクシーが遅いけど、たぶん忘れられているわね。アレキサンダー、私を送る前にヒコネのホテルに寄ってもらえるかしら」

「おやすい御用さ。姫をお送りする前にドクターをホテルに送り、明日は出勤前にお迎えにあがります。ホテルはどちらですか」とアレキサンダーはにこやかに言う。

彦根は滞在中のホテルの名を告げた。


翌朝。ホテルの食堂で朝食をとっているとアレキサンダーが入ってきた。係と顔なじみらしく、席に座ると何も言わないのに珈琲《コーヒー》が運ばれてくる。

「ゆうべは送ってくれて、ありがとうございました」

「こちらこそ礼を言うよ。君のおかげで難攻不落のパトリシアに近づけたんだから」

アレキサンダーはウインクする。

彦根はボイルドエッグを見つめる。このゆでタマゴは固ゆでか、それとも半熟だろうか。悩んでいた。タマゴをお湯に入れ、自分の好きなゆで加減にできるのだが、うっかり湯に入っていたタマゴを取ってしまったのでゆで具合がわからない。殻の内側は液体か固体か。はたまた半液体か。それは殻を割らなければわからない。

ふと、今頃は加賀の街でニワトリの世話をしているはずの大学院生の横顔が浮かぶ。

そういえば顔の輪郭と細い眉がどことなくパトリシアに似ている気がする。

「何をぼんやり考えているんだ?」とアレキサンダーに言われ、放心していた自分に気づいて苦笑した彦根は、タマゴの殻を割った。中はハードボイルドだった。

二十分後。彦根はアレキサンダーの車の助手席に乗っていた。彼は饒舌だった。

「国際赤十字は一八五九年、イタリア統一戦争の惨禍を目《ま》のあたりにしたスイス人実業家アンリ・デュナンが提唱した。一八六三年に創設された国際負傷軍人救護常置委員会が赤十字国際委員会の大本だ。創設者のデュナンは第一回ノーベル平和賞を受賞した。国際赤十字・赤新月社連盟は一九一九年、各国の赤十字社をまとめる国際組織として第一次大戦後のパリに設立されたが、第二次大戦勃発《ぼっぱつ》で本部はジュネーヴへ移された。スイスは永世中立国だし提唱者の母国でもあるからぴったりさ」

「なるほど。まとまりそうでまとめきれない無節操な性質が、国際赤十字を生き長らえさせてきたんだね」

彦根の棘《とげ》のある表現に、アレキサンダーはむっとした。

「国際赤十字ほどその精神を頑強に守り通した組織は他にないよ。各国に支部があり人道、公平、中立、独立、奉仕、単一、世界性という七原則を一貫して掲げている。国際委員会の活動は紛争地における人道支援、つまり食料確保と医療提供だ。大規模災害にも対応している。変節漢というより硬骨漢と言ってほしいもんだね」

「無節操というのは褒め言葉だよ。僕自身、〈スカラムーシュ〉というあだ名で呼ばれる変節漢なんだ」

「君のイメージにぴったりだね。突然、代役で舞台に上げられても、十年前からその役を演じていたみたいに堂々としていそうだし」

「僕が無節操と言ったのは、フラッグの件さ」

アレキサンダーはブレーキを踏む。昨日パトリシアもここで停止し、右手のUN欧州本部、左手の小高い丘に赤十字国際委員会の施設を示した交差点だ。

「旗は目標達成のための方便さ。その件についてはじっくり説明するよ」

助手席の彦根を凝視したアレキサンダーは、前に停まっていた車に向かって、プァ、とクラクションを鳴らした。信号はとっくに青に変わっていた。

受付で入館証と引き替えにパスポートを預けるよう要求された彦根は、海外でパスポートは他人に預けてはいけないというのが祖父の遺言だ、と駄々をこねた。

イヤなら施設見学は諦めるしかない、とアレキサンダーに突き放され、彦根は渋々パスポートを預け、引き替えにもらった入館証を首からぶらさげる。

「それじゃあ僕のブースに行こう。国際赤十字について説明するよ」

部屋に入ると、アレキサンダーが珈琲を淹《い》れた。インスタントもバカにできないんだぜ、と言い訳のように言って彦根の顔を見た。

「さて、旗の件について説明しよう。赤十字が提唱された当時、イスラム諸国から反発があった。クロスはキリスト教のシンボルだから気持ちはわかる。そこで赤新月を容認した。赤十字社はイスラム諸国では赤新月社と呼ばれる。でもひとつの組織にふたつの旗は具合が悪いから菱形《ひしがた》のレッドクリスタルを採用したんだ。二〇〇五年に、ジュネーヴ条約締約国会議で決められたけど、この会議は全会一致を目指したものの、参加国の三割近くが反対か棄権した。背景には赤十字も赤新月もどちらも認めたくないイスラエルの加入問題がある。そこで旗をレッドクリスタルにして中央の白地に独自の紋章を入れるようにした。イスラエルはそこにダビデの星を加えて決着を見たんだ。そして翌二〇〇六年、四年に一度の赤十字・赤新月国際会議でイスラエルの加盟が承認された。こうした対応の結果、世界に百八十以上の赤十字社や赤新月社を数える一大国際組織になったんだ」

「旗はたくさんだが、理念はひとつ、というわけか。十字架、月、水晶という柔軟性が赤十字に必須《ひっす》なのかもしれないね」

「今のは褒め言葉と受け取っておくよ」

「いや、本当に褒めてるんだ。自分の主張を通すためならシンボルをころころ変えても主義主張を守る。さすが実利主義のスイス人が考えた組織だけのことはあるね」

「まあいいか。ではその他に何か聞きたいことは？」

「アレクとパトリシアはお似合いなのに、二人の仲はどうして進展しないのか、だな。因《ちな》みに僕はＷＨＯと国際赤十字の近親憎悪《ぞうお》が原因だと思うね」

「言われてみればＷＨＯと赤十字間の問題がいつも喧嘩《けんか》のきっかけの気がする。ヒコネは僕たちの間に横たわっていた潜在的問題の解決の糸口を与えてくれたわけか。国際赤十字の本質はindependence（独立）だ。一方ＷＨＯは国家のユニオンである国際連合の下部組織で国家群に従属している。そこが根源的な相違点だ。僕たち赤十字は国家から独立している、独自の組織だから当然、相容《あいい》れないところも多い」

「インディペンデンス……。わかる気もするけど、やっぱりよくわからないな」

彦根の正直な感想に、アレキサンダーは苦笑する。

「国際赤十字はジュネーヴ諸条約に基づくスイス国内法により特殊法人格を付与された団体で、その七原則は人道精神を根本原則とし、国籍や人種で差別しない公平性、戦地で各国軍の差別をしない中立性、政府とは一線を画す独立性、援助のみを与え、報酬を求めない奉仕の精神、一つの国に一つの赤十字という単一性、各国の組織が同等の権利を持ち国境を越えて助け合う世界性だ。理念を遵守《じゅんしゅ》し、国家の干渉に対し独立を保ち続けているところがすごいところだよ」

アレキサンダーの、赤十字・赤新月社に対する自画自賛は気持ちがいい。

「赤十字旗は衛生兵らが用い、他は使えない。国家中心主義者にはわかりにくいが、人道上の観点から見れば理解できる。紛争地で無条件に保護されるから、国家に属する兵士ではまずいんだ。戦場に作られた一つの虚構で、単なる医療部隊とも違う」

「あらゆる国家から自由な医療義勇軍、か」

彦根の脳裏に閃光《せんこう》が走る。その考えはナニワの独立精神とシンクロしないだろうか。

それは国家の軛《くびき》を脱するための重要な補助線だった。一国家に一つという赤十字の原則と、そうでありながら国家とは違う自主性を保つ強靱《きょうじん》な精神。

ナニワ建国に赤十字の精神を応用するのは難しそうだが、この世界で起こる事象を節操なく呑《の》み込む赤十字旗のような思考法を導入すれば、浪速を取り巻く有象無象の理念の統合は実現に一歩近づけるかもしれない。

考え込んだ彦根を見て、アレキサンダーが言う。

「以上で僕のガイダンスは終了だ。ランチの後はＷＨＯのお姫さまがジュネーヴ観光案内をしてくれる予定になっている。バトンタッチまで部屋で珈琲を飲もう」

午後。パトリシアの案内で彦根はジュネーヴの街並みを堪能していた。

「ありきたりの観光名所だけど一応、大聖堂を見ておく？」というパトリシアの提案に彦根はうなずく。大聖堂の内部は静まり返り、ひんやりした空気に包まれていた。

赤と黒を基調としたステンドグラスが光に重厚な色彩を添える。

それはジュネーヴ大学の講堂のステンドグラスの黄金の光とは、まったく違う印象だった。スイスの精神は奥深いのかもしれない。

「四フラン払えば鐘楼のてっぺんに登れるわよ」

「わざわざ金を払って、苦役を課されるのか」

「じゃあ止《や》めとく？」

「いや、登る。バカと煙は高いところに上りたがる、という日本の諺《ことわざ》もあるからね」

費用を払い、塔の内部に足を踏み入れる。振り返るとパトリシアは彦根に向かって手を振っていた。一緒に登らないの、と尋ねると、パトリシアはうなずく。

「登らない理由は三つある。ひとつ、何回も登っている。ふたつ、塔にはボーイフレンドと登ることにしている。みっつ、あたしは高所恐怖症なの」

「断る理由は、最後のひとつだけで充分だろう」

彦根は尖塔《せんとう》を登り始める。石段が刻まれた塔の内部は滑らかだ。何百年という歳月を経た構造物に触れながら天に近づいていく。石を積み上げるために、どれほどの時間と労力が費やされただろう。壮大な大伽藍《がらん》から派生した螺旋《らせん》階段は人生そのもののように思える。螺旋階段を上り始めた彦根は途中まで段数を数えていたが、やがてその試みを放棄した。唇を噛《か》み上を見上げてただひたすら足を運ぶ。

ところどころ細長い窓があり、陽差しが差し込んでくる。一回りするたびに外の景色の次元があがる。息が切れ、目がかすむ。終わりの見えない苦役は耐え難く、登頂を断念しかけたその時突然、目の前が開けた。ようやく塔の頂上に出たのだ。

風が頬を撫《な》でていく。狭く暗い空間から青空の下に放り出され目眩《めまい》がする。手すりの縁に腰を下ろし、下界を見下ろすと意識が遠のきそうになる。ほんの少し、腰を浮かせれば死の世界へ転落する。ここは生死の境目だ。その境に立つと、死の世界から伸びてきた手が、親しい友のように彦根の肩を抱いた。

縁から離れる。冷や汗が流れた。怯えることはない、と自分に言い聞かせる。ふだん歩いているのもこの生死の境と大して変わらない小径《こみち》なのだから。

塔から降り、黙り込んだ彦根を心配そうに見つめたパトリシアに、彦根は言う。

「忘れていたけど、実は僕も高所恐怖症だったんだ」

パトリシアは大笑いした。


彦根をコルナヴァン駅まで送ってくれたパトリシアは、駅のホームで言った。

「ゆうべの彦根の指摘には考えさせられたわ。確かにキャメルの時、日本政府の動きは変だった。WHOの動きが変に見えたとすると日本の厚生労働省から派遣された職員の動きに影響されていたのかもしれないわね。ゆうべは気づかなかったけど、そのことだけはヒコネに伝えておきたかったの」

「メルシ、パトリシア」

「もうひとつの依頼もお引き受けするわ。九月にはメールするわ。日本の研究所が情報を受け取るより一週間早く、ね」

彦根をハグしたパトリシアの表情は、彦根からは見えない。

彦根が列車に乗り込むと扉が閉まる。

発車ベルもアナウンスもなく列車は動き出す。ホームに立ち尽くしたパトリシアの姿が視界から消えると、彦根は吐息をつく。

彦根は三つの巨額資金を手にしている。

モンテカルロのアマギ資金。ウエスギ・モーターズの寄付。

そして浪速府に還元される所得税半額。

だがどれひとつとして確実なものはない。

幻影を実体のあるものとすりかえるために、自分は再び仮面をかぶらなければならない、とぼんやり考える。

欧州には三つの特異な小国がある。モナコ公国、バチカン市国、そしてベネチア共和国だ。ベネチア共和国はとうに滅亡していたが、その有り様は意義深く、教えを請《こ》う価値はある。何よりそれは賢人、ヒース学長のアドバイスでもあった。

車窓には、夕焼けに染められたスイスアルプスの山並みが輝いていた。旅の途中で不意打ちのように唐突に、シオンという駅名と出会い、彦根の胸が震えた。

アルプスを越えイタリア・ミラノまで四時間。ミラノからベネチア島の玄関口のサンタルチア駅まで二時間。

いよいよ彦根は巡礼の最終目的地、ベネチアに到着する。

20 エレミータ・ゴンドリエーレ

イタリア・ベネチア　8月10日（月曜）

夜の帳《とばり》が列車を包み込む。列車が駅に到着すると、車窓にわずかに灯りが差すが、列車が疾駆し始めると灯りは後方の闇《やみ》に埋もれていく。シートに身を沈め、気がつくと彦根は眠りの国に囚《とら》われている。やがてレールの音が微妙に変わったように感じ目をあける。列車は鉄橋の上にあり、進行方向に海ほたるのように、ぼう、と燐光《りんこう》を放つ島が見えた。動乱の中世を外交と通商の力を背景に一千年の長きにわたり共和制を維持し続けた奇蹟《きせき》の島。

ベネチア島は闇の中に浮かび上がっていた。

ベネチアは砂州を埋め立てた、チュッパチャプスのような形の人工島だ。飴玉《あめだま》にあたる部分が本島で、そこに至る鉄道橋が棒に当たる。鉄橋を渡り列車はサンタルチア駅に到着した。駅前は船着き場でヴァポレットと呼ばれる水上乗り合いバスが深夜も運航している。船着き場の停留所で三日間パスを買う。百人乗りの船の側面に路線を示す番号と行き先が表示されている。Nの表示板を付けたヴァポレットが停船し、係員がもやいをつなぎ側面の扉を開く。停留所にいた老夫婦に続き、彦根も乗り込む。こんな真夜中にパトリシアが手配してくれたホテルにたどり着けるのか不安になる。でもタクシーは使えない。船の運航を優先し中央が持ち上がった太鼓橋と、人ひとりがかろうじてすれ違える細い小径が主体の街の構造が車の進入を拒否しているからだ。ベネチアには自動車が存在しない、中世のまま時が止まった島なのだ。

ヴァポレットの壁に貼《は》られたベネチアの地図を見ていた彦根は、この島が血管が豊富な網内系臓器・脾臓《ひぞう》に似ていると気がつく。入り組んだ水路は毛細血管で、大動脈は島の中心を逆S字に流れる〈カナル・グランデ〉（大運河）、外部から血管が脾臓に進入する脾門部はサンタルチア駅だ。ベネチア島の概略を理解した彦根は甲板に出る。両岸にはゴシック様式の建築物が隙間《すきま》なく建てられ、中世風の建物がライトアップされ幻想的な光景を演出している。

ベネチアの足として重宝されるヴァポレットは、操舵手《そうだしゅ》と車掌の二人で運航される。小型フェリーみたいなヴァポレットの操舵席後部には、中央通路を挟んで左右に三人掛けの椅子《いす》が八列。船尾はオープンスペースで七名掛けの座席が弧状に並ぶ。

彦根は後部座席に陣取ると、夜空を見上げた。

運河に架かる橋が頭上を通過していく。逆S字の運河の中間地点、リアルト橋周辺は中世の欧州で屈指の金融街だった。石造りの橋はみるみる遠ざかり、鋭いカーブを描いて視界から消えた。ベネチアの中心を走る大運河には四つ橋が架かっている。イタリア本土に近いローマ広場歩道橋は最新で、サンタルチア駅の側《そば》のスカルツィ橋は駅舎が造られたのと同じ頃の一九三四年に建築された。この二つの橋はベネチアの歴史から見ればまだ新しい。通過したリアルト橋は十六世紀に大運河に架けられた橋だ。四番目の橋、木造のアカデミア橋をくぐるとカナル・グランデの出口になる。白亜の教会の頂上から緑色のマリア像が、星形の光背を背負い彦根を見下ろしていた。

サンマルコ広場に到着すると乗客は全員立ち上がる。彦根もヴァポレットを降りた。水上バスの九割はベネチアの心臓部サンマルコ広場に停まるというパトリシアのレクチャーは実用的だった。パトリシアが手配してくれたホテルは、サンマルコ広場から徒歩五分の好立地にあった。

「わかりやすいホテルを予約したから、夜中に着いても大丈夫。サンマルコ広場から海岸沿いの並びにあるから簡単に見つかるわ。ただし好奇心から海岸通りの道を踏み外すと魔界に迷い込むから、ベネチア探検は翌日、陽の光の下ですることね」

そのアドバイス通り、路地の誘惑を振り払いホテルに到着する。こぢんまりとしたホテルにチェックインするとベッドに身を投げる。

〈エレミータ・ゴンドリエーレ〉に会え。

それがヒース学長のメッセージだった。パトリシアもその人物は知らないようだ。つまり彦根の嗅覚《きゅうかく》と運が試されている。それが本名かどうかもわからない相手について考えているうち、彦根は深い眠りに落ちていた。

目覚めはさわやかだった。ホテルから一歩出ると目の前には運河の続きの海が広がり、ヴァポレットがひっきりなしに往来している。小さな旗を掲げたガイドに従い、小グループの観光客が目の前をよぎっていく。そんな喧噪《けんそう》の中をゆっくり歩いて十分。アカデミア橋にたどり着く。欄干には金属製の留め具が打ち込まれ、カップルの名を記した誓いの南京錠《ナンキンじょう》が鈴なりに掛けられている。ここは愛の聖地らしい。

運河沿いに見える教会は昨夜、ヴァポレットで通り過ぎた大理石造りのサンタ・マリア・デッラ・サルーテ教会だ。ベネチア・バロックを代表する八角形のドームの頂点を見上げると、緑色のマリア像が夕べと同じように彦根を見下ろしていた。

壁面や天井に絵画を配し、わずかな隙間にもモザイク紋様をねじこむ過剰なベネチアの標準的内装と比べると、絵画を数点掲げるだけのこの教会は質素にみえる。祭壇の『聖マルコ像』はベネチアの守護聖人で、有翼のライオンの彫刻はベネチア共和国のシンボルだ。十七世紀、猖獗《しょうけつ》をきわめたペストの終息に感謝して、五十年の歳月を掛けて建設された教会には、ベネチアの繁栄の残滓《ざんし》が漂っている。

富に溺《おぼ》れず医療に感謝し続けた人々の心が、ベネチア共和国繁栄の原動力だったのかもしれない。彦根は母国における医療の惨状を思わずにはいられなかった。

再び橋を渡る。歩いて十五分、地図を見ずにサンマルコ広場を目指してみる。

人々が行き交う通りから一歩路地に入ると、人ひとりがかろうじてすれ違える細い小径の両脇《わき》に石造りの建造物がそそり立ち、真っ昼間だというのに、夕暮れのような薄暗い闇に沈み込む。路地が急角度で曲がり、思わぬ方向へ足を向けさせられる。右折、左折を繰り返す度に方向感覚が狂い、振り返ると今来た道は消え失《う》せている。唐突に目の前が拓《ひら》ける。広場は漏斗《ろうと》状に陥凹《かんおう》し、中心に井戸がある。井戸は雨水を集めて濾過《ろか》するシステムだ。浮島ベネチアで地下水を汲《く》み上げれば地盤沈下してしまう。

広場をいくつも通り過ぎ、気がつくと彦根は出発点のアカデミア橋のたもとに舞い戻っていた。陽は高く明るい光が満ちた正午。ベネチアの夢魔に鼻面《はなづら》を引き回された彦根は黄色い標識に気がついた。それはサンマルコ広場への道を示す案内板だった。

ベネチア逍遥《しょうよう》の起点は世界で最も美しい広場という賛辞が似合うサンマルコ広場にすべきだ。この街には同時に胡散《うさん》臭い、などという胡乱《うろん》な形容詞もあっさり呑み込んでみせる懐《ふところ》の深さがある。頽廃《たいはい》した貴婦人の佇《たたず》まいを見せる街、それがベネチアだ。

正午過ぎ、観光客の喧噪が溢《あふ》れる中、広場に面したカフェの前にしつらえられたステージで生演奏のバンドが日本の懐《なつ》メロを奏《かな》でている。自分の中に故国への郷愁が存在していることに、彦根は驚いた。

風にのって聞こえるメロディのかけらを口ずさみ、これは吉兆だと思い込もうとする。だが求める人物にたどり着くには手がかりすらない。〈エレミータ〉とは「隠者」を指し、〈ゴンドリエーレ〉とはゴンドラの漕《こ》ぎ手だということを理解した彦根は、まずゴンドラに乗ろうとして、桟橋にたむろするゴンドラ乗りに英語で訊《き》いてみたが皆、イタリア語で何事か呟《つぶや》き、ぷい、とそっぽを向く。おめおめと引き下がるわけにはいかないが、何しろゴンドラの数は多すぎる。彦根は次第に疲弊していく。

そんな中、ようやくその人物を知っているというゴンドラ乗りに出会った。

口髭《くちひげ》を生やした中年男は愛想良く言う。

「もちろん知ってまさ。ベネチアのゴンドラ乗りで〈エレミータ〉を知らなければ、モグリでさ」

「君で十人目だけど、〈エレミータ〉を知っていると答えてくれたのは君が初めてだ。ベネチアのゴンドラ乗りなら誰でも知っているというのは、本当かい？」

「本当でさ。ベネチア人は自分の利益にならないことには無関心でしてね。一銭にもならないことには関わるなと、親に言われて育つんでさ」

「ベネチア人はそういう功利主義の極致だから共和国は一千年も保《も》ったんだろうね。さて目的の人物にたどり着けそうだから、情報提供してくれた君のゴンドラに乗せてもらおうかな。今からベネチアの街を案内してくれないか」

口髭の男は満面の笑みを浮かべてうなずいた。見映えばかりが豪奢《ごうしゃ》な、座り心地の悪い椅子に身を沈めると、ゴンドラはゆっくり進水した。

ベネチア島は小さな島に水路が張り巡らされているというよりも、むしろ水路の隙間に陸地を確保していると表現した方が近い。動脈にあたる大水路は〈カナル〉（運河）と呼ばれて何本かある。島を二分する〈カナル・グランデ〉がその代表だ。

そこから派生する細い水路は〈リオ〉と呼ばれ、毛細血管のように島中を縦横無尽に走る。ゴンドラは〈カナル〉から〈リオ〉をたどり、先ほど惑い歩いた裏路地を、一段低い視点から見上げるように進んでいく。しばらくして小径の側にゴンドラを止めると、口髭のゴンドラ乗りは目を閉じて、小声でぶつぶつ呟き始める。

耳を澄ますと、それは敬虔《けいけん》な信者のお祈りだった。

見上げると水路の突き当たりの狭い空間の壁に嵌《は》め込まれた、輝く白磁の聖母が微笑んでいた。この聖母を〈アイ・ストップ・マリア〉とベネチア人は呼ぶ。

船着き場に到着すると、彦根は口髭のゴンドラ乗りに紙幣を数枚手渡した。

「観光は終わりだ。さあ、〈エレミータ・ゴンドリエーレ〉の居場所を教えてくれ」

男はびっくりしたような顔で、「コイツはもらいすぎでさ」と言った。

「そうでもないさ。君の情報は、僕にとってそれくらいの価値がある」

ゴンドラ乗りはにっこり笑う。

「ではありがたく頂戴します。〈エレミータ〉にお目に掛かるにはゴンドラ・セレナーデに乗ることでさ。アコーディオン奏者にセレナーデを歌う歌手が一緒に乗り込んでくるので、一見の価値はありますぜ」

「〈エレミータ〉は歌手なのかい？」

男は質問に答えず、懐から黄色い切符を取り出し裏に走り書きしながら言う。

「夕方六時、サンマルコ側のゴンドラ乗り場でナンバー8のゴンドラを指名してください。このチケットで乗れます。裏に書いた私の名前を見せればバッチリでさ」

彦根は切符を受け取り、裏に書かれた〈アグリッパ〉という署名を確認する。

時計を見ると夕方まではまだ時間がある。街角に佇んでいると、どこからともなく、パイプオルガンの音色が聞こえてきた。その旋律に誘われるまま教会の扉を開けた。

ステンドグラスの光が、薄暗い教会の内部に差し込んでいる。

彦根はベンチに座ると目を閉じて、オルガンの音色に身を浸した。


気がつくとオルガンの演奏は終わっていた。教会から出ると夕方の六時近いのに外は真昼のように明るい。細い路地をたどると今度は道に迷わず船着き場に行き着けた。

乗り場にはすでに百名近い観光客がたむろしていて、八人乗りのゴンドラが二十艘《そう》近く、船着き場に待機している。チケット売りに、ナンバー8を指名したい、と言うと、係員は困ったような顔をした。

「ナンバー8は年間予約の貸し切りです」

「おかしいな。アグリッパが紹介してくれたんだけど」

切符の裏を見た係員は事務所の奥に引っ込む。戻ってくると「了解は取れました。でもこれは内緒ですよ」と小声で言う。彦根は一番端のゴンドラに連れて行かれた。船内には古書が山のように積まれ、さながら船上図書館のようだ。その古書に埋もれるようにして黒いマントを着た老人が一冊の書籍を開いている。

彦根が会釈《えしゃく》をすると、老人も会釈を返すが、視線を開いた本のページに落とす。

やがて大勢のゴンドラ乗りが大声で喋りながらやってきて、ゴンドラに客を乗せ始める。客を満載したゴンドラが一艘ずつ船着き場を離れていく。ようやく最後にナンバー8も出発した。どの船も満員だがナンバー8の乗客は彦根と黒衣の老人だけだ。

ゴンドラ・セレナーデと銘打ちながら誰も歌おうとしない。怪訝《けげん》に思っていると船団は川端に集まり、その中の一艘から哀愁に満ちたアコーディオンの音色が流れた。

朗々と歌声が響くと船団は一斉に運河を遡《そ》航《こう》し始める。歌手を乗せたのは先頭の一艘だけで、周囲を多数のゴンドラが併走しこぼれ落ちる歌声を拾い上げている。なるほど効率はいいが、日本でこれをやったらクレームの嵐《あらし》だな、と苦笑する。

「このやり方を詐欺《さぎ》と思うかね？」としわがれた声で言われ、彦根は首を振る。

「エンターテインメントに詐欺はありません。たとえ謳《うた》い文句と違ったと感じたとしても、それで楽しめればよし、でしょう」

老人は微笑すると、手にした本を閉じた。そして振り向いて漕ぎ手に何かを告げた。ゴンドラ・ナンバー8はセレナーデ船団から離れていく。

「どこへ行くんですか？」

「話ができる静かな場所だ。あの騒々しく軽薄なセレナーデの旋律をご所望かな？」

彦根は首を振る。

「あなたが〈エレミータ・ゴンドリエーレ〉であるのなら、答えはノーです」

そして彦根はヒース学長の紹介だと伝えた。老人は目を細める。

「あの洟垂《はなた》れ小僧が、ジュネーヴ大の学長とはな。人生何が起こるかわからんものだ。ところでお前は私にたどりつくのにどのくらいの日数を必要とした？」

半日、と答えると、運はあるようだな、と呟く。

「シンゴ・ヒコネです。〈ジパング〉（日本）から来ました」

名前を聞かれた彦根は自己紹介し、夕闇に包まれたサルーテ教会の白亜の塔が紅に染め上げられるのを見遣《みや》る。仰々しい口調で、老人は言う。

「私の名はモロシーニ・ド・ジョバンニ。お前は、何を求めてこのゴンドラに乗り込んできたのか？」

「自分が何を求めているのか、それを知りたくて」

彦根が答えると、モロシーニは眉《まゆ》をひそめた。彦根は微笑する。

「今のは碩学《せきがく》の士に対するささやかなジョークです。僕があなたにお聞きしたいこと、それはベネチア共和国が繁栄した理由と滅亡した理由です」

「お前は歴史学者なのか？」

「いえ、医師です。でも僕が治療したいのは日本という国家なんです」

モロシーニの口元に浮かんだのは微笑だろうか、と考える。ゴンドラが〈リオ〉を抜けるたびに、小さな橋が頭上を過ぎる。行き止まりの壁に真っ白なマリア像が微笑んでいた。〈アイ・ストップ・マリア〉。透明な表情が、こころの中に棲《す》む女性の横顔と二重写しで重なる。眼前の老人が、突然問いかけた。

「国を治療したいというお前が、なぜわざわざベネチアに来たのかね」

「ヒース学長に教えていただいたからです」

「それは、先生に指示されたから絵を描きました、という幼稚園児と同じだ」

「詳しくお話ししますと、何だかとりとめのない話になってしまうかもしれません」

モロシーニは首を振って答える。

「新しい世界の扉を開く時は、たいていの物語は混沌《こんとん》としているものだ」

モロシーニの言葉を聞いて、彦根はクッションに沈み込む。

夕闇が空を覆《おお》う。明星がひとつ、きらめいた。

冗長で退屈かもしれません、と言った彦根は、自分がなぜこれほどためらっているのか、自分でもその理由がよくわからない。モロシーニは微笑する。

「世界を知り尽くそうと無益な努力を続ける私にとって、退屈な話などない。話の始まりに悩むのであるのなら、すべての始まりから語ればよい」

そこまで背中を押され、彦根は重い口を開く。

「僕はＡｉの社会導入をめざしています。Ａｉとは死亡時画像診断です」

モロシーニはうなずく。

「死因を確定するため必要な医学検査だな。社会学的に解剖との関わりが興味深い」

「解剖の社会的意義についてもよくご存じですね」

「医学も私の興味の範疇《はんちゅう》なのだ」

モロシーニは山積みの本の中から革張りの表紙の大型の書籍を取り出した。本を開くと極彩色の絵が飛び出してきた。それは生々しい解剖図譜だった。

「最盛期のベネチア共和国は本土に広大な領土を有し、パドヴァ大学には近代解剖学の祖ヴェサリウスがいた。最先端の知見を記した医学書も刊行され、書籍を求め医師がベネチアを訪れた。お前の話ではＡｉとやらは解剖に比肩《ひけん》する検査のようだな」

短い応答で学識の深さを思い知らされる。

「Aｉは画像診断です。遺体を損壊する解剖と次元が違い、一分で画像情報の取得が終わり共有できます」

「素晴らしい。解剖は遺体を損壊するから遺族感情を傷つけるが、Aｉはそれがない。ならば今お前が為《な》すべきことは、廃《すた》れた海の都で教えを請うことではなくAｉを日本社会に導入することではないのか」

「ですが、既存体制から反発を食らい頓挫《とんざ》しました。それでここにきたのです」

モロシーニは腕を組んだ。

「情報の透明度と共有度が高いが故《ゆえ》、権力の後ろ暗い部分に光を当ててしまうのか。かつてのベネチアならばそのような問題は起こらなかっただろう」

「まさにそこをお尋ねしたいのです。Aｉの進むべき道について教えを請うたヒース学長はあなたに会えと言う。ベネチアの歴史に答えがあるのだそうです」

身を乗り出した彦根を見て、モロシーニは、は、と手を打って笑う。

「洟垂れヒースにしては上出来だ。多くの国家が栄枯盛衰を繰り返した中世に千年王国を築き上げたベネチアに、大いなるヒントが隠されていることは間違いない」

まさに聞きたい福音を前にして、彦根はさらに身を乗り出した。

ゴンドラがゆらり、と傾《かし》いだ。その揺らぎも気にせず、彦根は急《せ》き込んで尋ねる。

「どうしてベネチアでは、そのようなことが可能だったのでしょうか」

「功利主義を徹底したからだ。すると社会の公共精神が阻害され破綻《はたん》すると思われがちだが、それは功利主義が真に純化していないせいだ」

「僕には、今の日本も功利主義の権化《ごんげ》に思えますが」

「違う。あれは貧しい個人主義で主義という言葉を冠するまで成熟もしておらん」

夕闇に〈アイ・ストップ・マリア〉の横顔が浮かび上がる。モロシーニは続けた。

「功利主義を徹底すれば公共精神が純化され、高品質の公共財が充実する。すると社会は安定し収益が上がる。国が豊かになり個人の功利主義も満たされる」

「ご高説はわかりますが、現実には人はラクをして利を得ることに躍起となり、公共のために汗をかく人間なんていません。国の中枢《ちゅうすう》に群がる連中ほどそうなのです」

「それは初期設定の誤りで、人材登用システムに排除論理を導入しなかったせいだ」

モロシーニは羊皮紙の分厚い本を開く。陰鬱《いんうつ》な表情の男性の肖像が見えた。

「権力を自分の手に集中し強力な指導者を目指した〈ドージェ〉（元首）・マリーノは共和国の理念を害すると判断され、十人委員会による裁判で断罪された。かくの如《ごと》く強力な指導者をも排斥できるシステムが当時ベネチアでは確立されていた」

「そんな素晴らしい国家だったベネチア共和国が滅びたのはなぜですか？」

「ベネチアがベネチアであり続けようとしたからだ。独裁を排した結果、優柔不断の病に冒された。複数の人物の同意を経てものごとを決められる共和制の弱点は、一刻の猶予《ゆうよ》もない非常事態に迅速な対応ができなくなるという点にある。だがベネチアはその準備を怠った結果、果断で膨張主義の君主国が勃興した時代の変化に対応できず、世界の潮流からはじき出されてしまったのだ」と言い、手元の古書を撫でる。

「ベネチアは一流の出版国家だった。十五世紀末の二年間に欧州では二千点の新刊書が発行されたが、四分の一の五百点はベネチアで刊行された。パリはベネチアの半分以下だ。出版は文化度の指数だ。当時のベネチアは世界で最も成熟した国だった」

「でも医療を重視し高い医療技術を培《つちか》い、高い文化度を誇ったベネチアでさえ、時代の変化に翻弄《ほんろう》され呑み込まれてしまったわけですね」

「その指摘には二点誤謬《ごびゅう》がある。第一はベネチア共和国が理想的な国家だったと断定している点。どんな国家もすべて理想的にはなりえない。汚濁まみれの部分があって初めて国家という虚妄が成立できるのだ。第二は、国家は決して時代に対応しきれずに滅びるわけではない。他の生命体同様国家にも寿命があるのだ。人の寿命は百年、国家の寿命は三百年。その国家を生き存《なが》えさせる潮流は五百年、続くのだ」

「国家にも寿命がある……」と彦根はモロシーニの言葉を繰り返す。

「中国の漢帝国は四百年の寿命を誇ったが、途中で滅び再興したため本来の寿命はその半分の二百年少々だ。その他の中華の国家もおよそ三百年の寿命で生まれ落ちては死んでいる」

モロシーニは天頂に輝く星宿を指さして続ける。

「遠く極東は日本に徳川幕府が成立したのは十七世紀初頭、滅亡は十九世紀末でこれも三百年弱だ。続いて明治維新という革命を経て天皇制が成立し、第二次大戦の敗戦で崩壊した。寿命は百年足らずだがこれは事故死のようなものだ。今の日本は官僚政権が続いているが、源流は天皇政権と連続していると考えるとそろそろ百五十年、折り返し地点だ。これから日本の官僚政権は老境に向かうだろう」

「つまり、Aiに対するレスポンスの悪さも、日本が年老いた故だと？」

「その通り。耄碌《もうろく》した年寄りに理を説いてもムダだ」

「では、僕の努力もムダなのでしょうか」

「そうした言辞は中身に乏しい人間が自分をより高く見せるために弄する虚飾に満ちた言葉、〈ワード・オヴ・ヴァニティ〉であり、改革者は口にすべきではない」

「進むべき道は自分で見つけろ、と突き放すんですね」

モロシーニは波に揺られるままに身を任せていた。やがて目配せをするとゴンドラは流れを遡《さかのぼ》り始める。手元の本を開くと彦根にその肖像を指し示す。

『東方見聞録』、と彦根は呟く。

「かつて人々が憧《あこが》れた黄金の国、ジパングを欧州に紹介したベネチア商人、マルコ・ポーロは著作『イル・ミリオーネ』を獄中で書き上げた。不遇時代の彼にとって過去の輝きにすがるしか道はなかった。時を隔て今、彼のこころの灯火になった極東の島国から助言を求めてやってきた友人を突き放すほど、ベネチア人は冷たくはない。純度の高い功利主義は利他主義に通ずるのだ」

流れに揺蕩《たゆた》っているように思えたゴンドラは唐突に大運河に出た。目の前が拓け、往来するヴァポレット、運河沿いの小径を行き来する観光客の人いきれが彦根を包む。

モロシーニの声も生気を帯びる。

「老境の国家には期待できない。新しい国家を作るヒントはお前が旅したモナコにあり、ジュネーヴにあり、そしてここベネチアにある。お前は巡礼の旅に出て、すでに福音を耳にしているのだ」

モロシーニの言葉が重々しく響く。

その真意を吸収しようとして意識を集中する。

「大国の抜け殻を身にまとい、新しい小国を作り上げよ。サナギのように時の衣に身を潜め、時がきたら殻を脱ぎ捨て蝶《ちょう》となり羽ばたくがいい」

彦根は目を見開き、モロシーニに言う。

「僕は今、『日本三分の計』を提唱し、その実現に尽力しています。日本を東日本連合、関東同盟、西日本連盟と三分するのです」

「肥大した大国を小国に分割するのは、ベネチア共和国末期の戦略と似ている。大航海時代以降、交易の舞台が地中海より外に広がり、欧州列強が植民地経営に軸足を移し、地中海貿易が収入源だったベネチアは経済基盤を失なった。それが潮流の変化だ。だがその潮流も五百年周期で変わる。今の潮流はそろそろ終わる。次の時代に合う形態を模索するにあたり極東の国、日本の選択がさきがけになる可能性はある」

「これまでの五百年の潮流とは何だったのでしょう」

「大国主義と中央集権だ。中央集権による効率化、それに伴う情報の集中と拡散の形態。国家は併合を繰り返し肥大する。そのひとつの象徴が欧州連合だ。見方を変えれば古代ローマ帝国の再現にも見える。ただし中身はまったく別物だが」

「離合集散を繰り返し、巨体になると維持しきれずに崩壊する。歴史とはそうした事象の繰り返しなんですね」

自分の中にある年表を繰ってみると、モロシーニの言葉と見事に合致していた。

「これからは小国割拠の時代だ。日本三分の計はその流れに合致する。お前がその様を見ることは叶《かな》わないだろうが、後世の歴史学者はお前を先駆者と称賛するだろう」

「僕は日本三分の計の一角、浪速共和国に医翼主義を掲げたいのです」

「イヨク主義？」

「医療を国家のベースに置くのです。国家は滅びても、医療は滅びないのですから」

「かつてベネチア共和国も国家の基礎に医療を置いた。医療水準は他国と比べても群を抜いていた。当時外科医は床屋を兼ねていたが、二つの職業を分離したのもベネチアだった。ベネチアは時代の最先端を行き世界標準になり、次代の潮流を作り、今の医療制度を凌駕《りょうが》する部分すらあった。医師の国家資格は卒業時に国家試験を受ける他、年に一度の更新試験を受けることも義務づけられていたのだ」

「そんな制度にしたら、おそらく日本の医者は半減するでしょうね」

「最初からそういうシステムにしておけば問題ない。人間は横着な生物だ。システムが腐敗するのはラクをせんがために起こる。共同体の利益を第一にし、個人の怠惰を徹底的に排除したのがベネチアのシステムだ」

「どうやって、そんなストイックなシステムを構築できたのですか？」

「それはベネチアの成り立ちに関係する。五世紀、民族間闘争に敗れた部族が河口の湿地帯に逃げ込み箱船のような国を作った。それがベネチアだ。船上では船長の権力は絶対だ。その意思は乗客を目的地に運び届けることに集約される。この究極の功利主義のため乗員に厳しい規律が課せられる。ひとりが義務を怠れば船は沈む。ベネチアは箱船国家だったからこそ、厳しいルールで清潔な組織を作れたのだ」

彦根の脳裏に、浪速丸という箱船と船長の横顔が浮かぶ。彦根は尋ねる。

「日本はベネチア共和国になれますか？」

彦根の問いかけに、モロシーニは首を振る。

「箱船には新しいルールが導入できる。ベネチア共和国の再来ではなく、新生日本の旅立ちにすべきだ。日本という箱船を出帆させるのは今しかない」

「それが日本三分の計の背骨になるのですね」

モロシーニは不肖の弟子が真理に到達したのを見届け、夜空を見上げる。

「潮流は大国主義から小国割拠の方向へ舵《かじ》を切っている。これは最終的な世界国家に向けての一時的な離合集散だ。それを乗り越えた時に新たなる世界が出現する。日本三分の計はその先駆けになるだろう。お前が提唱する医翼主義という旗は魅力的だが、箱船を出帆させたいのなら、その旗は決して掲げてはならぬ」

「なぜですか？」

「ベネチア共和国では政治は可能性を追求する技術で、宗教や思想からは自由だった。そのことが共和国本体を腐敗させなかった要因だ。国を生き存えさせたければ国旗に主義を掲げてはならぬ」

彦根は憮然《ぶぜん》とした表情になる。モロシーニの言葉に感心したものの、最後の忠告は承伏しかねた。モロシーニは、彦根の表情の変化を見て取って言う。

「医翼主義は市民社会のためにも見えるが、お前の真の願いを続けるには邪魔になる。多くの国家が存続できないのは汚れた旗を降ろせなくなるせいだ」

クッションに沈み、ベネチアン・ゴシックの建物に切り取られた夜空を眺める。だが本当の夜空は何ものにも切り取られてはいない。ゴシック建築に縁取りされた夜空は、ベネチアの特徴であると共に無限の可能性を狭めているのだ。

そこまで思い至った時、彦根は身体《からだ》を起こした。

「では、掲げた旗をいつでも降ろせるよう、こころの準備だけはしておきます」

「お前は自分を偽った。旗を降ろせるようにしておくことは、掲げないに等しく、まやかしにすぎぬ。お前は今、イデオロギー切除術の〈ファントム・ペイン〉（幻肢痛）に怯《おび》え、禁断の麻薬を服《の》んでしまったのだ」

その言葉は難解すぎたが、辛辣《しんらつ》さは理解できた。モロシーニは続ける。

「旗に囚われてはならぬ。馴《な》れ合いと偏《かたよ》った利益分配が社会を腐敗させるが、旗を掲げれば偏りを助長する。ベネチアは主義の旗を掲げたことはない」

彦根の脳裏に、多くの人々と宥和《ゆうわ》するため自らの旗をメタモルフォーゼさせた赤十字のイメージが浮かんで、消えた。

「でもベネチア共和国も、大航海時代の潮流の変化に耐えられなかったんですよね」

彦根が皮肉めいた口調で問いかけると、モロシーニは目をつぶる。

「日本はベネチア共和国に似ている。海洋国家。通商が基盤。宗教に囚われず、功利的で利他的。そんな日本が二十世紀に繁栄したのは当然だが、潮流は変化した。その変化を捉《とら》えられない国家は衰退する。今や十八世紀の海洋における物流の変化に等しいドラスティックな変化が起こりつつある。それが何か、わかるか？」

彦根は夜空を見上げた。そこには幾万年変わらない星々が輝いている。だが今見ている光は数億年前に発せられたものだ。人類が積み上げた叡智《えいち》の集積により星の寿命が明らかになり、その知識が星を眺める人々の意識をも変えていく。

彦根は視線をモロシーニに戻した。

「情報の流通、でしょうか」

モロシーニは膝《ひざ》を打つ。

「その通り。紙と印刷術が発明されて以降、長らく情報は紙に記されてきたが、二十世紀は映像と音声通信、二十一世紀は電子の即時情報が飛び交う世界に変貌《へんぼう》した。この変化は必然的に巨大国家の崩壊と、独立した個人の連合による新しい市民共同体の創出へ向かうだろう」

「そんなことが本当に起こるでしょうか？」

彦根の問いに、モロシーニは呵々大笑《かかたいしょう》する。

「お前はすでにその第一歩を踏み出しているではないか。日本三分の計は社会の最終形に到達するための補助線にすぎぬ。私には世界が変貌する姿が見える。これから五年でそうした方向へ世界が舵を切る瞬間が訪れる。だがそれがいつ起こるのかはわからない。両側を強い力で引っ張り合うロープはいつかは切れると予言できるが、いつ、どこで切れるのか、破断点の予測はつかないのと同じことだ」

彦根の脳裏に、ロープが切断され、巨大国家という巨象が膝を折り、横たわる姿が浮かんだ。このビジョンを見るために僕はこの地に導かれたのか。

再び夜空を見上げた彦根はモロシーニに問う。

「では最後にもう一度、お尋ねします。なぜ、ベネチアは滅びたのですか？」

それは幾度も繰り返した問いだ。モロシーニの答えはその都度、色合いが変わる。だからこそ、彦根はそこに何かがある、と狙《ねら》いをつけた。

モロシーニは乾いた微笑を浮かべ、言う。

「ベネチアが国家の標準を逸脱した一千年もの寿命を誇れた理由、それは地中海を制圧しながら国家の体裁にこだわらなかったからだ。ベネチアは豊かさを目指す純粋意志の統一体、ひとつの生命体として存在し続けた。加えて地政学的な要因もあった。地中海にあるベネチアの図体《ずうたい》は潮の干満のように変動し続けた。滅びたのはベネチアが大国たろうという夢を見たせいだ。それが終わりの始まりだった」

「生き延びるには国家たることを止《や》めればいい、という主旨はわかります。でもそんなことは簡単にできるはずがありません」

「だがお前はすでにその道に歩を進めている。日本三分の計とは大国を小国に分割することだ。その延長線上に何が見える？」

——国家の摩滅……。

彦根は脳裏に浮かんだ言葉を口にできなかった。反射的に固く目を瞑《つむ》った。

「お前に浮かんだ考えを口にするのを阻害しているのは、お前が掲げている旗だ。旗を捨てよ、国家を砕け。そして群衆の中に入り考え続けよ」

モロシーニの声が夜空に反響する。彦根ははっとした。

──旗を掲げたら国家は滅びる。だが国家は旗を掲げなければならない。すると国家はいずれ滅びる運命にある。ならば最初から国家たることを止め純粋意志の集合体になればよい。今の世界はそうした細分化された意思の疎通《そつう》が可能になっている。

「お前の望みは叶ったか？」

モロシーニの声が再び夜空に響く。

〈エレミータ・ゴンドリエーレ〉は彦根の問いに対し、直接答えてはくれなかった。

だが、彼は北極星の見つけ方を伝え、彦根は北極星を探し当てた。

ゴンドラに打ちつける波に揺られながら、ぽつんと言った。

「僕が目指すもの、それは市民の覚醒《かくせい》です」

笑い声が夜空に響いた。目を開けるとモロシーニの姿は忽然《こつぜん》と消えていた。

すべては幻か、と戸惑う。だが船内にはうずたかく古書が積まれていて、そのテクストから紡《つむ》ぎ出された言葉の記憶は今もなお、なまなましく胸に残っている。

かくて、彦根の巡礼の旅は終わりを迎えた。

今、ゴンドラの船縁《ふなべり》を叩《たた》く波の音が、彦根をやさしく包み込んでいる。

桎梏《しっこく》から解き放たれ、ぽっかりと空いた時間が、巣の中に産み落とされたタマゴのように彦根の手中に残された。彦根はひたすらベネチアの街角を歩き回る。狭い水路に寄り添うように走る小径に惑い、教会と井戸のある広場で立ち止まり、路地に切り取られた細い空を見上げる。逍遥の途中で教会に入り瞑想《めいそう》する。それは教会が所望する祈りとはかけ離れたものだろう。だが彦根にとってはとても大切な時間だった。

ステンドグラスの光に包まれ、あるいは街角の〈アイ・ストップ・マリア〉の前に佇み、彦根は故郷に待つ女性の面影を想《おも》う。

こうして彦根はさまざまな思いを胸に抱いて、この巡礼の旅のスタート地点だったシャルル・ド・ゴール空港から一路帰国の途に就いたのだった。

帰国して三日後。彦根の姿は浪速府庁舎ビル最上階にあった。村雨府知事と向かい合う彦根はぼさぼさ頭のジーンズ姿で、バックパッカーの学生のような軽装だ。

「浪速府独立の資金的な目処《めど》がつきました。昔の借金を取り立て、一世一代の大博打《ばくち》を打ってきました。府知事におかれましては四百億円近い資金が手に入ると把握しておけば結構です。資金のひとつはウエスギ・モーターズの寄付です」

「スリジエセンター創設に関する寄付ですか。あの件は行政の立場で関わりましたから感慨深いです。しかしあの因業《いんごう》ジジイがカネを出すなんて信じられませんね」

「もうひとつはモナコに眠っていた天城先生の埋蔵金で、こちらは二百億超です」

「まるでかつて頓挫した桜《スリジエ》の並木道を浪速に作れ、と天から言われている気がします。それだけあれば浪速府独立構想の目処がつきます」

村雨府知事は吐息をつくと、彦根はひきしまった表情になる。

「ただしアマギ資金はモナコ国外に持ち出せません。蜃気楼《しんきろう》の夜景のようなものですが、企業をモナコに誘致する際の見せ金としては充分機能します」

彦根が言葉を切ると、秘書が経団連会長の来訪を告げた。彦根は部屋を退去した。


半日後、彦根は桜宮にいた。突発事項に対応するためだ。

電話で話せば済むが、ひと目シオンに会いたかった。桜宮駅の改札を抜けると亜麻色の髪が眼に入る。途端に切なくなる。なぜ僕たちは平穏な世界で過ごせないのか。

わかっている。自分のせいだ。そんな運命に自分は飛び込んでしまったのだ。

彦根は光の中、シオンに歩み寄った。

喫茶店でシオンは彦根の巡礼の物語に耳を傾けていた。モナコ宮殿での王族との晩《ばん》餐《さん》、グラン・カジノの大勝負。ＷＨＯの美しき女性職員。国際赤十字の赤毛の勇士。導かれるがまま訪れたベネチアで巡り合ったゴンドラの隠者。

栄光に満ちた海上王国が滅亡した理由とその啓示。

シオンに語ると彦根の考えは整理されていき、底に隠された真理にたどり着く。シオンの表情にさざ波が立ったのはジュネーヴ大のクリフの消息について語った時だ。ベネチアの〈アイ・ストップ・マリア〉の像を見てシオンを思い出した、と唐突に告白されたシオンは頬を染めうつむく。聴き役に徹した亜麻色の髪がさらさらと揺れ、差しかかる陽光が髪に乱反射する。

「モンテカルロの巨額ファンドを見せ金に海外に拠点を移したい企業に斡旋《あっせん》する。モナコの住人になる条件は相当額の預金をモナコ銀行に預けることと居住する不動産を確保することの二つで、羽振りが悪くなれば即退場だ。この仕組みを浪速府庁で仕切り、所得税の半額を浪速府に寄付してもらえば紐《ひも》付きでない資金が手に入る。これがアマギ資金という虚を浪速経済の土台という実に変えるマジックさ」

「本当にそんなシナリオが可能なのですか？　脱税にはならないのですか？」

「そうならないよう、浪速府を介在させる。その仕組みを作るのが浪速独立の第一歩だ。これで張り子の虎《とら》のアマギ資金が村雨さんの実弾に変貌する」

「彦根先生のお話を伺っていると、夢見るような気持ちになります。でも気がつくと、いつの間にか現実になっているんです」

「僕も同じことを考えていた。でもシオンに話すと実現する気がするんだ」

それは本音だった。物語は聴き手がいて初めて存在する。極上の物語は、極上の聴き手によって世に生み出されるのだ。

彦根の携帯が鳴る。彦根の表情がみるみる驚きに縁取られた喜びに変わる。

「承知しました。すぐ戻ります。お約束の時間には必ず間に合わせますので」

彦根は立ち上がるとシオンに言う。

「村雨府知事が新党結成を決断した。今から浪速にトンボ返りする。一段落したら、ゆっくり話そう。それまでAｉセンターの件はしのいでくれ。半月後に桜宮Aｉセンターのお披露目だ。すべてにカタがついたら、二人で乾杯しよう」

そう言い残すと彦根は喫茶店を出ていく。彦根の姿が消えた黒い扉を、シオンは見つめ続けた。テーブルの上のグラスから、からんと氷の音が響いた。

第四部　たまごが見た夢

21 盲点

加賀・真砂運送　9月2日（水曜）

ナナミエッグ第一ファームをプチエッグ・ナナミと改称・分社化しあたしが社長に就任して二カ月。七月に十人の社員がプチエッグに出向し、経理対応やGPセンターの改装に追われる一方、ワクチンセンターも対応してくれた。これまでタマゴはワクチンセンターで選別していたが、ナナミエッグは輸送距離が長いため総長の鶴《つる》の一声で門外不出の機械の貸与が決まったのだ。

貸与されたのは胃カメラみたいな光ファイバーでタマゴに光を当て気室部分を透視してデジカメで撮影し、コンピューターでオートマ選別し、気室が上になるように吸盤つきの腕で自動的にひっくり返すという最新式の優れものだ。

社外秘が漏れませんか、と確認すると、簡単に真似《まね》はできへんよ、と宇賀神総長は豪快に笑い飛ばした。最先端の有精卵選別機器が次々に納入され、変貌《へんぼう》していく鶏舎をあたしと、たまに偵察にやってくるパパは呆然《ぼうぜん》と眺めた。こんな風に書くと順風満帆だったかのように思えるかもしれないけど、決してそうではなかった。特に事務業務は煩雑《はんざつ》で会議と議事録が必要でお金が動けば帳簿と、事務的な雑事が膨れ上がっていく。そこはナナミエッグのスタッフが対応してくれたおかげで、何とか乗り切れた。

誠一は獣医師国家試験の準備で忙しいのに、野坂研分室に居座り国試の勉強をしながら改装を指揮してくれた。拓也はこれ幸いとあたしの家に入り浸るかと思いきや、あたしの車でせっせと大学に通学した。メンバーがみんな分室に行ったら野坂研ががらんどうになってしまうと気を遣ったらしい。拓也にはそういう優しい一面があることは知っていたけれど、その対応はありがたかった。七月は検証しながら、いつもおり無精卵を市場に納入した。八月早々、五千個のタマゴが入る中古の孵卵器《ふらんき》がまずは十台、搬入されてきた。日齢九日目の有精卵を運送し十日目に納入することになり、今やアドバイザー役に就任した誠一と細部にわたり検討した。八月末に鶏舎に雄鳥を移す。以後雌鳥六に雄鳥一の割合でヒヨコを発注する。これで鶏舎は女子校から男子は少ないながら共学になった。雄鳥を交ぜた翌日に生まれたタマゴは孵卵器に移し、無精卵として出荷はできなくなるので、もう後戻りできない。

最初の有精卵の納入期日まで一カ月と迫った九月、ナナミエッグの運送を引き受けているフクロウ運輸に相談した。

軽い気持ちでお目に掛かったあたしは、いきなり強烈な先制パンチを食らった。

「今回の御依頼には、残念ながら対応できません」

頭の中が真っ白になった。これでは有精卵を作ってもワクチンセンターに届けられないではないか。以前のあたしだったら、呆然とフクロウ運輸の担当者が去っていくのを眺めていただけだっただろう。でも、今のあたしは社長だ。泣き言なんて言っていられない。

「どうして依頼を受けてもらえないのか、理由を説明してください。こちらにできることがあれば対応しますので」と言って、あたしはメモ帳を取り出した。

説明では、この案件の問題点は輸送距離だという。加賀−極楽寺間は五百キロ。片道で半日、毎日となると専任ドライバーを二人確保する必要がある。往復で二人が二日拘束され、シフトを考えると三チーム・六名のドライバーが必要だが、大手のフクロウ運輸といえども一営業所でこれだけの人員は確保できない。デリケートな商品であることもマイナスで、今ある保冷車では温度調整に対応できないのだという。

お引き受けいただけるとしたら、費用はどのくらいになるでしょうか、と尋ねたあたしに営業さんが耳打ちした額を聞いて、呆然としてしまった。

「このことはご内密に。今の額もお得意さまへの特別価格です。おそらくナナミエッグさんもこの額ではムリと判断されると思います」

大きなお世話だけどおっしゃる通りだ。申し訳なさそうにフクロウ運輸の営業さんが姿を消した途端、膝《ひざ》ががくがく震え出す。GPセンターに行き扉を開けると、あたしを出迎えたのはずらりと並んだ孵卵器の銀色の扉だ。この設備がすべてムダになってしまうのか、と思うと目眩《めまい》がした。

「まどか、どうした？」と背後で優しい声がした。ここで国試の勉強をしている誠一の声を耳にして、あたしの意識は遠くなった。


上半身を起こすと、額に置かれていた濡《ぬ》れタオルが床に落ちた。

あたしは野坂研分室、かつての従業員休憩室のソファに横たわっていた。机の向こうでは誠一が黙々とノートに書き込みをしている。獣医師国家試験の勉強で大変な時期なのに、と思うと「ごめん、誠一」という言葉が口から出た。

「頭だけじゃなく、気まで弱くなったのか？」

ノートから顔を上げず、誠一らしい憎まれ口を言う。あたしは黙ってうつむく。

「何があったか、話してみろよ」

「さっき、フクロウ運輸から、有精卵の搬送を断られちゃったの」

「ふうん、そいつは困ったね」

あたしはさっきまでの殊勝な気持ちを一瞬で忘れ、誠一をにらみつける。

「これは大変な問題なのよ。だって有精卵を届ける手段がなくなったら、これまでやってきた全部がムダになってしまうんだから。ああ、どうしよう」

「どうしようって、何とかするしかないだろ」と誠一の言葉の響きは冷たい。

「そんな突き放した言い方をしないでよ」

「突き放そうが優しくしようが、同じだろ。それよりも今、何をしなければならないかを考えたら、落ち込んでいるヒマなんてないはずだけど」

誠一の言葉で目がさめた。今、何をすべきか。答えは簡単だ。

目の前の問題を解決するしかない。急に目の前が開けた気がした。

「わかった。とりあえず市内の運送会社に片っ端から電話を掛けてみる」

「正解。それでこそプチエッグ・ナナミの女社長だ。というわけで今、話をしている間に検索した、加賀の大手運送会社の連絡先のリストだよ」

誠一は、携帯にメールを送ってきた。そつがないなあ、と感心しながら、あたしは御礼もそこそこにリストの先頭から電話を掛け始めた。

結論から言えば全敗だった。どの会社もタマゴ十万個の搬送と聞くと食い付いてきたけど、届け先が五百キロ先の極楽寺と聞くとどこも逃げ腰になった。中にはご親切にも最大手のフクロウ運輸なら対応できるかも、と勧めてくれたところもあった。リスト最後の十一社目に電話を掛け、同じようなやりとりの末に断られるとあたしは机に突っ伏した。

あたしの肩にはナナミエッグ創業のシンボル、第一ファームとそこで働く職員十名の生活が掛かっている。何としても十万個の有精卵を極楽寺に届ける手段を確保しなければ。……でもどうやって？

誠一は涼しい顔であたしを見つめている。あたしはむくりと顔を上げた。

「一所懸命やったんだから、慰めの言葉くらい掛けてくれてもいいじゃない」

「慰めの言葉って、どんな？」

「よくやったね、とか、ツイてなかったね、とか、これから大変だね、とか」

「そんな言葉で、問題が解決するのか？」

「するわけないでしょ。でもそういう言葉が欲しくなる時もあるの。完全無欠な優等生の誠一にはわからないでしょうけど」

どこからどう見ても、立派な八つ当たりだ。誠一は怒りもせずに言った。

「それは、まどかが人事を尽くした時に言ってやるよ。でも諦《あきら》めるのはまだ早い」

「でも、さっき誠一が見つけてくれた会社は全滅したのよ」

「僕のリストに漏れがあるかもしれないだろ」

「漏れなんてあるわけないわよ。誠一はそんな迂闊《うかつ》な人じゃないもの」

「そうだね。確かに僕の調べに漏れはない。でも穴はあるかもしれない」

「どういうこと？」

「僕がまどかに送ったのは〝加賀の大手運送会社の一覧表〟だったよね」

あたしは運送会社のリストを眺めた。ココナッツ・エクスプレス、常磐運送会社、加賀運輸、そしてフクロウ運輸……。目で追ううちに、脳裏に黄色い看板が浮かんだ。

「……真砂運送」

「その通り。真砂運送は大手でないし、拓也の親父《おやじ》さんはネット嫌いで社のホームページもないから、僕のリストには載っていない」

あたしは、一瞬、少し元気になったけど、それは空元気ですぐにしぼんでしまった。

「最大手のフクロウ運輸がムリなのよ。真砂運送が引き受けてくれるはずないわ」

「聞きもせずに決めつけることはないだろ。ダメもとで聞いてみて、もしやってくれたならラッキーじゃないか」

暗闇《くらやみ》に一条《ひとすじ》の光が見えた。またすぐに吹き消されてしまうかもしれない微《かす》かな光。

でも今のあたしはこの灯りにすがるしかない。

携帯を取り出し、掛け慣れた番号をプッシュすると、拓也は律儀《りちぎ》に野坂研にいた。

もちろん、野坂教授への忠義立てもあるだろうけど、案外「俺がプチエッグにいても粗大ゴミになるだけだ」とぽつんと言った言葉が本音かもしれない。

そんな拓也は電話口で嬉《うれ》しそうに言う。

「まどかから電話があるなんて、さてはついに俺さまの力が必要になったな」

「実はそうなの。お願い。できるだけ早くこっちに来て。相談したいことがあるの」

冗談めかした自分の言葉を全面的に肯定され、拓也は戸惑った声になる。

「お、おう。わかった。それじゃあ、野坂先生に断って今から早引きするよ」

久しぶりに会ったのに、あたしは挨拶《あいさつ》もそこそこに急《せ》き込むように一気に言った。

「フクロウ運輸に運送を断られちゃって、他の運送会社に当たったんだけど、それも全滅。だからできれば真砂運送で有精卵の運送を引き受けてもらいたいの」

合点お安い御用だぜとか、こんな時だけへいこらしやがって、とか、イエスにしろノーにしろ軽い答えが返るかと思いきや、予想に反して拓也は黙り込んだ。

しばらくして、ぽつりと言う。

「フクロウ運輸が依頼を断った理由を教えてほしい」

手の中のメモ帳を握り締める。フクロウ運輸でさえ難しかったプランを見てどう思うか、予想はできたけれども、あたしはメモを見ながら要点を伝えた。説明を聞き終えた拓也はしばらく考え込んでいたが、やがて顔を上げる。

「親父に相談してみる。真砂運送は親父の会社だから、俺は何も決められないんだ」

妥当な答えだけどあたしはがっかりした。拓也がこの場で引き受けてくれるんじゃないかと期待していた自分に気がついた。あたしって本当に甘ったれだ。

気を取り直し、軽い調子で言う。

「それじゃあ明日はあたしも久しぶりに大学に行くね。朝、ピックアップするわ」

「心配するな。今日中に結論を出すから」

拓也の返事に、顔を赤らめる。少しでも早く答えを知りたいという本心を見透かされた気がした。拓也はあたしに車の鍵《かぎ》を返しながら言った。

「ひとつ、わがまま言ってもいいかな。ランチは玉子サンドを食べたいんだけど」

「お安い御用よ」

あたしたちの会話を黙って聞いていた誠一も立ち上がる。

「この問題にケリがついたら知らせてくれ。それまで僕の出番はなさそうだ」

男子ふたりが一緒に去って、妙にがらんとしたひとりぼっちの部屋には、あたしと行き先の見えない未来だけが残されていた。


モーニングコールを掛けると、拓也は起きていた。身仕度を整え、外に出ると、見上げた空は青く、すっかり秋の空になっていた。赤トンボが目の前をすいとよぎる。会社に籠《こ》もりきりで季節の移り変わりにも気がつかなかったんだ、と思う。

エンジンは一発で掛かった。ここふた月、拓也が丁寧に乗ってくれていたようだ。いつもの景色が妙によそよそしく、異国の街みたいに感じられた。やがて黄色い真砂運送の看板の下に人影が見えた。あたしは速度を落とし、側《そば》に車を止めた。

あたしを待っていたのは拓也ではなくて、お父さんの真砂社長だった。

「おはようございます、名波社長。事務所でお話しさせてください」

おじさんのこんな厳しい顔は初めて見た。でもあたしはビジネスを持ちかけたのだから当然だ。車から降りると、あたしは社長の後を追った。

食堂で運転手さんたちが食事をしている横を通り、社長室に招き入れられた。ソファに座っていた拓也は、あたしをちらりと見上げうつむいた。

お茶を持ってきた拓也のお母さんは、目を合わさずに部屋を出て行く。

おじさんがあたしの前のソファにどんと座った。

「リュウちゃんは元気かね」

小学校の頃からの悪友のおじさんはパパをそう呼ぶ。今も飲み友達だ。

「そこそこ元気です。今はあまり話をする時間がないんですけど」

「そりゃいかん。お父さんは大切にしないと」

あたしはうなずく。紋切り型の注意も、おじさんに言われると素直に聞ける。

おじさんは身を乗り出した。いきなり雰囲気も口調もがらりと変わる。

「さて、名波社長の依頼の件ですが、結論から言えば、ウチもお断りする」

「親父」と拓也が声を上げる。

「部外者は黙っとれ」と一喝され、うつむいてしまう。

あたしは背筋を伸ばした。震える声で、わかりました、と言うのが精一杯だ。

おじさんは厳しいけれど、優しさを湛《たた》えた目であたしを見た。

「まずはっきりさせておきたい。拓也はウチの社員ではない。ビジネスの話なら社長である私に直接言ってもらわないと筋が通らない」

「軽率でした」と身を縮めて頭を下げた。拓也が言う。

「まどかはとりあえず、俺にちょっと相談してみただけなんだ」

「お前は黙っとれ、と言っただろう」

拓也は再び黙り込む。トラック運転手は気の荒い者も多い。このくらいの迫力がなければ真砂運送を一代でここまで成長させることはできなかったのだろう。

おじさんは口調を元に戻した。

「初心者マークの社長はいろいろ失敗する。でも名波社長の謝り方は悪くない。ちゃんとした謝り方ができれば、相手の怒りを鎮火できる。そうすれば会社は保《も》つよ」

褒められているのだろうけど、全然そんな気がしない。おじさんは続けた。

「依頼をお断りする理由はフクロウさんと同じだ。人手が取られるのと、荷のリスクが高いという二点だ。専任のドライバーが最低四人は必要だが、総勢十人のウチの規模では、受けることは不可能だ」

素人《しろうと》の悲しさ、専門家はすぐこのくらい見積もれる。あたしは有精卵プロジェクトを始めてすぐに、輸送について詰めておかなければならなかったのだ。

こうなった理由はわかる。逡巡《しゅんじゅん》していた分だけ、細部に気が回らなかったのだ。

「社長のご判断はもっともです。ご検討、ありがとうございました」

おじさんは組んでいた腕をほどいた。

「ここまでは真砂運送の社長としての言葉だ。ここからはちっちゃい頃からまどかちゃんを見てきた、近所のおじさんとして言わせてもらう。まどかちゃん、立派になったなあ。おじさんもまどかちゃんと仕事をしたかったよ」

その言葉に涙がこぼれそうになる。おじさんの優しさに触れたこと以上に、有精卵プロジェクトの道が閉ざされてしまったことがはっきりしたからだ。

「いろいろとありがとうございました。それじゃあ拓也、大学に行きましょう」

あたしは一礼し部屋を出た。涙声にならなかったのは上出来だった。

車中、いつもと違い無口な拓也に、陽気に言う。

「親子ゲンカさせちゃってごめん。おじさんの言うことはもっともよ。フクロウ運輸が断った理由はそっくりそのまま真砂運送にも当てはまるもん」

拓也がぼそりと言う。

「俺が甘かったんだ。親父は怒っていたけど、あれでもまどかの望みを何とか叶《かな》えてあげられないか、夜通し考えてくれたんだ」

「うん、わかってる。でもおかげで踏ん切りがついたわ。納品できないんじゃどうにもならないもの。有精卵を作り始めてしまったけど、まだ被害は最小限で済むわ。敗戦処理は大変だけど手伝ってね」

「俺が会社を継いで、まどかの依頼に応《こた》えられるようにするまで待っていてくれ」

うつむいた拓也が歯ぎしりしながら言う。ありがと、と答えながら、それじゃあ遅いの、とも思ったけれど、拓也の言葉は胸に染《し》みた。

車は加賀大に到着し、あたしたちはとぼとぼと野坂研に向かう。研究室のソファに寝転んでいた誠一は、あたしたちの気配に気づいて上半身を起こす。

「その顔だと、拓也への丸投げ計画は、おじさんの拳骨《げんこつ》に粉砕されたようだね」

「ご明察。でも拳骨じゃなくて愛の鞭《むち》よ。これでプロジェクトは撤退よ」

「まどかって、諦めるのだけは早いよなあ。そんなんじゃ社長業は務まらないぞ」

誠一の揶揄《やゆ》するような言葉に、抑えていた感情が一気に噴き出した。

「それじゃあ日本中の運送会社に当たれっていうの？　そうしたらひょっとして酔狂な会社が見つかるかもしれないわね。でも時間がないからどうしようもないの」

「このビジネスが往生して困るのは誰だい？」と誠一は冷ややかに言った。

「あたしよ。だって社長だもん」

「まどかの他には？」

脳裏に宇賀神総長と彦根先生の横顔が浮かぶ。誠一が続ける。

「今、まどかの頭に浮かんだ人たちに相談しないと、撤退は決められない。そんなことも考えないで人事を尽くしただなんて、ちゃんちゃらおかしいよ」

キツい言葉だけどもっともだ。あたしは彦根先生に電話を掛けることにした。

生返事をしていた彦根先生は、謝罪を聞き終えると投げ遣《や》りな口調で言った。

「残念ですが、それでは諦めるしかなさそうですね」

彦根先生の言葉を聞いて、最後の蜘蛛《くも》の糸がぷつりと切れたように感じた。彦根先生からはいつもの覇気が感じられない。その時、彦根先生はぽつりと漏らした。

「僕には道が見えるけど。君たちもすでに一度、その道を見つけているのになあ」

どういう意味ですか、と尋ねた瞬間、通話は切れ、掛け直してもつながらなかった。

途方に暮れて顔を上げると、誠一が「何だって？」と尋ねる。

「道はあって、あたしたちは一度、見つけているんだって。どういうこと？」

誠一は、がばりと立ち上がった。

「その言葉を聞きたかったんだ。彦根先生は親切だ。答えがあるとわかれば必ずたどりつけるさ」

誠一は前のめりで爪《つめ》を噛《か》み始める。真剣に考え事をする時のクセだ。

「俺が社長だったら全社を挙げてまどかの依頼に応えるのに」と拓也が繰り返す。

「拓也、今、何て言った？」と誠一が顔を上げる。

「だから、あんな石頭親父じゃなく、俺が社長だったらなあ、って」

誠一は拓也を凝視していたが、やがてソファに倒れ込み、大きく伸びをした。

「なんだ、そんなことだったのか。確かに僕たちはすでに答えを見つけていたな」

誠一は大笑いを始めた。あたしと拓也は、そんな誠一を、ただ呆然と見つめていた。

九月三日、朝八時半。いつもの場所で拓也を拾ったあたしは、誠一の家に迎えに行く。三人が揃《そろ》ったところで大学へ向かわずにUターンし、車を路肩に寄せて停めた。

「まどかの依頼の件でもう一度、一時間ほど時間をもらいたいんだけど」

拓也が電話を掛けると、あの件は終わりだと言っただろう、と受話器からおじさんの怒声がはみ出てくる。すかさず誠一が電話を取り上げた。

「おじさん、ご無沙汰《ぶさた》しております。鳩村です」

「おお、誠一君か。久し振りだな。今日はどうした」

「今の件で、僕からもひとつ提案がありまして」

受話器の向こう側で一瞬、沈黙が流れた。

しばらくしておじさんの、のんびりした声が応じた。

「誠一君の話なら聞いてみる価値はありそうだな。昔から賢い坊やだったから、ひょっとしたらおじさん、説得されてしまうかもしれないなあ。はっはっは」

その言葉からは逆に、拓也のお父さんの決意が岩のように固いということがひしひしと感じられた。でも誠一は、そんな気配など全く意に介さない口調で、飄々《ひょうひょう》と言う。

「きっとこれはおじさんの会社にもプラスになるご提案だと思います」

「それは楽しみだ。久し振りだから家内にマドレーヌを用意させておくよ」

「本当ですか。僕、おばさんのお菓子、大好きです。では明朝九時に伺います」

にこやかな声で電話を切った誠一を、あたしと拓也はしげしげと見つめる。

「ん？　どうしたんだ、二人とも？」

「誠一って、腹黒いヤツだなあ」と拓也が言う。

「どうして？　今のは百パーセントの本音だぞ」

「だからこそ、よ。ウチのパパだけじゃなく、拓也のお父さんまで籠絡《ろうらく》するなんてほんと、誠一ってすごいわ」

期せずして、あたしも拓也と同じ感想を口にした。そうかなあ、ととぼけた口調で言った誠一は、バスケットからゆでタマゴを取り出し、ぱくりと頬張った。

翌朝の面会を九時にしたのは拓也のお父さんが寛《くつろ》いでいる時間だからだ、という。本当なら昨日の時点ですぐ掛け合いに行ってほしかったけれど、誠一はあたしの希望を聞いてくれなかった。

「交渉の時には、熱気は必要だけど、ほどよく冷まさないとダメなんだ」

あたしは心のノートに誠一の言葉をメモする。これから遭遇するであろう様々な交渉場面で支えになりそうな名言に思えたからだ。しかし、とても同い年とは思えない。

「親父は話を聞いてくれるかなあ」と拓也が不安を口にすると、誠一は真顔で答える。

「拒絶されても不思議はない。僕だって確信はないさ」と言った誠一は、それ以上は教えてくれなかった。こうなったら一刻も早く直談判《じかだんぱん》してほしい。

「でも百パーセント不可能だったのが押し戻せる可能性が出て来たんでしょ。それは誠一の知恵と拓也の熱意のおかげよ」

「いや、彦根先生のアドバイスのおかげだね」

誠一はあっさり言う。脳裏に銀色のヘッドフォン姿が蘇《よみがえ》る。

でも今はその横顔は浮かばない。なぜだろう、と思いつつ、あたしは明朝の、拓也のお父さんとの面会のことを思い、身が震えた。

22 累卵《るいらん》

加賀・真砂運送　9月4日（金曜）

一昨日、絶望的な気持ちで後にした真砂運送の社長室に再び招き入れられた。一昨日と同じように拓也のお父さんがどかりとソファに腰を下ろすと、一昨日と違っておばさんがいそいそと紅茶を淹《い》れ、マドレーヌを持ってきてくれた。

「誠一ちゃん、久しぶりねえ。すっかり立派になって。拓也も見習ってほしいわ」

「うるせえよ、ババア」と拓也がふてくされる隣で、誠一は照れくさそうに笑う。

「今日のは自信作よ。召し上がれ」

「うわあ、美味《おい》しそうだなあ」と誠一が無邪気に言う。これが演技でないというのだから恐れ入る。おばさんはマドレーヌをぱくつく誠一をにこにこと眺めていたが、おじさんに目で促され部屋から出ていった。

「では本題に入ろう。一昨日お断りした件で新たな提案があるそうだな。そこだけ手短にお聞かせ願おう」とおじさんに言われ、誠一は紅茶を飲み干すと言った。

「真砂社長、百万石デパートの加賀フェアでは、相当な負担をされたそうですね」

おじさんは拓也に、そんなことを喋《しゃべ》ったのか、と視線で詰《なじ》り、言ってねえよ、と拓也は応じる。拓也があたしにその話をした側で誠一が聞いていたことを忘れている。

「あの時は酷《ひど》い目にあったよ。加賀フェアを三年間やるというから最新式の大型冷蔵車を購入して新人も雇ったのに三カ月で中止だからな。今さら車も売っ払えず、社員の首も切れない。その件もあって今回の依頼も慎重に判断したんだ」

「その車と新人ドライバーの引き取り手があれば、おじさんも助かりますよね」

「そりゃありがたいが誰が引き取ってくれる？　鳩村さんの動物病院かね？」

「違います。真砂運送でまどかのおじさんと同じことをすればいいんです」

「どういうことだね」とおじさんが身を乗り出す。興味を持った表情だ。

「ナナミエッグは有精卵プロジェクトのため分社化し、まどかをプチエッグ・ナナミの社長にしました。これなら失敗してもナナミエッグ本体の傷は小さくて済みます」

「リュウちゃんも思い切ったことをやったな、と感心したよ。でもそれがウチとどう関係するんだい？」

「真砂運送も同じことをすればいいんです。プチ真砂運送を切り離しプチエッグ・ナナミの案件に特化した会社を作る。そして拓也を社長にすればいいんです」

おじさんは口をあんぐりあけた。あたしと拓也は息を呑《の》み、誠一を見た。

「なるほど。確かにそれは、あ、いや、だが……」

真砂社長は誠一の提案を聞いてしどろもどろになった。あたしの依頼を拒否した時とは全然違う。誠一のアイディアはシンプルかつ合理的だ。あたしは答えのすぐ側にいたのに気づかなかった。彦根先生も瞬時に同じ考えにたどり着いたのだろう。

「つまり誠一君は、真砂運送を分社化して拓也に一部を譲れというのかな」

「概《おおむ》ね、その通りです」

「ウチみたいな小さい会社が分社化なんてしたら物笑いの種で、失敗したらイメージダウンだ。何のメリットもない提案に思えるな。それと経験上、こういう旨《うま》い話にはたいてい落とし穴があるものなんだ。たとえばこの前の加賀フェアみたいにね」

生き馬の目を抜くビジネス社会で生きてきたおじさんの本能が発した警報だろう。

「でもうまくいけば効果は一石三鳥、四鳥にもなります。第一に分社化し拓也を社長にすれば、真砂運送の跡継ぎに社長業を経験させられます」

「確かにそれは大きい。いくら言っても甘ったれ気分が抜けないからな、コイツは」

拓也は唇を嚙む。就職が決まらず現実逃避するように大学院に進学しながら研究課題も決めず、趣味で公道を走れないF1仕様車の改造にのめり込むニート生活。

拓也のお父さんが自分の会社を任せられないと考えて当然だ。誠一は続ける。

「第二に分社化にあたり、真砂運送が抱える不良債権でもある冷蔵車と新人ドライバーを引き取れますので真砂運送の負担が軽減します」

「それもありがたいが、この案件に対応するには専属ドライバーが四人は必要だ。それはどうする？」とおじさんが尋ねると、拓也が言う。

「真砂運送から一人、ドライバーを譲ってくれたら、あとは俺がやる。最初の一年は死にものぐるいで三人分働いて、儲《もう》けて二年目にドライバーを増やす」

「果たしてそううまくいくかな」という意地悪なおじさんの口調に、あたしも言う。

「ドライバーの負担を減らすため、こちらも全面的に協力します」

「しかし肝心の本人に実力がないからなあ」

「やる前から決めつけるなよ」と突っかかる拓也を、誠一が片手を上げて制した。

「社長のご懸念《けねん》はごもっともですが、失敗しても新会社に関わるのはもともとリストラしなくてはならない要員や資材です。うまく行けば儲けものだと思いませんか」

おじさんは誠一を睨《にら》む。潰《つぶ》れることを前提にした誠一の話は、度量の大きいおじさんの逆鱗《げきりん》に触れないだろうか、とひやひやする。

でもおじさんは大笑いを始めた。

「確かに分社化は願ったり叶ったりだ。だがひとつ確認したい。分社化では大変な重荷を背負わされる人間がいるが、彼に覚悟はあるのかな」

おじさんは拓也を見た。二人の間に温かい空気と厳しい空気が入り交じり、端で見ているあたしまで息苦しくなる。そこは他人が入り込んではいけない場所だ。

「親父の会社を継ぐなら、苦労を乗り越え正々堂々と継ぎたい」と拓也はきっぱり言う。その言葉を聞いて、拓也のお父さんはぱん、と手を打つ。

「わかった。真砂運送を分社化し、プチエッグ・ナナミの依頼に対応する子会社を作ることに同意する。細かい点はあちらの新社長と相談して決めてくれ」

あたしは震えた。そして、ありがとうございます、と頭を下げた。

三人で野坂研に顔を出して成り行きを報告すると、野坂教授は言った。

「道は、進もうと思う人の前にだけ拓《ひら》けるものなのです」

教授の話が心に染み渡る。でも野坂教授の言葉は、あまりにも自然すぎて、後で思い出せなくなってしまう。教授の歌も似ている。代表作『鶏鳴』は養鶏場の日常を歌ったもので、あたしは読む度にしみじみしてしまうのに、読み終えて歌集を閉じると、もう思い出せない。加賀風狂子は別名、忘却の歌人と呼ばれているのだそうだ。

あたしは拓也に言う。

「本当にありがとう。拓也の決断がなければ、有精卵プロジェクトは終わってたわ」

「礼を言うのは早い。大手のフクロウ運輸が断った案件だし、俺は実績がないから」

「そうね。もう来月には商品を納入しなければならないんですもの。すぐに始めないといけないわ」というあたしの言葉を聞いて、誠一が立ち上がると言った。

「この調子なら、僕はしばらくお役御免だな。来月から後期の授業や実習が始まるからちょうどいい。もし何かあったらいつでもメールをくれよ」

あたしは不安になったけれど、誠一はこれから大切な国家試験の準備に入るのだから仕方がない。プチエッグの立ち上げが誠一の夏休みと重なったのは本当にツイていた。本当にありがとう、と頭を下げると、誠一は照れたように頭を掻《か》く。

「僕は面白かったから一緒に遊んだだけだよ」

「そうそう、まどかは頭を下げる必要なんてない。誠一はワクセンの真崎さんに会いたいだけなんだから」と拓也がにやにやしながら言う。

拓也の指摘に、誠一の頬がみるみる赤くなった。拓也をにらみつけるが何も言い返せず、怒ったような足取りで研究室を出て行った。

その様子を眺めていた野坂教授がにこやかな顔で、朗々と歌い上げる。

こころまで　踏み込みゆくや　こころなき　言の葉に負う　若き傷跡

歌の意味は、何となくわかる気もしたけれど、よく考えるとやっぱりわからない。

歌を吟じ終えた野坂教授はほっほっほと笑い、古典の世界に戻って行った。


帰りの車中で拓也が言う。

「俺の人生は激変した。そんな決断をしたのもまどかのためだ。わかってくれよな」

あたしはうなずく。ハンドルを握る手に汗がにじむ。

「プロジェクトが成功したら、結婚してほしい」

あたしは前を見て運転に集中する。車中を重苦しい沈黙が覆《おお》う。真砂運送の黄色い看板の下に到着し、拓也は車を降りると、無言で家に向かって歩き出す。

あたしはその後ろ姿に、「拓也」と呼び掛けた。

拓也は足を止める。でも振り返らない。

「さっきの返事、今は答えられない。ずるいかもしれないけど、このプロジェクトの目処《めど》がついたら、その時に考えさせて」

拓也は振り向いて、あたしを見た。

「今すぐ返事をもらおうなんて思ってない。ただ、いつか言おうと思っていたんだ」

拓也は背を向け、歩き出す。あたしはその姿が見えなくなるまで見つめ続けた。


翌日の九月五日、拓也は朝一番でプチエッグ・ナナミにやってきた。手にはお馴染《なじ》みの模造紙の行程表がある。早速、控え室のテーブルの上に広げる。

「あれから誠一の家に行って有精卵の搬送に必要な条件を聞いてきた。結構大変だ」

思えばここまで何度も危機を乗り越えてきた。今回はまだ乗り越えていないけど、週半ばの絶望感より遥《はる》かにマシだ。誰かがあたしの行く道を守ってくれているのかもしれない。それは天国のママかもしれないし、養鶏場のヒヨコたちかもしれない。

「当面の問題は二点。ひとつは殺菌だ。ワクチン製造は雑菌の混入を嫌う。専門用語でコンタミ（汚染）と言って、トラックを丸ごと消毒するんだって。でも搬出口を改良してゲートに消毒薬を噴霧する装置を付ければ大丈夫だろうって。誠一が設計図を描いてくれているけど、一日か二日の大工仕事でできるそうだ」

誠一にすれば簡単なんだろうけど、あたしみたいな凡人から見るともはや超人だ。

「殺菌は大丈夫なのね。もうひとつの問題は？」と訊《たず》ねると拓也は嬉しそうに言った。

「まどかはヒマある？　久しぶりに、一緒にドライブに出掛けないか？」

いきなりデートに誘われ目を見開いた。こんな切羽詰まった状況なのに信じられない。あたしがそんな顔をしているのがわかったのか、拓也は頭を掻いた。

「ごめん、調子に乗りすぎた。タマゴの輸送は五百キロ、時速八十キロで七時間掛かる。この距離をタマゴを割らずに走るには相当の運転技術が必要だから、毎日基礎トレをやる。とりあえず明日は大型トラックで加賀から極楽寺までタマゴを十万個運んでみる。つまり事前シミュレーションだ」

「そういうことなら、もちろんつきあうわ」

「で、わがままをひとつ言わせてもらうと……」

「ゆでタマゴと玉子サンドでしょ」

「さすがまどか。いい嫁さんになるよ。だけど残念なことに、今や女社長だもんな」

この人、自分が昨日プロポーズしたことを忘れたのかしら、と不安になった。

午後、打ち合わせと称し拓也に呼び出された。明日のドライブには同伴者がいた。

新会社に抜擢《ばってき》されたドン亀・柴田さんだ。ひと月後には拓也と二人で極楽寺にタマゴを届けるのだから一緒にシミュレーションするのは当然だろう。

「出発は午前十時。七時間掛けて五百キロを走り極楽寺に十七時到着。とんぼ返りで戻りは夜中の一時と、こんな感じかな。行きは俺が運転し、柴田さんは帰りを運転してもらう」と、拓也は淡々と行程を説明する。

「柴田さんも大変ですね」

あたしが気遣うと、柴田さんは無愛想に言う。

「ドライバーなら、その程度は朝飯前です」

四十代から五十代。声に張りがなく、いつも疲れている印象だ。

「柴田さんも何か気がついたことがあったら、どんどん言ってよ」と言われた柴田さんは拓也を見つめていたが、重い口を開いた。

「では遠慮なく。坊ちゃん、私はいきなりタマゴを使うのは反対です」

「期日が迫っているから、やるしかないんだ」と拓也はむっとした顔で答える。

「そんなことありません。トラックにも、まだまだ手を加えないといけないところがあります。それが終わってからでも遅くありません」

まじまじと柴田さんを見た。こんなにはっきりモノを言う人とは思わなかった。

「それに運んだタマゴはどうするおつもりですか？」

拓也は一瞬、言葉につまる。それから、言う。

「捨てるさ。でも、今育てている有精卵は全部ムダになるんだから同じことだ」

その言葉を聞いて、胸に痛みが走る。拓也の言う通りだ。

でも強がってはみたものの、拓也は柴田さんの言葉に動揺したようだ。

「じゃあ今回は、十万個じゃなくて五千個くらいにしておこうか」

いきなり二十分の一にスケールダウンしてしまう拓也。こうやってすぐ日和《ひよ》ってしまうヘタレなのは昔と変わらない。でも十万個だろうが五千個だろうが、ムダにタマゴを殺すことに変わりはない。これからあたしたちがやろうとしているプロジェクトでは結局、有精卵は殺されてしまうのだから、あたしに拓也を責める資格はない。

あたしは罪の意識に苛《さいな》まれるのは止《や》めた。あたしがやらなければ他の誰かがやるだけなのだから。柴田さんはテーブルに広げた行程表を見て尋ねる。

「坊ちゃん、明日の出発は本当に午前十時でいいんですか？　どうせシミュレーションするのなら、先方の納入時間に合わせて出発時間を決めた方がいいのでは？　あと荷がタマゴならあまり速度は出せませんから、八時間は見ておく必要があります」

柴田さんの的確な指摘に、拓也はうなずかざるを得ない。

「ワクチンセンターの納入希望時刻は何時だっけ？」とあたしに訊ねる。

「あちらの希望は午前十一時ね」

「するとドライブが八時間掛かるとして、逆算すると出発時刻は……」

拓也が考え込むと、柴田さんが「午前三時です」と言った。

「そんな早いのか。大変だな。柴田さん、厄介な仕事を振ってごめんね」

「仕事ですから。それに坊ちゃんに拾ってもらわなければ、クビでしたし」

あたしと拓也は顔を見合わせる。自分の置かれた立場がわかっていたんだ、この人。

「どうせシミュレーションするなら、きちんとやろう。明日の深夜三時集合だ」

柴田さんは顔を上げ、何か言いかけて口を閉じる。

「柴田さん、遠慮なく気がついたことを言って」

あたしのフォローに、柴田さんはぼそぼそと言う。

「午前三時に出発するなら、集合は二時にすべきです。経験のない積荷ですから、積み込みに予想外に時間が掛かることも考えられます」

やけっぱちになって拓也が言う。

「それなら今回は午前二時半集合。搬送する個数も二十分の一だからね」

「わかりました。では坊ちゃん、今夜午前二時過ぎにまた伺います」

柴田さんの後ろ姿を見ながら「意外に喋る人だったのね」とあたしが言う。

「今からプチエッグ・ナナミで搬出時の段取りの確認をしよう」

GPセンターには孵卵器《ふらんき》の銀色の扉が並び、数人の社員が有精卵を鑑別する選卵機のモニタチェックのトレーニングをしている。拓也はその様子に目を丸くした。

「明日、紫外線消毒で部屋全体を無菌にする予定だから、今日は自由に見学できる最終日なの。有精卵のチェックは大丈夫そう?」

現場主任の清瀬さんに声を掛ける。パパが頭の上がらないベテラン女性だ。

「これってすごい機械ですね。光を当ててタマゴを撮影して、写真判定して吸盤で無精卵を除いてしまうんですもの。あたしたちはただぼうっと眺めているだけです。おかげで作業は八割方慣れました。あと一週間あればばっちりです」

明るい声に、少し元気になる。

「明日、有精卵を極楽寺に搬送するからタマゴを五千個、用意してほしいの」

「わかりました。それなら搬出口の側にある保温器に移しておきますね。なんでしたらお手伝いしますけど」

「気持ちはありがたいけど出発は夜中の三時よ」と答えると清瀬さんは目を見開いた。

「じゃあお手伝いは無理です。納品スペースの保温器は五万個しか入りませんから、明日はいいですけど、十万個の搬送が始まったら残り五万個はセンター内の孵卵器を代用しないといけません」

「そんなのダメ。業務が始まれば毎日ドライバーさんは十万個のタマゴをトラックにひとりで運び入れるの。いちいち清潔領域に取りに入ってもらうのはムリよ」

まさかこんな落とし穴があるなんてと愕然《がくぜん》とした。清瀬さんは少し考えて言った。

「でしたら荷物置き場のスペースにもう一台、保温器を置きましょう。第二ファームに余った保温器がありますから、明日、最終点検の時に移動してもらいます」

「助かるわ。申し訳ないけど帰る前に五千個、搬出口の側によろしくね」

消毒設備の最終点検が終わった後に新たな保温器を搬入すれば二度手間になってしまうところだった。あたしの額から大粒の汗が噴き出した。


深夜二時。昼間はまだ暑いけれど、この時間には秋の気配が感じられる。あたしはカーディガンを羽織り、夜空の星を眺めていた。拓也があたしをピックアップし第一ファームへ向かう。歩いていける距離だけど深夜二時に乙女の一人歩きはいただけないと言われ、素直に従うことにした。乙女なんて言われたのはいつ以来だろう。

なのに拓也はあたしの心を震わせたことに気づかない。ほんと、鈍感なヤツ。

コオロギの鳴き声に耳を澄ませていると、トラックのエンジン音が聞こえ、闇夜にポツンとヘッドライトの光の輪が見える。砂利を踏みつける音が大きく響き、コオロギの鳴き声が途絶えた。光源が次第に大きくなり目の前でブレーキ音と共に停止する。

トラックは想像以上に大きく、荷台にタマゴを一杯に詰め込んで走るのかと思うと圧倒されそうだ。荷台のコンテナには「真砂エクスプレス」と疾走感ある書体で書かれている。

運転席から手を伸ばした拓也が、あたしを助手席に引っ張り上げた。

「お迎え、ごくろうさまです」

助手席に乗り込むと、後部座席の柴田さんが会釈《えしゃく》した。運転席の拓也が言う。

「俺とまどかの、記念すべき初めての共同作業だな」

ウエディングケーキの入刀みたいな言い方のせいで、さっきまで感じていた感動は一ぺんに消え失《う》せた。そんなこととは露知らず、拓也はアクセルを踏み込むとGPセンターへとトラックを走らせ、五分もしないうちに到着した。

「早速、タマゴを搬入しようか」

スペアキーを渡すと、拓也は搬出口へ向かいシャッターを開ける。中は薄暗い。運転席に戻った拓也はトラックを慎重にバックさせた。F1ドライバーを目指していただけあって切り返しもせずにドンピシャでぴったりつけるなんてすごい。

そう褒めると「これはバックモニターつきなんだよ」と照れながら言う。言わなければわからないことを正直に言ってしまうところが、いかにも拓也らしい。

拓也が、エンジンをかけたまま運転席から降りたので、すかさず言う。

「シャッターは閉めてエンジンも切って。排気ガスはタマゴによくないの」

「シャッターを閉めると中は真っ暗だぜ。これじゃあ搬入作業ができないよ。エンジンは切れないな。エンジンを切ってライトを点《つ》けっぱなしにするとバッテリーが上がっちゃう。次々に問題点が出てくるけど、今夜はシミュレーションだし、解決策はおいおい考えよう。とにかくまずタマゴを積み入れないと」

荷台の後部扉を開け、搬出口から金属製の板を渡す。

「今夜は一台だけど、本当はこれが二十台分か。少なくとも三十分近くは掛かると見た方がよさそうだな」と保温器からワゴンを運び出しながら拓也が言う。

ぼんやり眺めている柴田さんに声を掛ける。

「柴田さんも気がついたことをどんどん言ってください。あたしの方もドライバーさんの負担が小さくなるよう、工夫しますので」

柴田さんは少し考えて、ぼそりと言う。

「それならひとつ。タマゴを搬入する前にブルーシートを敷いた方がいいです」

言われるまま物置からブルーシートを持ってくると、柴田さんが荷台の床に敷く。拓也がその上にワゴンを押し込むと、ワゴンをブルーシートですっぽり包み込んで細《ほそ》紐《ひも》で縛り上げると荷台から飛び降り扉を閉めた。

「これでOKです」

腕時計を見ると午前三時ちょうど。拓也は運転席に乗り込むと、「まどかは俺の隣」と助手席を指さす。

助手席にあたし、後部座席には柴田さんが乗り、運転席の拓也が勇ましく、出発進行、と言う。拓也はそろそろとトラックを発進させる。いきなりがたん、と路肩に乗り上げ車体が傾《かし》いだけれど、すぐ元に戻る。柴田さんが小声で「雑だな」と呟《つぶや》いた。

「車体がでかいから、車両感覚が摑《つか》みにくいな。柴田さん、気がついたことがあったらどんどん言ってね」

「坊ちゃんの運転は初めてですから、最後にまとめて言わせてもらいます」

柴田さんが答えると、拓也はむっとした声で言う。

「坊ちゃんというのは止めてくれないかな。できたてほやほやの会社だけど、これでも一応、真砂エクスプレスの社長なんだからさ」

「すみません、若社長」

一見従順そうな柴田さんが拓也を〝バカ社長〟と言ったように聞こえて不安が募る。

それでもトラックは順調に、加賀の街から極楽寺を目指し走り出したのだった。


高速に乗って二時間。東の空が白んできた。周りはトラックばかりだ。

「トラックは夜中に走るんだ。道が空《す》いていて距離を稼げるからね。でも柴田さんは運ぶのがのろいからドン亀って呼ばれているんだよね」と拓也が言う。

悪気はないんだろうけど、拓也には無神経なところがある。

「前の会社では指定時間ぴったりに着いていたら、結局クビになりました」

「それならこの仕事でよかったね。七、八時間掛けて確実に届ければいいんだから」

「その点は坊ちゃん、いや、若社長に感謝しています」

場が少し和んだので、ゆでタマゴを二人に手渡す。柴田さんはゆでタマゴの殻をゆっくり剝《む》いて頬張り、美味しいです、と言う。ハンドルを握る拓也にゆでタマゴの殻を剝いて渡す。新婚夫婦みたいだなと思い、あわててその考えを打ち消した。運転席の拓也が玉子サンドをぱくつく。

あたしが面倒を見てあげないと食べられないけれど、それが却《かえ》って嬉しいみたいだ。

あたしもゆでタマゴを一個だけ食べた。

一時間が経過した頃、突然、柴田さんが言った。

「若社長、次のサービスエリアで休憩を取りましょう」

「え？ まだもうちょっと行けるけど」

「いえ、次のエリアに入ってください」

有無を言わせぬ口調に押され、拓也は小声で「わかった」と答えた。十分後、鯖谷サービスエリアに入ると、柴田さんは「駐車場に入らず右に曲がってください」と指示した。ガソリンスタンドの脇《わき》を抜け坂道を下った。広場にはトラックが数台、停車していた。運転手の仮眠所らしく、シートを倒して仰向けになり顔にタオルを掛けた運転手が見える。

出発して三時間だから仮眠は必要ない。どうしてこんなところでひと休みしなくちゃならないんだろう、と怪訝《けげん》に思ったあたしの背後から、柴田さんが指示をした。

「突き当たりの奥に止めてください」

言われるまま拓也はトラックを止めて降りる。そこには水道栓があった。

「ここでは仮眠や洗車ができるので、知っていて損はないです」

「それを教えるために、わざわざここに寄ったの？」

拓也が納得したように言うと、柴田さんは首を振る。

「本当は一時間前に一回休憩した方がよかったんです。長丁場は最後に体にガタがきます。でも無理してここまで引っ張ったのは、ここで洗車ができるからです」

柴田さんが後部扉を開けた次の瞬間、生臭い臭《にお》いが漂い、液体がぽたぽた流れ出す。シートにくるまれたワゴンから液体が漏れ出し床に広がっていた。

あわてて荷台に乗り込もうとする拓也に、柴田さんが鋭い声を上げる。

「シートに触れないように」

柴田さんは荷台に飛び乗りストッパーを外すと、ワゴンをそろそろと引っ張り出す。昇降台に載せて地面に下ろし、台車に載せて運ぶ。洗い場でシートをくくった紐をほどいた途端、液体と固体の入り交じったものがどろりと流れ出た。

あわてて目を背けたけど、しっかり見てしまった。ヒヨコになりかけの子どもたち。虚《うつ》ろな目があたしを見つめていた。草むらに駆け込み、さっき食べたものを吐いた。

拓也は柴田さんと割れたタマゴを黒いゴミ袋に放り入れる。その様子を眺めていたあたしは、意を決して歩み寄ると、ヒヨコをつまみ袋に投げ込み始める。

無理するなよ、と言ってくれる拓也の顔を見ずに首を振る。

「ううん、これはあたしのタマゴだから」

一四一四つまんで、黒いビニール袋に投げ入れる。柴田さんは蛇口にホースをつなぎ、荷台を洗い流す。

「コンテナ洗いは私がやりますから、お二人は残ったタマゴの数を数えてください」

水音を聞きながら、あたしと拓也は、割れていないタマゴをトレーに集めて数える。

残ったタマゴをワゴンの下段にしまい、空のトレーを上段に移す。

「残りは八百二十三個です」

四千個以上が割れてしまったわけだ。柴田さんは黙ってブルーシートを敷き直した。

拓也がタマゴのトレーを入れたワゴンを設置すると、柴田さんが言う。

「行きは坊ちゃんが運転する予定でしたが、またタマゴが割れてしまうので、ここから私が運転します。坊ちゃんの運転とどこが違うか、よく見ていてください」

キツい言葉だが、拓也はうなずくしかなかった。

そうして四時間後。極楽寺に到着した。

ワクチンセンターのビルを遠目に見ながらトラックは、とある農家に着いた。今回は肥料として引き取ってもらう話がついていた。運転中と打って変わってにこやかに農家の人と話す柴田さんを見ながら、拓也は黙々とワゴンからトレーを運ぶ作業に勤《いそ》しむ。タマゴは肥料用だから穴に投げ捨てるだけでいいと言われたけれど、拓也とあたしはひとつひとつ丁寧に籠《かご》に入れた。柴田さんに運転を代わってからタマゴはひとつも割れなかった。

荷台にワゴンを片付け終えた時、柴田さんが肥料業者との話を終えて戻って来た。

「つい業者さんと話し込んでしまいまして」

「柴田さんの運転ではタマゴは割れなかった」と拓也が呟く。

「私はこの仕事が長いですから」と柴田さんは肩をすくめた。

秋の爽《さわ》やかな風が、三人の頬を等しく撫《な》でていく。

豊かに実った稲穂が風に揺れ、金色の光を放つ。そよ風の香りが、あたりに満ちた。

「では、そろそろ戻りましょう」と柴田さんが言った。

二十分後。極楽寺駅にトラックを止め、あたしと拓也は駅前の「和田」でうどんを食べていた。柴田さんは仮眠したいと言って、トラックの車中に残っている。

うどんをすすりながら拓也が言う。

「悪いんだけど、まどかは電車で帰ってくれないか」

ドライブに誘っておいて、こんな僻地《へきち》で放り出すなんて信じられない。

思わずあたしは拓也に抗議しそうになった。でも拓也は真剣な顔をして言った。

「帰り道、柴田さんとサシで話をしたいんだ」

目が覚めた。これはデートではない。拓也がこんな目に遭うのも、あたしの無茶な願いを叶えようとしてくれたからだ。なのに、あたしときたら……。

「わかった。ひとりで帰るわ」

「ごめんな、この埋め合わせはいつかするからさ」

「ううん、いいの。それよりタマゴを無事に届けられるように頑張って」

拓也はあたしを見つめて言った。

「このままだと大変なことになるから、帰り道に柴田さんにコツを教えてもらおうと思う。でもまどかがいると俺、かっこつけちゃうんだよ」

「わかってる。拓也が立派なドライバーになる日を楽しみにしているわ」

拓也の肩に手を置いた。拓也はその手を握り、あたしは握り返す。

「まどか、俺、頑張るよ」

店を出ると、運転席の柴田さんに会釈をして駅舎に向かう。ほんとはすごく怒っているんだから、と肩を聳《そび》やかしてみたけれど、本気にはなれなかった。

極楽寺からの帰路、運転席には柴田が座る。拓也は助手席に座り食い入るようにハンドル捌《さば》きを見つめた。行きに惨事の処理をしたサービスエリアを通過した時、拓也が言った。

「柴田さんの運転は、ちょっと丁寧だな、くらいしか違わない気がするんだけど」

柴田は真《ま》っ直《す》ぐ前を見て、ゆったりとハンドルを握っていたが、ぼそりと言う。

「坊ちゃんは正しい。私の運転は、坊ちゃんよりほんの少しだけ丁寧なだけです。でも、その僅《わず》かな差が大きな違いになるんです」

「俺、バカだから、差がわからないんだ。柴田さん、教えてよ」

「こういうことは教えられるものではないので、身体《からだ》に叩《たた》き込むしかないんです」

「それじゃあ遅いんだよ。今すぐできなければ、惚《ほ》れた女を助けられなくなってしまう。頼むよ、柴田さん」

……惚れた女を助けるため、か。

そう呟いた柴田は、速度を落とし路肩に止めると、拓也に向き直った。

「コツは簡単です。出したい速さの七割、意識の集中は普段の二割増し。それだけです。会得するために明日から一週間、一万個のタマゴを毎日搬送してください」

「片道五百キロだから一日千キロだよ？　それを一週間続けろ、というの？」

「それくらいしないと、間に合いません。それと次からタマゴを極楽寺に運んだら、Uターンして宝善町に持ち帰ってください。その間、ひとつも割らないこと」

そんなの無茶だ、と拓也が吐き捨てると、柴田は言い返す。

「坊ちゃんの運転技術でタマゴの長距離搬送をやろうなんて、もともと無茶です」

拓也は憮然《ぶぜん》としたが、弱々しく言う。

「わかった。やるよ。やるしかないんだよね」

「私の運転をよく見ていてください。お手本を見せるのは今日だけです」

柴田はエンジンを掛け、路肩から本線にトラックを戻した。

拓也は柴田のハンドル捌きを食いつくように凝視していた。


翌日。

拓也は師匠と慕うドライバーのまとめ役、平野に愚痴をこぼしていた。

「どうせなら平野さんに教わりたかったな。柴田さんの運転って地味で、どこがすごいのか、まだよくわからないんだ。昔はイチゴを運んでいたんだって。それも何だか迫力ないよね。何しろイチゴだもんなあ」

「坊ちゃん、柴田の運転技術はウチでもピカ一なんですよ」

「そうなの？　だってみんなはドン亀ってバカにしてたじゃないか」

平野は首を振った。

「確かにヤツの運転は遅い。でも確実に安全に届けるという点ではナンバーワンです。親父さんは厄介者ではなくナンバーワンを坊ちゃんに譲ったんですよ。前歴はイチゴの運送をしていたというのなら本物です。イチゴはタマゴより難しい品で、ちょっとでも揺れたらすぐに傷《いた》んで売り物にならなくなってしまうんですから」

呆然《ぼうぜん》と話を聞いていた拓也に、平野は笑顔で言う。

「とにかく一週間、言われた通り柴田の指導に死にものぐるいでついていけば、きっといいことがありますよ」

その言葉を聞いて拓也は、よし、今夜から猛修業だ、と気合いを入れ直した。

23 祝宴

加賀・ナナミエッグ　9月15日（火曜）

一週間後。携帯が鳴った。拓也からだった。

「十一時頃、戻るのね。わかった、待ってる」

すれ違いの一週間だった。

午前二時、有精卵を取りに来て八時間掛けて極楽寺へ。少し休憩し加賀に戻る。一万個の有精卵は載せたままだ。再び午前二時にプチエッグから有精卵を搬出する。この繰り返しで今日は四往復目の最終日だ。

一昨日、出発前の夕方に、久しぶりに電話を掛けてきた。次でタマゴを割るような見込みがないから諦《あきら》めろと柴田さんに引導を渡されたと言う。

「これまでどうだったの？」

そう訊ねると、受話器の向こうに一瞬、沈黙が流れた。

「最初は極楽寺で三分の一、戻りで半分割れた。次は行きで百個、戻りで十個だ」

「すごい進歩じゃない」

「でもまだ一度も割らずに運べていない。なのに次で終わりだなんて、自信ないよ」

拓也はへなちょこだけど、今のあたしには凛々《りり》しく見えた。社長として真砂エクスプレスを旗揚げした拓也は、両肩にいろいろな想《おも》いを載せている。そんな中でへなちょこな姿を見せられるのは、自分をわかっている強い人ではないだろうか。

あたしは通話口に向かって「大丈夫。拓也なら絶対にできるわ」と言った。

「プチエッグ・ナナミは真砂エクスプレスと一心同体なんだもの。信じてるわ」

再び沈黙。やがて「まどかに頼みがある」と言った。

改まった口調に一瞬どきりとする。

平静を装《よそお》って「なあに?」と答えた。

「今度の戻りは明後日の午前中だ。その時にそこで待っていてほしい」

「お安い御用よ。何なら見送りもするわ」

「そっちはいい。緊張しちゃいそうだから」

「わかった。じゃあ明後日、プチエッグで待っているわ」

電話は切れた。これが一昨日の十三日の話だ。そしてついに審判の時が来た。

プチエッグに出社すると、玄関前に人影が見えた。柴田さんだった。

「若社長から首尾を検分してほしいと言われまして」

「あたしもそうです。それなら拓也が着くまで、事務所でお茶でもいかがですか？」

柴田さんは少し迷った顔をしたけれど、うなずいた。お茶を出すと会話がとぎれた。

こんな日に限ってどんな相手にもそつなく対応する前田さんはお休みだ。

「あの、拓也は大丈夫でしょうか」

「少し経《た》てばわかります」

つっけんどんに答えてお茶をすする。うう、やっぱりこの人は苦手だ。

「ベテランでも今回の往復はキツいです。若社長は根性だけはあります」

〝根性だけは〟と強調するところがどうも引っ掛かる。

「若社長は毎日かなり大変そうですが、重労働になってしまうのは運転が雑だからです。割れたタマゴを洗う手間がなければ、ずっとラクになるはずです」

脳裏に、ブルーシートの上に散乱したヒナたちの黒目が蘇《よみがえ》り、吐き気がした。

トラックの走行音が聞こえ、あたしと柴田さんは立ち上がる。前庭に出ると遠目に銀色のトラックが見えた。

なかなか近づいてこないが確実に時は刻まれている。

信号のない十字路を通り過ぎ、ウインカーを点滅させ左折したトラックはナナミエッグの前庭に停車した。運転席から降り立つと、拓也は柴田さんに歩み寄る。

「極楽寺まではひとつも割りませんでした。復路のご検分、お願いします」

トラックの後部扉を開けると荷台に一条《ひとすじ》の光が差し込む。柴田さんが荷台に飛び乗りシートをほどく。鈍色《にびいろ》に光るワゴンに午前の陽射《ひざ》しが注ぎ、タマゴが白く光る。

振り返った柴田さんの頰に微笑が浮かび「若社長、合格です」と告げた。

やった、と座り込んだ拓也は目をつむる。そのまま眠ってしまいそうだ。

「事務所でとっておきの玉露を淹《い》れるわ。特別なお客様用だけど今日は特別よ。柴田さんも一緒にどうぞ」

「自分は遠慮しておきます。先ほど頂戴《ちょうだい》しましたので」

一礼して場を去ろうとした柴田さんに言った。

「今夜、近くの店でお祝いをしますので、お時間があったら来てくれませんか？」

「お祝いって、何の？」と拓也が尋ね、あたしは口をとがらせた。

「真砂エクスプレスが無事立ち上がったお祝いに決まっているじゃない」

「まどか、俺、嬉しいよ」

ふらふらと抱きつこうとする拓也の腕を払い、「それとこれとは別よ」と言う。

立ち去る柴田さんに、「七時に蕎麦善さんですよ」と言うと、振り返らずに言う。

「晴れがましい席は苦手でして」

砂埃《すなぼこり》の中、柴田さんの後ろ姿が遠ざかっていった。


その夜。誠一も交えて三人で呑んだ。と言っても拓也は呑めないし誠一も国家試験前なのでお猪口《ちょこ》一杯を口に含んだ程度だから、あたしばかり呑んでいた。

「おねえさんは拓ちゃんを見直しましたよ」とあたしは拓也の肩をばんばん叩く。

「誰がおねえさんだよ。同い年だろ。まどか、少し呑み過ぎだぞ」

「今夜呑まなくて一体いつ呑めっていうのよ」

何かと言うと呑んでるじゃん、と拓也。あたしは銚子《ちょうし》を手に持ち、目を据わらせる。

「なあに？　何か文句あるっての、拓ちゃん」

もはや処置なし、と肩をすくめる拓也に誠一が言う。

「五百キロ運ぶのは大変だっただろ」

拓也はウーロン茶を飲みながら、うなずく。

「F1より強固な精神力がいるだろうね。ちょっとした振動ですぐ割れちゃうんだもん。あんなに大変な思いをしてあの安値じゃ割りに合わないよ」

「なに男二人でこそこそ話してるの。今夜は祝宴よ。ぱあっと行きましょうよ」

あたしが会話に割り込むと、拓也はため息をつく。

「しょうがないヤツ。スタートラインに立ったばかりで、はしゃげるかっつうの」

それはいい心がけです、という声がして、あたしたちは一斉にそちらを見た。

「柴田さん、ようこそ。ささ、こちらへどうぞ。ウチの男性陣は景気が悪くて」

柴田さんはあたしに目礼し、立ったまま拓也に言う。

「若社長の運転技術は一週間ですごく向上しました。感服です」

「柴田さんに褒められるなんて嬉しいよ。でも俺程度なんて大勢いるよ」

「いや、タマゴを搬送するドライバーは大勢いても、五百キロもの距離を割らずに搬送できる運転手は両手で数えられるくらいです」と柴田さんが言う。

「おお、拓也君、ドライバー界ベストテン入りです。ではみなさん、乾杯しますよ」

あたしは杯を高く掲げて、一気に飲み干した。

「お嬢さん、そんなにはしゃいでいていいんですか？ 私がここに来たのは、ちょっと気になったことがあるからですが」

「真砂エクスプレスの社長は業界ベストテンの腕前でしょ？ 何が心配なの？」

「心配なのは若社長ではなく、お嬢さんの方です」

その一言で、ハイな気分が一気に氷点下へ急降下、しゃっくりが出た。

「やだなあ、脅かさないでくださいよ」と軽い調子で言うが、柴田さんは真顔だ。

「今日、若社長が戻られた時、荷台がひんやりしていたのを感じませんでしたか？」

「確かに今日はいい天気だったから、コンテナの中は涼しそうでいいなあ、とは思ったけど……」と拓也が答えると、誠一が顔を上げる。

「中は涼しそうだった、だって？」

「九月なのに外は三十度近いんだぜ。コンテナの中の方が居心地いいさ」

「ということは保冷状態でタマゴを運んだのか？　五百キロ、十時間近く冷蔵で運んだら有精卵は死んでしまうぞ」

酔いが醒《さ》めた。ワゴン内は三十九度に保つべし、と釘《くぎ》を刺されていたことを、すっかり忘れていた。やり取りを聞いていた柴田さんはいつの間にか姿を消していた。

座敷にあたしのしゃっくりが響く。拓也が言う。

「何とかするしかないな。どうすればいい、誠一？」

「まず冷蔵車に暖房装置を取り付けて徹底的に内部温度をモニタしよう」

「今からトラックを改造して間に合うの？」

「間に合うか、じゃなく、間に合わせなければならないんだ。誠一、悪いけど今夜はつきあってくれ」

うなずく誠一を見て、拓也は続けて言う。

「まどかはラッキーだよ。俺の趣味は車の改造だぜ。今夜は送れないから親父《おやじ》さんに迎えにきてもらえ」

「待って、あたしも一緒に行く」と、立ち上がった二人に続いて立ち上がろうとしたあたしの肩を、誠一が押さえた。

「酔っぱらいに来られたら迷惑だ。まどかの車を借りる。明日、取りに来てくれ」

そんなあ、とよろける足で座敷から降りると、勘定を済ませた拓也が言う。

「今日はお祝いしてくれて嬉しかったよ、まどか」

拓也と誠一は姿を消した。店内にあたしのしゃっくりだけが大きく響いた。


翌朝。

すっかりおかんむりのあたしは、ぷりぷり怒りながら真砂運送に歩いて向かう。

頭が痛い。酷《ひど》い二日酔いだ。

ゆうべはパパが迎えに来てくれたけど、車中でお説教を食らい続けた。

経営者たるもの常在戦場、酒は呑んでも呑まれるな、とはごもっともだけど、パパの娘だから仕方ないでしょ、と言い返したら更に百倍のお説教が返ってきた。

正論だけど〝納得せざるを得ない〟のと、〝納得する〟の間には深くて暗い河がある。すべては酔っぱらったあたしを置き去りにした男子二人のせいだと、逆恨みモードのあたしは足音荒く歩いたけど、アスファルトの道路では足音はしない。

早朝なのに陽はじりじり照りつけて、今日も残暑が厳しそうだ。何もかもが苛立《いらだ》たしくて仕方がない。そんなわけで、黄色い真砂運送の看板が見えた時、あたしの怒りは頂点に達していた。

そんな風に沸騰《ふっとう》しているあたしの目の前に涼しげな様子の誠一が現れた。

「おはよう。すごい髪してるぞ。でもゆうべは無事に帰れたみたいだね」

あたしはむっとした気持ちを隠さずに言う。

「無事も何も、帰りの道中はパパから延々、お説教だったわ」

「ソイツは災難だったね。でも勝手に飲み過ぎたんだから、自業自得《じごうじとく》だろ」

誠一は他人事《ひとごと》のように笑う。

確かに他人事なんだろうけど。怒りを誠一にぶつけてもひらりと躱《かわ》されるだけなので、不動のブイのように絶好の攻撃目標になる拓也の元に向かおうとした。

すると誠一は、「拓也は寝ているからそっとしておいてやれ」と言ってあたしを押しとどめた。

「何ですって？　誠一に手伝わせておいて、自分は寝てるなんて許せないわ」

「僕が眠れと言ったんだ。起きたらまたぶっ通しの改造で、次はいつ眠れるかわからないから」

「トラックの改造って、そんなに大変なの？」とあたしは正気に戻って尋ねる。

「五百キロ、八時間掛かる搬送の間コンテナ内の温度を一定に保つのは相当難しい。それがゆうべの話し合いと試行錯誤ではっきりした、唯一《ゆいいつ》のことだ」

「あの保冷車は使えないの？」と駐車場の片隅の巨大トラックを指差して尋ねた。

「あの車をベースにして徹底改造する。ヒーターを入れ孵卵器と同じ三十九度を維持するため通気用のファンを取り付け温度をモニタする。拓也は車の振動を減らすためサスペンションもいじりたいらしい。でも平野さんが発注してくれた部品が届くのは三日後だからテスト走行まで一週間はかかる」

今日は九月十六日だから一週間後は二十三日。本当にギリギリだ。

足が震える。そんなあたしを見て、誠一は微笑する。

「拓也の改造力と真砂運送の技術力を合わせればやれるさ。これから地獄だけど」

あたしがこの問題に気づかなかったせいで、拓也を苦しめることになってしまった。

「あたしって本当にダメね。迷惑掛けてばっかりで……」

「そんなことないさ。拓也が頑張れるのは、まどかがいるからなんだから」

違う、あたしなんて、そこまでしてもらう価値はない。

「それじゃあ、あたしは何をすればいいの？」

「トラック改造以外の部分を詰めてくれ。この他に見落としがあったら致命的だ」

「わかった、そうする。起きたら拓也によろしく」

「ああ。目処《めど》がついたらこっちから連絡する」

誠一が差し出した車のキーを受け取り、愛車に乗り込みエンジンを掛ける。

バックミラーに、手を振る誠一の姿が映る。やらなければならないことは山積みだ。始まってからではもう遅い。今、考えられることを徹底的に考え尽くさないと。

ハンドルを握るあたしの脳裏からは、拓也のトラック改造が間に合うだろうかという心配は綺麗《きれい》さっぱり消え失せていた。

それから一週間、自分が何をしていたか記憶がない。GPセンターではトラック受け入れの際搬出口でエンジンを切れるようにするため、鶏舎から電源を直接つなぐ方法をパパが考えてくれた。ワゴンを搬入する動線や保温器の置き場など、考えなければならないことはたくさんあった。真砂運送の車庫では拓也がトラックの改造に明け暮れた。季節を問わず荷台を三十九度に保つ改造は、冷房と暖房を同時に考えなければばならず困難を極めた。既製品の小型ヒーターがよさそうだという糸口が見えたのは三日目の夜中だ。小型のファンをコンテナの天井に三カ所付け空気を循環させ、運転席からコンテナ内の温度をモニタし微調整する仕組みは誠一が考え、大学の実験室から廃棄処分の温度計測用旧型モニタを拝借し、運転席に取りつけてくれた。後で苦労話を聞いた時、誠一ってドラえもんみたいだなあ、としみじみ感心した。

でも当時は、そんな経過報告など一切なく、あたしはやきもきしながら、ひたすら待ち続けるしかなかった。

〇

失意の宴《うたげ》から一週間。九月下旬、いよいよ業務が始まろうとしていた。

プチエッグGPセンターの内部工事も完了した。

ゲートにトラック全体を消毒する噴霧器も取りつけた。どちらも大がかりな工事だが、誠一の設計は合理的で工務店の人も感心していた。あとは拓也が取り組んでいるトラックの改造を待つばかりとなった。

そんな朝、携帯が鳴った。

発信者の名前を見て、震える指で電話を受けた。

「終わった。すぐ来てくれ」と拓也の声が告げた。

あたしは化粧もせず車に乗り込んだ。急発進したフロントガラスの向こうに赤トンボが舞っている。拓也は、終わった、と言った。うまくいかなくてすべてが終わったという意味かしら。そう思うと、アクセルを踏む足が震える。でももう揺らぎはしない。あのふたりがベストを尽くしてくれてダメなら諦める。

陽射しは強く、風だけがさわやかな秋の空気と入れ替わっている。

黄色い看板の下に、オイルまみれの顔をした拓也と誠一が立っていた。昔、秘密基地を作っていた時とそっくりだ。傍らには特別改造車の勇姿が朝日に照らされている。

急《せ》く気持ちを抑え、あたしは愛車をトラックの側に停めた。

「出来たの?」

車から飛び出し、息を弾ませて尋ねる。拓也が照れたような微笑を浮かべる。

「出来たよ。これからテストだ」

「すごいわ。予定を二日も短縮したじゃない」

「正式納入まであと十日。後は俺の実力次第だ。ぎりぎりまでテストを繰り返す。テスト走行を一発で決めれば一週間休める。問題があれば修正してまたテストだ。下手したら本番までぶっ通しになるけど、十月一日までには必ず仕上げてみせるから」

拓也の弱々しい微笑を見て胸が熱くなる。こんなぼろぼろで大丈夫だろうか。

こうしてみると、ちょっと前まであたしが思い悩んでいたことなんて上っ面《うわつら》のことだ。立派な理念も足元の石ころひとつでひっくり返ってしまうのだから。

「何か手伝えることはある？」

「有精卵をきっちり育ててくれ」

「それは大丈夫。作業工程を洗い直して問題点を五つ見つけて改善したわ。もちろん十月一日まで毎日繰り返し見直すつもり」

「それならよかった。今日は一刻も早くまどかに報告したかったんだ。ひと眠りしたら今夜、誠一と極楽寺へ向かう。タマゴを準備しておいてくれ。十万個の運送をぶっつけ本番の一発勝負でやってみる」

あたしが落ち着いているのは、拓也と誠一を信頼していたからだ。でも拓也の言葉は、合わせ鏡のようにあたし自身の仕事に切っ先を向けた。足の震えに気づかれないように虚勢を張る。今、拓也は自分のことでいっぱいいっぱいだから、あたしの不安に気づかせるわけにいかない。特に今、この瞬間は。

「誠一、持つべきものは友だよな」と拓也がしみじみと言った。

「お世辞なんか、今はどうでもいい。困ったことがあったらいつでも声を掛けてくれ。でないとプチエッグが頓挫《とんざ》して、論文が台無しになってしまうからね」

誠一がそう言うと、拓也は舌打ちをする。

「真砂エクスプレスはどうでもいいのかよ」

「ああ、ぶっちゃけ、そうだな」

さらりと答えた誠一に握り拳《こぶし》を振り上げるが、誠一はひらりと身を躱し拳の射程外に逃れた。拓也は悔しそうに誠一をにらんでいたが、すぐにいじめっ子の顔になる。

「そうだよな。無事に運べなかったら真崎さんに合わせる顔がないもんな」

誠一はワクチンセンターの美人広報さんに憧《あこが》れているというのが拓也の見立てだ。

案の定、誠一は一瞬、どぎまぎした顔をして拓也をにらみつける。

「今度言ったら、二度と助けてやらないぞ」

「ごめんごめん。冗談だよ。そんなマジで怒るなよ」

拓也は両手を合わせて拝み倒す。そんな二人のやり取りを眺めながら、あたしは今この瞬間、時間が止まればいいのに、と思った。

「今からちょっと眠る。あとは任せたよ、まどか」

あたしがうなずくと、誠一があたしに寄り添った。

「僕はまどかを手伝おうか？　十万個のタマゴを準備するのは大変だろ？」

　あたしはきっぱり首を振る。

「誠一も休んで。有精卵の準備はあたしの仕事。困ったら遠慮なく相談するから」

　誠一はにっこり笑う。

「わかった。そうするよ。今夜は拓也と一緒に極楽寺へ行くから見送ってくれよ」

　ふたりはふらつく足取りで、真砂運送にある仮眠所に向かった。


　涼やかな虫の声。あたしはGPセンターの搬出口に佇《たたず》んでいる。目の前の可動式ワゴンには一台五千個の有精卵。それが二十台並んでいる。タマゴも十万個集まるとすごいパワーだ。このタマゴは極楽寺へ運ばれ、何の役にも立たずに捨てられてしまう。こんな風にいのちを粗末にしていいのか、という疑念は今も消えない。

　でもあたしはこの道を選んだ。卵を殺すことは今だに納得はできないけれど、食べるため、が、ワクチンを作るため、に変わっただけだ、と自分を納得させた。

　あたしを支えてくれた人たちの顔が浮かぶ。ナナミエッグの未来を託してくれたパパ。出向してきてくれたスタッフ。得体の知れない彦根先生。宇賀神総長や樋口副総長、広報の真崎さん。野坂教授。誠一。そして……。

夜闇《よるやみ》の中、遠くからトラックのエンジン音が近づいてくる。あたしは駐車スペースに降り立ちシャッターを開ける。エンジン音も高らかにトラックが前庭に走り込む。ゲート入口ゲートで停まり、助手席から誠一が降りると、ゲートのスイッチを入れる。ゲートから噴霧された消毒薬で殺菌された車体が、目の前で停車する。バックで搬出口に収まるとドアが開き、高い運転席からツナギ姿の男性が降り立った。

「何とか間に合った」

何も言えなくなったあたしは、うなずくばかりだ。拓也は十万個の有精卵を前にして一瞬立ちすくむと、「責任重大だな」と呟く。

拓也もこの時初めてわかったのだ。十万のいのちを預かることの重さを。

搬入を手伝おうとしたら断られた。

「本番はひとりだから、これも予行演習だ」

そう言われたら手出しできない。二十台の可動式ワゴンに搭載された十万個の有精卵をコンテナ内に運び込む三十分の間、誠一も黙って見守った。

エンジンを止めたトラックは鶏舎の電源とつながれ、荷台の温度を維持するためのヒーターとヘッドライトは点けっぱなしだ。コンテナ内の天井のファンに目が留まる。

「あのファンは思いつきなんだ。冷暖房完備といっても内部の温度は一様にならないから、扇風機でかき回すことにしたんだけど、微調整が大変でね」と誠一が言う。簡単に見えることほど実は大変なのだ。やがてワゴンを運び終えると拓也はあたしに向き直る。タマゴ十万個がきっちり荷台に収まった様子を眺めて、しみじみと言う。

「十万のヒヨコのいのちを預かって走るよ」

あたしは積み込まれたタマゴに向かって合掌した。

行ってくる、という拓也に何か気の利《き》いたことを返したかった。

でも、「気をつけて」という、ありきたりな言葉しか出てこなかった。

車が搬出口から出ると誠一がシャッターを閉め助手席に乗り込む。側面に真砂エクスプレスと書かれた大型トラックは、クラクションを鳴らし闇に吸い込まれていく。

後に残されたあたしの耳に、コオロギの鳴き声が戻って来た。

あたしはいつまでも、闇の中の星を見つめ続けた。

その日、あたしは一日中、事務所の中をうろうろ歩き回っていた。

ささいなことで担当者を呼び、細々と確認した。午後にはスタッフを集めて抜き打ちで服装検査をやり、服装着用に問題があった二人をきつく注意した。

それは酷い八つ当たりだという自覚はしていたけれど、とめられなかった。

夕方五時。仕事が終わるまでが途方もなく長く感じられた。

きっとパパは毎日こういう思いをしていたんだな、と初めて気づく。あたしの目は、養鶏場のニワトリの群れに注がれていたけれど、こころは拓也と一緒に高速道路を走っていた。

家に戻り夕食を済ませ、ぼんやりテレビを眺めた。バラエティ番組が面白くなくて、すぐ消した。部屋に戻りベッドに横たわる。出るのはため息ばかりだ。

いつの間にかまどろんでいたらしい。時計を見ると夜十時を回っている。

身体がびくっと痙攣《けいれん》する。飛び起きて、机の上で震えている携帯に飛びつくと、のんびりした誠一の声が聞こえてきた。

「出るのが遅い。もう少しで切るところだったぞ。居眠りでもしてたのか？」

「こんな時間にどうしたのよ。今夜は極楽寺でうどんパーティでしょ？」

宝善町深夜三時発、極楽寺午前十一時着。極楽寺で夕食。夜中に極楽寺を出て宝善町に明朝戻り。それが今日の二人のスケジュールだったはずなのに……。

「今すぐ庭に出ろ」

そう言って電話は切れた。

意味がわからないまま玄関の扉を開けると、強い光が射し込んできた。眩《まぶ》しさに眼を細め、つっかけで外に駆け出す。

光の中、ふたつの影が見える。鼓動が速まる。

二人は段ボール箱を抱えて、荷台から降りた。

「へい、まどか。今夜はうどんパーティだぜ」

この能天気な空気は何？ 事態が飲み込めない。

誠一が、険しいあたしの表情を和らげるように言う。

「予定時間ぴったりに着いたんで、ワクチンセンターに連絡してみたら、たまたまその日納入予定だった有精卵が事故でダメになったと大騒ぎでね。予行演習でプチエッグの有精卵十万個を運んできたので、もしよろしければどうぞお使いくださいと伝えたら、是非そのまま納入してほしいと言われたんだ。契約外だけど一週間後に納入開始する契約だから問題はなかろうという総長の鶴《つる》の一声で即決さ。だからムダにならなかったんだよ、今回の十万個のタマゴは」

拓也が誠一の説明を引き取る。

「でも誠一は今回はサービスだって言い張って報酬を受け取らなかったんだ。ほらコイツ、真崎さんの前では格好つけだからさ」

わざわざそんなことまで報告する必要ないだろ、と小声で誠一が拓也を詰《なじ》る。

拓也は気にせず続ける。

「押し問答になったけど、結局こっちが言い分を通してね。その代わり極楽寺で一番旨《うま》いうどん屋のうどんすきセットをもらってきた。ワクチンセンターご自慢の有機野菜付きさ」

誠一が言う。

「正確に言えよ。ここは樋口副総長お勧めのナンバーワン店だ、ときちんと伝えるようにと総長に言われただろ。総長のおすすめの店は全然違うんだって」

「そうだった。でもってせっかくだからまどかと一緒に食べようと思ってかっ飛ばして戻って来たってわけ。久しぶりにタマゴを積んでいない運転なもんだから、スピード出しまくりで気持ちよかったよ」

ほっとして、力が抜けた。へなへなと膝《ひざ》が崩れ落ちそうになるのをこらえて訊《たず》ねる。

「有精卵は無事に運べたのね」

「俺たちの話を聞いてなかったのか？　納品までしたんだ。ビジネスは成立した。おまけにトラックも問題なし。明日から一週間のバカンスだぜ、まどか」

「それならそっちを先に報告しなさいよ。でないとワケわからないじゃない」

そう言って叱《しか》ったあたしは、二人に背を向け頬をぬぐう。

「支度をするから材料を家に運んで。お風呂《ふろ》を準備するわ」

「そりゃありがたい。うどんパーティの前に一風呂浴びたかったんだ」

あたしは家に駆け戻る。振り返らなかったのは涙を見られたくなかったからだ。

九月末日。こうして有精卵の輸送に目処がつき、プチエッグ・ナナミの旗揚げ準備は、無事に完了したのだった。

第五部　スクランブル・エッグ

24　ナニワの蠢動《しゅんどう》

浪速・浪速府庁舎　9月29日（火曜）

秋口になっても浪速府知事・村雨弘毅の支持率は高止まりしたままだったが、これは異常だった。日本の政権は発足時は七割前後の支持率を誇るが一カ月もすれば下がり始め最後は一割台で終わる。だが村雨は府知事就任以来三年間、七割台の支持率を維持し続けた。それは村雨への潜在的な期待感だろう。首都・東京に並ぶ浪速での支持は日本全体の支持とも見做《みな》される。だから九月下旬、村雨のブレーンが府庁舎に呼び出された時、次の国政選挙に打って出るための相談かと考えた者は多かった。

だがその席上で彦根が告げた提案に一同は騒然となった。

「どこの世界に知事の座を捨て、格下の市長になる酔狂な政治家がいるんですか」

真っ先に声を上げたのは副知事の竹田《たけだ》だった。村雨は彦根に視線を投げる。提案者が反対者を説得しろ、という視線だ。彦根はうっすら笑う。

「浪速の行政は浪速市が政令指定都市で都道府県と同等の組織のため二重支配になっ

ています。このねじれを解消しなければ改革は進みません。特に村雨知事が提唱しているカジノ構想と医療シティ構想は、浪速市と一体化しないと達成できません」

「それなら村雨さんと意志を同じくする人物を市長に据えればいいではないか」

竹田副知事は、自分が浪速市長選に出馬してもいい、と言外に匂《にお》わせた。

「それではインパクトがないんです。浪速の変革は地域に密着する市長の方がやりやすい。府知事の座を降りて市長になれば、世の話題をさらえますしね」

その発言を聞いた側近、喜国が口を開いた。

「でも、万一落選したらぶざますぎますよ」

「村雨さんには非常識な政治家になっていただきたいのです。何をしでかすかわからないという恐怖心を官僚連中に叩《たた》き込めば、現在、隅々まで張り巡らされた官僚支配の行政を少しは変えられるかもしれません」

「国政を変えるには市長より府知事が、そして当然、国会議員の方がいいのでは？」

「知事は地方自治体とはいえトップですが国会議員になれば一兵卒で、権力的に劣化します。では市長になった後で国会へ打って出たらどうか。市長、知事、国会議員というすべての階層で支持を取り付けたことになり、オンリーワンの政治家になれる。つまり村雨府知事にとって市長の座を獲得することはトップへの近道なんです」

場は静まり返る。筋悪《すじわる》の策なのは明らかなのに、否定しきれないことに戸惑う。

まさに虚を実に、実を虚に入れ替える〈スカラムーシュ〉・彦根の面目躍如だ。そんな中、浪速地検特捜部・鎌形が黒サングラスの奥から彦根を上目遣いに見据えた。

「彦根先生は私を排除したいのですか」

「まさか。今、鎌形さんに離脱されたらすべては水泡に帰してしまいます」

「それなら村雨府知事を市長になどという、余計な雑音は立てないでください。府知事の座を降りれば、浪速地検特捜部に対する指導力は無くなります」

彦根は唇を嚙《か》む。迂闊《うかつ》にも鎌形との関係性を見落としていた。そんな彦根を見ながら鎌形は、最近彦根が精彩を欠いていると感じていた。以前はこんな初歩的な見落としはしなかった。やはり八月の桜宮の一件が尾を曳《ひ》いているのだろうか、と思う。

先日、斑鳩から伝えられたメッセージを思い出す。

――東城大Aiセンターが破壊され、彦根は重要拠点を失いました。私と刺し違えた形ですが、私は警察庁の一員であるのに対し、彦根には医療界のサポートがあるとは言い難く、その差は開く一方です。

鎌形が村雨に、浪速大に設置されるAiセンターを法医学教室主体にしてほしいと依頼したのは、陰鬱《いんうつ》な午後、この部屋でだ。村雨はあっさり約束手形を鎌形に与えた。

Ａｉの社会導入を推進する彦根にとって手痛い裏切りだ。Ａｉ、すなわち死亡時画像診断も死因情報であることは言うまでもなく、死因は捜査情報であり刑事訴訟法四十七条の公開制限事項に該当すると警察は見做している。だから裁判までＡｉ情報は開示されないし、Ａｉ情報を医療領域に収めようという彦根の構想を警察は容認しない。Ａｉ情報を医療現場に置けば、死因情報が流出するからだ。現行の状況と真っ向から衝突する彦根の運動は、国の形を壊すことになりかねないから停滞させられて当然だ。彦根が警察庁の危険人物ファイルに登録されているのもそのせいだ。もっとも彦根本人は、さすがにそのことには気付いていないようだが。

「浪速地検特捜部と縁が切れてしまうのであれば、この提案は撤回します。有望な戦術だと思ったんですけどね……」

　彦根が珍しく未練を引きずるように言う。それまで黙っていた喜国が口を開く。

「目的を達成するために手段を選ばないという姿勢は、いつか天罰が下るでしょう。彦根先生が奇抜な発想を捨て、賢明な判断をされたことは幸甚《こうじん》でした」

「天命論者の喜国さんは、天の理に沿わない人間は滅ぶべし、とお考えですものね。そんな方に奇抜な発想と褒められたのは望外の喜びです」

賞賛の応酬に聞こえるが、一皮剝《む》けばジャブの応酬だ、と村雨ははらはらする。

彦根の発想は筋がいいとは言えない。だが今、正攻法で目の前の壁を突破できるか、と自身に問えば首肯できない。村雨は自分が彦根案を受け容《い》れていたことに気づいて愕然《がくぜん》とする。自分は協力者の意向の最大公約数を選択するタイプだったのに……。

いずれにしても彦根案は却下された。だが彦根はメゲずに言う。

「朗報です。この冬のインフルエンザ・ワクチンの増産に目処《めど》がつきました」

「よかった。これで浪速は救われました」と喜国が目を輝かせて言う。

鎌形は唇の端を上げ、凍えるような声で言う。

「ワクチン戦争などという虚構を前提にした防御線の構築には異論がありますね」

「鎌形さんの立場なら、その発言は理解できます。でもワクチン戦争を仕掛けてくる首謀者は厚労省ではなく、警察庁もしくは検察庁だというのが僕の読みです」

「ナンセンスです。警察や検察はそこまでヒマではないですよ」

「どうでしょうか。先日のキャメル騒動の背後に検察の気配を感じましたが」

「被害妄想、ですね」

「そういうことにしておきましょう。とにかくこれでワクチン戦争を仕掛けてこられても対抗できます。このことは古巣のご友人に知らせても構いませんよ」

鎌形もむっとした。

「ばかばかしい。私は中央の組織に忠誠心を持たないから浪速に飛ばされたんです」

「そうだ、反逆と言えば、例の厚労省局長を起訴した件はどうなっていますか？」

「公判準備中です。厚労省の資料をごっそり持ち帰りましたから鉄板でしょう」

起訴できたのは彦根とその部下、桧山《ひやま》シオンの献身的な協力があればこそだった。そう言えばいつも彦根に影のように寄り添っていた彼女の不在が気に掛かる。肝心な場面では常に共にいた彼女が姿を消したことが、彦根の変調の原因ではないか。

「本日はここまでとします。本日の討議内容は口外なさらぬようにお願いします」

村雨の発言を機にみな、席を立つ。喜国と副知事の竹田が村雨に歩み寄るのを横目で見ながら、彦根は部屋を後にした。到着したエレベーターに乗り込むと、閉まりかけた扉の隙間《すきま》に黒サングラスが見えた。開扉《かいひ》ボタンを押すと鎌形が一礼して滑り込む。

エレベーターは二人の男を乗せて下降し始める。

「桜宮ではご活躍だったようですね」と鎌形は彦根に問いかけた。

彦根は顔を上げ、「皮肉ですか？」と応じる。

「とんでもない。警察権力を背景に持つ斑鳩と相討ちとは、と感服しています」

「あまり褒められた気がしませんね。Aiセンターが破壊された時点で医療の完敗、警察の圧勝ですから」

そうだろうか、と鎌形は首をひねる。プライドの高い斑鳩が、騒動後に寄越《よこ》した私信の最後の言葉と、彦根の今の発言は正反対の印象だ。

——Aiセンターは破壊しましたが、Aiは散布され、もはや回収不能です。彦根の捨身飼虎《しゃしんしこ》の計を食らい、実質的には完敗です。

唐突にこんなメールが送られてきた理由は、彦根の動向に注意されたしという警告だと理解していた。肉を切らせて骨を断った、と勝者に思わせることは、卓越した軍略の結果だ。闇《やみ》が濃くなるほど彦根の影は大きく膨れあがる。

エレベーターが地下駐車場に到着し、彦根は会釈《えしゃく》をして歩いて出口に向かう。

「車でないのでしたら、駅までお送りしましょう」

彦根は、微笑して助手席に乗り込んだ。鎌形はエンジンをかける。

「彦根先生は村雨府知事をピエロに仕立てた後、どうするおつもりだったんですか」

「知事をピエロに？　そんなつもりはありませんよ」

「府知事を辞して市長になれ、などとは正気の沙汰《さた》ではありません」

「その話はもういいですよ。府知事は常識的な判断をなさったんですから」

「よくないです。府知事を支えるスタッフに不協和音があることは望ましくない」

「話が長くなりそうですね」と言うと彦根は勝手に助手席のシートを倒して寛《くつろ》ぐ姿勢

を取る。鎌形がエンジンを切ると、地下室の静寂の中、彦根が口を開く。

「スタッフの意見が揃《そろ》っている方が問題です。何かあったら一緒にお陀仏《だぶつ》ですから」

「だからといって、不協和音を抱え込む必要もないのでは？」

「その考えをつきつめていくと、鎌形さんはいつか僕を排除しそうですね。でも僕と鎌形さんの発想にはさほど違いはなく、ゴールの設定が異なっているだけです。村雨さんをアスリートに喩《たと》えると、鎌形さんは金メダルを取らせることを目標にしていますが、僕は金メダルを取って評論家生活に入るところまで考えているのです」

「つまり、彦根先生の方が先を見通している、というわけですね」

「いえいえ、単に思考のフィールドが違うだけです」

彦根には人を煙に巻くようなところがある。行動は単純なのに、積み重ねられると雲居にまぎれる塔のようにぼんやり霞《かす》んでいくのに突然、雷光のような言葉を発して、築き上げた塔の全容を一瞬で相手に理解させてしまう。彦根の弁舌は続く。

「僕が既存権力を制限しようとする部分が、鎌形さんには不協和音に感じられる。でも市民から見て本当に歪《いびつ》なのは鎌形さん、あなたの方です。鎌形さんは、既存権力の土台に立ちながら、権力への反抗を内包している。僕は敵を攻撃しますが、鎌形さんは自分の足下を崩している。だから鎌形さんには失墜する未来しかないんです」

「先生だって失墜は目の前ですよ」と鎌形が掠《かす》れ声で言い返すと彦根は微笑する。

「僕たちは似たような末路を辿《たど》るかもしれません。でも鎌形さんの破滅は自壊ですが、僕は破壊された後に飛散するのです」

「失墜と破壊。崩壊と飛散。似ていますが、どちらがマシなんでしょうね」

「百年経《た》てばどちらも同じ、この世界から消え失せるひとコマにすぎません」

投げやりな口調に深い虚無が見えた。その深淵《しんえん》に鎌形は惹《ひ》かれる。

「村雨さんが市長になったら、どんな世界が出現したのでしょうか」

「既存の価値観を破壊し新秩序を作り出す、活気あふれる混沌《こんとん》の坩堝《るつぼ》です」

「そうですかね。市民は保守的で変化に反発します。それは痛みへの拒否反応です」

「〈ファントム・ペイン〉(幻肢痛)で、痛みを感じる指は存在していませんよ」

指は存在しなくても痛みは存在する、と言おうとしたが無益な論争だと悟る。鎌形は村雨が市長選に出馬したら、と考えてみる。落選したら識者は鬼の首を取ったように誹《そし》るだろう。そんなリスキーな提案を蹴《け》るのはブレーンとして当然だ。

だが本当にあの判断は正しかったのだろうか?

「もし村雨知事が勝利したらその時、どんな体制が出現するんですか?」

「その時、硬直した制度を破壊する資格と権力を手にした独裁者が一瞬出現します」

「どうして一瞬なのですか」

「僕が一瞬しか、その存在を容認しないからです」と彦根はうっすら笑う。

「やはりあなたは危険人物ですね。村雨府知事の破滅をお望みのようだ」

「破滅ではありません。暴発させ、しかる後に止揚させるのです」

同じことではないかと思うが、あえて口にしない。

「ではこの世界に一瞬現れた独裁者が、やるべきことは一体何でしょう」

この問いに対する回答こそ彦根のキモだと直感する。彦根は静かに答えた。

「耐用年数が過ぎた国家の枠組みを破壊し、市民の権利をその手に返すこと、です」

コイツはアナキストだったのか、と鎌形は呆《あき》れる。

「では、国政選挙で、民友党から出馬させるという話は考えていないんですね」

華々しく政権交代しながらも支持率が低下中の政権与党・民友党から村雨府知事に、国会議員へ鞍《くら》替《が》えしないかという打診があったことは、誰もが知る公然の秘密だ。

「既成政党に属したら体制は変えられません。知事連合を主体とした新党を作り盟主となり、政権を奪取し西日本連盟、ひいては日本三分の計を成立させるのです」

新党結成とは大きく出たものだと思うが、彦根が〈スカラムーシュ〉（大ボラ吹き）と称されていたことを鎌形は思い出す。

実を虚に、虚を実にすりかえながら、コイツの影は夢幻の中で肥大し続ける。

桜宮Aiセンターは破壊されたにも拘《かかわ》らず、Aiの社会導入が潰《つい》えたと考える人間は、警察内部にはいない。次の彦根の奇手を憶測しては戦々恐々としている首脳陣の動向も漏れ伝わってくる。そんな話を聞くにつけ、斑鳩の言った通り、桜宮での戦いは彦根の勝利だったのではないかとすら思えてくる。

自分はどちらの側に立つべきなのだろう。本来なら警察庁の斑鳩の肩を持つべきだ、ということはわかりきっている。だが今、こうして迷っていること自体、彦根の術中であり、彼の真意を探るため、車内の固いシートに身を預けて論争しているこの状態は、彦根の圧倒的優位に思える。彦根はシートにもたれたまま言う。

「もちろんこれは大ボラです。でも大ボラを吹くにも才能がいる。その才能は稀有《けう》なものらしいので、大ボラ吹きが大ボラを吹くのは社会的義務ですらあるといえます。だから僕はホラを吹くんです。村雨さんが浪速市長になった余勢を駆って新党を作り国政選挙に打って出たら大勝したでしょう。でもそれには前提条件がある。既存の政党と組まない、ということです。新政党の清新さに惹かれて擦り寄ってくる旧政党のロートルは徹底的に排除しなければなりません」

「ベテランの政治家の経験は貴重です。温故知新という格言もある」

「その言葉は為政者が使う用語です。擦り寄ってくる〝故〟と馴《な》れ合えば飲み込まれて活路を失う。肝要なのは新政党で打って出るときには村雨知事自ら出馬すべきだ、ということです。西日本が独立するには国境を越えて攻め込む必要がある。それで初めて戦線背後に国境線を画定できる。これは新興国で必須《ひっす》の戦略で、国境線で戦っていては、既存勢力の優勢を喧伝《けんでん》しているようなものです」

「なるほど、敵領に攻め込み最前線の後方に国境線を引き直すわけですね。だが好むと好まざるとに拘らず、世の政治家は村雨さんに擦り寄ってくるでしょうね」

「新政党を旗揚げした場合、村雨さんに国政選挙に打って出るよう求める勢力と、市長のままフィクサーとして動いてくれと頼む勢力に分かれます。前者の中心は新人で、後者を望むのは現役議員です。でも村雨さんは、ご自身が選挙に打って出るしかないでないと主導権を奪われ傀儡《かいらい》と化し、新党は瓦解《がかい》してしまうんです」

鎌形は呆然《ぼうぜん》と彦根を見た。まるで政治評論家のような口ぶりだ。

だが評論家は現状を後追いでもっともらしく語ることしかできないが、彦根は、今ここに現存しない、未来像をリアルに語り、それを相手に確信させてしまうという点が決定的に違う。

それにしても、なんと言う才能だろう。

彦根は続ける。

「合法的に地方独立を奪取するには、既存の国の意思決定機関を押さえるしかない。市長選へ出馬する、しないに拘らず次の一手は国政選挙への出馬になるのです」

鎌形の脳裏に、その未来図が鮮やかに浮かんだ。市長選への出馬を要請した時点でここまで考えていたとしたら、彦根の戦略は奇襲に見えて実は正攻法だったのではないかとすら思える。今回、村雨が王道の一手を打たなかったことは既存勢力にとって朗報だ。それに荷担したのが自分だという事実は皮肉だ。

村雨にとって最大の危機は去った。あるいは最大のチャンスを見送ってしまった。いずれにしても村雨を現状のままに引き止めたのは、彼を大切に思う、自分を含めた側近たちだった。

王を王たらしめるには、王を王とも思わない不遜《ふそん》な臣下が必要なのかもしれない。

「彦根先生のお考えはわかりました。でも、そんな王道をお考えなら枝葉の活動は控えるべきかと」

鎌形の一撃に、彦根は淡然と微笑した。

「村雨さんが僕より鎌形さんを選ぶのは当然です。鎌形さんは頼りになる近衛《このえ》兵《へい》、僕は当てにならない道化師ですから。それに僕にとって神輿《みこし》は村雨さんである必要はなく、担《かつ》ぎやすいから担いでいるだけですし。でも今、そんな話を僕にぶつけているようでは、鎌形さんはまだ本当の敵を見極めてはいないようですね」

「本当の敵？」と呟《つぶや》いた鎌形は、彦根の横顔を見つめた。

彦根はうなずきながら、車のドアを開けた。

「ソイツと比べたら僕なんて、可愛《かわい》いもんですよ。でもこんな風な有意義な議論を、鎌形さんとこのタイミングでできるとは思いませんでした。その上に送ってもらうなんて図々《ずうずう》しすぎますので、やっぱり歩いて帰ります」

ドアを閉めた彦根は軽やかな足取りで出口に向かう。鎌形はハンドルを握り締め、「本当の敵」ともう一度呟いてみる。

エンジンを掛けると、ヘッドライトが灰色のコンクリートの壁を照らし出した。

鎌形はそこに、〝本当の敵〟の影を見た気がした。

25 神輿の行方

東京・霞が関　10月7日（水曜）

原田雨竜は、東京地検特捜部副部長の福本にとって未知数なので、辛抱が利《き》かなくなるのは当然だ。十月になって福本から斑鳩に呼び出しがあったのは、彼にしては辛抱した方だと斑鳩は思う。

「一体どうなっているんだね、警察庁のエース君は。さっぱり動きが見えないが」

福本の机上には、相変わらず乱雑に書類の山が積み上げられていて、雨竜が見たらよだれを垂らして擦り寄りそうだ。斑鳩は答える。

「雨竜は表立って動いておりません。本人曰《いわ》く、タイミングを計っているそうで」

「何のタイミングだ？」と言った福本の眉間《みけん》に、ぴきり、と皺《しわ》が寄る。

「さあ、そこまでは何とも」

福本は怒声を上げ、拳《こぶし》で机を叩いた。

「たるんどる。部下の尻《しり》ひとつ叩けないで、上司といえるのか」

「私は形式上は雨竜の上司ですが、実質は違います。私が管轄《かんかつ》する特殊工作班、別名〈ZOO〉は各々《おのおの》の才覚で活動する、スタンド・アローンの遊軍ですから」

「鉄の規律を誇る警察庁に、そんな得体の知れない組織が存在するとは驚きだ」

よく言うものだ、と呆れる。その得体の知れない組織に名指しで無茶な案件を振ったのはどこのどいつだ。福本は手にした新聞をテーブルの上に放り投げた。見出しに「村雨府知事を党首とする新党結成へ」とあった。斑鳩は目を見開く。

「ぐずぐずしているとヤツは雷雲を孕《はら》み、昇天しかねないぞ」

斑鳩には目新しい情報ではないが、そんな極秘情報がこの時期に紙面に流れたという事実に驚いた。そこに、時の流れを急流にしようという意志が感じられる。

「雨竜を急がせます」

「頼んだぞ。浪速の龍《りゅう》が地の底に潜んでいる間に、獅子身中《しししんちゅう》の虫であるカマイタチを駆除するしか、我々に生き残る道はない」

福本の焦《あせ》りは痛いほどわかる。だがいくばくかの先行情報を手にしている斑鳩でさえ、この先の展開はまったく予測がつかない。

斑鳩は警察庁に戻ると、その足で地下の捜査資料室へと向かった。

斑鳩自身も雨竜がここまで動かないことに違和感を覚えていた。

だが叱責《しっせき》するつもりはなかった。雨竜ははるかな高みにいるからだ。

捜査資料室に顔を出し、何も言わずに立ち去ろうとした斑鳩に、「ご心配なく。準備は着々と進んでいます」と雨竜はにこやかに言う。

斑鳩が足を止め「いや、心配はしていないが」と応じると、雨竜は笑う。

「斑鳩さん。水くさいですよ。福本さんからせっつかれたんでしょ？」

「なぜわかった？」

問い返して斑鳩は吐息をつく。本音をこぼしたのは斑鳩らしからぬ失態だ。

雨竜は楽しげに答える。

「そろそろ福本さんの辛抱が切れる頃かなあ、と思っただけです」

仕方なく、斑鳩は尋ねる。

「ならば今、どんな準備をしているのかをお聞かせ願おうか」

「やだなあ、こんな中途半端《はんぱ》な状況では、教えられることなんてありませんよ」

雨竜はくすくす笑う。斑鳩は珍しく頭に血が上った。雨竜は斑鳩の怒気を感じたのか、笑いを収める。

「鎌形さんをどんな風に搦《から》め捕るか、斑鳩さんが具体的に知れば、苦悩が深まるだけです。まして福本さんに知らせるなんてとんでもない。そんなことをしたらあの人は浮かれちゃってあちこちで吹聴《ふいちょう》し回りますからね」

その言葉には説得力がある。雨竜は飄々《ひょうひょう》と続ける。

「でもこれだけは申し上げておきます。鎌形さんはいろいろな人に頼られています。でもそれは、鎌形さんはいろいろな人の支えがなければ持ちこたえられないということでもある。それがカマイタチの、唯一《ゆいいつ》にして最大の弱点です」

鎌形が人の支えを必要としている？　自分のささやかな申し出すら拒絶したのに？

「鎌形さんを叩き潰《つぶ》すだけなら簡単ですが、僕のところに依頼が来たということは、この件は直截《ちょくせつ》的ではなく、真意を隠蔽《いんぺい》しつつやらなければならないということです。それはこれまで手元に留め置いた、いくつかの案件を一挙に片付ける機会でもある。このシンクロ部分が一筋縄では行かないんです。でも、鎌形さんについてはもう手は打ってあるので心配いりません。表立って霞が関に叛旗《はんき》を翻《ひるがえ》したわけですから、実は福本さんから依頼を受ける前から、すでに動いていたんですよ」

そう言って雨竜はにっと笑う。コイツは一体、何を言っているのだろう、と斑鳩は首をひねる。コイツの話の面妖《めんよう》さを、どこかで経験したことがある、と考えた斑鳩の脳裏に、ひとりの男性の横顔が思い浮かんだ。

桜宮Aiセンターの焼け跡で一瞬交錯した宿敵は今、失意のどん底であえいでいる。だがその気配を消し去っているのは、敵ながら天晴《あっぱ》れだ。

雨竜は遠い目をして、ぽつりと呟く。

「官僚機構は衰退の一途をたどっています。トップが大義を見失い自分たちの利権を守ることに汲々《きゅうきゅう》とし、目指すものが自分たちの省益に堕してしまっていることが、市民の目に丸見えになってしまったからです」

「お前や私のように、周囲に染まらない官僚もいると思うが」

斑鳩が反論すると、雨竜はうなずく。

「もちろん、無私の精神を持った官僚は大勢います。でも非武装軍隊である官僚組織において彼らは傍流に追いやられ、大半の兵隊は上層部の色に染められてしまうことになる。トップの性根が卑《いや》しければ部下も卑しい色に染まるのは必然です」

「今のお前に、官僚組織の批判をしている余裕があるのか？」

斑鳩が静かに問いかけると、雨竜は肩をすくめる。

「組織批判？　とんでもない。僕は自分が請け負った仕事を遂行するため、現状分析しているだけです。僕は批判精神なんて、かけらも持ち合わせていませんから」

斑鳩が黙っていると、雨竜は続けた。

「卑しいトップは自分が正義と信じて疑わない。官僚は自分たちを守ることとイコール国家を守ることだと都合よく解釈する。だから衒《てら》いや含羞《がんしゅう》がない。この単純さは局地戦では滅法強い。だからその強みをベースに、鎌形さんを叩く戦略を描くべきです」

「お前の言葉は矛盾している。市民の目はごまかせないと言いながら、市民の感情を無視して動けば、鎌形さんを倒せても返り血を浴びるだろう。たとえば鎌形さんが心酔する村雨府知事が、市民感情を誘導し我々に刃《やいば》を向けてくるのではないか」

「確かに村雨さんが動けば、官僚は苦境に立たされます。でも僕が恐れているのは、村雨さんが発した言葉によって官僚が、自分たちも一市民にすぎず、その痛みを共有すべきだという真理を思い出すことにあります。その覚醒《かくせい》は我々の組織の土台を崩してしまう。そうなったら鎌形さんを引きずり下ろしたところでもはや手遅れです」

「今はそれほど危機的な状況なのか」

「答えはイエスであり、ノーです。危機的状況というものは常に存在し、そうでなかったことなどはこれまで一度もないというのが僕の認識ですから」

コイツの能天気な楽観主義は、徹底した悲観主義の下地に描かれた抽象画だったわけか、と斑鳩は得心した。

斑鳩は雨竜の言葉を要約して投げ返す。

「さすがのお前も現状のまま放置し続けるのはまずい、と考えているわけだな」

「僕が摑《つか》んだ情報では、村雨府知事には知事から浪速市長に鞍替え後に、新党結成し国政に打って出るというアイディアがあったそうです。危機一髪で最悪のシナリオは回避されたようですが」

「雨竜、お前は一体どこからそんな情報を……」

言いかけた斑鳩は、咳払《せきばら》いをして言い直す。

「府知事を辞して市長選に出馬するなど、非常識すぎてあり得ないだろう」

「非常識だからこそ効果的なんです。まさかそんなことをするはずがない、ということをやり遂げれば一夜で英雄になり、人々は心酔し、全権を委任してしまう。自分の頭でモノを考えず未来に責任を持ちたがらない人たちにとって、依存するのが一番ラクなんです。そうして独裁者が出現し、全体主義が台頭し、無思考による破滅への道につながるわけです」

斑鳩は、その言葉を苦い思いで嚙みしめる。村雨府知事が浪速市長選に出馬する計画があるという話を鎌形から聞き、一笑に付したばかりだったからだ。ただし、なぜ鎌形はその情報をわざわざ自分に伝えてきたのかという疑念は頭から離れず、村雨の現実離れしたアイディアそのものよりも長く、斑鳩の心を乱し続けていた。

雨竜はその極秘情報を知っていた。村雨陣営にスパイを潜り込ませているのかもしれない。組織が巨大になればなるほど、スパイの排斥は困難になる。純粋なシンパだけで身の回りを固めることはできない。それは天を衝《つ》くような巨大な塔を純金で作り上げることが不可能なのと同じことだ。その時、斑鳩の胸にある疑惑がよぎった。

「雨竜、お前まさか……」

コイツは自分の通信を覗《のぞ》き見しているのではないか。雨竜にはそんなことでも平然とやりかねないような、きな臭さが常につきまとっている。問題は、雨竜がそうしたことをしているかどうかという疑惑ではなく、雨竜はそうしたことが可能な立場にいるという事実だ。だが斑鳩はあえて雨竜を問い詰めようとはしなかった。それは自分が雨竜に対し疑念を持つと同時に、鎌形と通じていることを暴露するようなものだからだ。たとえ聞いてもしゃあしゃあと否定するだけだろう。情報戦の観点からすれば意味がないどころか害悪ですらある。なので斑鳩は話を変えた。

「村雨府知事がその策を用いていたら、実現する確率はどれくらいだったかな？」

「浪速市長に当選する確率は九割。続く国政選挙での勝率は八割。その先は正確にはお答えしかねますが、順調に行く可能性は、まあ五分五分でしょうね」

荒唐無稽《こうとうむけい》に思える計画の成功率が五割前後とは、村雨も高く評価されたものだ。

雨竜は話を続ける。

「この世の事象は、やる、やらないの二択の連続で正解率を五〇パーセントとすると三回続けて成功する確率は一二・五パーセント、十回続くのは〇・一パーセント、つまりほとんど起こり得ない。すると今の村雨さんはまさにフィーバー状態です。でもそんな状態が長続きしないことは、古今東西の青史から明らかです。なのでいずれどこかでコケる。でもそれがいつになるか、皆目見当がつかないんです」

「すると足下に控える鎌形さんが、天昇る龍の守護神となる可能性もあるわけだな」

雨竜は首を振る。

「村雨さんは今、成功の門の前で立ちすくんでいる。成功の殿堂に入るには障壁がある。国政選挙に打って出た時に有象無象が集《つど》って足を引っ張る。市長選への出馬を反対した鎌形さんは正しかった。でもそれは同時に、自分の失墜を早め、唯一の逃げ道を自ら閉ざした行為になってしまったとも言えます」

「我々の最大の危機は去ったわけか。それでお前はこの先、何をするつもりだ?」

雨竜は目を細めて斑鳩を見た。微笑を吹き消し、口調ががらりと重くなる。

「数年前、不祥事に揺れた省庁のトップを務めた人が続けて二人襲撃された事件がありましたね。あの事件では実行犯は直ちに逮捕され、逆恨みによる犯行とされました。

あれを、過去の秘密を漏らすとこうなるぞという、国家マフィアによる見せしめだと感じている市民がいる。もちろんそれは都市伝説で、国家や警察組織に対する故《ゆえ》なき誹謗《ひぼう》です。でもそんなコメントは表に出ない。なぜならそのような疑念は公式に存在していないからです。でも疑心暗鬼の影としては実在している。そう、雨中に昇天する朧《おぼろ》な龍のように、ね」

斑鳩は腕組みをして目を閉じる。事件では犯人の逮捕直後、精神疾患の疑いありと報道された。だが責任能力は認められ死刑判決が下されたが、続報を読み落とした市民はその事実を知らない。これでは霞が関ＯＢの被害者はやられ損だ。

ではあの事件で得をしたのは誰か。それは正義の遂行をアピールできた警察と、不祥事の漏出を防げた官僚機構だ。斑鳩は目を開けた。

「雨竜、お前は輪郭定かならざる風評を使いこなし、官僚組織の絶対的地位に君臨するつもりか」

詰《なじ》られて雨竜は笑う。

「どうしちゃったんですか、斑鳩さんは僕がそんなことを望んでいないことを誰よりよくご存じのはずなのに。いつものキレが感じられないのは、大恩ある相手なので、矛先が鈍っちゃったのかな」

耳にするだけで苛立《いらだ》つ雨竜の茶々に斑鳩は眉を顰《ひそ》める。雨竜は真顔に戻った。

「そもそも福本さんの指令の本質は、厚労省局長の逮捕、起訴の件で失墜した官僚組織を復権させろというものです。でもそこに鎌形さんへの私怨《しえん》を絡《から》ませるから話がこんがらがってしまう。依頼はシンプルで、鎌形さんの排斥です。実はそのこと自体は簡単なんですが、本来のオファーを完遂するために村雨さんの人気を貶《おとし》める必要がある。これって本末転倒なんです。間接的に求められることの方が巨大なんですから」

斑鳩の目に、これまでの経緯と現在の構図がくっきり浮かび上がる。雨竜が優れた講釈師であることは間違いないだろう。雨竜は講義を続けた。

「でも今回の件で村雨さんの底は見えました。今の村雨さんは地に足がついていない。国家を転覆させるため密林に潜入したゲリラ兵士から、人々が崇《あが》め奉《たてまつ》る神輿に変わってしまった。本来、政治家は神輿です。担ぐ人がいなければどこへも行けない。しかも自分が行きたいところではなく、担ぐ人が行くところにしか行けないのです」

神輿は行き先を選べない、と斑鳩は呟く。

「官僚は凡夫に政権を託し、賞味期限が切れたらスキャンダルで支持率を下げ首をすげかえる。自分たちは神輿の担ぎ手のリーダーになり都合のいい方向に進める。彼らが受け取る忠勤の褒賞《ほうしょう》はリタイア後の優雅な生活。そんな循環システムを維持するため、高台の住人は後輩を監視し、後輩は忠誠を尽くす。戦後、政権交代はありましたが、我々官僚だけは不敗であり続け、精緻《せいち》な循環システムは極限まで磨き上げられています。でも今、そんな安逸な世界に亀裂《きれつ》を入れる存在が出現したのです」

このように語る雨竜の視座は、一体どこにあるのだろう、と斑鳩は考える。官僚制度の中心にいる当事者でありながら、あたかも部外者のように語る。そんな二重性は神にしか許されない視座だ。そんな雨竜の視線は渦中《かちゅう》の政治家へと転じる。

「官僚にとって最大の悪徳は現状維持のぬるま湯を破壊する機構改革であり、最凶の敵は確乎《かっこ》たる意志を持ち強力に改革を推進する政治家、市民の圧倒的支持を受けたカリスマです。官僚から見れば巨悪、市民の目には英雄。村雨さんにはそうした存在になれる可能性があった。それが鎌形さんという暴力装置を手中にしているこの瞬間に市長選挙に打って出て、畳みかけて国政選挙を制するという戦略です。でもその機会は遠く飛び去ってしまったのです」

雨竜があえて過去形で語ったことで、村雨の選択ミスが一層鮮明に浮かび上がる。

「すると市民社会なる虚構に土台を置き、日本三分の計を画策している、村雨府政に群がっている連中は、もはやピエロに成り果てているというわけか」

雨竜は首を振った。

「そこは僕の見解は異なります。市民は官僚に無償で奉仕する篤志家《とくしか》です。我々はそんな市民に雨露をしのぐ家と粗末な食事と一炊の夢を与え続けなければなりません。それが市民に対する奉仕精神の発露だというのも麗《うるわ》しき誤解で、夢物語の一片です。ところがごく稀《まれ》に、市民のためという善意を持ち続ける神輿が現れ、勝手に黄金郷を目指す。残念ながら大いなる意志は、担ぎ手の思惑に打ち砕かれる運命にある。かくてこの国では集団利益というご神体の元で意思が決定され、独裁者が出現しない代わりに集団独裁という体制が君臨し、その仕組みを変えることはもはや不可能です」

雨竜は遠い目をして吐息をついた。もはや彼が官僚を支持しているのか、それとも批判しているのかは判然としない。働き蟻《あり》には哲学も未来のビジョンもない。ひたすら女王への忠誠を誓うのみだ。だがそれは巨大なシロアリの巣を維持するには好都合な性質でもある。シロアリの性格は変えられないし、変えるべきでもない。雨竜は、言わずもがなの常識である官僚不敗伝説を総括しただけだ。だが不敗であるが故に腐敗を招いているという、官僚組織の実態を見せつけられる立場にいる斑鳩は、そうした悪弊を一掃するには村雨のような劇薬が必要だったのではないか、とも思う。そしてそれこそ雨竜が問わず語りの内に言いたかったことなのではないか、とふと考えた。

斑鳩の胸を、寂寞《せきばく》とした風が吹き抜けていった。

雨竜は手元にあった新聞をテーブルの上に置く。福本の焦燥を誘った、村雨新党結成の予測記事だ。見出しを眺めているうちに、脳裏を閃光《せんこう》が走った。

「この記事はお前の仕掛けか？」

「これは安全弁なんです。力を溜《た》め一気に放出されたら、破壊力は途轍《とてつ》もないものになりますが、ガス抜きしておけば爆発力は下がります。市警の広報室長でもある斑鳩さんに、今さら提灯《ちょうちん》記事の効用を説明する必要はありませんよね？　この件は西の大樹を根こそぎ引っこ抜くことでしか解決できない。だから準備に時間がかかるんです。でも年内には朗報をお届けするつもりです」と言って、雨竜はにっと笑う。

韜晦《とうかい》するような言辞で目眩《めくら》ましをした最後の最後で、雨竜は期限を提示した。だからコイツは捨て置けない。上司が欲しがる情報を与えることが上司を手懐《てなず》ける近道だ、という処世術をよく理解している。福本は雨竜の掌《てのひら》の上で踊らされているだけだ。

「それを聞いて安心した。そう伝えれば福本さんも安心するだろう」

そう言い残し斑鳩が立ち去った後、雨竜はコンクリートの壁に向かって呟く。

「東京地検特捜部のエースも警察庁の無声狂犬も、最後まで気づかずじまいか。僕の美学に誰も気づかなければ、僕は単なるピエロだな」

雨竜は、さみしげな微笑を頬に浮かべた。

浪速貿易センタービルの最上階。彦根はひとり窓辺に佇《たたず》んでいた。眼下には宝石箱からこぼれおちたような街の灯りが煌《きら》めいている。この窓から幾度、浪速の街を見下ろしただろう。かつてその視線の先には夢があった。

遠く見える浪速空港をギャンブル・シティに、博覧会跡地の公園はメディスン・タウンに。彦根が説いた基本構想に村雨も胸を躍らせていたはずだ。だが近頃はそうしたビジョンを語っても、村雨の表情が浮かないことに彦根は気づいていた。

亜麻色の髪の残像が陽炎《かげろう》のように窓ガラスに映り込む。

自分の不調はその存在が欠けたせいだと気がついたのは最近だ。

本当はとっくにわかっていたが、やっとその事実を直視できるようになっただけだ。

炎上する塔の中で別れを告げた唇。繰り返される心象風景が彦根の胸を蝕《むしば》む。

傷が癒《い》えかけているのだ、と思いこもうとした。だが治りかけの傷が一番痛むという医学の常識には目を瞑《つむ》る。

「彦根先生から急なアポが入るのも、久し振りですね」

落ち着いた声に、我に返る。動じない声は、天命を知る者だけが発する響きだ。貫禄《かんろく》がついたなとは思う。だがいくら風格を有したとしても、必ずしも天命に届くとは限らない。むしろ美しい志操ほどたやすく砕け散るものだ。人の世は不条理だ。天は、人が高みに登るのを望んでいないのだろうか。

官僚がどれほど市民社会の利益に反する悪業を積み重ねても、天罰は下らない。そのシステムの永続性は脱皮し続ける蛇に似ている。天がそうした変態を許しているとしたら、官僚の失政で人類が衰退することが神の意思なのではないか。

彦根の脳裏に、喜国の飄々とした表情が浮かぶ。彦根は首を振り、レッセフェールの呪詛《じゅそ》を追い払う。目の前にいる村雨は今、市民から圧倒的支持を受け、新政党の創設をぶち上げようとしている。すべては順調。だからこそ危機感を抱く。

あまりに簡単すぎる……。

手にした新聞をテーブルに投げ、村雨は微笑した。

「この記事は当て推量も多かったですね」

「でも関係者でなければ知り得ない情報もあります」

「内部にスパイがいる、とご心配ですか？」

彦根は首を横に振る。

「スパイではなく、よかれと思ってメディアに情報を流した先走ったスタッフかと」

彦根は、スパイの方がまだマシだ、という言葉を飲み込んだ。ここからは敵味方が入り乱れる混乱が増えるだろう。存在するかどうかすら判然としない、見えない敵との不毛な消耗戦、神経戦に突入したのだ。そうした事実に注意喚起したいがために多忙な中、村雨との会合をセッティングしてもらったのだ。

「村雨さんは危険水域に足を踏み入れています。切り込もうとしているのは既得権益の受益者の縄張りです。今後はより強い反発が、より目に見えにくい状態で、多重的に仕掛けられてくるでしょう。この記事はそんな反撃の狼煙《のろし》にすぎません」

うなずいた村雨も、さすがにその辺りはひしひしと感じているようだ。

村雨の顔を見つめた彦根は、自分はこの稀代《きたい》の政治家を守りきれるのだろうか、と思い、暗澹《あんたん》たる気分になる。

「スキャンダルにはくれぐれもご用心を。特に女性とカネの問題は致命的ですので」

彦根の忠告に、村雨は微笑する。

「そりゃあ私もこの年ですから、つつかれたら困る火遊びのひとつやふたつはありました。でも府知事になってからは大人しいものです。カネも政治資金規正法に則《のっと》って適正に報告しているので、特段の問題はないと思います」

「もちろん、よく存じ上げています。でも、ありもしない過去さえ漁《あさ》ってみせるのが連中のやり口ですから」

「誹謗中傷の種というものは、いくら気をつけてもどうにもならないものですからね。おっしゃるとおり、火のないところに煙を立てるのが、この世界の常です。大切なのは事後処理だと割り切るしかないでしょう」

村雨と危機感を共有できないもどかしさに唇を噛む。

新聞やテレビには、官僚発表を無批判に垂れ流すという悪癖がある。絶妙のタイミングでスキャンダルが発掘され、裏付けのないまま報道される。致命的なアングラ情報が拡声器で響き渡り、反論の声は封じられ、袋小路で行き詰まり自滅する。

それが官僚に歯向かった者の哀れな末路だ。

「実は先ほどの新聞に新党結成報道の他にも興味深い記事が載っていたんです」

村雨は彦根の指の先を凝視した。並んだ二つの記事の見出しが目に飛び込んでくる。

——感冒の流行を防ぐ ワクチン行政は今
——厚生労働省前局長汚職事件、来週公判開始
「昨年来、浪速で問題になった二つの事件関連の記事が同時に載るなんて偶然にしては出来すぎです。このタイミングで情報を流せるのは霞が関周辺しかあり得ません」

彦根の指摘に、村雨は顔を上げる。

「もしこれが彦根先生が予言された宣戦布告であるなら、先生がすでに手を打っていますから、盛大な空振りに終わるでしょう。それにしてもそうだとしたら、なぜあちらはわざわざこんな風に宣戦布告をしてきたのでしょう。黙っていた方が奇襲の成功率は高くなるはずなのに」

彦根は窓の外に視線を投げた。そして言う。

「これにはいくつかのケースが想定されます。もし仕掛けだとすると、仕掛け人はこちらの手の内はお見通しだという自信を見せつけるのが、記事掲載の目的でしょう。するとと相当自己顕示欲の強い御仁と推察できます。これは序章に過ぎず、本編はもっとすさまじいぞという脅迫なら、虚勢を張った小心者というプロファイリングが成立します。こちらにも同レベルのブレーンがいるんだぞ、と名乗りを上げたのだとすれば稚気に過ぎるでしょう。でも結局は、こうして解析していること自体、杯中の蛇影に怯《おび》えているだけかもしれません。いずれにしても僕としては、これが竜頭蛇尾の駄作でないことを祈りたいですね」

油断も驕《おご》りもない彦根の口調が村雨には頼もしく思える。

だが、当の彦根から見ると、村雨はまったく違う姿に見えていた。

村雨は、巨大な図体を不用心に晒《さら》したマンモスだ。その足下に原始人集団が槍《やり》や斧《おの》を手に挑み掛かってくる。

英雄的な一騎打ちではなく隙を見て槍でつついては、わずかな出血を手柄にして撤退する。不毛な繰り返しだがマンモスには逃げ場はなく、原始人たちは後から後から湧《わ》いてくる。つまりマンモスがその巨体を衆目に晒した瞬間、彼の勝ち目はなくなるのだ。

そんな古代の狩猟イメージに触発されたネガティヴなイメージを振り払うように、彦根は明るい声で言う。

「いずれにしても臨戦態勢を整え、一分の隙も見せないことが肝要です。しつこいようですが、カネと女にはくれぐれも気をつけてください」

村雨は微笑し、了解、と短く答えた。

彦根は改めて窓の外に目を遣《や》る。

不景気なのか、いつもよりもネオンサインの数が少ない気がした。

26 雨竜、動く

東京・霞が関　10月27日（火曜）

厚生労働省医療安全啓発室室長の八神直道《やがみなおみち》は、東京地検特捜部の福本副部長に呼び出された理由に、心当たりがなかった。おそらく公判が始まった前局長の収賄《しゅうわい》事件に関連することなのだろうと察しはついたのだが。

目の前の男を観察する。一メートル八十近い長身は霞が関では大層目立つ。地検特捜部の副部長という地位はこの年代では出世頭なのに切れ者に見えないのは、馬のように長い顔のせいだ。ウマヅラハギ、という魚の名が唐突に浮かび、笑みを嚙《か》み殺す。

先程から福本は手にした万年筆を指先で弄《もてあそ》んでいる。呼び出しておきながら十分近くも放置するとはバカにするにもほどがある。そう抗議をしようとした矢先、扉が開いて二人の男性が部屋に入って来た。すると福本はソファから身体《からだ》を起こした。

「突然呼び出して済まない。この先の流れを担当者と相談したいと思ってね」

八神にはひと言の詫《わ》びもないことにむっとしたが、何も言えない。来客の一人には見覚えがある。霞が関の不祥事をコントロールする省庁横断的組織防衛会議、別名ルーレット会議を主導する斑鳩室長だ。隣の男性は長身だが丸顔で、蝶《ちょう》ネクタイなんぞしているものだから、そっちに気を取られ、大顔が気にならない。蝶ネクタイひとつで世の中をせせら笑うような雰囲気を醸《かも》し出している。相当クセが強そうだ。

その曲者《くせもの》が、大柄な体に似合わないテノールで言う。

「わざわざ忙しいところを来たんで、また未決裁書類を読みたいんですけど」

「好きにしろ。この間も言ったが書類の順を乱さないよう、元の位置に戻しておけ」

「わかってますって。この前もお片付けはきちんとしたでしょ？」

泣く子も黙る東京地検特捜部の副部長に対し、何と軽薄な口を利くヤツだろうと呆れ顔の八神に目もくれず、蝶ネクタイの男は嬉々《きき》として書類の山の中に沈み込む。福本特捜部副部長は、万年筆のキャップを閉めると、ことりと机の上に置く。

斑鳩が一礼して八神の隣に着席する。二人が福本と相対した形になる。

「用件に入ろう。先日、厚生労働省老健局の前局長の収賄事件で初公判が開かれたことはご存じだな。その件で八神室長にご協力いただきたいことがある」

八神は目を見開く。

「証言台に立てと？　でも私は鴨下《かもした》前局長とは別部署で、状況は把握していません」

「心配するな。頼みたいのは正反対のことだ。鴨下前局長の冤罪《えんざい》を晴らしたいのだ」

「お話が見えません。前局長は浪速地検特捜部に逮捕、起訴されたのに、その冤罪を晴らすために東京地検特捜部が動くというのはどういうことですか？」

斑鳩は吐息をつく。この質問は素人《しろうと》同然だ。不祥事ルーレットに同席したことがある八神は、省庁の暗部処理の仕組みについても理解していなければならない立場にある。コイツがミスター厚労省では「厚労省に人なし」という評判は妥当だ。

だが福本はそう考えなかったようだ。福本の長所は、相手の無能さに鈍感なことだ。つまり他人を評価する能力に欠けるわけだが、それを持ち前の馬力で補っている。だから紙一重の差で勝敗が決する頂上決戦は任せられないと、検察庁のお偉方も考えたがゆえに鎌形を上位に置いた。だが福本にはツキがあった。

不思議なことにラッキーガイは、自分の幸運に鈍感なヤツが多い。

「東京地検は社会正義実現のため日夜邁進《まいしん》している。だが浪速地検は鴨下前局長を誤認逮捕した挙げ句、起訴までした。社会秩序を乱す歪《ゆが》んだ行為は相応の報いを受けるべきだ。報いをもたらすのは正義の使者、東京地検特捜部しかない」

「つまり検察は二つに割れているんですか」という八神の反応に斑鳩は絶句した。

ここは沈黙するしかない。だが福本は、ちっちっち、と舌打ちをして人差し指を左右に振る。ハリウッド映画でぼんくら上司が有能な部下にやる仕草そっくりだ。

「検察は割れていない。悪性腫瘍《しゅよう》を切除するだけだ」

斑鳩は啞然《あぜん》とした。検察庁が浪速地検特捜部を異分子と断定したなどという危険情報を、幼稚園児並みの思考力しか持たない児童《ガキ》に伝えるなんて常軌を逸している。だが破《わ》れ鍋《なべ》に綴《と》じ蓋《ぶた》、八神は福本の発言の重大さに気づかず、無邪気に答えた。

「悪性腫瘍の切除でしたら本省も全面的に協力します。何せ医療担当ですから」

安っぽいジョークを無視して、福本はいくつか要望を伝える。いちいちうなずいていた八神だが、最後に首を傾《かし》げた。

「概《おおむ》ね了解しましたが、最後の一点は合点がいきません。インフルエンザ・ワクチンの不足を広く訴えることが、この事案とどのように関係するのでしょうか？」

ワクチンの不足は厚生労働行政の怠慢として報道されるだろうから、この言葉は厚生労働官僚の防御本能だろう。福本は、山積みの未決裁書類に耽溺《たんでき》している雨竜をちらりと見た。その視線で、この依頼は雨竜からの指示だったのか、と斑鳩は見抜いた。

「所轄の厚労省を守るためだ。さる筋の情報によれば、これからの流行シーズンに大規模なワクチン不足が起こり、パニックになり得るということだが、本当か？」

「ワクチンの生産量と希望者の数のバランスが崩れれば、可能性はあります」

八神が断言できたのは、春先のキャメル騒動に懲《こ》りた担当部署が、この情報を早めに省内に公開し、省全体の共通認識にしておきたいと考えていたからだ。

「パニックになったら厚労省は責任を問われるだろう。だがワクチン不足という情報を事前に発信しておけば、責任回避ができる」

なるほど、そういうことでしたか、と感心して八神は立ち上がる。

「一週間以内に対応します」

「グッド。正義のため、よろしく頼む」

部屋を出て行こうとした八神の後ろ姿に、雨竜が甲高い声を掛ける。

「室長にもうひとつ、お願いがあるんだけど」

八神は立ち止まり、腕時計を見る。次のアポに遅刻しそうだ。話があるならまとめてしてほしいものだ、と背を向けている安心感から露骨に顔をしかめる。

だが不機嫌な表情を吹き消し、にこやかに振り返った八神は思わず身を引く。すぐ後ろに立っていた雨竜が、手にしたＵＳＢメモリを八神に突きつけていたのだ。

「そんなイヤそうな顔をしないでよ。これは厚労省の汚名返上のためなんだからさ」

「さすが福本さん。パーフェクトです」

拍手をしながら雨竜は、福本と斑鳩が座るソファへ歩み寄る。

「この程度でいいのか？　これであの鎌形を失脚させられるとは思えないんだが」

福本が疑念を口にすると、雨竜は机上の飾りである鼎足《ていそく》の香炉を指さす。

「この香炉を浪速に見立てると、器部分が村雨さんで、それを支える鼎《かなえ》の三脚は厚労省キャリアの喜国さん、浪速地検特捜部副部長の鎌形さん、そして〈スカラムーシュ〉・彦根先生で、そのどれか一本でも折れれば村雨さんは地に落ちます」

「俺はこの脚さえ叩《たた》き折れればそれでいいんだが」

福本は、雨竜が鎌形にたとえた脚を指さす。

「それは無理です。鎌形さんの所には強い力がかかればかかるほど一層強靱《きょうじん》になるという特殊な性質があるので。だから他の脚を挫《くじ》く方が早いんです」

「ならば、喜国を攻めるか」

「政治的には喜国さんは彦根先生の傀儡《かいらい》にすぎません。つまり彦根先生は一人二役で、三本のうち二本を担当しているので、喜国さんの脚はないのです」

「ということは、目障《めざわ》りな彦根を真正面から叩き潰すしかないわけだな」

「残念ながらそれも外れ。彦根先生は実体が希薄すぎて叩き折るのは至難の業です」

「ならば、一体どうしろと？」

福本の苛立ちはもっともに思えた。すると雨竜はにい、と笑って香炉を指さした。

「この香炉の脚を人物とすればどれも簡単に折れません。でもその脚を支える人物が遂行する新機軸とすると、鎌形さんの浪速地検特捜部の強制力、喜国さんのインフルエンザ騒動を終息させた疫学《えきがく》体制、彦根先生の浪速大Aiセンターに相当します。するとこの三本脚はどれもみな、すでに折れる寸前です。特に浪速大Aiセンターは、斑鳩さんが鎌形さんを通じて手中に収めたため、すでに折れているようなものです」

斑鳩と鎌形が通じているということを暗に匂《にお》わせた雨竜の言葉を耳にして、福本の眉がぴくり、と跳ね上がる。斑鳩は弁明する。

「彦根の機先を制するためやむなく打った非常手段でした。浪速が橋頭堡《きょうとうほ》になると感じ、依頼したのです。結局、鎌形さんは自分の首を絞めたことになるわけですね」

雨竜が補足するように言った。

「でも彦根先生は鼎を三本脚に見せたいがために、浪速大Aiセンターをフェイクとして使い続けています。いわば器を壁にもたせかけて脚代わりにしているようなもので、二本脚で壁に立てかけてあれば、片方を叩き折ればいい。そのため誘導するのがワクチン・パニックなのです」

「喜国を叩き折るため、八神室長にワクチン不足の情報を積極的に流させるわけか」

福本が感心したように言う。雨竜は福本に答える。

「ワクチン不足で春先の騒動を再現して、タイミングを合わせて福本さんが鎌形さんという脚を払えば一本脚の香炉は地に墜《お》ちるでしょう」

「いずれにしても決着は年内につきそうだな。了解だ。粛々と実行に移してくれ」

福本は朗らかに笑って言った。

「あんな風に都合良く行くのか？」と警察庁に戻る途上、斑鳩は尋ねた。

雨竜は首を振る。

「あちらは融通無碍《ゆうずうむげ》の〈スカラムーシュ〉・彦根先生に加えて浮世離れした発想力を持つ〈レッセフェール〉スタイルの喜国さん、そして電光石火の〈カマイタチ〉・鎌形さんの連合軍ですから、とんとん拍子にはいきません。でもこちらの優位は動きません。こちらからは彦根先生は丸見えですが、あちらから僕の姿は見えない。地力の差が大きすぎるんです。透明なモンスターが突然首筋に刃を突きつければ恐怖心は倍加し、伸びやかな戦略の芽を摘み取れる。なのでワクチン・パニックの発動は霜月に入った直後とします」

壁のカレンダーを見ると、すでに十月も終わりに近づいていた。

十一月の声を聞き、冬の気配が感じられるようになった。浪速診療所の名誉院長・菊間徳衛は、相変わらず日の出前に起き亡《な》き妻に線香を上げ、写経をする毎日だった。新聞配達の自転車の音が聞こえると、新聞を取りに出る。部屋に戻り畳の上に広げて読む。だがその日課に最近、二倍時間が掛かるようになった。この春、新型インフルエンザ・キャメル騒動が起こって以来、全国紙の報道を確認するために、時風新報に加えて朝読新聞も購読するようになったのだ。

新聞の見出しを読んだ徳衛は部屋に戻ると電話を掛ける。相手は診療所から少し離れた家に住む現院長、息子の祥一だ。祥一のところは子どもが小学生と保育園児で、六時には朝の支度をしているから電話をしても大丈夫のはずだ。

呼び出し音が三回鳴り、嫁のめぐみが出た。「こんな早くにどうなさったんですか」という問いに、「祥一の耳に入れておきたい話があってな」と答える。祥一に代わると開口一番、「朝読新聞やろ」と打てば響くような返事が徳衛を安堵《あんど》させた。

「午後は小学校の健康診断に行かなあかんから、午前中に診察室に顔を出してくれへんか。それまでワイドショーでも見て情報を集めといてや」

「わかった。ほな後でな」と電話を切り茶の間のテレビをつける。

改めて新聞二紙の一面を見比べると両紙とも一面の大見出しで、『インフルエンザ、ワクチン不足』と大々的に報じている。記事には、インフルエンザ・キャメルに再び流行の兆《きざ》しがあるがワクチン不足が懸念《けねん》されるとあった。朝読新聞では公衆衛生学の専門家として茶の間の顔になった浪速大の本田《ほんだ》准《じゅん》教授のコメントも掲載されていた。いかがわしさ満載の記事は、キャメル大流行の兆しと煽《あお》りながら感染者数など裏付け情報は一切ない。保健所が毎週、医師会の主な病院からのデータを集計し公表している感染症情報でも百日咳が流行している程度だ。また、キャメルは今春流行した新型ウイルスだから、まだワクチンは生産されていない。記事では季節性のインフルエンザ・ワクチンと混同していて、よく読めば記事全体は通常のインフルエンザ・ワクチンの話とわかるが、導入部の間違いのせいで事実誤認につながりかねない。そもそもキャメルは、パンデミックになるぞと散々脅しておきながら大山鳴動して鼠《ねずみ》一匹、被害がほとんどなかった疾病《しっぺい》だ。

キャメル騒動の裏で通常のインフルエンザの死者は昨シーズン一千名を超えた。

「次はキャメル再び流行の兆し、という記事です」

徳衛の耳に聞き慣れた声が聞こえた。新聞記事を読み上げるだけという芸のないやり方が出勤前の会社員に重宝され二十年近く続いている長寿コーナーは、徳衛もよくチャンネルを合わせる。記事紹介の最後に、司会者がひと言、付け加えた。

「キャメルは怖い病気ですから、念のため予防接種は受けておきましょう」

ため息をつく。こうした誤った情報の積み重ねから間違い情報が拡散されていく。この程度ならまだ影響は小さいだろうが、これは始まりにすぎない。誘導された情報が積もり積もれば、どんな事態が起こるかということは、春先のキャメル騒動でいやと言うほど思い知った。あの時との唯一の違いは、得体の知れない風来坊が、こうしたことが起こりうる、と事前に予言していることだ。それは一条《ひとすじ》の光となり、徳衛を始め、浪速の医師たちの指標になってくれるかもしれない。

徳衛は立ち上がると、着替えを始めた。


朝も早いのに浪速診療所には大勢の患者が順番を待っていた。今日は午後が休診のせいか、いつもの二割増しだ。これも祥一の丁寧な診察の賜物だ、と徳衛は内心、得意になる。もちろんそんなことは本人には言ったことはないのだが。

出てきた患者と入れ違いに、徳衛は診察室に入る。院長室の重厚な回転椅子《いす》に腰を下ろした祥一は、薬の処方箋《しょほうせん》をさらさらと書き写すと、傍らの看護師に手渡した。

「田中さんの処方はこれで。父さんと話があるから、五分ほど席を外してや」

年配の看護師は徳衛に会釈《えしゃく》をすると院長室を出て行った。彼女は徳衛が院長だった頃からずっといる看護師だ。優秀な人材は財産だと、徳衛はつくづく思う。

祥一は椅子を回転させ、徳衛に向き直ると尋ねた。

「今朝のテレビの騒ぎっぷりはどうやった？」

「大したことなかったで。立ち読み新聞コーナーでのコメントはひと言や」

「まあ、そんなもんやろ。彦根先生の読みではここからが本番やから油断できひん」

徳衛の脳裏に、浪速府医師会の会合で、言いたい放題した彦根の姿が浮かんだ。

「ほんまにあのヘッドフォン兄ちゃんの言う通りになるんやろか」

祥一は次の患者のカルテを眺めながら言う。

「十一月に入ったばかりで、まだインフルエンザ流行のかけらもないのに、ワクチン不足と騒ぎ立てているようでは、あの話もあながち的外れではなさそうや。僕たちは役割をきっちり果たさなあかん。でも騒ぎになってもじっと我慢の子や、なんて言われても、春先みたいな騒ぎになったら、じっとしてるのも大変やろな」

徳衛はこの春のキャメル騒動を思い出す。

浪速では罹患《りかん》患者は少数で、重症患者も皆無だったが市民は報道に煽られた。徳衛親子が下した冷静な判断は市民に届かず、混乱を収束させたのは別の要因、つまり東京でも感染が確認されたという事実と、それに伴う官僚の方針変更だった。

「厚生労働省の感染症対策の間違いは、戦後間もない頃のジフテリア予防接種事故がその起源やから、根が深いのやで」と徳衛が言う。

「えらい古い話を引っ張り出してきたな。予防接種法が施行された当時、ジフテリアの予防接種で百人近くが亡くなったという、予防接種史上最大の薬禍やね」

「せや。開業当時、患者に被害者がおって『ワクチンの残留毒素が原因や言うてたのに、事故は不幸な偶然の重なりだなんて言われた時は悔しくて悔しくて』とこぼしてたな。事件の幕引きは酷《ひど》かったで。厚生省がワクチンの製造所を告訴し作業者に禁固刑、所長に罰金刑を科す裏で被害者に弔慰金を払《はろ》うたんや。法務庁が、国賠訴訟になれば敗訴は確実と、内々に厚生省の尻《しり》を叩いた結果やと聞いたがな」

「つまり国は責任を自覚していたわけや。学生時代、医療政策セミナーの講師の先生も『厚生行政の責任を不幸な偶然の連鎖にすり替え、国民を生け贄《いにえ》にした不祥事』と怒っとった。当時の厚生次官が事件を報じたニュース映画の公開前夜に映画会社を訪れカットさせたんやて。しかもそのことをあとで得意げに吹聴《ふいちょう》したらしいし」

祥一の言葉に、徳衛は顔をしかめた。

「とんでもないことや。あれ以来お粗末な感染症対策の不始末を民間のせいにする責任逃れの手法が厚生省のクセになってもうた。日本の薬害の根っこはあっこからや」

「今度も酷い目に遭わされる可能性があるのやな。せやったらこのワクチン戦争は、きちんと対応せえへんとあかんな。こっちには守護神がおるからな」

「ほんま、心強いで。いつまで我慢したらええか、わかるのは助かるわ。かっきり十日間、援軍が来るんを待つなんて、春先の騒ぎを考えれば気楽なものやで」

「彦根先生は、浪速の希望の星や。せやけど僕はあの人は信用できひん。大切な先輩が医療界から追放された原因を作った張本人やからね」

院長の権力を象徴する、革張りの椅子から立ち上がった祥一は軽い口調で言った。

「さて、診療を再開しようかな。待合室で患者さんが首を長《なご》うして待っとるさかい」

その日、徳衛は医師会の複数の理事から、今朝の記事は例の件の始まりか、という確かめの電話を受けた。そんなんわからんわ、と突き放したが、彦根の言葉は医師会の内部に確実に浸透しつつあるようだ。彦根に対しアレルギーを持っていた浪速府医師会の理事の面々も、彦根を正当に評価しようという気運になりつつあった。

そして時をおかず、彦根の読みの正しさが立証されることになる。

週明けの十一月第二週、大新聞が一斉に一面でワクチン不足の続報を流した。

ワクチン不足が報じられれば、誰もがワクチンを打ってもらいたいと考える。医療機関に連絡を取ると予約はいっぱいで、追加はいつになるかわからないという返答だ。そう聞くとよけい欲しくなるのが人情だ。ひとりがワクチンを求めて右往左往し始めると、ドミノ倒し的に雪崩《なだれ》を打つ。その様子を見ながら祥一は、これがワクチン戦争の始まりかと得心する。新聞は連日ワクチン不足を煽る記事を扱い、ワイドショーも頻繁に取り上げたため市民はパニックに陥った。

浪速でその傾向が強かったのは今春のキャメル騒動が尾を引いていたせいだろう。つまりワクチン不足報道は、仕掛け側の思惑通りの効果を上げていたわけだ。

だが、なぜか浪速の医療機関の対応には、どこかゆとりがあった。

記事が流れた数日後、東京地検特捜部の福本副部長は、斑鳩から報告を受けた。

「ワクチン不足の記事は厚労省が頑張ってくれたようです。八神さんのお手柄です」

「彼が頑張るのは当然だ。今回の件でうまくやれば厚生労働省の権益が増えるからな。雨竜に、今後の展開についてレクチャーするよう手配してくれ」

斑鳩は一礼すると部屋を出て行った。警察庁に戻ったその足で地下の捜査資料室へ向かう。薄暗い地下室の片隅で、雨竜は大きな身体を丸めて机に向かっていた。

「雨竜、福本副部長はご満悦だったぞ」

だが雨竜の表情は冴《さ》えなかった。甲高い声で言う。

「どうもしっくりこないんです。浪速が妙に落ち着いている感じで……」

「今朝も、医療機関に殺到する患者の姿が報道されていたのに、か？」

「医師会があたふたしないのが引っかかるんです。こういう問題が起こると真っ先に騒ぎ出す浪速の医師会に、その気配が感じられないんです」

「どう動けばいいかわからないんだろう。春のキャメルの時も何もできなかったし」

「それならいいんですけど。なんだか静かすぎるんです」

「気に病むことはない。計画遂行に集中することだ」と斑鳩は答える。

「……そうですね。ここまでくればあとは霞が関お得意モードですから一安心です」

「何だ、その霞が関お得意モードというのは？」

「東城大チフス事件みたいなヤツです」

その言葉に斑鳩の眉がぴくり、と上がる。雨竜は続ける。

「あれは酷い冤罪でした。患者の飲食物にチフス菌を混入したとされた事件の背景に、厚生省のチフス蔓延に関する防疫の不手際がありました。事件と医師を無理やり関連づけて目くらましにしたと、厚生省防疫課課長補佐が得意げに吹聴していたそうです。一審は医学的に自供の方法では発病しないとされ無罪でした。ところが高裁、最高裁では強要された自白を重視しての逆転有罪ですから凄まじい話です」

斑鳩も四十年以上も前の事件の詳細は知らなかった。斑鳩は尋ねる。

「今の発言は警察庁の上層部への当てつけか?」

「とんでもない。司直の判断が科学を凌駕した、画期的な事件で警察のお手本です。我々が描いた絵図に忠実であることこそ〝絶対正義〟という代物なんですから」

微笑を浮かべた雨竜は本気でそう思っていると理解し、斑鳩の背筋が寒くなる。

「ワクチン・パニックは、いよいよ佳境です。〝ナニワ・キャメル散布大作戦〟とでも名付けましょう。作戦といいながら実働部隊がいないのがしょぼいんですけど」

ウイルスを撒き散らさず、ワクチン不足という情報を垂れ流すだけでパニックを誘導しようというのだから、命名の方向性がズレている。ネーミングセンスがないヤツだと思うが指摘はしない。作戦の名称など所詮たわ言、好きにさせればいい。

虚の世界の住人には、実体の伴わない攻撃がよく似合う。

斑鳩は情報を主要報道機関にリークするよう指示し、発信源にたどりつけないよう万全を期したが、浪速が静かすぎるという雨竜の言葉は引っかかり続けた。

『インフルエンザ・ワクチン、今季の増産は絶望的』

大新聞の報道は〝絶望〟の二文字でグレードアップされ、浪速診療所にも朝から問い合わせの電話がひっきりなしに掛かってきた。春先のキャメル騒動の再現だ。

学習能力がないのかとうんざりしつつ、祥一は問い合わせに穏やかに答えた。

「ワクチンは年内に打てば間に合いますし、供給の対策もありますのでご安心を」と壊れたテープレコーダーのように繰り返すが、相手にメッセージが届いていないことを感じる。だが彦根の予見通りの展開で、彦根への信頼は絶対的なものになった。

十日あれば対応できる、という彦根の言葉は医師たちにとって救いだった。

加えて好条件もあった。もともとインフルエンザ・ワクチン接種は年末から年明けが多く、十一月中旬のこの時期にはまだ、時間的余裕があったのだ。

これは、雨竜が福本に急《せ》かされたために生じたタイム・ラグだったが、雨竜たちはそのことに気づかなかった。

同じ頃、貿易ビルの最上階で村雨、喜国と会っていた彦根は村雨に告げた。

「ワクチン戦争も明日で二週間です。いよいよ明日午後一時の記者会見でワクチン放出をぶち上げ、同時に新党結成も発表しましょう。これで相乗効果が期待できます」

「彦根先生が発表をここまで引っ張ったのは、新党結成の公表を効果的にするためではないでしょうね。もしそれで府民が苦しんだとしたら、本意ではありません」

「その点はご心配なく。インフルエンザの流行はまだ先なので、ワクチン接種が多少遅れてもまったく支障はありません。市民の動揺は医師会が抑えてくれました」

「それを伺って安心しました。いよいよ明日ですか」と村雨は遠い目をして言った。


翌日午後一時。府知事会見に二百名近い報道陣が参集した。新党結成の会見が予想されたが、ストライプのスーツ姿で会見台に立った村雨府知事の発言は違った。

「本日、府内のインフルエンザ・ワクチン不足の件につき、浪速府庁は府民に遍《あまね》く行き渡るだけのワクチン備蓄を確保し、来週から接種可能になったことをお知らせします。お集まりの皆さまは府民の不安を解消すべく、迅速な報道をお願いします」

会見場がざわついたのは新党結成の取材の当てが外れたことと、ワクチン確保ができたことがにわかには信じ難かったからだ。朝読新聞の記者が挙手した。

「日本中でワクチンが不足しているのに、なぜ浪速だけは対応できたのですか」

「浪速検疫所係長の喜国検疫官の助言で、独自ルートが確立できたおかげです」

絵図を描いたのは彦根だが、栄誉は喜国に与えた方がいいと彦根は指示していた。

「西日本タイムスです。府民に行き渡る量というと膨大です。浪速で独占せず中央に預け、日本全体にバランスよく供給した方がいいのでは？」

「それは無理です。今春のキャメル騒動で、霞が関は感染者が発生した浪速を、交通や物流を遮断して隔離・孤立させました。だが東京で感染が確認された途端、そうした対応を停止しました。中央の対応は地方に思いやりのないものでした。今回のワクチン不足報道も東京のワクチン不足は聞きません。東京の供給を優先し、余ったら地方にお裾《すそ》分けするという発想ですので、浪速が独自に手配したワクチンを中央に振り分けるのは、盗人に追い銭のようなものです」

傲然《ごうぜん》と言い放つ村雨に、記者が質問をぶつけた。

「村雨知事は新党を結成し国政に乗り出すという観測が流れています。であれば国家全体を考えるべきで日本全体に還元すべきではないでしょうか」

村雨は質問した記者を凝視しながら、首を振る。

「国が決めた方針で地方が不利益を蒙《こうむ》っても国は批判されず、府知事の私が府民の利益のため備えたことは非難される。これでは、地方は保《も》ちません。したがって地方は中央から独立を目指し、独自路線を取るしかないのです。ここでみなさんに重大なご報告があります。年内に新党を結成します。名称は『日本独立党』です」

記者たちは、一斉に会見場を飛び出した。

〇

原田雨竜は手にした夕刊を放り投げた。

「やられました。ワクチンを備蓄していた上、新党の旗揚げまで同時発表するとは」

それは雨竜の見通しの甘さが招いた敗北だが、実戦で鍛えられた彦根と、前線すら知らない雨竜との差が出ただけだ。雨竜は動揺を押し隠して言う。

「情報戦の緒戦は完敗です。どうやってワクチンの目処《めど》をつけたのか、早急に洗い出します。十中八九、彦根先生の仕切りなんでしょうけど。ワクチンの新しい供給ルートを破壊し、無駄な抵抗だと思い知らせる必要があります」

「今さら供給ルートを破壊しても効果は薄そうだが」

「長期戦を視野に入れたらそのルートは根幹から破壊しておいた方がいいと思います。そのために〈ZOO〉の実行部隊出動を要請したいのですが」

「〈ZOO〉発動原則はわかっているよな？ 〈ZOO〉の活動は連動させられない」

斑鳩は渋い顔になる。雨竜の動揺は相当酷い。だが強がるように雨竜は言う。

「僕が実行部隊を兼ねればOKでしょ？」

「霞が関から一歩も外に出たことがないお前が前線に、だと？」

「こうなったらポリシーにこだわっていられません。目眩《めくら》ましのワクチン・パニックをあちらの打ち上げ花火にされてしまった失態は自分で収拾します」

雨竜が戦いの場に出ていくことは異例の事態だ。その時、携帯が鳴った。画面通知で相手を確認して顔をしかめた斑鳩は、短い応答で電話を切る。

「早速呼び出しだ。言い訳の準備をしておけ」

「言い訳なんかしませんよ」

雨竜は微笑し、蝶ネクタイを手に取る。ふたりは連れ立って部屋を出て行った。

斑鳩と雨竜が東京地検の副部長執務室に入るなり、福本は夕刊を投げつけた。

「原田クン、これは一体どういうことかね」

「村雨さんのところに、僕を超える策士がいたということです」

雨竜は甲高い声でしゃあしゃあと言ってのける。福本はテーブルを拳《こぶし》で叩く。

「原田クンが負けたということは、検察庁、ひいては霞が関が敗北したということになるんだぞ。わかっているのか」

「もちろんわかっています。でも心配ありません。野球に喩《たと》えれば一回表にいきなりグランドスラムを打たれたようなものですが、それは試合結果ではありません」

激怒を慰撫《いぶ》され、多少落ち着いた福本は尋ねた。

「本当に大丈夫なんだろうな？」

「もちろんです。最後はきっちり逆転してみせますよ」

安心した福本は、取り乱したのを取り繕うようにソファにふんぞり返る。

そうしていると、モアイ像のように長い顔が一層目立つ。

「ならばその逆転の方策とやらを説明してみろ」

ちらりと斑鳩を見てから、雨竜は口を開いた。

「温存していたエースを投入します。そうすればあちらの打線は沈黙します」

「エースの投入だと。誰のことだ？」

雨竜はぽりぽりと頭を掻《か》きながら、人差し指で福本を指さす。

「ご本人に自覚がないのは困りますね。村雨府知事と鎌形副部長という二人の巨魁《きょかい》に対抗できる検察の切り札は福本副部長、あなたしかいませんよ」

いきなりシャンパンシャワーのような賞賛を浴びて、福本はぽろりと本音をこぼす。

「そんな画期的な戦略など、俺には思いつかん。口から出任せでこの場をしのごうと考えているわけではなかろうな」

「あら、どうなさったんです？　すっかり人間不信みたいになられて」

「私はいつも人間不信の真《ま》っ只中《ただなか》だ。世の中はどんなに善人そうに見えるヤツでも、一皮剝《む》けば悪だくみにうつつをぬかしている連中ばかりだからな」

特捜部に引っ張られるのはそんな連中ばかりだろう、と斑鳩は同情する。もっとも地検に連れ込まれた時点で善人でいられる可能性は剝奪《はくだつ》されている。検察は対象が善人か、悪人かは判断しない。検察が引っ張った人間がイコール悪人なのだ。

「それじゃあ仕方ないから種明かしをします。浪速地検特捜部の不当捜査を告発し、その不埒《ふらち》な目論見《もくろみ》を真正面から粉砕する英雄の役を演じられるのは、検察広しといえども福本さんをおいて他にはいない、ということです」

「警察官僚が検察官同一体の原則を知らんのか？　浪速地検特捜部の直接捜査なんて、東京地検特捜部副部長の私にやれるはずがない」

「確かに組織構成上、同格の浪速地検を東京地検特捜部の一員が捜査するのは不可能です。ですがここで、あっと驚く秘策があるんです」と雨竜はにっと笑う。

「秘策？　いちいちもったいぶらずにとっとと言え」

福本の苛立《いらだ》った声に、雨竜は肩をすくめた。

「ちぇ。ここが一番の見せ場なのに。まあいいや。最高検察庁を動かせばいいんです。最高検は浪速と東京の両特捜部の上位組織ですから、浪速地検を〝指導〟することで、反乱分子を〝粛清〟できます」

福本はソファから飛び起きると、雨竜を怒鳴りつけた。

「書類審査を行なうだけの、お高くとまったお公家《くげ》さまたちから見れば我々なんぞ、吹けば飛ぶような下《した》っ端《ぱ》だ。我々が、おいそれと動かせる代物ではない」

「それくらいわかってます。権威は最高、実力は張り子の虎《とら》ですから。だから最高検から東京地検特捜部に捜査を委託させます。そうすれば福本副部長はその若さで最高検の頂点に立てます。ね、ナイスなアイディアでしょ？」

福本は意表を突かれ、すとん、とソファに腰を下ろす。その目が次第に爛々《らんらん》と輝き始める。頭の中の卓上計算機を物凄《ものすご》い勢いで叩いているのが丸見えだ。こういうところが鎌形の後塵《こうじん》を拝してしまう理由だな、と斑鳩は思う。だがその鈍感さのおかげで組織のピラミッドでは鎌形の上位に君臨できているわけだから、皮肉なものだ。

しばらく考え込んでいた福本は、やがて顔を上げると言った。

「理屈は通るが、実現可能とは思えないな」

「その点はご心配なく。根回しはとっくに終わっていますから。福本さんが検事総長のお部屋に伺えば即座に辞令が下りる手はずになっています」

「お前は、一体いつの間にそんなことを……」と福本は啞然として雨竜を見た。

それからはっと気がついて表情を引き締め、問い直す。

「警察の下っ端に、なぜそんなことが出来るんだ？」

雨竜は笑顔を吹き消すと、咳払いをして厳《おごそ》かに言う。

「僕は霞が関の全情報を扱う特殊なポジションにいて、検察庁も例外ではありません。たとえば現在の検事総長のスキャンダルも把握しています」

「お前、まさか、引田《ひきた》さんを恐喝したのか」

「人聞きの悪いことを。確かにスキャンダルをちらつかせはしましたが、それは面会のためのパスポートに使っただけ。お目に掛かり縷々《るる》戦略を披露したら、直ちに着手せよと命じたのは検事総長ご自身の判断です。ヘソ下はだらしないけど職務に関しては有能なお方ですね」

下半身スキャンダルを暗に匂わせ、福本にハッタリでないことを理解させた。検察庁の上層部ならば誰もが知る不祥事だが、厳しい箝口令《かんこうれい》が敷かれ、絶対に部外には漏れない情報だ。斑鳩も、自分が知らなかったスキャンダルを雨竜が把握していたことにショックを隠せない様子だ。

福本は考える。この件を受ければ検事総長に次ぐナンバー2の座についたようなものだ。検察庁内部での福本の地位は飛躍的に向上するだろう。ではリスクはどうか。これは検察庁全体の一大スキャンダルに発展しかねない危険案件だ。するともし失敗したら……。考え込む福本を見て、雨竜は言った。

「やはり福本さんは鎌形さんを超えられないようですね」

「原田クン、どういう意味だね。俺が鎌形より格下だ、と言いたいのか」

福本の恫喝《どうかつ》などどこ吹く風、唇に微笑を浮かべ、雨竜は平然とうなずく。

「少なくともこの提案に対して躊躇《ちゅうちょ》されるようでは、そう判断せざるを得ませんね。鎌形さんに同じ提案をしたら、即座に受けるでしょうから」

「鎌形と会ったこともないお前に何がわかるんだ？」

「鎌形さんは村雨さんの意向を酌《く》み、西日本連盟独立の一端を担《にな》う決断をしています。体制の権化《ごんげ》の検察庁内にありながら、体制を壊しかねない果断な決断をしたわけです。

一方福本さんは検事総長が了承している特命の拝命を迷っている。これでは鎌形さんに敵《かな》わないと思われても仕方がないでしょ？」

斑鳩は心中うなずく。同時に面識のない雨竜が、正確に鎌形のメンタリティを理解していることに驚かされる。

「俺の懸念は、自分の将来ではない。検察庁の世評が心配なだけだ」

「それならそういうことにしてもいいです。でもそんなことを考えるのは時間のムダ、福本さんがこの特命を受けなければ他の野心家にお願いするだけです。最高検トップが決定した、検察庁の聖戦を福本副部長が躊躇しているということはすなわち、最高検のトップの判断に従わないということになるんですがね」

福本は一転して真っ青になる。レインボーブリッジのクリスマスのライトアップのようだ、と斑鳩はひそかに嗤《わら》う。雨竜は口調を和らげた。

「現時点では鎌形さんを排除する手立てはこれしかありません。もし排除できなければ、霞が関は村雨さんの新しいルールに蹂躙《じゅうりん》されかねません。もはやちっぽけな世評を思い悩んでいるヒマなんてないんです。この案件を速やかに粛々と実行し、世間に呑《の》み込ませることが、我々司直にとって喫緊の課題なのですから」

「だが最高検を動かしたところで、立件が覚束《おぼつか》なければ意味がないぞ」

「ご心配なく。鎌形さんにはとっくに精巧な時限爆弾を仕掛け済みで、起爆スイッチを押せば終わりです」

「だったらなぜ、それをとっととやらないんだ？」

「福本さんがこの僕に絵図を描けと命じた意図を忖度《そんたく》すればこの際、命じたこと以上の成果を出せ、というお望みをお持ちなのかなと思ったもので」

福本は雨竜を見つめ、絞り出すような声で尋ねる。

「もうひとつ聞きたい。こんな絵図を、検察のトップに呑み込ませるなど、一介の警察官僚に出来る芸当ではない。お前は一体何者だ？」

雨竜はにい、と笑う。ちらりと斑鳩を見て言う。

「僕の直属の上司は斑鳩室長で、業務も警察に特化していますが、僕に命令を下せるのは斑鳩さんではありません。これはトップシークレットですが、福本副部長直々のご質問とあれば、お答えしましょう。僕の上司は財務省事務次官です。僕は財務省から警察庁に出向した身で、肩書きは今も財務省課長補佐のままなんです」

斑鳩が部下の暴言をとがめる様子もない。つまりこれは虚言ではないわけだ。

「わかった。では俺は今からどうすればいい？」と福本は、虚《うつ》ろな表情で訊《たず》ねた。

警察庁に戻る道すがら、斑鳩が言う。

「あれでは、さすがの福本副部長も気を悪くしていたぞ」

「でも、気を悪くすることぐらいしかできないでしょ、あのお方は」

雨竜は平然と答える。斑鳩は呆れ声で応じる。

「お前が財務省の所属だと外部の人間に名乗ったのは初めてだな」

「仕方ないでしょ。僕が外部の人間と接触することが滅多にないんですから」

要請されたとはいえ、雨竜を解き放ったのは間違いだったか、と一瞬後悔する。

だがそうしなかったら今頃、状況はより悪化していただろう。雨竜の計算は間違っていない。本筋の計画を早められた誤算は、微修正程度で済む。

今、浪速に村雨、喜国、鎌形、そして彦根と、体制にとって目障りな連中が集結している。今、浪速に総力戦を仕掛けるのは正しい。表向きこの闘いは〝福本vs.鎌形〟であり同時に〝八神vs.喜国〟にも見えるが本質は〝雨竜vs.彦根〟だ。虚の世界の頂点に君臨するのは誰か、この闘争でわかるだろう。

それにしても、彦根が関わるとなぜか自分は傍観者になってしまう。これが相性というものなのだろう。そんな諦観《ていかん》を抱きながら、斑鳩は冬間近の曇天を見上げた。

27 カマイタチの退場

東京・東京地検特捜部　11月26日（木曜）

その日、浪速地裁第一〇一号法廷は大過なく閉廷しようとしていた。鴨下厚労省前局長の収賄《しゅうわい》事件の裁判長を務める鳥山《とりやま》はあくびを嚙《か》み殺し、弁護側の平板な申し立てを聞き流す。刑事裁判の審理は注目事件以外では、傍聴人がいることは稀《まれ》だ。

だが今日は柄の悪いパンチパーマと身なりの整った若い男性の二人組が傍聴席の後ろに陣取っていることに、鳥山裁判長は違和感を覚えた。

その違和感の大本である二人の男性は小声でぼそぼそと話をしている。

「大体、鎌形さんの閃《ひらめ》きはわけがわからん。起訴して俺らの手を離れたこの裁判を念のため傍聴しとけってどないなっとるねん。お前は苛つかへんのか、千代田《ちよだ》？」

鎌形の右腕、比嘉《ひが》が若手の千代田にぼやくと、千代田は指を唇に当てて言う。

「しっ、静粛にしないと、また裁判長に注意されますよ」

「ふん。どうせなら法廷侮辱罪で退席させられたいもんやで」

「そんな罪名は日本にありませんからね。あと少しで終わりですから、いい子にしていてくださいよ」

二人が小声のやり取りをしていると、弁護人の語調が変わった。

「裁判長、新証拠を提出します。これに伴い、被告人は改めて無罪を主張致します」

比嘉は千代田と顔を見合わせる。今さら裁判のスケジュールを変更させるほどの新証拠があるはずがない。鴨下前局長の一件は裏付け証拠もばっちり、どこから見ても真っ黒な案件なのだから。

弁護人席から立ち上がった細身の男性は裁判長に一礼すると、ビデオ映像を提出するが、最初に音声だけでもこの場で聞いてもらいたいと申し出た。比嘉はせせら笑う。法廷で求められているのは、汚職が存在しなかったという証明だ。ビデオで何かが明らかになっても罪状を否定することは不可能だ。鎌形の示唆《しさ》があったにもかかわらず、比嘉は油断しきっていた。それは隣に座る千代田も同様だった。

法廷に、聞き慣れた声が流れる。千代田の顔が蒼白《そうはく》になる。

――困ったもので、彼は鴨下さんの意図を正確にタイプできないようです。いっそ供述調書にサインしていただくというのはいかがですか。鴨下さんは初犯ですから保釈申請は通るし、裁判も執行猶予《ゆうよ》で決まり。ここで頑張るのは時間のムダですよ。

弁護人はここぞと声を張り上げた。

「この被告人の取り調べを記録したビデオでは自白強要、暴力的取り調べ、及び精神的圧迫が行なわれたことは明白ですので、検察の起訴は不当と主張いたします」

「異議あり。弁護人は出所の明らかでない情報を示し、審理を歪《ゆが》めています」

公判検事が立ち上がり声を上げると、船を漕《こ》いでいた鳥山裁判長が薄目を開けた。

「異議は却下します。新たな証拠については裁判所にて判断します。本日は閉廷」

公判検事はうなだれる。裁判長の言葉は傍聴席の比嘉の耳に虚ろに響いていた。

村雨は取材対応に忙殺されていた。取材依頼でスケジュール帳は埋め尽くされていく。新党を結成し国政に打って出ると公表した今、メディア取材に応じるのは村雨にもメリットがあり、極力受けていた。取材の最中、竹田副知事が駆け込んできた。

取材はあと十分で終わると答えた村雨に、竹田は強引に耳打ちした。その途端、村雨の顔色が変わる。そそくさと立ち上がり、記者に頭を下げる。

「申し訳ありませんが、ここで打ち切らせてください」

「結構です。ここまででも充分記事は書けますので」

村雨は、挨拶《あいさつ》もそこそこに慌《あわ》ただしい足取りで部屋を出て行った。

地下駐車場に向かいながら、竹田副知事に尋ねる。

「捜査資料が本省に返却されたとはどういうことだ、鎌形さんに事情を聞いたか？」

「それが先ほどから携帯に掛けているのですが、連絡がつかないんです」

村雨の脳裏に彦根の言葉が蘇《よみがえ》る。

――鎌形さんはかけがえのない人材です。決して失うことがなきように。

村雨は公用車に乗り込むと、浪速地検へ、と行き先を告げた。

気が急いている時ほど、小さな渋滞に引っかかり、村雨の苛立ちが最高潮になった時、車はようやく浪速地検が入っている合同庁舎の巨大ビル前に到着した。

村雨は目を見張る。鎌形は黒塗りのバンに乗り込むところだった。両側を特徴のない男性が二人、護衛している。村雨は車から飛び出し、鎌形の元へ駆け寄った。

鎌形は一瞬呆然《ぼうぜん》としたが、小声でささやく。

「体制派の反撃です。至急、彦根先生に連絡を……」

鎌形に寄り添った男が乱暴に肩を押し、車に乗せる。

「これではまるで犯罪者扱いではないか」と抗議する村雨に同伴した男が言い放つ。

「犯罪者は犯罪者扱いされて当然です」

その馬面《うまづら》に見覚えはあったが、どこで会ったかは思い出せない。男が乗り込むと車は発進した。排気ガスに塗《まみ》れ、村雨は呆然と立ち尽くした。

夕刊は厚生労働省前局長の収賄事件における調書捏造《ねつぞう》の容疑で、浪速地検特捜部の鎌形雅史《まさし》副部長が最高検察庁に逮捕されたと大々的に報じた。その記事は、この日も一面を飾ると思われた村雨新党立ち上げのニュースを吹き飛ばした。


翌朝。鎌形は古巣の東京地検の取り調べ室にいた。中央の机に向かい、被疑者側の椅子に腰掛けている。自分がかつて座っていた席は正面だ。

部屋の隅に事務官が座っているが、取り調べの主は姿を現さない。午前十時に部屋に連れてこられて、かれこれ一時間近く無為に過ごしている。鎌形は窓から外を見た。東京地検特捜部にいた頃は、風景を眺めたことはなかった。立ち並ぶ高層ビルの谷間に細長い青空が見える。そういえば空を眺めたのは久し振りだな、とふと気づく。

椅子の背にもたれ目を閉じる。ちちち、と雀《すずめ》の鳴く声がする。扉が開く音、続いて有能さをひけらかすような足音。正面に着席した気配。

鎌形は唇の端に微笑を浮かべ、目を開く。

机に肘《ひじ》をつき両手を口元で組み、上目遣いに鎌形を凝視していたのは、東京地検特捜部のエースの座を巡り鎬《しのぎ》を削り合ったかつての好敵手、福本康夫だ。

机を挟んで同期の二人が視線をぶつける。福本が口を開いた。

「鎌形雅史。昭和○年×月×日生まれ。本籍地、東京都○○区××町。××大学在籍中に司法試験合格。卒後、司法修習を経て検察官に任官。現在は浪速地検特捜部副部長。以上、相違ないか」

「間違いがあるかどうか、福本ならわかるだろう」

「質問に答えろ。あれば訂正する」

「訂正箇所はないよ」と鎌形が答えると、福本はぷい、と顔を背ける。

そして椅子の背に身を預け、足を投げ出した。

「公正な捜査のため、取り調べの様子をビデオ撮影してもらいたいんだが」

鎌形が言うと、福本は唇の端をゆがめて微笑する。

「残念ながら、当庁ではまだ対応していない」

鎌形は、弁護士を付けずに自分で弁護する旨《むね》を告げた。そしてつけ加える。

「負け戦とわかっている弁護を引き受けさせたら、相手に悪いだろう？」

福本のコメントはない。事務官がキーボードを叩《たた》く音が部屋に響く。その音もすぐ聞こえなくなった。部屋は静寂に包まれ、秒針が時を刻む音が聞こえてくる。

鎌形は福本の顔を見つめた。やがて寝息が聞こえてきた。時折、事務官がごそりと動く音がするが、福本のいびきにかき消される。

突然、プリンターの印字する音が響いた。事務官が立ち上がり、福本の肩を揺する。

ぽっかり目を開けた福本は、やがて大きく伸びをした。

「四時か。取り調べは終了だ。供述調書にサインしてもらおう」

「私がこの書類にサインするはずがないことは、お前ならわかるだろう？」

「サインしようがしまいが、結果は同じだぞ」

「果たしてお前の思い通りに進むかな、福本？　手の内を知り尽くした相手に、いつものやり方が通用すると思っているのか？」

「今の俺は国家権力そのものだから通用させるさ。お前には言うまでもないだろうが、黙秘は心証を悪くするぞ」

「ご忠告、ありがとう」と答えた鎌形を、福本は睨《にら》んだ。やがて顔を背けると足音荒く部屋を出て行った。事務官に促され鎌形も立ち上がる。これが二十日も繰り返されるのかと思うとうんざりしたが、不思議と福本に対する怒りはなかった。

拘置所の床に正座した鎌形は、壁のシミを眺めていた。退室間際、比嘉と千代田も逮捕されたと聞いた。取り調べ音声を流された千代田の無罪放免は難しいが、早い段階で敵は釈放をちらつかせてくるだろう。取り調べを主導していた比嘉に千代田への疑念を持たせるためだ。だがそんな揺さぶりは徒労だ。ああ見えて比嘉は千代田を信頼している。そして検察のやり方も熟知している。そんなことは福本も百も承知だ。それでも地道に打てる手を打つのが福本だ。生真面目《きまじめ》な福本は供述調書をでっち上げるだろうが、それ以上の露骨なことは、たぶんできないだろう。

だが情報遮断と一方的な発信は防ぎようがない。自分もかつてそうして巨悪を追い詰めたのだから因果応報だ。弁護士を頼まなかった理由も単純だ。刑事事件ならヤメ検に頼むしかないが、どれほど信頼に足る人物でも、かつて所属した組織への忠誠心と鎌形への同情心を天秤《てんびん》に掛けたら、どちらに傾くかわかりきっているからだ。

弁護人には自分の考えを正直に打ち明けるのが常道だが、そうすると不利益な情報が闘う相手に漏れてしまうおそれがある。弁護士は守秘義務があるのでそんなことは起こり得ないが、鎌形の敵は正規軍だ。彼らは非合法行為も合法化してしまう。

鎌形は自分と同じ境遇の部下を思う。

消灯。布団《ふとん》に入り目を閉じると闇《やみ》に包まれる。これはいい休養だ、と考える。とりとめのない思考は長く続かず、鎌形はあっという間に眠りの世界へ落ちていった。


三週間、鎌形は午前十時に部屋に呼ばれ、福本は十一時ちょうどにやってきた。その後、口を利《き》かずに時が過ぎる。福本は手にした雑誌を、ぱらり、ぱらりとめくる。鎌形は両手の拳を膝《ひざ》の上に載せ、瞑目《めいもく》する。

事務官はもう同席していない。鎌形が完全黙秘のため、三日目から席を外している。午後四時になると事務官がやってきて、白紙の供述調書を福本に渡し、福本がサインをするよう鎌形に告げる。鎌形が首を振ると福本は部屋を出て行く。毎日がその儀式の繰り返しだ。勾留《こうりゅう》期限の最終日前日の午後。福本は、電話で事務官を部屋に呼び出すと何か小声で申しつけた。事務官が退出すると、福本は口を開いた。

「明日、貴様を起訴する」

「私は何も話していないが」

「貴様はよく喋《しゃべ》ってくれた。俺にははっきり聞こえた」

「そう来るのか。下司《げす》なやり口だが効率はいい。だけど福本、その手は簡単にひっくり返せるよ」と言って、鎌形は窓の外に目を遣《や》った。

「この先どうなろうが、この瞬間に貴様を隔離できればそれでいいんだ」

福本は新聞をばさりと鎌形の前に置いた。一面の大見出しが目に飛び込んでくる。

『村雨新党、浪速地検の暴走で頓挫《とんざ》か』

いずれ訪れるだろうと覚悟していたが、想像していたより早い。だが囚《とら》われの身ではどうにもならない。鎌形は吐息をついて、尋ねた。

「やはり本丸はそっちか。こんな重層的な戦略の絵図は、一体誰が描いたんだ？」

「俺以外にこんな絵を描ける検事がいるはずないだろうが」

そう言った福本だが、鎌形は、彼の一瞬の逡巡《しゅんじゅん》を見逃さなかった。唯一《ゆいいつ》思い当たるのは斑鳩だが、彼の画策にしては情緒的すぎる。だがそこまで考えて、結局、誰が図面を引いたのかは、もはやどうでもいいことだと気がついた。鎌形は目を閉じ、菩薩《ぼさつ》のような微笑を浮かべる。瞳《ひとみ》を閉じれば、世界は消滅する。

取り調べ室は沈黙に包まれた。最高検を表に立て鎌形班を逮捕するという大捕り物は、取り調べの当事者の比嘉と千代田を調書捏造で起訴するのは可能だが、鎌形を共同謀議で立件するのは無理筋だ。自白があれば起訴までは持って行けるが、比嘉も千代田も自白しないだろう。そんなことは福本も百も承知だ。

その証拠に福本は取り調べの常套《じょうとう》手段である、関係者を全員拘束して情報を遮断し、他の人間が吐いたぞ、などという陳腐な誘導はさすがにしなかった。「鎌形がうたったぞ」などと言おうものなら比嘉に大笑いされただろう。プライドの権化の東京地検特捜部の検事が嘲笑《ちょうしょう》されるなど、許容できないはずだ。

キャリアの浅い千代田は社会正義と検察の正義について思い悩むだろう。

そう、自分もかつて、同じように思い悩み、それを割り切った。おかげで現場に残り〝正義〟を遂行できた。だが千代田が検察の現場に復帰できる可能性はゼロだ。最高検の名を借りた東京地検特捜部福本班のやり口は卑劣極まりない。彼らはなりふり構わず、失職後に弁護士業務をやれなくするぞ、と千代田を揺さぶるだろう。

そんなことが法治国家の日本でできるはずがないことは千代田もわかる。だが千代田は若くして地検の毒を吸いすぎた。法律の境界線を越えた取り調べが行なわれ、それがメディア報道で正当化される様をしばしば目《ま》の当たりにしたことを思い出すうち、自分の中の正閏《せいじゅん》を見失ってしまうかもしれない。

千代田を巻き添えにしたことを申し訳なく思った次の瞬間、その弱気を嗤う。愚直な千代田は現場に長く居れば、どこかで相克とぶつかっただろう。千代田がその難を避けられたのは、清濁併せ呑む自分の下にいたからだ。

そこまで考えて鎌形は思考を止めた。千代田の未来は千代田自身がもがきながら何とかするものだし、そうするしかない。そして自分の未来も、もうどうでもいい。村雨が最も鎌形を必要としている時に、傍らに侍《はべ》ることができなかったのだから。結局、検察が覚悟してしまえば、その絵図から逃れることは不可能だ。日本のような平和社会で唯一公認された暴力組織が本気を出せば、対抗できる勢力は存在しない。

――つまり局長を逮捕し霞が関に弓を引いたあの時点で、敗北は決まっていたのか。鎌形は無力だった。村雨が市長選に出馬していたら、この逮捕劇はなかっただろうか、とふと考える。確かにその可能性は高かっただろう。すると村雨の市長選出馬に反対した自身の選択が、自らを拘置所に放り込んだことになる。

ヘッドフォンで外界を遮断し、諸事万般を把握する〈スカラムーシュ〉・彦根の姿が浮かぶ。そもそも厚労省に手を突っ込むような無謀な立件は彦根の主導だ。なのにヤツはここにいない。過去に起こした悪名高き第二医師会擾乱《じょうらん》事件でも、首謀者なのに逃げおおせ、代わりに他の医師が世の糾弾を浴びた。

誠実そうで不器用そうで、いかにもワリを食う人柱タイプに見えたあの男の名は何と言ったっけ。思い出そうとしても思い出せない。

世の中とはそんなものだ。

　こほん、と咳払《せきばら》いの音がして、鎌形が目を開けると、福本が鎌形を凝視していた。

　福本は、相手の視界から自分が消去されたのを感じたようだ。もともと己に関する毀誉褒貶《きよほうへん》を異様なほど気にかける男だ。その鋭敏な神経を捜査に向ければいいものを、と思ったこともある。だが今回、福本のそんな悪癖が鎌形に重要情報をもたらした。

「取り調べも今日で最後だ。昔の同僚のよしみで、ひとつ教えてやる。鴨下の取り調べの最中、お前の部下の比嘉の威圧的なやり方が問題になった」

　福本は声を潜めて左右を見た。事務官が退去しているから、盗み聞きしている人間もいないだろうに。

「あれが威圧的というのなら、私たちが若い頃にやった取り調べはすべて破壊的だ」

「いつまでそんな軽口をたたいていられるかな。証拠のビデオがあるのに」

　鎌形は目を見開く。

「弁護士が法廷で流したやつか。映像まであるというのはブラフだろう。浪速地検では取り調べのビデオ撮影は導入されていない。お前も私がビデオ撮影を要求したのに拒否したじゃないか」

「実は、浪速地検にだけは内々に導入されていたんだ」

　鎌形はまじまじと福本を見た。小さく吐息をつく。

「なるほど、そっちは最初から準備万端だったわけか」

鎌形は考える。取り調べ撮影のビデオカメラを浪速地検に設置したのが事実なら、厚生労働省に強制捜査に入った直後、鎌形班が浪速に戻り羽を伸ばした二、三日の間だ。おそらく鎌形が電光石火、厚生労働省にガサ入れした直後に大局的な展開を読み、反攻のため極秘のうちに大仕掛けを実行したのだ。反射的にそこにまで気が回る人物が検察か警察の大物の中に存在した、というわけだ。

片鱗《へんりん》すら感知できなかった闇の中の怪物。その肖像は斑鳩に似ている気もしたが、斑鳩であるはずがないし、自分が知らない誰かを目の前の福本が知るはずがない。自分が相手にされていないと感じた反動でこんな重要情報を喋り、情報通であることを顕示したがるメンタリティの持ち主が、即断即決の凄まじい戦術を展開できる怪物に相手にされるはずがないのだから。

鎌形は微笑すると、穏やかな声で言った。

「なあ、福本。お互い検察にどっぷり浸《つか》った過去を、今さら否定はしないだろう。私たちは本社に反発しながら『割れ、自白、立てろ、起訴』を金科玉条に仕事に励んできた。しかしお前はたった今、そんな伝統をぶち壊してしまったんだぜ」

取り調べの最後に、鎌形は憐憫《れんびん》の視線を福本に向けた。

福本は苦々しい表情で黙り込む。

逆に鎌形は晴れ晴れとした声で言った。

「東京地検特捜部が捜査のプロだった時代は終わった。今は特捜部では箔《はく》をつけるため、二年程度の腰掛けのアマチュア捜査官がでかい顔をしている。私が檻《おり》に閉じ込められた今、お前が最後の血脈だ。そんなふたりに相喰ませるような地獄絵図は、お前には描くことはできない。福本さえも踊らされたとあっては、検察はもはや崖《がけ》に向かって突っ走るレミングの群れになり果ててしまったようだな」

返事はなかった。

もしも今のふたりのやり取りを側《そば》で見ている観客がいたら、どちらが被疑者でどちらが取調官か、混乱したことだろう。

取り調べ室から部屋に戻る道すがら、鎌形は考える。

虚の世界に途轍《とてつ》もないモンスターがいる。

最高検という錦《にしき》の御旗《みはた》を掲げ、浪速を蹂躙した福本は得意の絶頂だろうが、虚妄のモンスターにしてみればたまたま手にした駒《こま》が福本だというだけのことだった。

たぶん、見えないモンスターにとってはその程度の意味しかなかったのだろう。

鎌形班の三人が一斉逮捕されてから三週間後の十二月中旬。千代田と比嘉は、調書を改竄《かいざん》した虚偽公文書作成などの罪で起訴された。鎌形はその教唆《きょうさ》に問われ、同罪と見做《みな》された。起訴を報道した記事は見事に村雨新党旗揚げの記事を吹き飛ばした。

ただちに保釈申請がされ、三人とも認められたが、ひとつの不思議な条件がついた。都内から出ることはまかりならぬ、というものだ。あっさり条件を呑んだ鎌形は、起訴の翌日保釈された。殺到する取材陣のカメラの放列の中、待ち構えていた黒塗りの車が鎌形を乗せ、いずこともなく走り去った。

浪速地検特捜部のエース、カマイタチと呼ばれた敏腕検事は、こうして物語の舞台から姿を消したのだった。

28 軍師対決

加賀・ナナミエッグ　12月4日（金曜）

思わぬ伏兵の出現で、ワクチン戦争の機先を制されたことは、雨竜にとって大きな誤算だった。ワクチン不足の記事を垂れ流し浪速府民を右往左往させ、村雨の統治能力に疑念を持たせるという会心の策が一挙に反転し、村雨知事への追い風になってしまった。そんな失態は、雨竜が経験したことがない屈辱だった。

だから雨竜が起案した弥縫策《びほうさく》は仮借なきものとなった。手始めに浪速地検特捜部の調書捏造疑惑で鎌形を逮捕し、村雨新党立ち上げのニュースにぶつけた。村雨を支える片翼をたたき折ったが、鎌形の存在は攻撃力を背景に守備に寄与するものだ。だから鎌形を叩き潰《つぶ》しても村雨人気は落ちなかった。

鎌形の逮捕により、東京地検特捜部の福本副部長から依頼された案件は終結した。これで雨竜が浪速の案件に関わる必然性は消滅したがパラドキシカルな話で、以後の村雨潰しは雨竜の個人的な怨念《おんねん》に支えられる。だが形式的とはいえ上司である斑鳩は、雨竜の暴走を止めない。村雨の支持が増えることは、霞が関の失墜につながると認識していたからだ。

雨竜の標的は、浪速地検を暴走させた特捜部副部長から浪速の龍《りゅう》、村雨の昇天を阻《はば》むことに転換した。それにはワクチンの新供給源を潰すのが手っ取り早い。そうしないとワクチン不足を喧伝《けんでん》した厚労省の政策ミスが目立ち、村雨の世評が一層高まってしまう。

だが雨竜は突破口を探しあぐねていた。供給源の浪速大ワクチンセンターを潰すという戦術は非現実的だ。仮に一万本のワクチン生産要請に対しセンターが勝手に一万五千本準備すれば、公的資金が投入されているワクチンセンターを厚労省は叱責《しっせき》できる。だが全国的なワクチン不足を周知させてしまったため今回はその手が使えない。

この状況でワクチン減産を〝指導〟したら論理破綻《はたん》してしまうからだ。こちらの出方を予測し、極秘にワクチン増産体制を整えた相手は天晴《あっぱ》れのひと言に尽きる。

そのやり口はしなやかで、武術で言えば合気道の呼吸がある。

雨竜は霞が関では全知全能の神に近い存在だ。だがすべてが見通せるという退屈はこころを蝕《むしば》む。古代ギリシャでは貴族は退屈のあまり毒杯をあおり自死した。

だから思惑通りにならなかった時点で雨竜は不謹慎にもわくわくしていた。

村雨陣営は動揺の極みにあるはずだが、村雨を支えた暴力装置、鎌形が排除されたにもかかわらず村雨陣営に動揺の色は見えない。こうした事態すら予見していたとしたら、村雨の陰にすべてを見通す慧眼《けいがん》の軍師がいるとしか考えられない。緒戦はポイントを取られたが、その後は押し返し逆転し大差をつけている。なのに相手は諦《あきら》めない。勝利を確実にするため厄介な軍師のこころを折らなければならない。

雨竜は軍師の名を知っていた。

〈スカラムーシュ〉・彦根。

鼎《かなえ》の三本脚のうち鎌形という脚を叩き折り残りは二本。次に彦根を打ち砕けば決着がつく。だが油断はできない。もっとも凄惨《せいさん》なのは自分自身との対決で、そんな闘争を雨竜は自分に強《し》い続け、誰も到達しない高みにたどりついた。

そんな雨竜にはこれまで自分を受け止めてくれる相手がいなかった。

長い間、孤独だった雨竜は今ようやく、自分の全身を映し出せる姿見を手にした。将棋の名局を作り上げるには二人の天才が必要なように、彦根という鏡を相手に思考を練ることは、雨竜にとって初めての悦楽だった。

それは彦根にも同じことが言えた。ただし彦根にはハンデがあった。

雨竜は彦根の思考を追尾できたが、彦根は相手の存在すら認知できない。雨竜は暗視スコープを備えた最新式ライフルを手にしているのに、彦根は前世紀の拳銃《けんじゅう》を一丁、持たされているだけだ。

彦根は闇の中、耳を澄ます。雨竜の弱点は、これまで自分を凌駕《りょうが》する才能と出会ったことがなかったことだ。霞が関という結界の揺籃《ようらん》に守護された過保護の秀才と、常に荒野で虐《しいた》げられ続ける中で生き延びてきた不遇の奇才との差だったのだ。

逆転の布石を積み上げる雨竜の戦術に飛躍はない。一方、彦根の戦術は跳躍の連続で、地上戦と空中戦の対決だ。雨竜は目標を村雨府知事の失墜に置く。浪速地検特捜部が強行した厚労省の破壊工作は霞が関への宣戦布告でもあったが、それは鎌形の逮捕と起訴で終結させた。これで鎌形は無力化されたと言えるだろう。

すると次は村雨本体への攻撃だが、府民の支持率が異常に高い現状では、府知事への攻撃は府民への攻撃と誤認され、困難だ。警察庁や検察庁といった体制側は市民の感情を忖度《そんたく》しないようにみえて、実はそうしたものは結構気に掛けている。だから次の一手は村雨の支持率を下げることになる。だが手っ取り早いスキャンダルの発動は難航していた。スキャンダルがないわけではないのだが、協力者が現れない。こうなると時間は掛かるが王道の政策ミスを誘うしか、手はないのかもしれない。

ワクチン・パニックの誘導では鎧袖一触《がいしゅういっしょく》、一蹴《いっしゅう》され村雨の声望を高めてしまったが、雨竜は諦めない。不足したワクチンを供給すると宣言して支持率を上げたなら、宣言通りにいかなければ評価は急落する。雨竜がワクチン増産体制の破壊に固執したのは、これまでの布石をムダにしないという点から見ても合理的な判断だった。

新たなシステムの守りは脆弱《ぜいじゃく》だ。攻めるべきはそこだと確信した雨竜は、いよいよ攻勢に転ずべく、手駒の司法記者を呼び出した。

ワクチン製造の過程とは、またマニアックな情報をご所望ですねえ、と饒舌《じょうぜつ》に言う記者に対し、雨竜は眉《まゆ》をひそめた表情で、無言で不快さを伝えた。

「へいへい、わかりましたよ。余計な詮索《せんさく》は御法度《ごはっと》でしたね。ご要望とあらば、知り合いの記者を何人か見繕いますが」

「大勢はいらない。有能な記者ひとりでいい。その代わりナルハヤで頼む」

「では二、三日中には何とかしましょう」

雨竜は無言で記者を凝視した。記者はそわそわと落ち着かなくなる。

「わかりましたよ。今日中にご連絡します」

司法記者はそそくさと席を立つ。その卑屈さは目障《めざわ》りだが、業務の支障になるほどではない。

二時間後。出張で上京している浪速本社の記者を手配できそうだと連絡が入った。雨竜は受話器を置いて吐息をつく。とんとん拍子に進むのはいい兆候だ。現れたのは朝読新聞浪速本社に所属する中年の記者だ。雨竜が、ワクチンの製造過程について尋ねると、同僚の科学部記者の方がよく知っているから呼ぶと言い電話を掛けた。こうして糸がつながっていくのはツイている証拠だが、本当にツイている時は一発でケリがつくからまだ半ヅキだろう。

専門の記者を待っている間の小一時間の雑談で思わぬ収穫があった。村雨人気の秘密は浪速独自の医療政策にあるという。つまり今回のワクチン騒動は村雨の支持の後押しをしてしまったわけだ。こうした関係性は霞が関に籠《こ》もり書類と格闘している雨竜には見えない。そこへ科学部の記者が現れた。若い女性で美人ではないが清潔感があって、雨竜は一目で好感を持った。女性は樋口と名乗った。

「ラッキーでしたよ。彼女のお兄さんは浪速大ワクチンセンターの偉い人なので、ワクチンについては我が社では誰よりも詳しいんです」

「そんなこと、ないんです。よく兄の愚痴を聞かされて、ワクチンについてちょっとだけ、よけいに知っているだけです」

心中、快哉を叫ぶ。これほど自然に情報の核心へつながるとは、本ツキだ。

雨竜には、目の前の樋口記者が、幸運をもたらす女神のように輝いて見えた。

「ワクチン作りって大変でしょうね」と水を向けると、駆け出しの記者は自分が知ることをあまさず伝えてくれた。ワクチンはウイルスの有精卵であること、有精卵にウイルスを接種し、二日後に白身を取りだしてウイルスを精製し不活化する工程を加えるもので、ウイルスの培養に最適なのがニワトリの有精卵の死骸をヒトに注射し免疫をつけることなど、説明を聞いて理解した雨竜は、勇躍して尋ねる。

「ワクチンセンターはウイルスを増殖させて危険だから警備も厳重でしょうね」

「インフルエンザ・ウイルスは外部に漏れたら感染力を失うので、危険はないそうです。ワクチンセンターでは研究はあまり行なわれていないそうなので、実験室で用いる危険ウイルスとも無縁で、本当は警備の必要もないくらいだそうです」

ワクチン増産を潰すにはワクチンセンターを攻撃するのが手っ取り早く、しかも意外に簡単に思えた。だが一般に供給されるワクチンにもダメージを与えるから、残念ながらそのオプションは選択できない。

「ワクチン増産のネックは有精卵の確保ですよね。マーケットでは有精卵は見かけないから、ワクチン専用に養鶏業者と契約するんですか?」

「おっしゃる通りで、今回は特に大変だったと兄はこぼしていました。従来の契約業者に増産を頼むのは難しく、新しい業者さんを選定したそうです」

「新しく採用されたのは、どんな会社かご存じですか」

「加賀にある、プチエッグ・ナナミという会社です」

樋口記者はメモ帳を取り出し答える。雨竜の目が怪しく光る。

これで戦術は決まった。

その新しい業者を叩けばいい。

立地も好都合だ。延びきった兵站線《へいたんせん》は大いなる弱点だ。村雨を支える軍師も、さすがにそこを狙《ねら》ってくるとは夢にも思っていないだろう。

雨竜は興奮を隠せない。顔見知りの司法記者がこの場にいたら、ふだんとあまりにも違う雨竜の様子を見て、怪訝《けげん》に思っただろう。

だが今日の相手が初対面の二人だったのが幸いした。

もじもじしていた樋口記者が、思いがけない提案をしてきた。

「実は今週の金曜日、その養鶏業者を取材する予定なんです。よろしかったらご一緒しませんか？」

あまりにも好都合な展開に、雨竜は久々に結界から出ることを即決した。

十二月四日金曜、午前十時。雨竜が小松空港に降り立つとロビーで樋口記者が待っていた。ラフなジャケットにパンツ姿の軽装だ。カールした髪にアクセントの髪飾りが印象的だ。若い女性と待ち合わせする経験など皆無だった雨竜にとって、その戸惑いはときめきだと認識できず、しきりにおろしたての蝶《ちょう》ネクタイを引っ張った。

今日はよろしくお願いします、と頭を下げた樋口記者が心配そうな口調で言う。

「お顔の色がすぐれないようですけど、大丈夫ですか？」

「飛行機は苦手でしてね」と言った雨竜は、「あ、でも平気です」と付け加えた。自分の声が普段より甲高く感じる。樋口記者はカメラを手渡しながら尋ねる。

「警察庁の偉い方にカメラマンをやらせるなんて、本当にいいんですか。デスクにバレたら叱《しか》られてしまいます」

「いいんです。こちらからお願いしたことですから」

新聞社のカメラマンという設定は、施設視察の目的を隠すにはぴったりだった。

樋口記者は浪速から加賀まで列車で来て駅でレンタカーを借り、空港に迎えに来てくれた。小柄な後ろ姿に従う雨竜は少し興奮していた。いつもなら地下室で黴《かび》臭い書類に囲まれている時間だが、今日はこれから若い女性と初冬のドライブだ。灰色の打ちっ放しのコンクリートの壁ではなく、真昼の空を見るのも久し振りだ。

雨竜は初めて修学旅行に参加した中学生のように、心が弾んでいた。

空港から車で一時間半。高速に乗った車は名残の紅葉を見ながら日本海へと向かう。後部座席で律儀《りちぎ》にシートベルトをしている雨竜は、流れゆく車窓の景色を見遣りながら、ときどき樋口記者のうなじを見た。

ゆるやかにカーブした高速道路と併走するように海岸線が現れた。太平洋と違い鈍《にび》色《いろ》の海が陰鬱《いんうつ》な感じがするのは、雪深い冬のイメージが念頭にあるせいか。

高速を降りた車は田園地帯を通り過ぎる。道沿いに並んだ家が減っていく。単調な風景に退屈し始めた頃、淡いクリーム色の丸っこい建物が見えた。

樋口記者が言う。

「あれがナナミエッグのアンテナショップ、『たまごのお城』です」

建物がなぜこんなユーモラスな形をしているのか、真意を計りかねた雨竜がしきりに首を捻《ひね》っている間に、レンタカーは砂利を敷き詰めた駐車場に滑り込んだ。

プチエッグ・ナナミの社長が樋口記者と同い年の若い女性だったのに驚いた。良妻賢母タイプの樋口記者と、気の強いキャリアウーマンタイプの女社長はすぐ意気投合したようだ。大学院生の学生ベンチャーなら潰してもやり直しがきくな、などと物騒なことを考えながら玉露の味に感心している雨竜の態度は混乱しているが、当の本人にその自覚はない。雨竜が壁に貼《は》られた養鶏場に関する資料を興味深く眺めていると、女社長は樋口記者の名刺を見て言う。

「今回のプロジェクトでお世話になったセンターの副総長さんと同じ名字ですね」

「あの、それ、実は兄です」

樋口記者がおずおず答えると、女社長は呆気《あっけ》にとられた顔をしたが次の瞬間、樋口記者の手を取って、ぶんぶん振り回す。

「きゃあ、そうなんですか。それならせっかくですからウチの特製の玉子丼《どん》を食べていってください」

「おかまいなく。これは仕事ですから」

「そういうわけにはいきません。私たち極楽寺でお兄さんにすっごい美味《おい》しいうどんをご馳走《ちそう》になったんです。妹さんを腹ぺこでお帰ししたら怒られちゃう。ちょっと待

って て。玉子丼が出来るかどうか、前田さんに聞いてきます」

なんでそこでうどんが出てくるんだ、その節はお世話になりましたとか言うべきだろ、と雨竜は内心で突っ込むけれども指摘はしない。キャリアウーマンだと思っていた女社長の印象はがらがら崩れ、くっくっく、と雨竜は含み笑いする。

名波社長が姿を消すと、樋口記者が困惑した表情で雨竜に言う。

「食事をご馳走になったりしたら、飛行機の時間に間に合わなくなりませんか？」

「大丈夫です。僕もちょうど腹もすいてきたところですし」と雨竜は答える。

ぱたぱたと軽い足どりで戻って来た名波社長は、頬を紅潮させながら言った。

「二十分で出来ますので、ナナミエッグ自慢の玉子丼を召し上がっていってください。ああ、よかった。何もしなかったら副総長に恩知らずって怒られちゃう」

「兄ってそんなこと言うんですか。家にいる時と変わらないなんてびっくりです」

「あ、でも気はずいぶん遣ってもらったんですよ」

女性二人がここにいない兄を肴《さかな》にして盛り上がっている中、雨竜はあちこちにレンズを向け情報収集に余念がない。怪しげな行動もカメラマンという肩書きのおかげでうまくカモフラージュできていた。

「玉子丼が来るまでの間、取材させてもらっていいですか？」

雨竜に許可を出した名波社長は、樋口記者のインタビューに答え始める。テーブルの上に置かれたボイスレコーダーを見て、雨竜が言う。

「養鶏場の撮影をしたいんですけど、建物の外から写真を撮っていいでしょうか」

「鶏舎の中に入るのはお断りしますが、外から見るだけならご自由にどうぞ」

雨竜は部屋を出た。女社長の話は後でボイスレコーダーのデータをもらえばいい。すべては順調すぎるほど順調だ。柄にもなく鼻唄《はなうた》を口ずさみながら、デジタルカメラを手にファームに向かう。途中に建物がなく、田んぼと里山風の茂みがあるだけで、身を隠す場所はなさそうだ。そんな風に本能的に逃走経路を確認しながら歩いている自分に苦笑する。ファームまでは車で乗り付けるしかなさそうだとわかりげんなりする。雨竜は大学時代に免許は取ったがペーパードライバーで、運転は一度もしたことがない。霞が関に就職すれば公用車やタクシーを使い放題だと割り切っていた。警察庁極秘特殊部隊〈ＺＯＯ〉でも前線に出ることがなく、支障はなかった。

だが今回は自身が現場に行くことになる。東京に帰ったら免許センターの責任者を呼びつけてペーパードライバーの特別講習を組ませよう、と算段する。

ファームは想像した以上に広く、砂利を踏みしめると思いの外、大きい音がする。マイナス要因ばかりが目についたが、次第に頭の中に青写真が出来上がっていく。

防犯体制は素通しだしエアコンの室外機が大きな騒音を立てていて、多少の足音もマスクされそうだ。これなら攻撃は簡単だ。雨竜は夢中でシャッターを切りまくる。遠くの呼び声に顔を上げると、作業服姿の中年女性が、玉子丼が出来たので戻ってくださいと告げていた。雨竜は振り返り最後に一枚、プチエッグ・ナナミの全景を収めて、声の方向に歩き出した。

とってもおいしい、という樋口記者の言葉に雨竜も玉子丼を頬張りながらうなずく。

一足先に食事を終えた雨竜は立ち上がって言う。

「名波社長のお写真を二、三枚撮らせてください」

「私の写真よりファームの写真を使ってください」

「使う使わないは別にして、念のためです」という雨竜の言葉に、樋口も重ねる。

「社長の写真は必要ですので、よろしくお願いします」

名波社長の困惑した笑顔をシャッター音で切り取った雨竜は、自分はこの笑顔を破壊しようとしているのだと一瞬思う。だが、すぐにそんな感傷を切り離す。

そんなことを考えた時点で、ふだんの自分と違っているということに、雨竜は気がついていなかった。

空港まで送ります、と申し出た樋口記者の好意を雨竜は丁重に断った。万一のため加賀駅から空港までのリムジンバスを事前チェックしたかったからだ。なので樋口記者はレンタカーを駅で帰し、列車で帰ることになった。駅でお別れか、と思うと雨竜の胸がかすかに疼《うず》いた。そうした感情は、これまでの雨竜の人生では無縁のものだったので、雨竜は戸惑った。

加賀駅までの小一時間のドライブの間、樋口記者の他愛のないお喋りを聞きながら雨竜は、ワクチン潰しはプチエッグ・ナナミに対して行なうのが合理的だと結論を下していた。

そのやり方は二つ。養鶏場の機能を破壊するか、輸送ラインを潰す。どちらもハードルは低い。そしてこの二カ所に対する攻撃を防御するのは難しいと確信する。

バスを待つ間、喫茶店でお茶をしながら、雨竜は撮影したデジタル写真と、樋口記者が行なった名波社長へのインタビューの録音データを、持参したノートパソコンにコピーした。そして余計なデータを消去して、デジタルカメラを樋口記者に返した。

改札に向かう樋口記者に、雨竜は心からの謝辞を伝えた。それは雨竜にしてはとても珍しいことだった。樋口記者の後ろ姿がホームに消えて見えなくなると、雨竜は小さくため息をついた。それから気を取り直すようにして、小松空港行きのリムジンバスに乗車して、シートに沈み込む。

結構疲れていることに気がついた。体力をつけるため、財務省庁舎地下のトレーニングルームに通おうかなどと考えながら、イヤフォンをパソコンに差し込み、インタビューに耳を澄ます。その録音は雨竜の質問に対して答えた、プチエッグ・ナナミの女社長の声から始まっていた。

——外から見るだけならご自由に、か。

脳裏に、女社長の笑顔が蘇る。これまで世の悪意と遭遇したことがないような、屈託のない笑顔。だが、雨竜は先ほど感じた胸の痛みはもう感じてはいない。

空港が近づくにつれて、いつもの自分に戻っていく。録音を聞き終えるのと同時にリムジンバスは小松空港に到着した。

バスから降り立った雨竜は、圧倒的な勝利を確信していた。

29 決心

加賀・ナナミエッグ　12月10日（木曜）

師走《しわす》は、お師匠さんも走るくらい忙しいという意味らしいけど、わが研究室の師匠の野坂教授は決して走らない。だからこの研究室に師走はない、なんてことを考えるのは、あたしが有精卵プロジェクトにかかり切りで来月締切の修士論文がちっとも進んでいない現実から目を逸《そ》らしているだけだ。こんなことならヒマだった頃もっと研究しておけばよかったなどと後悔しつつ、そもそもこのプロジェクトがなければ発表ネタもないわけだから先回りで研究は進められない。本当に世の中ってままならない。でもああいう怠惰な酒と薔薇《ばら》の日々があったから今頑張れる、という気もする。

野坂研も様変わりし、研究室では野坂教授がひなたぼっこをしながら古書を読み耽《ふけ》るだけだ。獣医師国家試験を控え、誠一も顔を出さなくなり、あたしと拓也は毎日タマゴまみれで疾走している。真砂エクスプレスを始動した拓也はタマゴの搬送一色の生活だ。最初の一カ月は試用期間で納入は隔日にしてもらったが、十一月の声を聞いてからは日曜を除く毎日となった。拓也のスケジュールは大変なことになっている。月曜未明、プチエッグに有精卵十万個を取りに来て午前中に極楽寺に納入。そこでうどんめぐりをしてトラックで午睡し夕方から走り始め夜中に加賀に戻る。そのままプチエッグの休憩所で仮眠を取りながら待機し、午前二時に火、木、土の担当の柴田さんがタマゴを搬入するのを手伝って帰宅。火曜は休日で一日中爆睡して深夜、つまり水曜未明に戻ってきた柴田さんからトラックを受け取り、タマゴの搬入に取りかかり振り出しに戻る、というわけだ。極楽寺から帰ってきた時に休めるような休憩室がほしい、と柴田さんが遠慮がちに言うので、GPセンター裏手のバラックを提供した。養鶏場が自動化される以前、パパが夜通し鶏舎を見守るために寝泊まりした建物だから、窓から第一ファームの鶏舎が一望できて好都合だった。

ベテランドライバーが休憩所を作ってほしいと泣きついてくるくらいのキツさなのに、拓也は泣き言一つ言わず黙々とタマゴの搬送に励んでいる。

だからあたしも深夜二時に拓也を出迎え、ゆでタマゴと玉子サンドを差し入れした。そんなあたしが十二月のある晩、お弁当を手渡しながら拓也に八つ当たりしたのは、弁当を包んだ新聞紙が原因だった。朝読新聞社会面に載った記事に村雨浪速府知事がワクチン対策を独自に行なっていることに対する批判が掲載されていた。

読んだ？と水を向けると、拓也は首を振る。

「知らなかった。最近は新聞を読まなくてさ。で、記事には何て書いてあるの？」

「『ワクチン増産は累卵《るいらん》の危機』だって。有精卵の供給に不安があるのをタマゴにかけて累卵なんて、うまいこと言うものね」

包みの新聞紙を広げて、記事をざっくりと流し読みすると、拓也は笑う。

「プチエッグが名指しで批判されているわけじゃないから気にするなよ」

「でも絶対ウチを意識しているわ。『ワクチン増産には良質な有精卵が必須《ひっす》で、浪速大ワクチンセンターの宇賀神総長は素晴らしい新規業者と提携できたと絶讃するが、不安は残る』だなんて、取材したウチのアラをつつき回すなんて性格悪いわ」

「細かいことは気にしないことだよ。でも気は引き締めないと、トラブルになったらそれみたことかと言われるぜ。それよりプチエッグを立ち上げて間もなく半年、そろそろ疲労が出てきそうな頃合いだ。毎晩見送りしてくれるのは嬉《うれ》しいけど、しばらくやめようよ。会社を立ち上げた最初の頃はいろいろな雑用が一度に襲ってくるから大変だって親父《おやじ》も言ってたし」

その通りだった。どうして書類ばかり作らなければいけないの、とヒステリーを起こしたくなった。経理は自分でやるよう心がけてはいたけれど、こっそり前田さんに手伝ってもらったりもした。

拓也も会社を立ち上げ社長になったという意味であたしと同じ立場だけど、そのあたりは割り切ってお父さんにおんぶにだっこで、本来業務の搬送に集中している。

でもあたしはここまでの成り行きで、今さらパパに甘えるわけにはいかない。

「確かに忙しいけど、拓也の大変さを思えば、どうってことないわ」

「今のひと言を聞いただけで俺は頑張れるよ。でも、まどかが倒れたら元も子もない。そこは考えないと。それと俺だけ弁当を作ってもらうのは不公平な気もしてね」

「それなら、柴田さんの分も作るわ」

「そんなことしたらまどかは潰れてしまう。これが一週間や一カ月限定ならいいけど、この生活はこれから先もずっと続く。止《や》めるのならお互い仕事が大変な今だよ」

社長になって従業員を抱え、拓也は変わった。でも拓也にお弁当を作ったのは義務感ではなく、あたしがそうしたかったからだ。なので妥協案を出した。

「じゃあ週一で水曜に拓也、木曜に柴田さんにお弁当を作るならいいわね？」

拓也はしばらく考えていたが、やがてうなずく。

「わかった。それなら柴田さんもきっと喜んでくれるよ」

こうして拓也と柴田さんに週一回ずつお弁当を作ることになった。

師走に入り二度目の水曜未明、拓也に手作り玉子サンドセットを手渡した。冬の夜空は高く星が瞬いている。オリオンの三つ星を探し当て、拓也に言う。

「真砂エクスプレスが立ち上がって三カ月ね。拓也もずいぶん社長っぽくなったわ」

「柴田さんの運転と比べたらまだまだよ。確かに俺はタマゴを一個も割ってないけど、俺と柴田さんの間の差はでかい。ワクセンからレポートが届いているだろ？」

レポートとは有精卵の品質報告書のことだ。納入日にインフルエンザ・ウイルスを接種し二日後にタマゴを廃棄するが、その際不良品率を毎日メールで報告してくれる。不良品率三パーセント台というプチエッグの数字は契約業者でもトップクラスらしく、お褒めの言葉をいただいた。その栄誉はパパと、タマゴを搬送する拓也のものだ。

「実はあれ、日ごとのデータでどっちが運んだかがわかる。俺が運んだ日の不良品率は五パーセント弱だけど、柴田さんの運んだ日は二パーセント台なんだ」

「それって偶然じゃないの？」

「いや、ずっとそうだから、それは俺と柴田さんの運転技術の差なんだ。プチエッグの本当の不良品率は二パーセント台で、他の業者よりぶっちぎりでいい。俺がまどかの足を引っ張っているかと思うと、何だか情けなくてさ」

しんしんとした寒さが空から降ってくる深夜、拓也は身を縮めた。

拓也は、「もう行くよ。時間だから」と言う。

あたしは拓也に駆け寄ると、その背に抱きついた。

「柴田さんはベテランだもの、差があって当然よ。でも拓也が運送会社を立ち上げなければタマゴは運べなかった。拓也のおかげで、今があるのよ」

拓也は振り向き、あたしを抱き寄せた。目を閉じると唇に拓也の唇が触れる。

夜の冷気の中、あたしは温かい繭《まゆ》の中にいた。拓也は身体《からだ》を離した。

「元気が出た。俺は真砂エクスプレスの社長だから、泣き言なんて言ってられない。でもまどかが俺に言ってくれた言葉は、まどかにも返ってくる。プチエッグを作ったのはまどかだ。だから俺に胸を張れって言うなら、自分が自信を持ってくれよ」

あたしは拓也を見つめた。そうか、拓也も同じ気持ちだったんだ。

「あたしはいつかパパを追い越す。だから拓也も柴田さんをぶっちぎって」

拓也はうなずいてトラックに向かう。運転席のドアが閉まるとエンジンの音に続いて、トラックの重い車体が砂利道を踏みしめる音がする。

ファンファーレのようなクラクションを鳴らした拓也のトラックが遠ざかる。

両肘《ひじ》を抱えて寒さに震える。拓也と二人の時は全然寒くなかったのに、とふと思う。

翌日、木曜の未明。極楽寺から戻った拓也は、柴田さんの出発を手伝った。

あたしが週一回の弁当を渡すと、柴田さんは礼を言って受け取り出発した。おやすみと言って立ち去ろうとする拓也の袖《そで》を、あたしはそっと引いた。

その夜、あたしは拓也と結ばれた。


翌朝。朝食の席に拓也はおずおずと顔を見せた。パパは一瞬驚いた顔で拓也を見たが、すぐに新聞をがさがさせながら読み始める。

「あの、おはようございます」

「おお、久し振りだね。親父さんは元気か？」

「ええ、おかげさまで」

今そんなこと聞かなくてもいいのに、と苛々《いらいら》しながら、あたしはご飯と味噌汁《みそしる》をよそう。食事を並べ終えると、あたしはパパから新聞を取り上げた。

「新聞なんていつでも読めるでしょ。今朝は大切な話があるの」

パパはごくん、と唾《つば》を飲み込んだ。あたしはパパの正面に、拓也と並んで座った。

「あたし、拓也のプロポーズを受けることにしたわ」

拓也は正座に座り直して頭を下げた。

「おじさん、あ、いや、お父さん、ま、まどかさんを俺に、あ、いや、俺、じゃなくて、私にください。絶対に幸せにします」

あたしと拓也を交互に見つめていたパパは立ち上がり、黙って出て行こうとした。

「パパ」と呼びかけると、パパは立ち止まる。そして振り返らずに言う。

「拓也君も誠一君も家族のようなものだ。まどかはもう独り立ちしている。私が許す、許さないなんて関係ないよ」と言い残し、部屋を出て行った。

「親父さんを怒らせちゃったかなあ」と拓也は心配そうに言う。

「そんなことないわ。パパが怒ったら、あんなもんじゃないもの」

あたしはOKをもらったと思ったけど、拓也にはそうは思えなかったらしい。

「そんなことより拓也のお父さんには、拓也がきちんと説明してね」

「こっちは心配ない。ウチの両親がまどかとの結婚に反対するはずないからな」

あたしたちはあたしの愛車で真砂運送に向かい、五分後に到着した。

確かに二人の反応はすごかった。おじさんはあたしを両手で抱え上げ、おばさんはおいおい泣き出す。おかげで「ふつつかものですが、よろしくお願いいたします」という一世一代の決め台詞《ぜりふ》を言う機会を失ってしまった。朝食を一緒にと言われたが、二人ともすませていたのでマドレーヌをご馳走になった。

その後で誠一に電話で報告した。誠一のコメントはあっさりしたものだった。

「まあ、社長同士の結婚だから、お似合いかな」

冷静すぎるコメントだ。続いて野坂研に顔を出し、野坂教授に報告した。

「それはそれは。おめでとうございます。これもタマゴが取り持つご縁ですね」

野坂教授の言うことは相変わらず浮世離れしている。こうしてお世話になった人に結婚の挨拶《あいさつ》を終えたあたしたちは、久し振りにドライブに出掛けた。

「まどかが決心してくれて、ほんと嬉しいよ」

拓也がそればかり繰り返すものだから、いい加減飽きてきた。

「その話はおしまい。でも大学院を卒業するまでは今のままの方がいいと思うわ」

「え？　まどかは大学院を卒業するつもりなのかよ」

「当たり前よ。ここで止めたら中途半端《はんぱ》すぎるわ」というと拓也は少し考えて言う。

「確かにその方がいいか。でも俺は中退する。運送会社の社長に学位は不要だ」

「それならあたしも同じよ。一緒に卒業しようよ。同じ課題だし」

「まどかは修士号があった方がいい。もともと俺はただ、まどかと一緒にいたくて大学院に進んだんだ。まどかと結婚できれば万々歳さ」

あたしはこんなに愛されていたのか、と胸がいっぱいになる。すると拓也が言う。

「実は最近、妙なことがあってね。仕事の依頼があったんだよ。それがタマゴの運送というドンピシャなものでさ。今は新規依頼に対応できませんと断ったのにしつこくて、従業員の人数やシフトを根掘り葉掘り聞くんだ。お役人の査察を受けているみたいな気分だったよ。ウチは立ち上げたばかりでまどかのプロジェクトへの対応で手一杯だから宣伝なんかしてないし、外部にも知られていないはずなのに」

それから拓也は更に声を潜めた。

「それと最近尾行されている気がするんだ。高速に乗ったとたん黒塗りのセダンが後ろにぴったり張り付いて、高速を走っている間中ずっと後ろにつけているんだ。ナンバーをチェックしたけど毎回違う。でも丑三《うしみ》つ時なんだぜ？　あんな時間に公用車みたいなセダンが走っていること自体、珍しいよ」

「何だか気味が悪いわね。でもそんなこと、今考えても意味がないわ。今日は久し振りのデートだから、仕事のことは忘れて楽しみましょ」

あたしが明るい声で言うと、うなずいた拓也はアクセルを踏み込んだ。

今夜も泊まっていくのかと思ったら、拓也はきっぱり言った。

「まどかの言う通り、大学院を卒業するまで生活は変えないでおこう。休みは家でごろごろしていないと保《も》たないしね。今日は一日遊んだから、帰って休むよ」

考えてみれば拓也は極楽寺まで五百キロを往復した後で、ほとんど休まず関係者に挨拶をして、ドライブデートまでつきあってくれたわけだ。これでは奥さん失格だ。

「わかった。それなら鶏舎に寄ってくれない？　今日は一度も顔を出してないから、外から見回っておきたいの」

「ワーカホリックの女社長さんのおおせのままに」

夕闇《ゆうやみ》の中、プチエッグの鶏舎の黒々としたシルエットが浮かび上がっていた。従業員も帰ったのか、車は一台もない。拓也が車を鶏舎前へ進めると人影が見えた。あたしは車から降り、声を掛ける。

「あのう、何か御用でしょうか？」

黒い背広姿の男性は、ぎくりとしたように動きを止めた。そして振り返らずに言う。

「いえ、たまたま通り掛かったもので」

どこかで聞いた声だな、と思いつつ、こんな場所に通り掛かるなんて怪しいぞ、と男性をしげしげ眺めていると、男性はそそくさと立ち去ろうとした。

「あ、ちょっと待って」というあたしの制止を聞かずに男は小走りで姿を消した。直後、車のエンジン音が響き遠ざかっていく。あたしは拓也の待つ車に戻る。

「不審者かしら。声を掛けたら逃げちゃったわ」

黒塗りの車に尾行されている、という拓也の話を思い出す。でもそんな不安も、家に帰ったら全部吹き飛んだ。同級生からのおめでとうコールが殺到したからだ。情報を漏らした下手人は誠一しか考えられない。電話した時は素っ気なかったくせに、と腹を立てながらも、あたしは幸せな気持ちになった。

拓也にお弁当を作る日を週一から二日に増やした。柴田さんの分をいれたら元通りほぼ毎日になったけど、婚約したんだからそれくらい頑張る、と言うと拓也は諦めた。二人とも有精卵を作り四国に運ぶことに懸命で、気がつくと街にはジングルベルのメロディがあふれていた。半月後はクリスマス、誠一も呼んで簡単なクリスマス・パーティでもしようか、と考えながら鶏舎に向かって歩いていると、携帯が鳴った。拓也からだった。午前七時。ワクチンセンターとの中間地点。そんな中途半端なところから電話してくることはなかったので、不審に思いながら電話に出た。

「やばい、まどか。やっちまった」

心臓の鼓動が大きくなり、目の前が真っ暗になった。

「事故ったの？」

「いや、パンクだ。でもタマゴが半分割れちまった。今日は納品は無理だ」

あたしはほっとして肩の力が抜けた。

「事故じゃなくてよかった。仕方ないわ。そんな日もあるわよ」

「でも変なんだ。これまで一度もパンクなんてしなかったのに、前輪がふたつ同時にパンクしたんだ。それもサービスエリアから出発した直後だ。俺のトラックはパンク直前まで駐車中だったのに、急に二本もパンクするなんておかしいだろ？　やっぱり誰かが俺たちの邪魔をしようとしているとしか思えないんだよ」

拓也が言っていた黒塗りのセダンの尾行、という言葉が脳裏に浮かぶ。

「まさかあ。被害妄想よ、それ」というと、通話口の向こうに沈黙が流れた。

「そう思いたいけどね。狙われるとしたら、それは真砂エクスプレスではなくて、プチエッグの方じゃないのかな、なんて思ってさ」

「どうしてそう思うの？」とあたしは不安になって尋ねる。

「俺の仕事はまどかの委託仕事オンリーで、足を引っ張るライバルはいない。もともとどこも引き受けなかった案件だし。ウチがトラブって困るのはまどかだけだ」

「それならあたしも商売敵はいないわ。有精卵の市場なんてワクセンくらいだもの」

「それもそうだな。一度に二本もパンクしたから、少しナーバスになってるかも」

「心配しないで。それより事故には気をつけて」

「わかってる。人身をやったらおしまいだもんな」

電話は切れた。今の会話を思い出し考え込む。確かに拓也の足を引っ張ろうという人はいない。そしてあたしの仕事を邪魔したがる人もたぶんいない。でもプチエッグがダメになると困る人はいる。ワクセンの人たちと彦根先生だ。

彦根先生たちの邪魔をしたい人は大勢いるのかも……。

そこまで考えて、首を振る。

「まさか、ね」

鶏舎に向かって歩いていく、あたしの足下を新聞紙の切れ端が風に吹かれて、かさかさと飛び去っていく。

その見出しに太いゴチック体ででかでかと『村雨新党、クリスマスに旗揚げか』とあったことに、あたしは気づかなかった。

30 邂逅《かいこう》

讃岐・極楽寺　12月10日（木曜）

徳衛が久方ぶりに浪速市医師会の会合に顔出ししようと思ったのは、会合でインフルエンザ・ワクチンが話題になると予想されたため、祥一を連れて行った方がいいと考えたからだ。祥一は是非参加したいと即答だった。珍しいこともあるもんや、雪でも降るんやないか、と茶化すと、祥一は真顔で答える。

「府の医師会で彦根先生の予言を直《じか》に聞けてよかった思うとる。以前は医師会の活動を毛嫌いしとったけど、使いようによっては医師会を通じて社会の役に立つことができるんやないかな、思てな」

「せやな。彦根先生に感謝せんと。ほな出掛けよか」

「五分ほど待っとって。飯はいらんと、めぐみに電話しないと」

徳衛は診療所から外に出た。師走になると、五時にはもうあたりは薄暗い。今年初めて厚手のセーターを着た徳衛の側を、一陣の木枯らしが吹き抜けていった。

アーケード街の南端の小料理屋〝かんざし〟で浪速市医師会の例会が開かれるようになって四十年になる。医学生時代に一度、祥一を連れていったが、潔癖症の祥一は生臭い話に辟易《へきえき》し、以後、徳衛の誘いに乗らなくなった。だから祥一がこの店の敷居をまたいだのは二十年ぶりだ。格子戸《こうしど》をくぐると若女将《おかみ》の華やいだ声が祥一を出迎えた。若女将といっても中年はとっくに過ぎているのだが。

「菊間はんとこの若先生がお見えになるなんて、ほんまいつ以来ですやろ。私はもう嬉しゅうて嬉しゅうて、気い失いそうや」

はしゃいだ若女将に奥座敷に案内される。ふすまを開けると、座敷ではいつものメンバーが飲み始めていた。坊主頭《ぼうず》の副会長、高田《たかだ》が赤ら顔で手招きをする。

「おお、ちょうど祥一クンのウワサをしとったところや。ほれ、ここに来んさい」

高田は石嶺会長との間の席を空ける。祥一は「ほな、お邪魔します」と言い着席した。徳衛が高田の反対側の隣に座ると、すかさずおちょこを渡され熱燗《あつかん》が注がれた。

「駆けつけ三杯や。祥一クンが飲めへんのが残念や」

「まったく、久しぶりに顔出しした儂《わし》なんて、どうでもええみたいやな」

「いやいや、菊間はんがお見えにならないので若女将が寂しがっておったよ」

「ふん。女将も今夜は祥一に夢中や」

ぶつぶつ文句を言いながら、徳衛は立て続けに杯を干す。石嶺会長が言う。

「祥一君は、浪速府がワクチン供給してくれると、府医師会の会合で事前に聞いていたそうやが、そのあたり詳しく教えてもらえへんか。騒動の直前にワクチンの備蓄が足りんと煽《あお》る報道があっても十日辛抱すれば解決する、と聞いた時は半信半疑やったが、実際その通りやった。一体、あれはどういうからくりやったんや？」

祥一は烏龍茶《ウーロンちゃ》で口を湿すと、居住まいを正した。

「村雨府知事の懐刀《ふところがたな》の彦根先生の差配があったんやろうと思いますが、本当のところはわからへんのです。夏に府の医師会の会合に招かれ話を伺っただけですから」

石嶺会長が腕組みをして問いかける。

「以前耳にした、霞が関が浪速を目の敵にしとる、いうウワサはホンマやったんやな。なんでそんなことになったんやろ。その辺り、祥一君に心当たりはあるんか？」

「これは推測ですが、一年前浪速地検が厚労省の局長を逮捕しましたやろ。あの件が関係しとると思うんです」

「そう言えばあの事件は最近、検事のでっち上げや、と報道されとったな」

高田が口を挟む。祥一はうなずく。

「それもきな臭い話でして。西日本でワクチンが不足している、と報道されたのはその直前で、タイミングがよすぎるんです」

「新党作って浪速を独立させよなんて言うたら、霞が関に潰《つぶ》されて当然やがな。村雨は電子カルテを共有し、データを患者が利用できるようにしようという、たわけた考えの持ち主やから潰されてしまえばええのや」

デジタル音痴の高田は、電子カルテという単語を耳にするだけで不愉快そうな表情を浮かべる。村雨新党がうまく進んでいないのを見て溜飲《りゅういん》を下げているようだ。

「でも、おかげで浪速はパニックにならずに済んだんやから、感謝しないといけません。知事は桜宮の市長秘書時代から医療をベースにした地域作りを旗印にしています。目の敵にするより知事と共同戦線を張ることも考えたらいかがですか」

「いくら祥一クンの提案でもそれはあかん」と高田はそっぽを向いた。

石嶺会長が厳《おごそ》かに言う。

「そのあたりは次の世代の祥一君たちに考えてもらおう。それよりその懐刀先生は、どうしてそんな夏の真っ盛りにワクチンのことを考えていたのかね」

「彦根先生は、春のキャメル騒動も浪速に経済的打撃を与えることが目的だったと考えたのです」

「え？」と言ったきり、絶句する石嶺会長に、祥一は淡々と説明する。

「浪速のインフルエンザ禍は、実は霞が関の報復の第一弾なんだそうです。でも結果的に不充分だったので第二弾でワクチン戦争を仕掛けてくるというのが彦根先生の仮説でした。その読みが的中したおかげで、浪速は混乱せずに済んだんです」

「しかし今ひとつ、ピンとこんなあ……」

石嶺会長の呟《つぶや》きは、おそらくこの会に参加した医師の共通した思いだろう。

「僕はある個人的な事情で、彦根先生を信用していません。でも今回、浪速を守ってくれたのは彦根先生からの情報だったのも確かです。浪速が霞が関の面子《メンツ》の犠牲になるのは真っ平御免や。せやから今後はワクチンの勉強会なんか定期的に開かなあかんと思うんです。今日はそのことを石嶺会長に提案しようと思いまして」

石嶺会長は腕組みをして目を閉じる。だがすぐに目を開けると、祥一に言う。

「まっとうな考えやな。手始めに何をしたらええんや？」

「ワクチン製造の要、浪速大ワクチンセンターの施設見学など、いかがでしょう」

「ええアイディアやが、医師会の活動枠は来夏までいっぱいやで、この冬は無理や」

「開業医全員がワクチンセンターの仕組みを熟知する必要はありません。でも上層部で誰かが実態を把握しておいた方がいいと思います。ですので、まず代表者が視察に行き、センター長あたりを医師会の市民講演会にでも招聘《しょうへい》したらどうですやろ」

酔っぱらった高田が拍手した。

「大賛成や。ほんま、祥一クンは、とんびの菊間はんが生んだ、鷹《たか》や」

素《す》っ頓狂《とんきょう》な褒め言葉に祥一は頭を掻《か》く。

「ええ考えやが、視察はワクチンのことがわかった人間が行くべきやな。ほな祥一君にその視察役をやってもらおか」

「ええ？　僕、ですか？」

石嶺会長の唐突な申し出に、祥一が驚きの声を上げた。祥一は浪速市医師会に登録してはいるが、幽霊部員みたいな係わりだったからだ。石嶺会長が応じる。

「春に企画したキャメルの講演会は評判がよかった。ああいうのをこれから浪速市の医療を支える祥一君みたいな人材にどんどん発信していってもろた方が、世のため人のため医師会のためや。みなさん、どうですやろ」

会場は賛成の拍手で包まれた。

「というわけや。やってくれるな、祥一君」

長く医師会会長を務めるだけあって、人を説得する術《すべ》は老獪《ろうかい》だ。そんな妖怪《ようかい》に若造の祥一が逆らえるはずもなく、しぶしぶうなずいた。

「まったく、妖怪・油すましは油断も隙《すき》もあらへんな」

徳衛とふたり、アーケード街をぶらぶら歩きながら、祥一はぼやいた。

「あの年であの柔軟さは大したもんや。そこが府医師会のコウモリとの違いやな。僕なんかにはとうてい太刀打ちできそうにないわ。でも考え方を変えれば、ワクチンセンターにロハで行かせてもらえるんはありがたい。これからは何でも前向きに考えることにするわ。けど今週中に行け、とはさすがにびっくりや」

今日は月曜日。木曜は休診だから行こうと思えば行けないこともない。

「でもなんでワクセンが四国にあるんやろ。浪速大の外局なのに」

「さあなあ。きっと魚好きのわがままなボスが、鶴《つる》の一声で決めたん違うかな」

徳衛のジョークを祥一はスルーした。祥一のユーモア精神の欠如だけは返す返すも残念に思う徳衛だった。

◯

三日後の木曜。浪速から金比羅駅へ向かう列車の車中に徳衛と祥一の姿があった。

「父さんと金比羅さんに行くなんて何十年ぶりかな」

「ほんまや。お前はこんまい手で、父ちゃん父ちゃん言うて、可愛《かわい》らしかったで」

祥一は憮然《ぶぜん》として黙り込む。四十面《づら》を下げて可愛いなどと言われて喜ぶ男がいるはずもない。ましてそう言う相手が父親であればなおさらだ。

「今週中に行け言われた時は無茶やと呆れたけど、電車でたった二時間とはな。これなら浪速のワクチンセンターが極楽寺に移ったのもわかるわ」

祥一の言葉を聞き流し、徳衛は窓の外を見る。今、瀬戸内海の海峡を渡り終えたところだった。窓から見える海が煌《きら》めいている。

「ワクチンセンターの総長って腰の軽い御仁やな。浪速市医師会の名前を出したら、いきなり総長室につながれて、そのまんま本人が訪問時間を決め電車の時刻まで調べてくれるんやもん。普通そういうのは秘書がして、少しはすったもんだするもんや。まっこと話が早すぎるで」

徳衛が呆れ顔で言う。だがそうしたエピソードが、ワクチンセンターのイメージを明るいものにしていたのも確かだった。やがて車内放送が終点の金比羅に到着すると告げると、徳衛と祥一は立ち上がった。

金比羅から二駅、極楽寺駅に降り立つと、スーツ姿の若い女性に「浪速市医師会の菊間先生ですか？」と声を掛けられた。

徳衛がうなずくと、「大当たり」と八重歯を見せて笑った。

「ワクチンセンター広報の真崎と申します。総長の指示でお迎えにあがりました」

センターに到着するや否《いな》や、挨拶もそこそこにワクチンの生産ラインに連れていかれ、宇賀神総長直々の懇切丁寧な説明を受けた菊間親子は相づちを打つばかりだった。

小一時間の見学が終わるとようやく総長室で紅茶を出してもらえた。

「素晴らしい施設ですな。これなら浪速は安泰です」

徳衛の手放しの称賛に、宇賀神総長はにっこり笑う。

「医師会の方にそう言っていただけるとやり甲斐《がい》がありまんな。これからもばんばんワクチンを作りますんで、大船に乗った気持ちでいておくんなはれ」

祥一が口を挟んだ。

「彦根先生から、ワクチン戦争が引き起こされても手を打ってある、と聞かされたのは夏です。総長もこうした危機を予見されてたんですね。敬服します」

宇賀神総長はあわてて両手を振る。

「それは誤解や。この備蓄に必要なルートを開拓したのはウチの非常識職員、やなくて非常勤職員の彦根君の功績や」

「だとしても献策を容《い》れる度量がトップになければ、好手も打てないと思います」

宇賀神総長は、禿頭《とくとう》をつるりと撫《な》でて言う。

「そのお褒めの言葉は素直に戴《いただ》いておきまひょ。他に質問はありませんか？　疑問にお答えするんは総長の仕事でっからね。答えられなければそれは穴やから早急に塞《ふさ》がんとあかんのです。そないなわけでどんな質問でも大歓迎です」

開けっぴろげの胸襟《きょうきん》に菊間親子は引きこまれる。トップの資質とはこういうことを言うのだろう。

「ほな、遠慮なく。先日の朝読新聞に、ワクチン増産では新規の有精卵供給ラインが不安材料やと書いてありました。その点はどうなんでしょう」と祥一が質問する。

宇賀神総長は「ほんま、あのやさぐれの予想通りや」とぼそりと呟く。

それから顔を上げ、祥一に答える。

「今回の新規契約に当たり、当センターの有精卵チェックシステムを丸ごと、新規業者に導入しました。品質はこれまでの養鶏場と比べて遜色《そんしょく》ありまへん」

そうですか、と祥一はあっさり引き下がる。隣に控えていた広報の真崎が腕時計を見て言う。

「総長、実際のタマゴの納入現場を見ていただいたらいかがでしょう。ちょうど有精卵が到着して、新規業者の専属ドライバーさんが納入作業をしている時間ですから、直接お話が聞けるかもしれません」

「できれば是非お願いします」と祥一が即答すると徳衛は首を振る。

「儂は億劫《おっくう》やから、ここでお茶をしとる。お前だけでも見学させてもらい」

「ほな、そうするわ。真崎さん、案内していただけますか」

祥一は真崎の後に続いて総長室を出て行った。

一階ホールを抜け裏手の建物に向かう。作業着姿のドライバーがトラックと建物の間を、ワゴンを押して往復している。車体には銀の下地に黒文字で真砂エクスプレスというロゴが描かれている。

「今回、新規契約した養鶏業者さんは加賀の名門養鶏場です。五百キロ以上離れたここまで有精卵を運ぶため、向こうを深夜三時に出発されるそうです」

真崎の説明を聞きながら、黙々と有精卵を搬入しているドライバーの横顔を見た。

——まさか。

祥一は近づき、声を掛けた。

「柴田先輩やないですか」

振り返った運転手は、祥一の姿を認めると目を見開いた。そして顔を背けて言う。

「人違いです」

「いや、柴田先輩や。こんなところで何してはるんです？」

急《せ》き込むように尋ねる祥一を見て真崎が目を丸くしている。柴田は野球帽を取ると肩をすくめた。

「やれやれ、思いこんだら聞かないところは昔とちっとも変わらないな。あと三十分で搬入作業が終わるから、待っててくれ」

祥一はうなずくと中庭のベンチに腰を下ろし、忙しく働く柴田の姿を目で追った。

三十分後。祥一と柴田は緑地のベンチに並んで座っていた。

柴田は弁当箱を差し出した。

「食べるか？　養鶏場の女社長の手作りだ」

祥一はゆでタマゴを取り上げると、殻を剝《む》いて一口齧《かじ》る。そして玉子サンドに手を伸ばしながら言う。

「ずっと探していたんですよ、先輩。これまでどこで何をしてはったんですか」

「まあ、いろいろとな。あちこちの土地を渡り歩いたから、いちいち覚えてないな」

「あの事件さえなければ、先輩は今も心臓カテーテルの第一人者として現場の第一線にいたはずや」

柴田はゆでタマゴを一口食べると言った。

「もう済んだことだ。若さに任せた暴走は高くつく、と悟った時は手遅れだった。患者を見失ったろくでなしの医師に病院の仕事の口はなくて当然だ。今はトラックの運転手だが、これでも俺は今の会社で一番腕がいいんだぜ」

そう言った柴田だが、その会社が立ち上げて日が浅く、ドライバーは大学院生の社長と自分の二人だけだということは言わなかった。柴田は続けた。

「だが俺は結局、医療の世界からは離れられないのかもしれない。ワクチンを作るための有精卵の輸送をして医療界とつながり、こうして祥一と再会したんだからな」

祥一は真顔で柴田に言う。

「先輩は医師として復帰したくないんですか」

柴田は祥一の顔を見つめていたが、首を振る。

「一度現場を離れた医者は、使い物にならんよ」

「先輩はお人好《ひとよ》しや。この有精卵の搬入を依頼したのはあの彦根なんやで。ヤツは立派な肩書きでここに出入りしてるんや」

「俺があの彦根の片棒を担《かつ》がされているだって？　ウソだろ？」

柴田の頬がかすかに紅潮する。

「彦根ってほんまズルいヤツですよね。責任はみんな先輩に押しつけて自分はさっさと安全地帯に逃げ込み高みの見物ですから。彦根は今は第二医師会の仇敵《きゅうてき》の日本医師会に潜り込んでいるんですよ」

祥一が更に説明を続けようとした時、遠くで声がした。

「菊間先生、お久しぶりです」

振り返った祥一の表情が固まった。声の主はその彦根本人だった。

砂利を踏みしめながら近づいてくる彦根に背を向けて座る柴田の身体が硬直する。

「菊間先生が見学にいらっしゃると伺ったので、予定を変更してセンターに来たんです。宇賀神総長に聞いたら、ここにいらっしゃると聞いたもので……」

祥一の反応の鈍さに彦根の声は小さくなっていく。柴田が立ち上がる。

「久し振りだな、彦根」

ゆっくり振り向いた柴田の顔を見て、彦根の表情は凍り付く。

三人の間を、一陣の突風が吹き抜けていった。

「明日から一週間、休暇が欲しいですって？」

拓也の声が裏返ったのも当然だ。

十二日、土曜未明、あたしがお弁当を届けに行くと、搬入を手伝っていた拓也に、柴田さんが突然休暇を申し出たのだ。

それってまさに青天の霹靂《へきれき》だ。

柴田さんは居直ったように言う。

「この会社では、労働者の権利である有給休暇もいただけないんですか？」

拓也は一瞬、黙り込んだが、言い直した。

「もちろん有休は認める、いや、認めたいよ。でもこの時期にいきなり一週間も休まれたら大変だってことくらい、柴田さんもわかってるだろ。隔日だった納入が、先月から毎日になったばかりなのに……」

「だからって私が社長のため粉骨砕身しなければならない道理はありません」

冷たく言い放つ柴田さんを、拓也は呆然《ぼうぜん》と見つめた。

しばらくして、ようやく言った。

「その通りだ。俺は、知らず知らずのうちに柴田さんに甘えすぎていた。わかった。一週間の有休を認めます。でも用事が済んだら必ず戻って来てください。柴田さんがいなければこの会社は成り立たないんだから」

柴田さんは無言でタマゴを満載したトラックに乗り込むと走り去った。

暗闇の中、あたしと拓也は、取り残された。

「ねえ、何があったの？」

「俺にもわけがわからないよ」

「柴田さんなしで、この先やっていけるの？」

拓也は弱々しく首を振る。

「柴田さん抜きじゃ、真砂エクスプレスは成立しない。毎日運ぶのは来週一週間が限界だ。柴田さんが戻って来なかったら、まどかのサポートは難しくなる」

目の前が真っ暗になる。どうしてこんなことになってしまったんだろう。

拓也は顔を上げて、きっぱりと言った。

「でも一週間は持ちこたえてみせる。柴田さんは、戻って来る、とは言わなかった。だから最悪の場合を覚悟しておいてほしい」

あたしは、震える足を懸命に抑え込みながら言った。

「でも柴田さんは、戻って来ない、とも言わなかったわ。今は柴田さんを信じて、頑張り抜くしかないわ」

あたしの言葉に拓也はうなずく。

それにしても、よりによってワクチン増産が本格的になったところでの柴田さんのこの仕打ちは悲しくなってしまう。

でも落ち込んでばかりもいられない。

「あたしも毎日搬入を手伝う。お弁当も作るよ」

「まどかにそんな無理をさせるわけには……」

「言わないで。非常事態だもの。今はあたしの思う通りにさせて」

拓也はあたしを見つめていたが、やがて言った。

「わかった。ありがとう。とても助かるよ、まどか」

一週間、毎日五百キロ往復という苛《か》酷《こく》な業務に、拓也は耐えられるだろうか。

事故を起こさなければいいけれど。

これは間違いなくプチエッグ・ナナミと真砂エクスプレスに襲ってきた試練だ。

だけど、いつかこういう日がくることを、あたしは知っていたような気がする。

たぶんこの危機を乗り越えなければあたしたちの会社は一人前になれないのだ。
そう思ったあたしは、すぐに自分の勘違いに気がついた。
いえ、違う。
この危機を乗り越えて初めて、あたしと拓也は一人前になれるんだ。
夜の冷気の中、身体が震えた。
それが武者震いというのだということに、後になって気がついた。
見上げると冷え切った寒空の中、星がちりちりと瞬いていた。

31 暴虐《ぼうぎゃく》

加賀・ナナミエッグ　12月17日（木曜）

翌週。街にはジングルベルがあふれていたけど、あたしと拓也には陽気な音楽は耳に入らない。月曜から拓也ひとりの運送が始まったが、水曜、極楽寺への往復が三日連続になるとさすがに疲労の色を隠せなくなった。

事故を起こしたら元も子もないから事情を話し一日休ませてもらおうと提案したら、あっさり却下された。こちらの事情で相手に甘えるわけにはいかない、ときっぱり言う拓也は、社長になってどんどん逞《たくま》しくなっていく。

それに比べてあたしは相変わらず甘い。どうしてあたしたちには、こんな苦難ばかりが降り注ぐのか、と天を恨めしく見上げるばかりだ。

クリスマスなんだから、神様もせめて拓也の手助けくらいしてほしいものだ。

十二月十七日木曜未明。この日も拓也はひとりで出発した。これで四日連続だ。

弁当を包んだ新聞紙に、村雨府知事が来週木曜に新党結成パーティを浪速で開くという記事があったのに気づいたのは、あたし宛《あて》の招待状が届いていたからだ。先日取材に来た樋口記者、つまり樋口副総長の妹さんの厚意だった。ワクチンセンターに配られたパーティ券を副総長から樋口記者に渡されたのだそうだ。

――名波社長が婚約されたと兄から聞いたので、どうかしらと思って……。

パーティに行けば彦根先生に会えるかもしれないと思い、ありがたく頂戴《ちょうだい》したのは一週間近く前だ。一、二人同伴しても良いと言われているから、極楽寺にタマゴを納品した拓也と一緒にパーティに出てその晩は浪速に泊まる。柴田さんに代打をお願いする計画だったのに、こんな手のひら返しをされてしまうなんて……。

こうなっては、パーティ券は抽斗《ひきだし》の肥やしにせざるを得ない。

天高く、星の瞬《また》きを見つめる。吐息が白く、闇に浮かび上がって消えた。

拓也を見送ったあたしは、鶏舎を一回りして戻ることにした。ふだんはそんなことはしないけど、頑張っている拓也を見て、いてもたってもいられなくなったのだ。

足元の砂利が大きな音を立てる。鶏舎の横に建つサイロから、さあっ、と穀物が落ちる音がする。エサやりがオートマチックになり養鶏業者の労力は劇的に減った。

その分タマゴの価格に反映され、手頃な食材として出回っている。

夜中にひとり鶏舎を見回るのは初めてだけど、パパは毎晩そうやってここを守ってきたんだな、としみじみ思う。闇の中、鶏舎の建物が不気味に見えた。

じゃり、と砂利を踏む音。あたしの足音ではない。振り返るとサイロの近くで人影が動いたような気がした。

「誰?」と闇に問いかけるが、返事はない。

どうしよう。側まで行って確認すべきか。

でも、もし誰かいたら……。

こんな時間に鶏舎で何かをしているなら、悪意ある行動としか思えない。

拓也の言葉が蘇《よみがえ》る。黒塗りの車の尾行、サービスエリアを出た直後のありえないパンク。それもここを狙《ねら》ったものだと考えれば辻褄《つじつま》は合う。でも、何で?

息を吸い込む。砂利の音は小さい。人影を確認したらパパに助けを求めればいい。

あたしは携帯電話を握りしめ、サイロに向かって歩き出す。

「誰? そこにいるのはわかっているんですよ」

あたしの足音以外に砂利の音がした。やっぱり誰かいる。

早鐘のような鼓動。サイロを通りすぎ、裏側に懐中電灯の光を向けて覗《のぞ》きこむ。

誰もいない。ほっとして気が抜けた。猫か何かだったのかしら。

次の瞬間、手から懐中電灯が落ちた。強い力で首を締め上げられる。叫ぼうとしたが声が出ない。やばい。もがいても首を締める手はゆるまない。意識が遠のいていく。このまま殺されちゃうのかしら。妙に冷静なあたしの脳裏を、コンテナの中で割れたタマゴから飛び出した、うらめしげなヒヨコの目がよぎる。

眩《まぶ》しい光の直撃。眼を細める。

「そこまでだ」と懐中電灯であたしと暴漢を照らしたのはジャージ姿の柴田さんだ。どうして？

暴漢に突き飛ばされたあたしは、膝《ひざ》をつくとこほこほ咳《せ》き込む。別の光が闇に浮かび暴漢の行く手を遮る。新たな援軍に挟まれ、暴漢は立ちすくむ。

柴田さんの懐中電灯が、新たな援軍の銀色のヘッドフォンを照らし出す。

彦根先生？　なんで？　もう何が何だか、わけがわからない。

あたしは柴田さんの後ろに身を隠す。彦根先生と柴田さんが暴漢との距離を詰めていく。二つの光が目出し帽を被《かぶ》った暴漢を照らす。

「目出し帽を取れ」

柴田さんが言うが、両手を上げ降参のポーズを取っている暴漢は動こうとしない。

「あなたの正体はわかっているんですよ、雨竜さん」と彦根先生が言った。

びくりと身体《からだ》を震わせた暴漢は、目出し帽をゆっくり脱いだ。その丸顔には見覚えがある。でも、どこで会ったか、思い出せない。

「なぜ、わかったんですか？」

男の甲高い声を聞いて思い出す。朝読新聞の樋口記者と一緒にきたカメラマンだ。

「相手を観察できるということは、相手からも観察されるということです。ここは僕の縄張り外だと思いあなたは、油断丸出しでのこのこやってきた。その時からあなたは僕の世界の登場人物になったんです。でもせっかくだから種明かしをしましょう。あなたはワクセンの情報を誰から聞きました？」

しばらく考え込んでいた暴漢は、天を見上げて深々と吐息をついた。

「そうか、あの記者はワクセンの副総長の妹だったんだ」

彦根は淡々と続けた。

「樋口記者はあなたが話を聞くだけだったらお兄さんに話さなかったでしょう。でもあなたはワクセンに関心を持ちここにまで足を運んだ。警察庁の役人がそこまでワクセンに興味を持つのは珍しいから、当然樋口記者はお兄さんに話す。副総長には浪速のワクチン戦争の裏側で警察が暗躍するかもしれないと伝えてあったから、樋口先生から僕に情報が届いた。こうしてあなたは僕の網に引っ掛かったんです」

そう言って彦根先生は朗らかに笑う。

「雨竜さんは、他人を観察することは手練《てだ》れでいらっしゃるけど、ご自身が観察されているということには無防備すぎましたね」

あたしは呆然として暴漢を見た。警察の偉い人？　なぜそんな人がカメラマンになって取材に来たの？　そしてなぜ真夜中にあたしを襲ったりしたの？

「でも、ここを攻撃することは予測できなかったはずだけど」

暴漢の言葉に、彦根先生は首を振る。

「簡単な一次方程式です。鎌形さんの失脚は検察・警察内部のごたごたかと思いました。でもここへの執着を見て真の狙いがわかった。あなたは村雨府知事の評判を貶《おとし》めるためワクチン戦争を仕掛けた。するとここを標的にする戦術は丸見えです。そもそもカメラマンに扮《ふん》し鶏舎の写真を撮れば、何を目論《もくろ》んでいるのか一発で見抜けます。時期は最も効果的な新党立ち上げ直前あたりと予想していたら案の定、先週の新聞にワクチン増産で有精卵の供給が不安定だという記事が出た。それからここを攻撃し増産体制の手薄さを印象づけ、村雨新党の脆弱《ぜいじゃく》さを浮き彫りにしようとしたんでしょう。僕でも同じ戦術を考えたでしょうね。ま、やるかどうかは別ですが」

「ふん、僕の発想は〈スカラムーシュ〉（道化）と同レベルだったわけか」

暴漢が侮蔑《ぶべつ》の言葉を吐き捨てる。彦根先生はうっすら笑って応じる。

「確かに人は僕のことを〈スカラムーシュ〉と呼びますが、あなただって似たようなものです。あなたのコードネームは〈シードラゴン〉だそうですが、周囲の方がその名を口にする時に半笑いを浮かべているのはご存じですか？　直訳すると海竜とかっこいいですが、竜は竜でも、ちんけなタツノオトシゴですから」

暴漢は凄《すご》い目つきで彦根先生を睨《にら》む。

その視線を受け流した彦根先生は、振り返るとあたしに言った。

「不法侵入者を確保したと警察に通報してください。たぶん一晩で放免されるでしょうが、これでこの人がここを狙う理由は消滅します。もうここは安全です」

言われるまま警察に連絡する。暴漢にしてカメラマンである〝雨竜〟と呼ばれた警察官僚は砂利の上に体育座りをしていた。大柄な体つきなのに貧相に見える。

この人はずっと優等生できたひ弱なエリートかもしれない、とふと感じた。

柴田さんがあたしの側に寄ってきた。

「この件で張り込むために一週間のお休みをいただいたんです。若社長も奥さんもよく頑張りましたね。明日から業務に復帰しますのでご安心ください」

緊張が解けたあたしは彦根先生にすがりつく。先生は戸惑ったような顔をしたけど、そっと肩を抱いてくれた。

今さらながらあたしは恐怖に震え出した。

二人の警察官がやってきて偽《にせ》カメラマンを連行していった。パパも駆けつけ、警察に事情を聞かれたりしたが、ごたごたは三十分で収まった。

警察官が姿を消すとパパは、いきなり平手であたしの頬を打った。

「無茶するんじゃない。殺されてもおかしくなかったんだぞ」

頬がじんじん痛むけど、パパの言う通りだ。もしあそこで彦根先生と柴田さんが現れてくれなかったら、今頃あたしはどうなっていたか、わからない。

「まあ、お嬢さんもこれに懲《こ》りて、少しはおとなしくなるでしょうから、ここは僕に免じてご容赦を」

彦根先生が助け船を出す。パパは腕組みをする。どうやらパパは彦根先生が苦手なようだ。白い息を吐きながら、パパが言う。

「娘を助けてくださって、本当にありがとうございました。とにかく我が家でお休みください。詳しい事情をお聞かせいただければと思います」

彦根先生と柴田さんは顔を見合わせ、うなずいた。

部屋に入ると、みんなほっとした表情になる。コタツは人を仲良くさせるけれど、柴田さんと彦根先生の間にはどこかよそよそしい空気が感じられた。

「さて、どこから説明してもらいましょうか」

パパが言ったので、あたしが口を開いた。

「拓也を見送ってプチエッグ・ナナミの鶏舎を一回りして家に戻ろうと思ったの。そうしたら、暴漢と遭遇してしまっていきなり襲われてしまったの。それは新聞記者に同行してきたカメラマンで、取材中、鶏舎の写真を撮りたいと言ってあちこちをうろついてた。まさかこんなことを企んでたなんて思わなかったわ」

「ソイツは鶏舎で何をしようとしたんだね」

パパが訊ねると、彦根先生がポケットから小さなガラス瓶を取りだした。瓶の中身はさらさらした白い粉だ。

「これを鶏舎内にばらまこうとしたんです。ラベルがはがされていますが、おそらく鳥インフルエンザのウイルスではないかと思います」

「何だと。冗談じゃない。そんなヤツは死刑にしてもあきたらん」

パパが怒鳴り声を上げる。立ち上がろうとするパパを、彦根先生が宥める。

「社長、興奮しないでください。見つかった瞬間、ヤツはこれを投げ捨てたんです。みなさんが警察に事情を話している間に、草むらで見つけたんですが、ヤツが持ち込んだという証拠はないので罪に問うのは難しいかと」

「ふざけるな。指紋を調べれば済むだろう」

パパはドラマの刑事みたいなことを言う。彦根先生は首を振る。

「指紋は出ないでしょうし、万一、これを持ち込んだと証明できても、立件は難しい。せいぜい敷地内への不法侵入くらいで明朝には釈放されるでしょう」

「あたしに暴行したわ」

憤然と言うと、彦根先生は肩をすくめた。

「それも難しいですね。警察のお偉いさんなので微罪のもみ消しは朝飯前です」

「何とかソイツを罰することはできないのかね」

パパは、鳥インフルエンザ・ウイルスを撒こうとしたのが許せないのだろう。

「罰するより、被害を未然に防げてよかったと前向きに考えましょうよ、社長」

彦根先生にそう言われて、憮然としたパパは、柴田さんに矛先を向けた。

「あんたはウチのムコ殿の会社が大変な時期に突然一週間の有休を要求したそうだな。なのにどうしてこんなところにいるんだ？」

「お嬢さんの会社が悪党に狙われていると彦根から聞いたからです。養鶏場がやられたら元も子もないので、心苦しかったのですがこちらの警備を優先しました」

彦根先生が口を開く。

「そのあたりは僕から説明します。発端は霞が関が浪速を目の敵にして、攻撃しようと画策したところにある。社長は昨年、厚生労働省の局長が浪速地検特捜部に逮捕された事件を覚えていますか？」

パパは遠い目をしたが、すぐにうなずく。

「そういえば、そんな事件もあったたな。浪速地検特捜部の暴走だったと最近の新聞で読んだ覚えがあるが」

「それが一連の報道から受ける印象です。でもそれは霞が関の情報操作なんです」

「そのあたりはよくわからんが、それがなぜ、ウチへの攻撃になるのかね」

「今春のキャメル騒動も霞が関の反攻ですが、その時は水際《みずぎわ》で防御できました。次はワクチン戦争を仕掛けてくると読み、そのためワクチンの増産が必要と考え、こちらに有精卵の納入をお願いしたのです」

あたしは驚く。飄々としながら、彦根先生はそこまでの深慮遠謀を張り巡らせていたわけだ。あたしは呆然とその横顔を見つめた。パパは同じ質問を繰り返す。

「だが、それではウチが狙われる理由にはならん」

「霞が関は、浪速だけワクチン不足にして村雨府知事の評判を失墜させたかった。でもワクチンの備蓄がされて、陰謀は逆に知事の声望を高め追い風に乗り新党結成までも宣言させてしまった。だから新党結成直前に土台のワクチン備蓄を破壊したかったのです。手っ取り早いのが新規の有精卵ルートを潰すことで、運送会社を標的にしたら思うようにいかず、狙いを本丸の養鶏場に変えたようです」

「今さらウチにウイルスをばらまいて間に合うのかね」

彦根先生はうなずく。

「ぎりぎりですが、今夜ウイルスを散布して土曜に発症、即座に抜き打ち検査に入り月曜に報道、これで来週木曜の結党パーティにぴったり間に合う。逆算して仕掛けてくるのはこの一週間だろうと踏み、一昨日から張り込みを始めたんです。見張りは休憩所のバラックをお借りしました。雨露をしのげて助かりました」

「もしヤツが襲撃してこなかったら、どうするつもりだったんだね？」

「そうしたらパーティで無事、新党お披露目ができて万々歳、となるだけです」

「彦根先生は、もうここは狙われない、と言いましたが、それはなぜですか？」

「今回、ヤツは人前に姿を晒《さら》すという大失態を犯しました。そのためここは攻撃対象の価値を失なってしまったのです。今後、ヤツの矛先は屈辱を与えた僕に集中するはずです。これであらかたの事情は説明し終えましたし、そろそろ夜も明けますので、ここらでお暇《いとま》します」

「加賀駅までお送りします」とあたしが言うと、彦根先生は首を振る。

「まどかさんは休んだ方がいい。僕は柴田に送ってもらいます」

「聞こうと思っていたんですけど、彦根先生は柴田さんとお知り合いなんですか？」

あたしの問いに、彦根先生は柴田さんを見た。

「柴田、何て答えればいいのかな」

「詳しい話は今夜、若社長がお戻りになったらします。私の有給休暇は終わりです。明日は私が運送しますので」と立ち上がった柴田さんが言った。

では八時に蕎麦善で、というと柴田さんはうなずいて彦根先生と部屋を出て行った。

後を追い玄関を開けると、二人は車に乗り込むところだった。

何なのよ、もう。

走り去る車に向かって毒づいたら、どっと疲れた。限界だった。部屋に戻る途中ですれ違ったパパが言った。

「今日は休め。プチエッグの業務はパパが代行しておくから」

あたしはパパの断固とした表情を見て、素直に言うことを聞くことにした。部屋に入りベッドに倒れ込み、目を閉じた瞬間、眠りの世界に落ちていった。

○

加賀駅への車中。ハンドルを握る柴田に、助手席の彦根が話しかける。

「柴田がいてくれて助かった」

「俺も社長に恩返しができてよかったよ」

そしてまた、黙り込む。赤信号で車が停止する。彦根がヘッドフォンを外す。

「あの時は悪かった」

「何のことだ？」

「第二医師会のことだ」

柴田は答えない。彦根は続けた。

「僕が言い出したのに結局、柴田が医療界から追放されてしまった。済まなかった」

柴田は目をつむり、ハンドルに顔を伏せて言う。

「お前はボケたのか？　菊間もお前が俺を生け贄《いにえ》にして自分だけおめおめと生き存《なが》えていると言っていたから、真相を伝えておいたんだが」

「何のことだ？」

「本当に忘れちまったのか？　あの時、ストを決行しようとした俺にお前は真っ正面から反対した。ストはフェイクだ、決行は最悪だ、と言っただろ」

「……」

「俺も最初はそのつもりだった。だが俺はヒロイズムに酔い、お前の制止を振り切りストを決行した。結果は無残だった。結束が固いと信じていたメンバーはスト直前に日和《ひよ》った。最後まで側にいてくれたのは彦根、お前だけだった」

後ろでクラクションが鳴った。信号は青になっていた。

ハザードランプを点滅させ、柴田は車を路肩に寄せた。

彦根は目を伏せて言う。

「柴田の言う通りかもしれない。でも社会は、僕が柴田を見捨てて自分だけ生き延びたと認識している。それは当然、真実でない。でも真実とはその人の信念だ。百人の人がいれば百の真実があるんだ」

「バカなことを言うな。真実はひとつに決まっているだろう。それなら彦根、お前にとっての真実とは何なんだ？」

彦根は窓から外を見た。冬枯れの田んぼに木枯らしが吹き抜けていく。

やがて、ぽつんと言う。

「〈スカラムーシュ〉と呼ばれるようになったのは、第二医師会擾乱《じょうらん》事件以降だ。即興喜劇で黒服を身に纏《まと》い、虎《とら》の威を借りホラを吹き、空威張りして何かあると逃げ出す道化者。仲間を見捨てて遁走《とんそう》した僕にぴったりのあだ名が、世の中の評価さ」

「お前みたいな生き方は損だ。辛《つら》くないのか？」

「虚の世界から実の世界を動かしている僕は、実の極みの真実なんてとうに捨てた。所詮《しょせん》この世は修羅場の連続だ。でも今の言葉には少し救われたよ」

彦根は微笑を浮かべた。柴田は黙ってアクセルを踏み、車を車線に戻した。

加賀駅に着くと、柴田は言った。

「俺はここに根を下ろすことにした。何かあったらいつでも連絡してくれ」

「ありがとう。そうさせてもらうよ」

彦根の微笑は弱々しく、その後ろ姿は人混みに紛れて消えた。

その後ろ姿を見つめていた柴田は、彦根が自分に嘘《うそ》をついたことを悟った。

「親父《おやじ》さんから聞いたよ。あの後、大変だったんだって？」

拓也からの電話だ。いつの間にパパと拓也の間にホットラインができたのだろうと思いながら、ベッドから抜け出す。

「そうなの。柴田さんと彦根先生が助けてくれたの」

「なんでそこに彦根先生が出てくるんだよ。柴田さんだって休暇中だし。何が何だかわけがわからないよ」

「電話では説明しきれないから直接会って話す。柴田さんにも聞きたいことがあるし。蕎麦善で八時。詳しい話はそこで。柴田さんも来るから」

一方的に告げて電話を切る。ベッドに潜り込みながら時計を見ると午後五時。二時間眠れると思いながら目を閉じたあたしは、すぐに爆睡した。

三時間後。極楽寺から帰った拓也と湯豆腐をつつきながら一杯始めていた。

命の恩人を差し置いて意地汚いとは思うけど、熱燗《あつかん》の季節に湯豆腐の湯気を前に我慢は利《き》かない。そこへジャンパー姿の柴田さんが現れた。

「まず駆けつけ三杯。それが済んだらどうしてあんなことになったのか、彦根先生と昔、何があったのか、きっちり説明してもらいます」

「すっかり出来上がっているみたいですね。今夜は吞《の》みたい気分ですが止《や》めておきます。今夜から運転当番を再開しますので。若社長、連続勤務、お疲れさまでした」

「柴田さんも吞みなよ。今晩は俺が行く」と拓也が言う。

「でも若社長は月曜から五日連続ですよ」

「柴田さんも三日連続、徹夜の見張りをしたんだろ。俺はここまできたら今週は俺ひとりでやり遂げてみたい。自分の限界を知ることはプラスになると思うんだ」

柴田さんは眼を細めて拓也を見た。

「わかりました。それならご相伴《しょうばん》にあずかります」

「よく言った、柴田。ほら吞め」

「まどか、悪酔いしすぎだぞ」

「いいんですよ。では遠慮なく」

あたしがお酒を注ぐと、柴田さんは一気に杯を空けた。惚《ほ》れ惚《ぼ》れする飲みっぷりに引き寄せられるようにお銚子《ちょうし》を傾ける。また空になる。

意地の張り合いで注いでは飲み干すを三回繰り返す。

「夜は長いんだからゆっくりやろうよ。それにまどかは柴田さんに聞きたいことがあるんだろ?」と、拓也が呆《あき》れ声で言うと、あたしは、とん、と銚子を置いた。

「そうそう、そうなの、そうなんでした。柴田さん」と上目遣いで睨む。

「何でしょうか、お嬢さん」と柴田さんは居住まいを正す。

「まず、そのお嬢さんというのは止めて。あたしはれっきとした社長よ」

「わかりました。何でしょうか、まどか社長」

あたしはしゃっくりをした。何だか気恥ずかしい。

「なんでまどかをくっつけるのよ」

「そうしないと若社長と区別がつかないので」

柴田さんはいつも冷静で合理的だ。

「柴田さんは彦根先生とはどういうお知り合いだったの?」

我ながら呂《ろ》律《れつ》が怪しい。柴田さんは答える。

「昔の同僚です」

「柴田さんは病院お抱え運転手だったの?」

「違います。私は内科の勤務医だったんです」

柴田さんは苦笑して、首を振った。一瞬目を丸くしたあたしは、笑う。

「やだなあ、あたしが酔っぱらっているからって、からかわないでよ」

「からかっていません。私は循環器内科の心臓カテーテルの専門医でした」

柴田さんは手先を動かし、機械を操作する身振りをした。

「お医者さんが、なぜトラックの運転手になったのさ？」と拓也が尋ねる。

「当時、医療はメディアに叩《たた》かれていました。そんな現状に不満を抱いた私の前に一人の医師が颯爽《さっそう》と現れ弁舌爽《さわ》やかに『医師は世間の言いなりだからナメられている』と言い放った。それが彦根との出会いでした」

「あの人、結婚詐欺師《さぎし》みたいなクセして、言うことだけはもっともらしいんだよな」

拓也が相づちを打つと、柴田さんは目を瞬《しばたた》く。柴田さんは拓也のツッコミを無視して話を続ける。

「その言葉に魅せられた私は、彦根と行動を共にするようになりました。ヤツは東城大を卒業後、帝華大の外科に所属し、私は浪速大を卒業して帝華大の循環器内科に入局していました。ヤツは患者を治すことよりもこの国の体制を正したいと考えていた。その頃はまだ〈スカラムーシュ〉とは呼ばれていませんでしたが、大ボラ吹きの片鱗《へんりん》は、すでにその頃からあったわけです」

柴田さんは淡々と告白を続けた。

「そんな中、医局で心臓手術死が起こった。その渦中《かちゅう》で彦根は私にこう言ったのです。『社会が医療に対するリスペクトを失なっている今こそ伝家の宝刀を抜くべきだ』とね。その伝家の宝刀とは医師のストライキだったのです」

「ストなんてしたら、患者さんが危険じゃないですか」

「その通りですが、医療があのまま虐《しいた》げられ続けたら医療レベルを維持できなくなり、結果的にストを打つ以上に状況が悪化してしまう。それなら、今のうちに暗黒の未来を擬似体験させた方がいい、というのが彦根の主張だったのです」

確かに彦根先生は先見の明がある。だけど……。

「ストをするお医者さまなんて見たくないわ。でもそういうことをやれちゃう人なんですよね、彦根先生って。その口車に乗せられた柴田さんは逃げ遅れてストの全責任を負わされちゃったんですか？」

「違います。彦根は最初からストはフェイクのつもりでした。核兵器と同じで使うぞ、と脅すことに意味があり、実際に使ったら負けだと言うんです。ヤツは正しかった。決行したのは私自身で、医師を辞めたのは自分の行為の責任を取るためです」

目の前では、具の少なくなった湯豆腐がぐつぐつと煮えたぎり、利尻《りしり》昆布がくたくたになり、白い豆腐の破片と一緒に湯の中でダンスを踊っている。大きめの豆腐の欠片《かけら》をすくい上げ口に放り込んだ柴田さんは、お猪口《ちょこ》の熱燗をぐいっとあおる。

拓也が口を挟んだ。

「それにしても医者からトラック運転手に転身するなんて、思い切ったよね」

「医者を辞めるなら身体を酷使する職業がいいと思ったんです。学生時代に自動車部に所属していたので、車関係ならなんとかなる、とも思いました。そして先週、極楽寺で彦根と偶然再会し、その時、ヤツから若社長とお嬢さんの会社が危険に直面していると聞き、ヤツに協力することにしました。私と彦根の因縁話はこれで全部です」

柴田さんは座卓に手をつき、深々と頭を下げた。

「こんな私を拾ってくださり、ありがとうございます」

拓也は柴田さんを見つめて静かに言った。

「そんなことないよ。柴田さんのおかげで俺は運転技術を教えてもらえたし、まどかの会社も救われた。彦根先生も浪速と村雨知事を守れた。柴田さんはやっぱりお医者さんだ。病気は治せなくても他人の人生を救ってくれたんだから」

柴田さんは頭を下げたまま動かない。畳の上にぽとんと水滴が落ちた。

「突然、一週間の有給休暇をください、と言われた時はこの野郎と思ったけど」

あたしが酔った勢いで合いの手を入れると、柴田さんは肩をすくめる。

「申し訳ありません。埋め合わせに何でもしますから」

あたしは少し考えて、いいことを思いついた。明るい声で言った。

「そこまで言ってくれるなら来週は、拓也とシフトを入れ替えて木曜の戻りと金曜は二日連続して勤務してくれないかしら」

拓也が口出しにびっくりしていると、柴田さんは即答した。

「それはお安い御用です。若社長とどこかに行かれるんですか？」

「実は村雨知事の新党結成パーティに招待されているの。拓也が極楽寺にタマゴを搬送して浪速に行き飲み放題食べ放題して浪速に一泊しようかな、なんて思って」

拓也は驚いてあたしを見た。この話はまだ拓也にはしていなかったからだ。

「わかりました。では、来週の木と金は連続勤務しますよ」

「でも俺がタマゴを運んだ足で浪速に泊まると、トラックがなくなっちゃうからやっぱり無理だ」

すると柴田さんが微笑して言う。

「その日は私が浪速までトラックを取りに行きますよ」

「さすがにそれは甘えすぎだよ。そこまでしてもらったら悪いよ」

拓也がそう言うと、柴田さんは首を振る。

「大したことありません。その代わり今夜はご馳走《ちそう》になりますので」

柴田さんは立ち上がると、もう一度お辞儀をして店を出て行った。あれだけ呑んだのにちっとも酔わない柴田さんに半分感心し、半分呆れて言った。

「酔わない酒なら呑まない方がマシよね」と言うと、拓也は笑う。

「来週は極楽寺に行った後で浪速でパーティなら、誠一にも声を掛けてみるか」

「今は試験直前だから、準備で忙しいんじゃないかしら」

「でも真崎さんも来るかもしれないぞと言えば、ほいほいついてくると思うな」

「そうかもね。そしたら久し振りに三人で、ぱあっとやりましょう」

盃《さかずき》を掲げて歓声を上げた。いや、たぶん上げたんだと思う。

でもそこから先の記憶がない。朝、目覚めたらベッドの中だった。

拓也が送ってくれたのだろう。羽目を外しても、優しい旦那《だんな》さんが介抱してくれ、酔い潰《つぶ》れることができるなんて幸せだ、と心の底から思う。

あたしは温かい寝床から出ると大きく伸びをした。

朝日が眩しい。

32　スプラッシュ・パーティ

浪速・帝山ホテル　12月24日（木曜）

「そんなに文句ばっかり言うなら、無理して来てもらわなくてもよかったんだ。だいたい、その大袈裟《おおげさ》な花束は何なんだよ」

文句たらたらの誠一に我慢しきれなくなって運転席の拓也はついにぶち切れた。珍しく、誠一は何も言い返さず黙り込む。冷静で理性的な誠一が多弁なのは、緊張を隠そうとしているせいだというのが丸わかりだ。

水曜深夜。日付け的には木曜未明に加賀を出発し極楽寺に向かった。あたしはうつらうつらしながら、今の時間を何て言い表わせばいいのかと考えて、ふと気づいた。本来、夜はゆでタマゴみたいにまん丸なのに、人が定めたカレンダーは夜を真っ二つに割ってしまう。ゆでタマゴを二つに割れば黄身が現れる。それは地平線から上った満月のようだ。では夜を日付で真っ二つにすると、そこに見える光景は何だろう。そんな哲学的なことを考えてしまうのも、睡魔のなせるわざだろう。

真夜中に活動する業種にとって、夜とは午前零時から日の出までと日の入りから二十四時までの二つに分けられる。世間では水曜の夜と思われている木曜未明に出発し、木曜のふつうの夜に浪速での新党結成パーティに参加しようという目論見だ。

誠一に声を掛けたら最初は渋っていた。獣医師の国家試験が目前だから無理もない。でも極楽寺に寄って行くと告げた途端、ころりと態度を変え、行く行くの一点張りになった。先週、例のドタバタ劇が終息した翌朝だ。そして今夜。星が寒々とまたたく冬空の下、着慣れないジャケットにネクタイを締め、大きな花束を抱えた誠一が現れたわけだ。誠一がこんなに緊張しているのは初めて見た。

朝の洗われたような大気の中、瀬戸大橋を渡る。拓也が真砂エクスプレスを立ち上げ、最初のドライブに付き合ったのはついこの間なのに、すべてが懐《なつ》かしい。

やがて田園地帯を抜けると、ワクチンセンターの巨大ビルが見えてきた。

「まあ、素敵。この花束を私に？」

花束の行き先は予想通りだった。真崎さんは水仙の花に顔を埋め、香りを胸いっぱい吸い込んで、八重歯を見せながら嬉《うれ》しそうに微笑する。

誠一が贈った水仙は清楚《せいそ》で、真崎さんのイメージにぴったりだ。

有精卵の搬入作業を済ませ、あたしたちはセンターの応接室にいた。

「今日の浪速のパーティにはみなさん、お見えになるのね。私は伺えないけど楽しんできてくださいね」

真崎さんが言うと、誠一が「僕は行きません。受験生ですから」とすかさず言う。すごい反射神経だ。真崎さんが出席するなら、答えは真逆だっただろう。

「鳩村さんは獣医学部でしたね。国家試験、頑張ってください」

真崎さんの激励に誠一は真っ赤になった。

「僕の名前を覚えていてくれただなんて、感激です」

「ここの訪問者はそんな多くないので、人の顔と名前はたいてい覚えているんです」

誠一は、がっくり気落ちした表情になる。その他大勢のゲストと十把《じっぱ》一絡《ひとから》げにされた誠一の気持ちを思うと気の毒で笑う気にもならない。どうやら真崎さんは天然らしい、と気がついた。もじもじしていた誠一が、意を決して顔を上げる。

「実は僕、就職したい施設があるんです」

「まあ、どこかしら」と訊ねる真崎さんに、誠一は深呼吸して言った。

「僕が就職したいのはここ、ワクチンセンターです」

真崎さんが目を大きく見開く。

「獣医さんなのに、ここに？　そんな前例は聞いたことはないけど大丈夫かしら」

「大学の教室ではＰＣＲをメインにした分子生物学の実験をしています。採用していただければ即戦力になる自信はあります」

「しっかりしていらっしゃるのね。春から一緒にお仕事ができるといいですね」

真崎さんに誠一の真意が伝わらず、ぽわん、とした雰囲気で会話が進んでいく。やっぱり真崎さんは天然だと確信する。だとしたらいくら仄《ほの》めかしてもムダだ。

業《ごう》を煮やして、誠一は立ち上がる。

「あの、真崎さんは年下は嫌いですか？」

ついに誠一がダイブした。崖下《がけした》にまっさかさまか、それとも浮上できるだろうか。

拓也と一緒になって、息を詰めて誠一の告白の結末を眺めていると、真崎さんは不思議そうに首を傾《かし》げ、「なんのことですか？」と訊ねた。

「国家試験に合格してここに就職したら、ぼ、僕と、おつきあいしてください」

よく言った。それでこそあたしの幼馴染《おさななじみ》。

でも真崎さんは相変わらずほわほわした口調で言う。

「あのう、何か誤解されているみたいなんですけど」

誠一は目をぱちぱちさせた。それからはっと目を見開き、あたふた早口で言う。

「あ、ひょっとしてもうご結婚されていたんですか。でしたら今のことは忘れてください。最近は指輪をしない方もいるから、うっかりしました、ははは」

真崎さんは両手を振りながら言う。

「私は結婚していないしステディもいません。誤解というのは私、地元の短大を卒業してすぐにここに勤めて、今年で二年目なんです」

「学歴なんて関係ありません。お勤めになって日が浅くても業務を深く把握していることは尊敬します」と誠一はすかさず反駁《はんばく》する。

真崎さんはくすくす笑う。

「やっぱり誤解されてるみたい。鳩村さんは獣医学部の六年生ですよね。ということは二十四歳かしら。では短大卒業後、地元に就職して二年の私は何歳でしょう?」

きょとんとした誠一は、やがてはっと我に返る。

「ま、まさか……真崎さんは二十二歳?」

「そう、私はあなたより年下なのでした」

花束を抱えて歌うように言った真崎さんは、呆然《ぼうぜん》としている誠一に言った。

「さっき、年下は嫌いですかって訊《き》かれましたよね? 私は年下でも年上でも同い年でも構いません。大切なのはこころが温かい人ってことだけです」

そして鏡に映る自分の姿を見て「私ってそんなに老《ふ》けて見えるのかしら」と呟《つぶや》く。

誠一はしどろもどろで言い訳する。

「あ、いや、そうではなくてその、仕事をされている姿が堂々としていて……」

「それって、小娘のクセに態度がでかい、ってことかしら」

「そ、そんなつもりは……」と誠一は赤くなったり青くなったり眉《まゆ》をひそめたり両手を振ったり、身振り手振りの百面相だ。小学校の頃からの腐れ縁だけど、大学ではモテまくり、どんなアプローチもクールにやり過ごしていた誠一が、女性の前でこんなにうろたえる姿は初めて見た。真崎さんはくすくす笑う。

「うそうそ。いじめるのはおしまい。さっきの申し出は前向きに検討させていただきます。とりあえず国家試験を頑張ってください。極楽寺から応援してます」

「よかったあ」と誠一はソファに座り込んだ。

真崎さんは鼻唄《はなうた》混じりに、応接室の花瓶に水仙を活《い》け始める。おつきあいが始まる前から尻に敷かれてしまったようだ。

乾坤一擲《けんこんいってき》、人生の大勝負を済ませた誠一は魂が抜けたみたいになってしまい、用が済んだから列車で帰ると言い出した。現金なヤツめ。

受験生にパーティに出る暇があるわけないだろ、などと正論まみれの台詞《せりふ》を吐いたが、正しくは「真崎さんのいないパーティに出る意味なんてない」だろう。

拓也に駅まで送らせ、まっしぐらに改札へ向かった。そんなわけであたしと拓也は二人で午後、浪速に入った。パーティ会場の浪速の名門、帝山ホテルに到着すると、ロータリー入口で柴田さんが待ってくれていた。

トラックのキーを渡すと、柴田さんは車を走らせ、姿を消した。

あたしたちにはサプライズが待っていた。真崎さんが帝山ホテルのスイートルームを取ってくれたのだ。御礼の電話をすると、ほわほわした口調で真崎さんは言った。

「お二人がご婚約なさったお祝いに、浪速大ワクチンセンターから部屋をリザーブさせていただきました。礼は樋口に言ってください。今晩は出席予定ですから」

「そうします。樋口副総長がいらっしゃるということは、宇賀神総長や彦根先生もお見えになるんですか？」

「宇賀神は海外出張中です。彦根先生のスケジュールは把握していません」

少しがっかりしたけど、気を取り直して、真崎さんにもう一度お礼を言った。

スイートルームの大きな窓から仄暗い夕暮れ時の風景が見える。街の灯がひとつ、ふたつ点《とも》り、夜景に変わる。脳裏にさまざまな思いが去来する。突然の彦根先生の訪問。折り合いをつけるため考えたいろいろなこと。つきあたった壁を乗り越えるため、ヒヨコみたいに頼りないあたしに手を差し伸べてくれた人たちの顔。そして……。

誰よりもあたしを想《おも》ってくれる人の手が肩に置かれる。

あたしは振り返ると、拓也の胸に顔を埋めた。

「あ、あの人、テレビ討論会によく出る政治家だ。あっちにサクラテレビの女子アナの楓《かえで》ちゃんがいる。吉本の芸人さんもいるし村雨府知事って人気者なんだなあ」

金屏風《きんびょうぶ》が飾られた立食パーティ会場をきょろきょろ見回す拓也。こんなミーハーだとは思わなかった。美味《おい》しそうな料理が並んでいる。あたしは拓也に言った。

「二食分、浮かせるわよ」

あたしは拓也の腕を引っ張って、握り寿司《ずし》の屋台に並んだ。ステージ上では財界や政界の重鎮の祝辞が間断なく続いている。話を聞き流しながら極上のローストビーフに舌鼓《したつづみ》を打っていると、背中を叩かれた。

「やあ、楽しんでいるみたいだね」

振り返ると銀色のヘッドフォンが光った。

「彦根先生。その節はありがとうございました」

頬張ったローストビーフを飲み込んで、どうとでも取れそうな言葉で御礼を言う。

あの夜のことをこの場で口にするのはふさわしくない気がしたからだ。

「生きていると、いろいろなことがあるもんだね。まさか柴田と再会し共闘するなんて夢にも思わなかった」

彦根先生の言葉に万感の思いが溢《あふ》れる。すべてはこの人から投げられた無理難題が始まりだった。あれから一年も経《た》っていないのに、あたしも拓也も大きく運命が変わった。拓也の視線に気がついた彦根先生が言った。

「婚約されたそうだね。改めておめでとう。今日は君たちのため帝山ホテルのシェフにご馳走を用意させたから思う存分、召し上がってください」

洒脱《しゃだつ》なジョークに拓也の表情が和らぐ。矍鑠《かくしゃく》とした老人と中年の、二人連れの男性が彦根先生に「素晴らしい会ですね」と声を掛けてきた。

「お越しいただき、ありがとうございます。菊間先生に、府知事と浪速市医師会の橋渡しをしていただければ、浪速の医療体制はいっそう強固になるでしょう」

「簡単にはいきそうにないですわ。僕は政治嫌いやし、父さんは筋金入りの村雨アレルギーやから」

「それでも府知事にはひと言礼を言わんとな。浪速を守ってくれた大恩人やから」

老人の言葉に彦根先生は微笑したが、ふと気がついてあたしと拓也を指し示した。

「ちょうどよかった。今回のワクチン供給を支えてくれた功労者をご紹介します。ウイルス培養に欠かせない有精卵を作ってくれているプチエッグ・ナナミの名波社長と、それを届けるため運送会社を立ち上げた真砂エクスプレスの真砂社長です。真砂エクスプレスは、柴田の会社です」

菊間先生と呼ばれた中年男性は拓也に頭を下げる。

「柴田先輩を拾ってくださってありがとう。先輩は誠実な人です。これからも面倒をみてやってください」

「とんでもない。俺の方こそ柴田さんがいなかったら大変でした。柴田さんは俺たちの恩人です」と拓也があわてて両手を振る。

和やかな談笑の輪に、樋口副総長の笑顔が割り込んでくる。

「何だか楽しそうですね。そういえばいつぞやは妹が世話になったようで。美味しい玉子丼《どん》をご馳走になったからくれぐれも御礼を言っといて、としつこくてね。今度、私もご馳走になりたいものだな」

「もちろんです。是非、加賀の方にお越しください」

挨拶《あいさつ》を交わしていると会場の灯りが落ち、金屛風前のひな壇にスポットライトが当たる。光の中、黒い背広姿の司会者が姿を現した。

「本日はお忙しいところ、『日本独立党』結党パーティにお越しいただきありがとうございます。私は本日の司会を務めさせていただく、アナウンサーの平井《ひらい》と申します。さて、宴もたけなわですがここで『日本独立党』の創設者にして初代党首にご挨拶をいただきます。村雨弘毅・浪速府知事を、皆様、盛大な拍手でお迎えください」

割れんばかりの拍手が会場を包む。あたしは府知事の凛々《りり》しい立ち姿に見とれた。

スポットライトの光の輪の中、ストライプの背広姿の村雨府知事が語り出す。

「本日は『日本独立党』結成記念祝賀パーティにお越しいただき、ありがとうございます。日本は今、重大な岐路に立たされています。豊かな生活を維持することが困難になりつつあるのに、政治家も官僚も事実を国民に示そうとしません。我々は情報公開を徹底し、国民のみなさんと今後日本がどのような道を取るべきか模索するため、『独立党』の旗の下に結集した人たちと共に歩いていく所存です」

そう言って村雨知事は周囲を見回した。だがその視線は彦根先生の上をすりぬけて行ってしまったように思えた。村雨知事は続けた。

「我々の行く先々には困難が待ち受けている。しかし今、そんな困難な時代に生まれ落ちた私たちに必要なのは、まさにそんな荒海に飛び込んでいく勇気なのです」

拍手が会場の外にまで溢れ出す。その時、闇《やみ》が壇上に出現した。

丸顔で大柄な男性が村雨府知事の側に佇《たたず》んだ。地味な背広姿なのに蝶《ちょう》ネクタイが毒々しい。彦根先生の顔が蒼白《そうはく》になる。夢遊病者のようにひな壇に向かって歩き出す。

あたしと拓也はその後ろを追う。村雨府知事は不思議そうに壇上の男を見た。

司会者に歩み寄ると男性は片手を差し出し、マイクを要求した。司会者は言われるままマイクを渡した。受け取った男は、ぽんぽん、と人差し指でマイクを叩く。不協和音がスピーカーから流れ、大柄な身体《からだ》と不似合いな、甲高い声が響く。

「こんばんは。警察庁情報統括室室長の原田と申します。本日は日本独立党の創立にお祝いを申し上げるため、僭越《せんえつ》ながら霞が関を代表しマイクを取りました」

その声を耳にして息が止まりそうになる。あたしを襲った暴漢。忘れるはずもない。樋口記者に帯同したカメラマン。鶏舎に不法侵入し、あたしを襲った暴漢。彦根先生が呼んだ名は雨竜。

あたしは拓也の手をぎゅっと握って囁《ささや》く。

「アイツよ、ファームであたしを襲ったヤツは」

拓也は目を見開き、壇上の男を睨《にら》み付けた。原田と名乗る警察官僚は話し始める。

「新党に必要なのはカネで、村雨新党は羽振りがいいと聞いて参加された方もいるでしょう。でももし、その資金がフェイクだとしたら、選良たる先生方がダメージを受け、それは日本国のダメージになりかねません。ですのでここでお時間を頂戴《ちょうだい》し、警察庁が調べ上げた村雨新党の資金源とその虚構についてご説明します。スライドをお願いします」

スポットが落ち、ステージ上にスライドが映写される。彦根先生はステージに向かおうとするが、人混みに邪魔され前に進めない。

「こんなスピーチはすぐにやめさせろ」と声を張り上げるが、村雨府知事は金縛りにあったように動かない。ようやくステージの袖《そで》にたどりついた彦根先生が壇上に上ろうとすると屈強な男たちに肩を摑《つか》まれ引き戻される。羽交い締めにされた彦根先生はもがいていたが、やがて力をぬいた。拓也が黒服の男たちに挑みかかろうとする。

彦根先生は手を挙げ、拓也を制した。

「やめなさい。公務執行妨害の現行犯で逮捕されるぞ」

彦根先生を勝ち誇ったように見下ろした壇上の男は朗々と声を張り上げた。

「本庁調査によれば村雨新党の資金源は三本柱から成っています。モナコ公国に委託されたいわゆるAマネー。ウエスギ・モーターズの巨額寄付金。そして浪速府の予算です。このうちモナコのAマネーは実在しますが国外への持ち出しは禁止されていて、国内の政治資金には使えません。そして経済情報共有会の名誉会長、上杉会長が村雨新党をサポートするというのはデマです。関係者の肉声をお聞きください」

会場に録音音声が流れ始めた。

――ウエスギ・モーターズ社長の久本です。最初に先般亡《な》くなった弊社会長、上杉へのご厚誼《こうぎ》に厚く御礼申し上げます。さて弊社が新党を支援するという情報が流れていると聞いて驚いております。上場企業であるウエスギ・モーターズには、社としてそのような資金援助の予定は一切ございません。

彦根先生が唇を嚙《か》む。壇上の暴漢は朗々と続けた。

「このパーティには浪速の経済界の重鎮の方々もお見えになっているようですが、みなさん、所得税半減などという夢物語に騙《だま》されてはいけませんよ。一億円の預金を積んでモナコに会社の本拠地を移せば所得税は掛からないから、手数料として本来納める所得税の半分を浪速府に納めよという、マルチまがいの募集です。みなさん。天下の国税が資金の海外流出と国庫納付額の低下につながる脱法行為を見過ごすとお考えですか？　だとしたら浪速商人は甘い。村雨府政とつながった行為に関しては、まもなく国税庁から公式見解が出ます」

ざわめきが一段と大きくなる。あたしは彦根先生の肩を揺さぶった。

「あんなこと、言わせておいてもいいんですか？　あの人がやったことを、あたしが洗いざらいぶちまけてアイツの発言をすっ飛ばしてきます」

壇上に向かおうとしたあたしを、彦根先生は強い声で制止した。

「よせ。もう遅い。これは特攻だ。真上に侵入された戦艦・村雨には、もはや防ぐ術《すべ》はない」

さみしそうな微笑を浮かべた彦根先生は、舞台上の男性を凝視した。事物を仔細《しさい》に観察する科学者のような視線だ。

舞台上の警察官僚は彦根先生を見返し、唇の端に微笑を浮かべる。

次の瞬間、その指が彦根先生を指した。

スポットライトが彦根先生を直撃する。

「こうしたデマを撒《ま》き散らした張本人にして村雨府知事の知恵袋、彦根新吾先生も、会場にお見えになっています。詳細はご本人の口から直接お聞きください」

彦根先生は右手を挙げ参加者に手を振りながら、隣のあたしに小声で言う。

「何のことか、さっぱりわからないだろうね。村雨新党を支援する資金として僕の手中に三つの財布があった。モンテカルロのアマギ資金、ウエスギ・モーターズの寄付金、モナコ誘致で所得税非課税を斡旋《あっせん》した報酬だ。でもすべては幻影のカネで、どれひとつ確実なものはない。そしてそのイリュージョンはたった今、この瞬間に叩き潰《つぶ》されてしまった。どうやら僕の役割は終わったようだ」

原田は、村雨府知事に向き直って言う。

「我々警察庁は村雨府知事の決断に感謝します。浪速大に法医学教室主導の死後画像センターが創設されることに、府知事が全面的な賛意を示されていることは、当局としましても全面的支援を検討中です。今後も社会の安寧のため、素晴らしいアイディアに基づいた活動を展開していただくことを切望いたします」

会場に拍手がさざめくように広がる。

彦根先生は小声で、パーフェクト、と呟いた。

司会者が我に返ったような表情になり、言う。

「本日は多数のご参集、誠にありがとうございました。これにて、新党『日本独立党』結成パーティはお開きとさせていただきます」

盛大な拍手に包まれた村雨府知事は、ステージ上で深々と頭を下げる。

気がつくと、あたしの隣に佇んでいた彦根先生の姿は、どこにも見あたらなかった。

終章　グッドラック

33 旅立ち

東京・羽田エアポート 12月31日(木曜)

大荒れに終わった村雨新党結成祝賀会の一週間後。

大みそかの羽田空港は、新年を海外で過ごす人々の群れでごった返していた。

楽しげな表情は多彩だが、悲しい表情は画一的になる。年末の空港が笑顔で彩《いろど》られているのは幸福な時代の証拠で、ひょっとしてこの世界は、そんな空港を造れたということだけで評価されるべきかもしれない。

そんな出発ロビーの片隅に無彩色の一画があった。

大柄な男性がノートパソコンの画面に見入っている。地味な背広に極彩色の蝶《ちょう》ネクタイが派手派手しく躍る。

亜熱帯の蝶が、南国リゾートから一足早く歓迎に訪れたかのようだ。存在を隠すための地味な服装が胸元の一点で反転し、誰よりも目立っている。

警察庁のストーリーテラー、原田雨竜は今、パソコンをネットにつないで、世界を駆け巡っていた。人々が行き先を雨竜に告げれば、即座にその都市の成り立ちから現在の人口、名物料理まで開陳しただろう。

だが、これは雨竜にとって初めての出国だった。

雨竜はこれから行く土地の風景をグーグル・アースで眺める。

そこにあるのは都市の過去の姿だが、現在にそっくりそのままつながっている。

雨竜は海外行きが決まった日から、繰り返しこのバーチャル・タウンを訪問した。現地に到着しても道に迷わぬように。降り立った途端、生まれてからずっとその街に住んでいたのではないか、と思われるように。そして今では、目をつむっても自在に歩き回れるくらい、この街を知悉《ちしつ》していた。

雨竜の身体《からだ》は日本に縛り付けられていたが、心はとうに外国へ旅立っていた。

そんな雨竜の背後に、ひとつの影が歩み寄る。

しばらく躊躇《ためら》った後で、ぽん、と肩を叩《たた》く。振り返った雨竜は目を見開いた。

逆光の中、銀色のヘッドフォン姿のシルエットが浮かび上がる。

二度と見ることがないと思っていた顔、そして二度と見たくないと思っていた顔がそこにあった。幸福な虚構の世界から不愉快な現実の世界に一気に引き戻され、いきなり大気圏突入した時のGのような不快さを覚えた。

コイツの笑顔が日本での最後の光景として瞼《まぶた》に焼き付けられることになるとは、何という不運だろう。雨竜はしかめ面《つら》になるが、すぐその表情を押し隠して深呼吸する。

そしてノートパソコンをぱたん、と閉じた。

「こんなところにいらしたのは偶然ですか？」

銀縁眼鏡の彦根はうっすら笑う。

「やだなあ、雨竜さん、そんな偶然、あるはずないでしょう。特に僕とあなたの因縁を考えたら、偶然の手に別れを委《ゆだ》ねるなんて、全然理に適《かな》いません。これは僕の渾身《こんしん》のシナリオを一撃で粉砕した張本人への表敬訪問ですから。僕は雨竜さんの顔を記憶に刻み込み、いつの日かリベンジするための燃料にしようと思っていまして」

「はあ、それは律儀《りちぎ》なことですね」と雨竜は鼻で笑う。

彦根の言葉が、それまでの不快な気分を吹き飛ばした。今の雨竜の気分は、大荒れの台風一過、抜けるような青空だ。

そうだ、最後の最後で僕はコイツの目論見《もくろみ》を徹底的にブチ壊したんだ。

だとすれば今、日本との離別に際し、最後にコイツの顔を見ることができたのは、実はものすごくツイていることだったのではないか。

そう思いついた途端、それまでの真冬の陰鬱《いんうつ》な砂浜のようだった周囲の風景が一変し、真夏のビーチパラソルが林立する、華やかな砂浜のように変貌《へんぼう》する。雨竜の回りの空気は、亜熱帯リゾートの世界に変わった。

彦根は周囲を見回して、尋ねる。

「お見送りはひとりもいないんですか？」

雨竜はノートパソコンを鞄《かばん》にしまうと、にっと笑う。

「いるわけないでしょ。警察庁には僕のことを知っている人はほとんどいないし、僕のことを知る少数の知人にはとびっきり嫌われていましたからね。でも、見送りがない方が僕らしくていい」

それは負け惜しみのようでもあるが、本音のようでもあった。

彦根は手にした新聞を差し出しながら言った。

「それなら嫌われ者同士として、僕が雨竜さんの出発をお見送りさせてもらいます。いやあ、それにしても酷《ひど》い目に遭いました」

彦根が差し出した朝読新聞一面には『村雨府知事 医療法人正宗《まさむね》会から闇《やみ》献金』とあり、紙面をめくると三面に『日本独立党 早くも内紛か』という見出しが躍る。

雨竜は蝶ネクタイを引っ張る。

「その後、彦根さんは、村雨さんとはどうなったんですか？」

彦根は苦笑して、雨竜を見た。

「ご存じのクセに改めて聞くなんて意地悪ですね。僕は村雨さんの元を離れました。いや、離れざるを得なかったんです。それは僕自身の選択でもありました。何しろ、Aiセンターを法医に任せた上、あれほど口を酸《す》っぱくして忠告したのに、ロートル議員集団の『黄昏党《たそがれ》』と組むなんて、一体何を考えているのでしょうね。あれでもう、村雨さんはおしまいです」

雨竜が笑い声を上げる。その声はあまりにも大きかったので、ロビーを通り掛かった人が数名、立ち止まってこちらを振り返ったくらいだった。

「はあ、結局村雨さんは最後の最後で、僕の仕掛け針に食い付いたわけですか。これで西日本連盟結成という浪速独立運動は瓦解《がかい》しますね。泥の干潟《ひがた》に竹筒を仕掛けて、掛かったムツゴロウが大漁だったような気分ですよ」

かなりわかりにくい比喩《ひゆ》を口にして、雨竜が上機嫌に言う。

彦根はうなずく。

「とにかくあの野合は、あれ以上ないくらい最悪でした。でも村雨さんは結局、その選択を余儀なくされてしまった。雨竜さんの手で巨額ファンドを吹っ飛ばされたわけですから。あなたの見立て通り、ファンドは空蟬《うつせみ》です。その名だけで遍《あまね》くこの狭い日本を覆《おお》いつくす、というのが僕の目論見だったのに、そこにサーチライトを当て、実質は小さな蛾《が》が灯りの近くを飛び回り、影が大きくなっただけだと明らかにされた後では、虚を実に、実を虚にというまやかしを操るだけの僕に為《な》す術《すべ》はありません。更にあの党と組むとは、王手飛車取りを食らったようなものです。府知事のままでいれば醜悪な老害議員に看板を乗っ取られる。ご自身が国政に乗り込めば浪速が空城になり浪速共和国が瓦解する。そんな初歩的なハメ手も見抜けないようでは、所詮《しょせん》はあそこまでの器だったということです。見え見えなのに、なんであんなエサに食いついてしまったのかなあ」

彦根の愚痴はとめどもない。

それを聞いていた雨竜は、湧《わ》き上がるような笑みをかみ殺して、言う。

「まったく、彦根先生は慧眼《けいがん》でしたよ。村雨さんが生き残れるとしたら、唯一《ゆいいつ》の道は、彦根先生が提案したタイミングで市長選に出馬して圧勝することしかなかったんです。そして市長に当選した直後に、新党を立ち上げてご自身は国会議員に転身し、既成の政党とは野合せず独立独歩でやればよかったんです。まあ、それでも成功確率は十パーセント以下の細い小径《こみち》でしょうけどね」

彦根は大きくうなずいた。

「市長選の出馬を見送られたのは、返す返すも残念でした。提案をした瞬間が、村雨府知事が浮上できる、最初で最後のチャンスだったのですが。村雨さんは巨人ですが、大きくなりすぎれば、しがらみに縛られてしまう。あの場で常識的な判断を村雨府知事にさせた鎌形さんが失脚したのも、歴史の皮肉でしょう。おまけに村雨さんとの縁が切れてしまったから浪速大の寄付講座も消滅し、せっかく手に入れた教授の肩書きはなくなるわ、浪速大Ａｉセンターへの影響力も失ってしまうわと、今の僕はまさに踏んだり蹴《け》ったりですよ」

肩をすくめて泣き言をいい続ける彦根の顔を見て、雨竜は楽しそうに笑う。

「まあ、それくらい当然でしょ。彦根先生は霞が関の天上世界で優雅に暮らしていた僕を下界に引きずり降ろした張本人なんですから。斑鳩さんも僕が許可なく表舞台にしゃしゃり出たことにいたくご立腹で、今回の異動は瞬時に決まってしまったんです。これくらいの御礼をしないと割に合いませんよ」

彦根はヘッドフォンを外して微笑する。

「まあ、でも、済んでしまったことはもう仕方がありませんよね。“I told you so.”『だから言ったじゃないか』は愚か者の言い訳だというのは、知り合いのノーベル賞候補の日本人医師の名言です。結局僕たちは出会うべくして出会った、虚の世界の住人だから、実の世界に引きずり出されてしまったらアウトなんです。その意味では、この間の勝負は痛み分けですね。そうした結果もすべてひっくるめて、僕は森羅万象をこれまでの報いとしてしっかりと受け止めるつもりです」

雨竜は彦根を凝視する。

どう見ても自分が勝ったはずなのに、悠揚とした態度を見ていると、その勝利ですら幻に思えてくる。雨竜は首を振り、そんな幻想を脳裏から追い出そうとするが、どうにもうまくいかない。

勝利と敗北さえも一瞬にしてすり替えてしまう詐欺師《さぎし》。それが〈スカラムーシュ〉と呼ばれる彦根の真骨頂なのだろう、と忌々《いまいま》しく思う。

雨竜は空虚な大笑いを始める。ひとしきり笑い終えると、満足げな表情で尋ねる。

「ところで僕が出発する便がよくわかりましたね」

「どうしても最後に雨竜さんにご挨拶《あいさつ》をしたくて、僕の人脈を駆使して知り合いの官僚に調べてもらったんです」

彦根は視線を窓ガラスに向ける。そこには抜けるような冬の青空があった。雨竜もつられて窓の外を見る。一機の飛行機が、轟音《ごうおん》と共に目の前をよぎっていった。

「彦根先生は霞が関ルートをお持ちでしたね。電子猟犬は獅子身中《しししんちゅう》の虫です」

雨竜のカマ掛けに彦根は応じない。雨竜は続けた。

「でも、そうだとすると僕の行き先も把握しているわけですね。それなのにわざわざお祝いに駆けつけてくれるなんて嬉《うれ》しいですね」

彦根は肩をすくめる。

「虚数空間を牛耳る、僕とあなたが本音の言葉を交わした唯一の場が真夜中の養鶏場だなんて淋《さび》しすぎますからね。旅立ちの国際空港の方が、僕たちの別れの舞台には相応《ふさわ》しいでしょう。何はともあれ改めてお祝い申し上げます。米国屈指のシンクタンク、マサチューセッツ大学情報解析研究室室長へのご栄転、おめでとうございます」

雨竜は肩をそびやかすと、早口に言う。

「虚栄心などという俗世の感情なんて、僕には無縁だと思っていたんですが、どうやらそうでもなかったようです。今の僕は、彦根先生に祝福してもらえて大変気分がいい。こういうことは価値がわかる人間に言ってもらわないと意味がないものです。警察庁内部では左遷《させん》だと思われているらしく、少々腐っていたんです」

「そうでしょうね。警察庁のお偉いさん方は、あなたの危険性を認識していないから、こんな異動ができたんです。警察庁の危機管理能力の低下は怪《け》しからんですね」

「彦根先生はよくおわかりですね。僕は日本に対する忠誠心なんて持ち合わせていません。そんな僕にこんな仕打ちをしたら、米国に行って日本を食い物にする策謀に励むのは必定なのに」

「どうかお手柔らかに。性急にことを運びすぎて、金の卵を産むニワトリを焼き鳥にするようなことがありませんように。ニワトリと同じで、人は見えない檻《おり》に閉じ込められてもなかなか気づかないものなんです」

彦根の言葉に秘められた棘《とげ》に、雨竜は気がついた。だがなぜ彦根がそんなことを口にしたのかは理解できなかった。なので単なる負け惜しみだと判断した。

「はなむけの言葉として、ありがたく頂戴《ちょうだい》します」

一瞬、二人の虚の世界の住人の間に、殺伐とした空気が流れた。

そこへ搭乗を促すアナウンスが流れる。

ぽかんと口を開け、天井を見上げた雨竜は、アナウンスが終わり、人々のざわめきが戻ってくると、彦根に告げた。

「どうやらボストン行きの直行便の搭乗時間のようです。ではお元気で」

雨竜が差し出した右手を、彦根は握り返す。

「雨竜さんこそ、お元気で」

雨竜はうなずいた。そしてその歪《いびつ》な長身の後ろ姿は搭乗口へ消えた。

ゲートに向かう雨竜の後ろ姿を目で追った彦根の背中に、涼しげな声が掛かる。

「あんな危険人物を、首輪もつけずに野に放つなんて、何だかいつもの彦根先生らしくありませんね」

びくり、と肩を震わせ、彦根は振り向かずに答える。

「そんな間抜けなことを僕がするはずがないだろ。雨竜さんがマサチューセッツに派遣されるよう仕向けたのは僕だもの。米国発祥の地のひとつ、マサチューセッツにはアングロサクソン風ジャパニーズで熱烈な愛国者《パトリオット》と、無国籍隠者の世界主義者《コスモポリタン》の双璧《そうへき》の無敵コンビがいるから、その檻に放り込んでしまえば何もできっこない。もっとも今の浮かれた雨竜さんには、その影すらも見えていないだろうけどね」

慎ましやかな、それでいて華やかな笑い声があがる。

「それでこそ彦根先生です。新党結成パーティで粉々に打ち砕かれてしまい、失意のどん底かと思いましたが、舌先三寸の〈スカラムーシュ〉は健在のようですね」

彦根は肩をすくめる。

「これでも僕はヘタレになってね。さっきのやりとりでもフェアになるよう、ヒントをたっぷり紛れ込ませておいた。『知り合いのノーベル賞候補の日本人医師』はあそこの親分だし、『人は見えない檻に閉じ込められても気づかない』なんて、答えを言ったにも等しい大サービスだ。雨竜さんが冷静かつ謙虚に僕の言葉を解析すれば、自分の身に何が起こったか、よくわかったはずだ。でも有頂天の雨竜さんは、僕のヒントを見過ごした。まあ、雨竜さんが浮かれるように、僕が仕向けたせいだけどね。というわけでこれで僕の完勝だよ」

彦根は振り返り、自分を見つめる涼しげな瞳《ひとみ》を受け止めた。

「あのパーティは確かに僕の構想にとっては大打撃だったけれども、所詮は想定内での最悪の事態であって、決して致命傷にはならなかった。でも僕はその前にすでに粉々に打ち砕かれていたんだ。桜宮のＡｉセンターが炎上し、僕の片翼が遠く彼方《かなた》に飛び去ってしまったあの運命の日に、ね」

その視線にとまどい、亜麻色の髪がさらりと揺れてアルペジオを奏《かな》でた。

彦根が一歩、歩み寄る。

「なぜ戻って来た？」

シオンはうつむいた。

「因縁の塔が崩れ落ちたあの日、桜宮の妄執は私に、自分の足で歩けと言いました。私はその指示に従おうとしました。でもどこにも行けなかった……」

そこで言葉を切ったシオンは、顔を上げて彦根をまっすぐ見た。

「どこにも行けなかったんです、私」

彦根は枝先にとまった蝶に触れるように、シオンの輪郭に指を伸ばす。

かすかに震えたシオンだったが、彦根のその指を避けない。

喧噪《けんそう》の中、周囲の時が止まる。

彦根は、華奢《きやしや》な身体を引き寄せ、抱き締めた。

「もうどこにも行くな。側《そば》にいてくれ。離れてみてわかった。シオン、僕にはお前が必要なんだ」

彦根の腕の中で、シオンは何度もうなずいた。

様々な肌の色の人々が行き交う国際線出発ロビーで、二人はひとつの影になる。

オーロラビジョンから、結党間もない村雨新党が、危機的状況にあることを告げるニュースが流れる。だが、東京地検特捜部が医療法人からの不正献金について捜査を開始するという報道は、もう彦根の耳には届いていなかった。

彦根はシオンから身体を離すと、言った。

「桜宮で打ち砕かれ、浪速では叩き潰《つぶ》された。次は九州に都落ちして、麗《うるわ》しの女町長でも誑《たぶら》かすかな」

シオンは彦根に寄り添う。

「お供します。どこへでも」

そしてささやく。

——もう、離れない。

唇に微笑。

その腕が細腰を抱き、華奢なシルエットがぴったり寄り添う。

ガラス窓の向こうを、危険人物を米国に護送する機影が音もなく飛び立っていく。

浮かれ気分の人々が真冬の日本で亜熱帯の服装をして、足早にその動線を交わらせていた。

気がつくと、二人のシルエットは空港のロビーから消えていた。

そう、すべては夢まぼろしのように。

執筆にあたり、執筆当時の阪大微生物病研究会・観音寺研究所所長の奥野良信先生、久保静香さんにご助力いただいた。また、塩野七生著『海の都の物語――ヴェネツィア共和国の一千年』（全六巻、新潮文庫）、ジリアン・パウエル著『世界の人びとを健康に　世界保健機関』（ほるぷ出版）から教示を受けた。

著者

解説

東えりか

パチリ。最後のピースが嵌《はま》る音を聞いたような気がした。『スカラムーシュ・ムーン』を読み終わり、本を閉じた時だ。2006年、第4回『このミステリーがすごい!』大賞を受賞した『チーム・バチスタの栄光』で海堂尊がデビューしてから12年。私が「桜宮サーガ」と名付けた物語は世界中にその触手を伸ばし続け、医療の過去・現在・未来を描く巨大なジグソー・パズルのような世界がついに完成したのだ。

新型インフルエンザ騒動を描いた『ナニワ・モンスター』の続編である『スカラムーシュ・ムーン』は新型インフルエンザ「キャメル」がマスコミを賑《にぎ》わせていた2009年5月から始まる。前作の中盤の時期に物語は動き始めていた。

第一部「ナナミエッグのヒロイン」は、金沢を髣髴《ほうふつ》とさせる加賀市にある養鶏ファーム、ナナミエッグの一人娘、名波《ななみ》まどかの一人称で物語を進める。就職しそびれ大学院に逃避する学生は多いと聞くが、まどかもそのひとり。幼馴染《おさななじみ》の真砂拓也《まさごたくや》、鳩村《はとむら》誠一《せいいち》とともに加賀大学大学院『地域振興総合研究室』に属している。

まったく関係なさそうな人畜無害な養鶏場の若い娘がこぼす青春の繰り言が、いつの間にかインフルエンザ・ワクチンの話に繋《つな》がっていくのは、海堂尊の小説の導入の常套《じょうとう》手段とはいえ見事だ。この章で読者は「インフルエンザ・ワクチン」とはどのように作られ、国によってどのように管理されているかを知ることになる。

架空の物語とはいえ、医学的な背景や事実には手を抜かない。多少は難しい原理原則で理解できなくても、小説の中に組み込んでしまえば読み手はとにかく「知る」。現実でも自分たちは国に管理された医療体制のなかに暮らしていることを実感させられるのだ。

第二部「三都物語　浪速・桜宮・極北」の冒頭では、新型インフルエンザ「キャメル」騒動のその後を、感染者第一号を発見した浪速診療所の創設者、菊間《きくま》徳衛《とくえ》と現在の院長で息子の祥一《しょういち》の会話で語らせる。読者が知るのは日本医師会という巨大組織に関する情報だ。地域に密着する膨大な数の郡市区医師会の土台の上に都道府県医師会があり、その上に中央で束ねる日本医師会が君臨する。日本の医療行政に欠かせない柱なのだ。

続いて『ナニワ・モンスター』に続き、本書でも主役のひとりを務めるスカラムーシュ（大ボラ吹き）の彦根新吾《ひこねしんご》が浪速府知事の村雨弘毅《むらさめこうき》とともに霞が関の陰謀に勝負を挑む過程が描かれる。

フットワークが軽い彦根だが、今回は軍資金調達のためモンテカルロからジュネーヴ、ベネチアまで文字通り飛び歩くのには驚いた。まさに八面六臂《はちめんろっぴ》の活躍だ。

本書の主要人物はあとひとり。警察庁刑事局新領域捜査創生室室長で東京地検特捜部特別捜査班協力員、通称「無声狂犬《サイレント・マッドドッグ》」と呼ばれる斑鳩芳正《いかるがほうせい》である。明治から続く官僚支配から脱却しようとする浪速府の軍師が彦根なら、それを阻止しようとする中央権力の懐刀《ふところがたな》が斑鳩だ。

新型インフルエンザ・ワクチン用有精卵製造の顚末《てんまつ》である第四部「たまごが見た夢」、彦根と斑鳩の知と知の戦い、第五部「スクランブル・エッグ」と続く。ふたりの筋の読みあいや斑鳩の部下である雨竜《うりゅう》の暗躍は、まるで謀略小説のようである。

海堂尊という小説家は、いつも「ちょっと先の物語」を描いてきた。それは『ブラックペアン１９８８』から始まり『スリジエセンター１９９１』で完結した過去編でもそうだ。

既に医師として勤務していた海堂の経験から書かれた作品だが、当時の少し先の未来を見通しており、その地続きに『スカラムーシュ・ムーン』が存在し、未解決の事象を収束させている。

未来編として書かれた『モルフェウスの領域』の年は現実に追いつかれ「今」の物語になってしまった。さらに遠かった『医学のたまご』ですら数年後には到達してしまう。

興味深いのはどちらも実現不可能ではないかもしれない、という事実だ。コールド・スリープは米宇宙開発企業によって2018年に実証実験が行われるという報道もあったり、がん抑制遺伝子の異常によって起こる「網膜芽腫《もうまくがしゅ》」が遺伝子治療の可能性を見出《みいだ》したり、と医学の世界は猛スピードで変わっている。ちょっと先どころか、遠い未来も予言する小説となった。

さて『スカラムーシュ・ムーン』に戻ろう。本作は「桜宮サーガ」を更に発展させた「海堂サーガ」でも中枢《ちゅうすう》である「現代」の医療問題を突きつけた作品群の集大成となる。

海堂の出身大学である千葉大学をモデルにした東城大学医学部付属病院と所在地の桜宮市を舞台にした、不定愁訴外来・田口公平《たぐちこうへい》、厚生労働省大臣官房秘書課付技官の白鳥圭輔《しらとりけいすけ》を探偵役にしたシリーズを「桜宮サーガ」と私が名付けたのは、第9作目『ジーン・ワルツ』出版時の対談だった。ノンフィクション作品を中心にした書評家である私は『ジーン・ワルツ』のテーマである代理母・不妊治療というテーマの本もかなり読んでいたからだ。10年前は代理母への忌避感はかなり強いものだったが、現在では数ある不妊治療の選択肢の一つになっている。これもまた「ちょっと先」の小説であった。

この作品で海堂は初めて桜宮を出て舞台を東京に移す。それまでの舞台である桜宮は、東京都から至近距離の中規模の地方都市で風光明媚《めいび》。特に生活に困っている様子はない。だが政治も経済も教育も医療も日本の首都・東京が牛耳っている。その閉塞《へいそく》感《かん》は作品の中に色濃く漂っていた。

すでに連載が始まっていた僻地《へきち》にある小さな地方自治体、極北市の物語『極北クレイマー』はさらに深刻で、経済が破綻《はたん》した地方自治体の必死の生き残り作戦を描いていた。桜宮を発信源として日本各地で起こる問題を「医療」という視点でつなげ、小説という形で提示していく、という斬新な試みに私はほれ込んだ。

対談では特に彼のこの言葉が記憶に残っている。

——実際、人間は誰しも自分が主役だと思いながらも、自分が世界の中心だとは思えない。(中略)そういう光景が一番現実に近いんじゃないでしょうか。いわば神の視点で、世界の一部分を一作ずつ書いていくことで一つの虚構世界が完成すれば面白いんじゃないかと思います。そして最後には、閉じた輪の中で永遠にぐるぐる回っているような感じが理想ですね。――「波」2008年4月号（新潮社）

この彼の目論見《もくろみ》はそのとおりになった。日本の抱える問題をあくまでフィクションの形をとり、医療を中心に据えて読者に突きつける。

生活している上で一番気に掛けなければならないのは自分の身体のこと。健康に過ごすことが万人の願いだ。そのために必要なのは治療法だけでなく国や自治体の政策や司法の手順、そして個人の覚悟など取り上げるべきテーマはたくさんある。

とくに「これを書くために作家になった」という「死亡時画像病理診断（Ai）」事業については、デビュー作から一貫して主張は変わらない。作家になる以前の海堂は研究系病院の病理医をしながら、死後の解剖率の低さを危惧《きぐ》しAi導入を中核とする「死亡時医学検索」の構築を目指していた。だが法医学学会や司法、行政から排斥され小説によって多くの人に知ってほしいと考えたという。

その試みは『チーム・バチスタの栄光』のヒットと映画化、そしてそれ以降の続編への興味の高さから、ある程度は実現できたと思われる。だが『スカラムーシュ・ムーン』の中でも描かれているように、反対勢力の抵抗と熾烈《しれつ》な戦いが続いている。

ただ、これだけインターネットが普及し、高画質の画像が簡単に世界中に送れるようになった現在、Ａｉ事業が日本の医療危機を打開するための最大の方策となり、既存体制を根底から変えるのは時間の問題だろう。

「ちょっと先」の物語を書くためには「現在」の医療最前線を取材しなくてはならない。海堂はCS朝日ニュースターの「海堂ラボ」というテレビ番組で、医療の最前線で活躍する人たちをゲストに招き、現状を詳細に聞くキャスターとなった。ゲストは30人以上におよび、中には海堂と意見を異にする方も出演され白熱した議論が戦わされた。これらは「海堂ラボ」シリーズ『日本の医療　この人を見よ』『日本の医療　この人が動かす』『日本の医療　知られざる変革者たち』（すべてPHP新書）の三部作として書籍化されている。

『スカラムーシュ・ムーン』の上梓《じょうし》で、「海堂サーガ」のシリーズはひとまず終了となった。単行本出版当時、海堂は「『スカラムーシュ・ムーン』を書き終えて」というエッセイを新潮社の「波」２０１５年８月号に発表している。彼が座右の銘としている「物議を醸《かも》す」という視点から「Ａｉ（オートプシー・イメージング）」、「桜宮サーガ」、「日本医療小説大賞」、「本屋大賞批判」、「最新作と今後について」の5項目について語っている（詳しくは新潮社HP上にアップされているので参照されたい）。

その中で『スカラムーシュ・ムーン』執筆当時の苦悩が描かれている。前作『ナニワ・モンスター』は実際に大騒動となった2009年の新型インフルエンザを下敷きにしているが、大阪都構想をブチ上げていた橋下徹知事が辞任し、大阪市長選に出馬するというまさかの展開に創作意欲は減退したようだ。

だがその後の橋下氏の政治家引退により作品は息を吹き返し、更なる発想を得て自信作となったと語る。本作完成の最大の功労者が橋下氏、というのはちょっと可笑《おか》しい。

現在はチェ・ゲバラを主人公にした「ポーラースター」シリーズ執筆に忙しそうだ。2017年末現在で第2部まで刊行中で、この年はチェ・ゲバラ没後50年であり、2018年は生誕90年に当たる。多くの催しや映画が公開される中にあって、ゲバラの足跡から20世紀に起こった中南米の革命を俯瞰《ふかん》する超大作は、読んでいるとクラクラするようなスケールなのだ。読み始めると中毒になったように耽溺《たんでき》してしまう。どんな新しいチェ・ゲバラ像を見せてくれるのか完成が待ち遠しい。

累計部数1000万部を超えた「チーム・バチスタ」シリーズをはじめとした「海堂サーガ」は一旦《いったん》終了となった。

だが熱烈な読者としては、収束しきれず取り残された謎《なぞ》のその後を知りたい。モンテカルロに眠る天城《あまぎ》雪彦《ゆきひこ》の資金、彦根と斑鳩の戦い、A・iを含む日本の医療の行方。

海堂尊が蒔《ま》いた医療小説の種は、確実に育ち多くの名作を作り出している。何年後でもいいから、もう一度、海堂の切れ味の鋭い医療小説が読みたい。切なる願いである。

（平成三〇年一月、書評家）

この作品は平成二十七年七月新潮社より刊行された。
文庫化にあたり改訂を行なった。

海堂尊著

ジーン・ワルツ

生命の尊厳とは何か。産婦人科医が今、なすべきこととは？ 冷徹な魔女《クール・ウィッチ》・曾根崎理恵と清川吾郎准教授、それぞれの闘いが始まる。

海堂尊著

マドンナ・ヴェルデ

冷徹な魔女《クール・ウィッチ》、再臨。代理出産を望む娘に母の答えは……？『ジーン・ワルツ』に続く、メディカル・エンターテインメント第2弾！

海堂尊著

ナニワ・モンスター

インフルエンザ・パニックの裏で蠢く霞が関の陰謀。浪速府知事《ドラゴン》&特捜部《カマイタチ》vs厚労省を描く新時代メディカル・エンターテインメント！

海堂尊著

ランクA病院の愉悦

売れない作家が医療格差の実態を暴くため「ランクA病院」に潜入する表題作ほか、奇抜な着想で医療の未来を映し出す傑作短篇集。

海堂尊監修

救　命

―東日本大震災、医師たちの奮闘―

あの日、医師たちは何を見、どう行動したのか。個人と職業の間で揺れながら、なすべきことをなした九名の胸を打つドキュメント。

松本清張著

松本清張傑作選

暗闇に嗤うドクター

―海堂尊オリジナルセレクション―

海堂尊が厳選したマイ・ベスト・オブ・清張。人の根源的な聖性と魔性を浮き彫りにした傑作医療小説六編が、現代に甦る！

知念実希人著
幻影の手術室
—天久鷹央の事件カルテ—
手術室で起きた密室殺人。麻酔科医はなぜ、死んだのか。天久鷹央は全容解明に乗り出すが……。現役医師による本格医療ミステリ。

知念実希人著
螺旋の手術室
手術室での不可解な死。次々と殺される教授選の候補者たち。「完全犯罪」に潜む医師の苦悩を描く、慟哭の医療ミステリー。

仙川 環著
隔離島
—フェーズ0—
離島に赴任した若き女医は、相次ぐ不審死や陰鬱な事件にしだいに包囲されてゆく。医療サスペンスの新女王が描く、戦慄の長編。

仙川 環著
細胞異植
わが子を救いたい——たとえ〝犠牲者〟を生むことになっても。医療サスペンスの女王が再生医療と倫理の狭間に鋭くメスを入れる。

帚木蓬生著
風花病棟
乳癌と闘う泣き虫先生、父の死に対峙する勤務医、惜しまれつつも閉院を決めた老ドクター。『閉鎖病棟』著者が描く十人の良医たち。

帚木蓬生著
蠅の帝国
—軍医たちの黙示録—
日本医療小説大賞受賞
東京、広島、満州。国家により総動員され、過酷な状況下で活動した医師たち。彼らの慟哭が聞こえる。帚木蓬生のライフ・ワーク。

遠藤周作著

真昼の悪魔

大病院を舞台に続発する奇怪な事件。背徳的な恋愛に身を委ねる美貌の女医。現代人の心の渇きと精神の深い闇を描く医療ミステリー。

遠藤周作著

海と毒薬

毎日出版文化賞・新潮社文学賞受賞

何が彼らをこのような残虐行為に駆りたてたのか？　終戦時の大学病院の生体解剖事件を小説化し、日本人の罪悪感を追求した問題作。

安岡章太郎著

海辺《かいへん》の光景

芸術選奨・野間文芸賞受賞

精神を病み、弱りきって死にゆく母――。精神病院での九日間の息詰まる看病の後、信太郎が見た光景とは。表題作ほか、全七編。

有吉佐和子著

華岡青洲の妻

女流文学賞受賞

世界最初の麻酔による外科手術――人体実験に進んで身を捧げる嫁姑のすさまじい愛の葛藤……江戸時代の世界的外科医の生涯を描く。

渡辺淳一著

花埋み

夫からうつされた業病に耐えながら、同じ苦しみにあえぐ女性を救うべく、医学の道を志した日本最初の女医、荻野吟子の生涯を描く。

山崎豊子著

白い巨塔（一〜五）

癌の検査・手術、泥沼の教授選、誤診裁判などを綿密にとらえ、尊厳であるべき医学界に渦巻く人間の欲望と打算を迫真の筆に描く。

吉村昭著
冬の鷹
「解体新書」をめぐって、世間の名声を博す杉田玄白とは対照的に、終始地道な訳業に専心、孤高の晩年を貫いた前野良沢の姿を描く。

吉村昭著
光る壁画
胃潰瘍や早期癌の発見に威力を発揮する胃カメラ――戦後まもない日本で世界に先駆け、その研究、開発にかけた男たちの情熱。

吉村昭著
ふぉん・しいほるとの娘（上・下）
吉川英治文学賞受賞

幕末の日本に最新の西洋医学を伝え神のごとく敬われたシーボルトと遊女・其扇の間に生まれたお稲の、波瀾の生涯を描く歴史大作。

松本清張著
わるいやつら（上・下）
厚い病院の壁の中で計画される院長戸谷信一の完全犯罪！ 次々と女を騙しては金をまき上げて殺す恐るべき欲望を描く長編推理小説。

松本清張著
喪失の儀礼
東京の大学病院に勤める医局員・住田が殺害された。匿名で、医学界の不正を暴く記事を書いていた男だった。震撼の医療ミステリー。

山本周五郎著
赤ひげ診療譚
小石川養生所の〝赤ひげ〟と呼ばれる医師と、見習い医師との魂のふれ合いを中心に、貧しさと病苦の中でも逞しい江戸庶民の姿を描く。

最相葉月著
セラピスト
心の病はどのように治るのか。河合隼雄と中井久夫、二つの巨星を見つめ、治療のあり方に迫る。現代人必読の傑作ドキュメンタリー。

久坂部羊著
ブラック・ジャックは遠かった
—阪大医学生ふらふら青春記—
大阪大学医学部。そこはアホな医学生の「青い巨塔」だった。『破裂』『無痛』等で知られる医学サスペンス旗手が描く青春エッセイ！

河合隼雄
南伸坊著
心理療法個人授業
人の心は不思議で深遠、謎ばかり。たまに病気になることも……。シンボーさんと少し勉強してみませんか？　楽しいイラスト満載。

岩波明著
心に狂いが生じるとき
—精神科医の症例報告—
その狂いは、最初は小さなものだった……。アルコール依存やうつ病から統合失調症まで、精神疾患の「現実」と「現在」を現役医師が報告。

新見正則著
ボケずに元気に80歳！
—名医が明かすその秘訣—
「本好きはボケに注意」認知症の母を介護した経験を持つ著者が、病院との付き合い方や、健康に老いるための養生法を明かします。

柳田邦男著
「死の医学」への日記
医療は死にゆく人をどう支援し、人生の完成へと導くべきなのか？　身近な「生と死の物語」から終末期医療を探った感動的な記録。

スカラムーシュ・ムーン

新潮文庫　か－57－5

平成三十年三月一日発行

著者　海《かい》堂《どう》尊《たける》

発行者　佐藤隆信

発行所　株式会社　新潮社

郵便番号　一六二―八七一一
東京都新宿区矢来町七一
電話　編集部(〇三)三二六六―五四四〇
　　　読者係(〇三)三二六六―五一一一
http://www.shinchosha.co.jp

価格はカバーに表示してあります。

乱丁・落丁本は、ご面倒ですが小社読者係宛ご送付ください。送料小社負担にてお取替えいたします。

印刷・大日本印刷株式会社　製本・憲専堂製本株式会社

© Takeru Kaido 2015　Printed in Japan

ISBN978-4-10-133315-1　C0193